Idir Hocini

Originaire de Bondy en Seine-Saint-Denis, Idir Hocini n'a jamais quitté sa ville natale. Journaliste et professeur suppléant d'histoire-géographie, il publie un premier roman autobiographique, *La Guerre des bouffons*, en 2022 chez Clique Éditions.

LA GUERRE DES BOUFFONS

IDIR HOCINI

LA GUERRE DES BOUFFONS

ÉDITIONS

ISBN : 978-2-266-33539-3
Dépôt légal : août 2023

À tous les idiots du village.
Que la méchanceté des hommes
n'atteigne jamais vos cœurs si innocents.

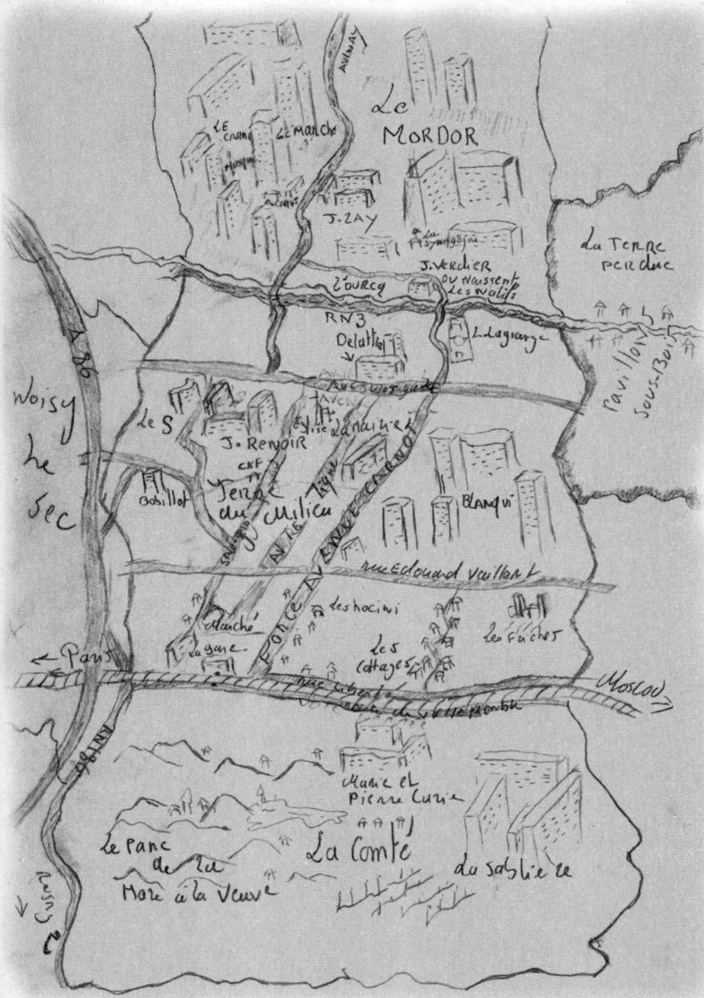
Le MORDOR
J. ZAY
J. VERDIER
L'OURCQ
RN3
La TERRE perdue
Pavillon sous-Bois
Noisy le sec
A 86
Le S
J. RENOIR
Bobillot
Terre du milieu
BLANQUI
AVENUE CARNOT
rue Edouard Vaillant
la gare
Paris
Les cottages
Moscou
Marie et Pierre Curie
La Comté
Le parc de la Mare à la Veuve
La sablière

Bondy

I

Thé à la menthe

1

« Mieux vaut la mort qu'une vie de honte. »

Trois jours de tortures et ce fut tout ce qui sortit de la bouche de Salah. Ces mots et la moitié de ses dents.

Malgré les coups qui pleuvaient et les sévices sans nom, ce rebelle refusait obstinément de trahir ses compagnons d'armes. En chef avisé, il les avait dispersés dans différentes caches, au plus profond d'un maquis. Les officiers de renseignement savaient que leur prisonnier avait des noms à balancer. Le traître qui avait vendu Salah, lui, avait parlé.

C'était l'hiver 1960, en pleine guerre d'Algérie, pendant les ratissages du plan Challe. Les soldats de l'empire étaient plus nombreux et plus actifs que jamais. Face à cette pression constante, à la dure vie au maquis, à la mort qui planait partout, des rebelles déposaient les armes et rejoignaient l'armée française. Les nuits blanches et la misère avaient conduit un des hommes du supplicié à se rendre. Il avait fui la nuit pendant son tour de garde et était devenu un peu trop bavard.

Au petit matin, les paras prirent des otages au village et les amenèrent devant la grotte du guérillero.

Se voyant encerclé, Salah saisit une grenade pour un dernier baroud, mais il reconnut son petit cousin terrorisé au milieu des soldats ennemis. Lui avait choisi de se battre, pas cet enfant. Alors tant pis. Il rangea la grenade dans sa poche et quitta sa cache pieds et poings liés.

C'était la fin pour lui. Et pour sa cause perdue : une Algérie libre. La lutte héréditaire de tout un peuple reposait sur des bergers illettrés et des journaliers sans le sou qui n'avaient jamais eu aucune chance de victoire. En face, ils avaient juré de se venger des Viets sur les bicots, juré sur leurs morts qu'il n'y aurait pas de second Diên Biên Phu. Avec l'Indochine et la bataille d'Alger dans les pattes, l'armée française était devenue la meilleure du monde. Six ans de guerre, plus d'un million de soldats – tout le contingent, la Grande Nation entière mobilisée –, du napalm, les premiers hélicoptères de combat et les derniers avions à réaction de l'OTAN… La France combattait une poignée de paysans berbères comme s'il s'agissait de reprendre l'Alsace et la Lorraine à l'Allemagne. Sans les accords de Genève, bons pour les hommes, les vrais, pas pour les indigènes. Après tout, l'Algérie était française avant la Savoie. Elle le resterait avec les méthodes de la Gestapo.

Les parachutistes connaissaient donc très bien leur affaire quand ils avaient pris Salah. On lui avait appliqué la technique éprouvée du bâton et de la carotte. Après l'avoir battu comme plâtre pendant des jours, les bourreaux agitèrent devant les yeux pochés du rebelle un superbe uniforme de l'armée française, et la solde mirifique de sous-officier qui allait avec.

Rejoindre le camp du vainqueur, assurer un avenir radieux à sa famille et ne pas mourir : une bien belle carotte. Un magnifique rayon d'espoir, surtout, descendu au plus profond d'un cachot fait de ténèbres et d'horreur. Comment ce paysan pauvre comme Job qui avait toutes ses molaires par terre pouvait-il refuser un marché si juteux ? Il luttait contre un empire colonial, une puissance atomique à l'apogée de son pouvoir. Les villages bombardés, les camps de concentration, l'armée de libération décimée, coupée de ses sources de ravitaillement, partout le feu, la faim et le sang ; tout dans cet univers montrait que le combat de Salah était perdu pour de bon. On l'avait trahi, et son corps atrocement mutilé souffrait le martyre. Lèvres closes, mille autres tourments l'attendaient encore et pour finir la corvée de bois : une balle dans la tête. Sa vie inutile finirait misérablement. Sauf s'il parlait.

Le plus tentant c'était cette solde, cette fortune qu'on lui proposait pour endosser un si bel uniforme en échange d'un doigt posé sur une carte de campagne. Salah avait laissé sa famille dans l'indigence la plus totale pour monter au maquis avec son vieux fusil de chasse, à peine assez bon pour tirer une perdrix. Six de ses enfants étaient morts en bas âge pendant cette guerre atroce. L'administration coloniale refusait les tickets de rationnement aux familles des rebelles.

S'il vendait ses frères d'armes à bon prix, s'il paradait avec ces galons dorés, les enfants qui lui restaient n'auraient plus jamais faim. Lui-même échapperait aux tortures et à la mort, reverrait ses deux petites filles adorées, sans parler de sa digne épouse qui, la veille de sa capture, venait de lui donner son tout premier garçon.

Poser les yeux sur un fils si longtemps désiré, quitter enfin les poux et la crasse du maquis, devenir riche à manger de la viande tous les jours de marché…

Grand-père n'hésita pas une seconde.

Pour un Kabyle, mieux vaut la mort qu'une vie de honte.

2

Les émigrés du Québec mesurent le temps en égrenant les hivers auxquels ils ont survécu. Un fils d'immigré algérien le décompte en nombre d'étés au pays. La nouvelle année pour moi se célébrait au port d'Alger, quand je mettais le pied sur un bateau climatisé. Le retour en France. La fin des grandes vacances. Et, cette année, la fin de l'enfance.

En 1997, j'avais dix-sept ans. Dix-sept mois d'août en Algérie. Pas deux solstices de suite n'étaient passés sur cette terre sans que je voie celle de mes ancêtres.

Les Paris-Marseille, ce n'était pas du foot pour moi. C'était la gelée royale du plan galère. Autant au match aller qu'au match retour. Je complotais tous les ans contre mon grand frère et mes deux petites sœurs pour avoir une place à la fenêtre, à l'arrière de la voiture. La seule chose dans l'univers qui permettait de supporter sept heures de trajet, coincé comme une sardine dans sa boîte.

C'est que mon père était chauffeur de taxi. Pour lui, il n'y avait que les amateurs et les prostitués qui s'arrêtaient sur les aires de repos, au bord de l'autoroute A6.

Il considérait les pauses pipi comme un sacrilège, un caprice d'enfant gâté pourri par toute une vie dans le pays de l'eau chaude au robinet, du shampoing aux œufs et du sapin de Noël.

Compacté dans un pénible millefeuille de frères et sœurs, je laissais tous les ans derrière moi un pays à feu et à sang, en lutte contre le GIA, le Groupe islamique armé. La famille passait les vacances dans une grande maison, au milieu d'un champ, loin des premières masures du village. Les nuits sans électricité étaient belles. En France, on ne voyait ni les étoiles filantes ni la Voie lactée briller dans le ciel. En revanche, personne n'aurait entendu le moindre bruit si les terroristes avaient décidé d'égorger la seule famille d'émigrés, petit bout d'Occident impie, en villégiature dans la vallée.

Ainsi, je passais soixante-dix nuits d'été par an sur un matelas étendu à même le sol de la terrasse, de grosses pierres posées à mes pieds. Une idée de papa, stratège incompris. Ordre nous avait été donné, à mon frère et à moi, de les jeter en visant les têtes ennemies, du haut des murs comme lors d'un siège, le temps que mes sœurs et maman puissent prendre la clef des champs, pendant que le paternel irait au contact, gourdin à la main, pour l'honneur.

C'était l'idée fixe du daron :

— Si on crève, on crève. Un Algérien, ça va en vacances en Algérie.

Ce fou du volant devait être la réincarnation de Shiva ici-bas : avec une épouse et quatre mioches à trimballer, la traversée en bateau lui coûtait tous les ans un bras. Les sommes qu'il lâchait nous auraient permis d'aller en vacances au bord de n'importe quelle plage du Pacifique. Mais un cocktail aux douze fruits versé dans une noix de coco au bord de la piscine d'un hôtel cinq étoiles, c'était de la pisse d'âne pour le padré à côté d'une carafe d'eau prélevée à la source du village de son enfance.

Il avait mon âge quand Citroën était venu le chercher, après l'indépendance, pour trimer dans une usine. Pour nourrir sa famille surtout, restée dans le bled. Il était aussi beau que Clark Gable et avait pris une épouse aussi caractérielle que Scarlett O'Hara dans *Autant en emporte le vent*.

Quand la madré sentit qu'une vie grandissait en elle, trois mois après la naissance de son premier enfant, elle demanda à mon papounet ce qu'elle devait faire de moi. Kamel, tout nouveau-né qu'il fût, était déjà un démon renard qui pompait toute l'énergie du jeune couple. Le chef de famille exigea donc une annulation de commande, suivi d'un retour au chou où la cigogne m'avait trouvé. Mauvaise réponse. Comme toutes les femmes kabyles, maman détestait par principe obéir à son mari. Pour Mme Hocini, ce n'était même pas un principe, c'était un réflexe. Si papa avait été le premier à dire : « Oui, je le veux » le jour de leur mariage, elle aurait certainement répondu : « Non merci », avant d'ajouter précipitamment : « Désolée, c'est sorti tout seul. »

Sans ma mère et son caractère de dragon de Komodo, je n'aurais jamais eu de prénom. Pour marquer le coup, elle m'appela Idir. « Il vivra », en amazigh.

Malgré nos débuts, j'étais bien le fils de mon père. Nous étions les deux seuls noirauds d'un village dont la majorité des membres auraient pu faire valoir leur droit au retour à l'Irlande. Tout le monde ou presque était roux dans ce patelin, un champ de carottes planté sur un des sommets de la Kabylie. Montagnes imprenables où on avait toujours regardé les envahisseurs de haut, jusqu'à l'arrivée des Français. C'était une des forteresses inexpugnables du peuple amazigh, *les hommes libres*, mais pas totalement hermétique. Il y a mille ans, un missionnaire arabe arriva dans la région avec une mise à jour du christianisme dans les mains, le Coran, pour signifier à toutes les blondinettes et rouquemoutes de l'Afrique que la chasse au sanglier était terminée. Il fonda la mosquée du village, et dans la foulée prit pour femme une des Valkyrie qui se battaient tous les jours avec leurs cousines aux heures de pointe, lors des corvées d'eau à la fontaine. C'était mon ancêtre et la seule goutte de sang arabe que se reconnaissait la famille Hocini. Évidemment. On disait de ce basané qu'il descendait du prophète de l'islam, bien qu'il soit plus probable qu'il fût le fils d'un planteur de navets.

Ce n'était pas un lignage enviable, à en croire mes plus anciens camarades de classe. Dans une France où SOS Racisme n'existait pas encore, dans une école où la cité de mon enfance ne fournissait qu'une ou deux têtes crépues par classe, on comprend, à la première minute de la première récréation de sa vie, ce qu'est un sale Arabe. C'est l'enfant avec qui les autres ne veulent pas jouer. C'était moi. Un intouchable. Même à chat perché.

La honte de soi est une chose terrible. Elle creuse profondément dans l'âme, surtout quand elle est si jeune. Je n'eus pas à grandir avec. Mamaino, « ma maman à moi en kabyle », était en France ce jour-là.

Ma grand-mère avait fait le voyage de retour avec nous, depuis le pays, l'année où Apple sortait son Macintosh. Cette femme sagace interpréta très bien mon peu d'appétit pour le goûter.

Née indigène, sous-humaine à qui on avait fait une guerre pour qu'elle le reste, elle sentit peut-être se réveiller, à travers le regard humilié de son petit-fils, une ancienne flétrissure. Elle me rejoignit dans mon lit d'enfant, et nous parlâmes longuement. Je sus ce jour-là que la guerre n'était pas un jeu, qu'on n'y mourait pas pour de faux, et que seules deux choses avaient remplacé mon grand-père dans le lit de Mamaino : la faim et les larmes. Il était mort pour que ses frères d'armes et l'Algérie vivent. Jamais plus le racisme ne m'a atteint.

Ce sont mes plus vieux souvenirs. Ce premier jour d'école, les derniers mots de Salah et les seuls de grand-mère que je me rappelle parfaitement :

— On est faible quand on est avec les forts. Fort quand on est avec les faibles.

Un an avant de devenir un adulte, à sept jours de ma prochaine rentrée, dans une voiture où mon père jouait au Tetris kabyle avec huit litres d'huile d'olive, un gros sac d'oignons rouges et tous ses enfants emboîtés comme des Lego à l'arrière, je laissais grand-mère, ma bonne fée, derrière moi. Au cimetière.

J'achevais mon seul été sans elle. Dorothée n'était plus à la télé depuis la fin du mois d'août. Avec leurs départs, plus personne ne me parlerait aussi bien de mes héros.

C'était ce qu'emportait la voiture de papa sur l'autoroute A6. Les souvenirs de tous ces jours de soleil en Algérie et les espoirs d'une rentrée en 1re S, la filière reine. Les corps de mon frère et de mes sœurs également, que j'avais envie de tuer après des heures sans pouvoir bouger un muscle dans la bétaillère qui nourrissait notre clan.

Nous jouions tous dans un championnat des enfants pour gagner l'affection des parents. Ma mère fixait les règles. Ses oncles lui avaient très tôt fait comprendre que, l'école, c'était pour les petites filles qui avaient toujours un papa en vie à l'indépendance. Elle avait fantasmé la chose comme un paradis perdu. Les études étaient la priorité numéro un dans la famille. Un bon élève, c'était un bon enfant. Un mauvais, un orphelin.

Maman avait giflé ma maîtresse, et traîné celle de mon frère par les cheveux dans les couloirs de ma maternelle, parce que je m'étais fait pipi dessus, la peur au ventre, après qu'elles nous avaient enfermés dans le placard, celui de la sorcière disait la rumeur populaire. Mais, depuis lors, les profs étaient les compagnons de Jésus pour maman, langues d'Évangiles qui avaient toujours raison. Ceux de mon frère avaient accompli un miracle. Kamel, Einstein du tour pendable, antéchrist de l'académie de Créteil, allait commencer cette nouvelle année scolaire dans la peau d'un bachelier, après avoir raté le bac une fois.

Ouvrir une école, c'est fermer une prison. Mon frère avait inventé, au fond d'une cour de récré, le sport national bondynois : la boule de pétanque au prisonnier. Il m'avait pendu à la poignée d'une fenêtre, à l'aide d'une ceinture, après avoir vu *Le Bon, la brute et le truand* sur FR3. *Élève anomique*, avait écrit sa prof de philosophie sur son bulletin de notes, un être incapable de respecter la moindre norme sociale qui permet aux hommes de vivre ensemble. Désormais son casier disciplinaire était effacé, épongé. Avec son diplôme, il était devenu tout-puissant à la maison. Il avait dépassé Linda au classement, cet été, la chouchoute traditionnelle parce qu'excellente élève et ménagère hors pair. Sonia la benjamine perdait également du terrain. Elle ne savait pas ce qu'était une gifle, comme le veut la tradition algérienne de ne jamais toucher le petit dernier. Les autres et moi savions ce qu'était un balai, le fil de la radio, la claquette en tir d'obus brisant, le tuyau jaune de la gazinière, et la harissa dans la bouche pour nous passer la mauvaise manie de mentir.

Nous étions des enfants de deux révolutions, l'algérienne et la française. Notre fratrie s'était néanmoins constituée, au fil des ans, en une société d'ordres dont j'étais le « quart état ». J'avais redoublé ma 3e, et mon père ne m'avait légué que son teint mat et ses yeux noirs. Comme si, il y avait bien longtemps, dans une galaxie lointaine, Dark Vador avait dit : « Je suis ton père, Schtroumpf crotte de nez. » Avec mes lunettes cachant un léger strabisme divergent, une acné dévorante et un corps qui grandissait à la transversale de l'axe de rotation de la Terre, j'étais aussi moche que papa était beau. Je ne devrais même pas porter de slip tant j'étais le sans-culotte de la maison.

Pourtant, j'avais de bien meilleures chances que les Bleus de gagner la coupe un jour. Le bac économique et social de Kamel ne faisait pas le poids face au bac S, première marche vers médecine ou la NASA.

À une semaine de la rentrée, exceller à l'école était un de mes deux objectifs de guerre. L'autre restait le même depuis mes quatre ans. Être digne d'une lignée millénaire d'ancêtres au nom sans tache qui m'avait légué le bien suprême en ce monde. Pour ma première année d'homme, je me jurai de revenir, au cimetière des martyrs, comme chaque été, présenter notre honneur intact à grand-père.

Je n'ai jamais tenu ma promesse.

II

Thon à la catalane

3

En 1997, notre intégration était parfaite. Nous étions des gosses d'immigrés modèles. L'assimilation la plus réussie qui soit. Les fils Hocini adhéraient totalement aux valeurs de la terre d'accueil qui les avait vus naître. D'authentiques enfants du pays qui auraient fait honneur aux pères fondateurs de notre grande nation d'adoption : les brigands de la forêt de Bondy.

Personne dans cette ville n'avait de penchant naturel pour le meurtre, la rapine et le vol. Les historiens bâclèrent le travail sur nos ancêtres, alors qu'ils l'avaient si bien fait sur les bandits de la forêt de Sherwood. Notre Robin des Bois local, c'était Al Bundy. Les histoires sur son compte, racontées sous le néon d'un hall d'immeuble, différaient quelque peu d'une cité de la ville à une autre. Toutes s'accordaient néanmoins sur le fait qu'il était marié, deux enfants. L'histoire du premier de nos pères fondateurs avait fait l'objet d'une adaptation américaine très populaire dans les années 1990. Avec Ed O'Neill dans le rôle principal, cette série narrait les aventures d'un vendeur de chaussures, pas le dernier sur la vanne et le bon mot. Son humour sans filtre lui permettait d'affronter les difficultés d'une vie médiocre. Un héros qui nous parlait infiniment plus que ceux des autres productions. Leurs séries narraient des vies de famille parfaites baignant dans l'opulence, à l'opposé de nos réalités. Al Bundy prospérait dans un monde qui lui était hostile socialement. Ses poches vides, les trous dans ses chaussettes, sa passion pour les buffets à volonté gratuits devenaient comme par miracle une source inépuisable de rire. Sa vie de pauvre et son humour inspirèrent la philosophie de notre peuple, tel un prophète. Il fut d'autant plus aisé de l'intégrer aux mythes fondateurs de notre cité qu'elle porte son nom. À une lettre près, la Fox avait fait le nécessaire pour ne pas lâcher le moindre cent de droits d'auteur à notre municipalité socialiste.

« Si c'est bon pour les cafards, c'est bon pour les Bondynois aussi. » Les répliques remixées de la série *Mariés, deux enfants* avaient un grand écho dans nos quartiers populaires. Les maîtres de l'autodérision et de la survie en milieu économique difficile étaient ici. Les Bondynois, plantés à 11 kilomètres de Paris, pile au centre de la Seine-Saint-Denis, se considéraient comme le cœur vibrant du 93. Le nombre maudit de la société française, à en croire les journaux télévisés – ils dépeignaient le quotidien dans nos agglomérations périurbaines comme à peine plus agréable à vivre qu'au fin fond d'une favela de Bogota.

Peu de choses avaient changé depuis les temps anciens, quand les bois couvraient ce gros bout d'Île-de-France qui s'étendait vers Moscou aux portes de la capitale. Paris et la cour de Versailles regardaient déjà de haut ce peuple prompt à la jacquerie qui braconnait au-delà des faubourgs. Quand les rois vous ont maudits dans leurs chroniques, cinq républiques n'y suffisent pas. Le béton avait remplacé le chêne en ces terres oubliées depuis toujours par l'État. Elles étaient devenues la banlieue parisienne. Mais les nuits entières que la jeunesse des cités gaspillait à galérer en bas des tours, sans autre occupation que de détruire les absents à coups de dossiers, étaient la vivante réincarnation des soirées de nos aïeux passées entre crasseux autour d'un feu, au cœur de la forêt.

Les Bondynois avaient hérité de leurs ancêtres un souverain mépris pour le respect des règles, la bienséance et l'hygiène bucco-dentaire. Nous ne traquions plus le lapin sous la futaie, mais nos dons de pistage pour dénicher à l'odeur et au son une fête où l'on pouvait taper l'incruste, piller le buffet et gratter des numéros de jolies jeunes filles en talons faisaient notre réputation dans tous les cantons d'Île-de-France. Le squat était notre grande spécialité locale. Un savoir-faire légué par une très vieille lignée de faces de bandits mexicains sans un kopeck en poche qui avaient, à chaque génération de banlieusards, su s'adapter à l'intransigeance des boîtes de nuit parisiennes. En milieu festif, nos techniques de siège valaient désormais celles du grand Sun Tzu dans *L'Art de la guerre*, et les gueux de la périphérie venaient de loin, de Meaux ou de Coulommiers, pour requérir des conseils dans notre domaine d'expertise. Au grand dam des physionomistes aux yeux de lynx qui officiaient dans les clubs les plus sélects de la capitale.

On nous reconnaissait également un don certain pour la joute oratoire, ce talent inné qui permet de trouver, en un battement de cils, le mot juste, l'anecdote bien salée qui relèvent une vanne pour la transformer en missile Scud. La ville abritait aussi quelques maestros du tour pendable, l'art de faire tout ce qui est interdit avec un minimum de panache. Nous ne détestions pas non plus la petite galéjade, comme dirait maître Pagnol. Et, pour ce qui est de l'amitié et des sentiments, Jarnac n'était pas un coup à Bondy. C'était un lieu saint.

René, notre facteur, enfant du pays depuis trois générations, exerçait son métier avec cette pointe de roublardise qui faisait tout le sel de la vie dans notre cité. La nation bondynoise portait en haute estime les facteurs et plus particulièrement le mien, qui acceptait d'être en affaire avec certains membres de la communauté scolaire : les affranchis, comme nous appelaient tous les envieux.

Pour les collégiens et lycéens de Bondy Centre, René incarnait la toute-puissance de l'État. Bien avant le président de la République ou le maire, rois de France hors de notre portée. Son pouvoir sur nos vies était immense. Ce cadre C de la fonction publique postait nos bulletins de notes.

Une responsabilité qu'on n'aurait jamais dû confier à un Bondynois pur jus. Mon frère, qui savait juger les hommes, fut le premier à convaincre René de poster ses bilans de fin de trimestre dans les égouts, devenant ainsi le premier des affranchis, caste de privilégiés que le courrier scolaire envoyé aux parents n'inquiétait plus. Il en avait tiré un grand prestige et une juste gloire. Les caïds des cités de Bondy Nord, seigneurs de la ville, connaissaient notre nom et respectaient Kamel pour ce haut fait d'armes.

Être un affranchi à la fin des années 1990, ce n'était pas rien. L'ère d'Internet et des téléphones portables venait à peine de débuter dans la Silicon Valley. Le futur n'était arrivé que pour une élite d'initiés à Bondy, centre de la Kebab Valley.

Il ne fallait surtout pas compter sur le mammouth et le plus mal loti de ses rejetons, l'académie de Créteil, pour sauter de plain-pied dans le XXIe siècle. Le parc informatique de nos établissements datait de la guerre froide. Côté soviétique…

Sans SMS ni boîtes mail, ceux qui gouvernaient nos vies – l'autorité parentale et l'autorité scolaire – communiquaient presque exclusivement par la poste. Moyen fort archaïque, mais terriblement efficace. Une absence qui n'était pas justifiée dans la journée provoquait l'envoi immédiat d'un courrier tamponné par l'administration de l'école.

Certes, le téléphone pouvait aussi sonner dans le salon avec le CPE au bout du fil, mais ceux à qui ça arrivait l'avaient bien mérité. Quand on n'est pas intelligent, on bosse à l'école. Ne rien foutre en classe et faire le con demande un minimum syndical de matière grise. Tous les élèves du XXe siècle savaient qu'il fallait mettre un faux numéro des parents sur la fiche d'information à remplir, à la rentrée, pour le compte du prof principal.

L'adresse postale, elle, était gravée dans le marbre, en page une du dossier qui suivait chaque élève depuis la maternelle, document intouchable dont les informations étaient scrupuleusement vérifiées à la source le premier jour de classe. Le courrier scolaire – et son interception – représentait le plus gros problème de nos vies.

Les affranchis en affaire avec René n'étant qu'une poignée, cette petite industrie avait encore de beaux jours devant elle. Les plus grands cancres de la ville faisaient preuve d'une intelligence hors norme pour trouver la parade aux lettres-sanctions qu'envoyaient nos établissements. Ils étaient passés maîtres dans l'art de pister le postier. Des plans de Bondy avec les itinéraires de tous les facteurs tournaient sous le manteau, régulièrement mis à jour en fonction de l'emploi du temps, de la force motrice des mollets de chaque agent et des bistrots éparpillés sur sa tournée.

Aucun de ces Tom Sawyer du 9-3 ne savait faire la différence entre une abscisse et une ordonnée. Ils avaient pourtant conçu des graphiques permettant de calculer avec la précision d'un compas l'instant *t* où le bilan des retards et les convocations aux conseils de discipline allaient être glissés dans leur boîte à merdes. But de la manœuvre : s'emparer de la maudite missive avant les parents, légitimes destinataires.

Le détournement effectué, deux options s'offraient alors aux chapardeurs. Cacher le courrier pour le lâcher à un moment moins propice à la tannée – le paternel pouvait toujours gagner au loto dans les jours prochains – ou le détruire. Dans ce dernier cas, mieux valait avoir une disquette (du bagou) assez aiguisée pour persuader ses géniteurs que la poste, l'établissement ou les extraterrestres étaient les seuls fautifs de la disparition du carnet de notes.

Ce système d'interception n'était pas très fiable. Même les plus grandes éminences de l'école buissonnière passaient trop de temps en classe pour pouvoir détourner à coup sûr la lettre qui condamnerait leur week-end. La plupart des daronnes bondynoises étaient mères au foyer et couvaient leurs boîtes aux lettres comme le tajine sur le feu.

Résultat : en période de fin de trimestre, quand les bulletins de notes étaient expédiés, les giboulées de gifles tombaient dru sur nos têtes.

Il était dans la logique des choses que Kamel fût le premier à trouver la solution imparable au grand problème de la jeunesse bondynoise. Toute sa vie, il s'était penché sur le dilemme du courrier scolaire. Avant d'avoir son bac, il avait été le pire élève du monde. Si Marty McFly était monté dans sa DeLorean volante avec les bulletins du frangin pour les déposer au XIXe siècle sur le bureau de Jules Ferry, jamais l'école n'aurait été obligatoire. Elle aurait été interdite.

Pour ses professeurs, il avait été le cinquième cavalier de l'Apocalypse. Mon frère déclenchait l'anarchie et le chaos dans une salle de classe à des niveaux diluviens. Il devait, de très rares fois, en payer les conséquences. La chose le rendait fort chagrin. L'immunité postale avait constitué sa grande quête du bonheur. Elle visait à l'affranchir définitivement de toute autorité capable de contrarier ses desseins démoniaques. Kamel consacra la majorité de sa scolarité à déjouer la vigilance de notre mère, qui nourrissait une véritable passion pour les lettres cachetées par nos établissements. Des hectares d'Amazonie n'existent plus, car énormément de missives furent vouées à l'aîné de ma fratrie. Très souvent, quand mon emploi du temps le permettait, il m'envoyait en faction devant la boîte aux lettres. Mme Hocini, qui n'était pas bête, voyait bien que nous faisions les vautours devant le portail de la maison en fin de trimestre. On intercepta plus souvent des baffes que des lettres.

Mon frère devint la légende du pays quand il entama son dernier trimestre de 4e. Grâce à un jeu vidéo.

En 1993, nous n'habitions plus à La Sablière, petite cité de Bondy Sud que la famille avait quittée quatre ans plus tôt. Cette année-là, le patron du bar du Moulin, situé sur la place de la gare, à un jet de pierre de notre nouvelle maison, fit l'acquisition d'une borne d'arcade dédiée à *Street Fighter II*, le coup de maître de Capcom. Il laissa Kamel dépenser ses pièces de 5 francs dans son troquet, même s'il n'était pas majeur. Tony aimait bien mon frère. Lui aussi avait été un cancre à l'école dans les années 1970. Rire à gorge déployée aux anecdotes savoureuses qui circulaient sur le plus terrible élève de Bondy lui faisait perdre deux bonnes dizaines d'années.

Le bistrot était également fréquenté par René. Assidûment. Tous les troquets ont leur pilier de comptoir, mais notre facteur c'était une colonne grecque. Un temple ! La huitième merveille du monde alcoolique. René, en pochtron, était au-dessus de tout ce qui se faisait dans le milieu. Il avait muté. Ce postier pouvait sans mal affronter les griffes de Wolverine, tant ses coudes fusionnaient avec le zinc du comptoir.

Kamel dépensant futilement son argent dans un jeu vidéo, René noyant le sien dans l'alcool après ses tournées, et ces maudites lettres qui leur gâchaient à tous les deux la vie… Ces deux colossales canailles ne pouvaient que s'entendre.

Comment débuta leur collaboration ? Je ne saurais le dire. Nous avions hérité, mon frère et moi, du caractère réservé de papa. Ce qui donna une grande timidité chez le cadet devint un culte du secret chez l'aîné. Kamel était le KGB fait homme.

Je compris néanmoins très vite que ce gredin avait atteint la sérénité du Bouddha. Les fins de trimestre ne l'inquiétaient plus outre mesure, et les heures d'astreinte devant la boîte aux lettres n'étaient désormais que pour mon compte. Les bulletins de mon frère étaient toujours reçus au meilleur des moments, quand la bonne humeur régnait à la maison, manuscrits sans doute modifiés avant d'être décachetés par maman, puisqu'ils ne déchaînaient plus sa furie légendaire. Les carnets les plus salés, où les appréciations des professeurs prophétisaient au frangin un futur en prison au quartier de haute sécurité, étaient reçus par les rats d'égout, et ce bonimenteur de compétition réussissait l'exploit de les faire oublier. Kamel fréquentait désormais une école laïque, gratuite et buissonnière.

À partir de sa dernière année de collège et jusqu'au bac, il ne reçut plus ni plaintes pour ses absences ni comptes rendus de ses retards. Cet adorateur du chaos avait accompli le très vieux rêve de notre peuple de hors-la-loi. Il était au-dessus du règlement scolaire.

Il me fallut un travail d'investigation patient pour découvrir que René était l'homme qui avait libéré mon frère des contraintes de l'existence. Une approche délicate et obséquieuse qui dura tout le collège me permit de bénéficier à mon tour des services de notre facteur. Ce qui fit surtout pencher la balance, c'était mon année de 3e redoublée, crime de lèse-majesté pour maman.

Elle me le fit payer au point que je finis par détester ma vie. Mais une classe retapée représentait un gage de sérieux pour René, qui céda enfin à mes avances. Un peu par altruisme, aussi. Il était corrompu jusqu'à la moelle, mais avait quand même acquis, durant ses vingt-cinq ans à pédaler pour la poste, un certain sens du service public. Après tout, il permettait, tout comme la DDASS, d'empêcher que le cuir des ceinturons de nos darons ne caressât trop souvent celui de nos fesses.

En 1997, après deux mois d'Algérie, j'entamais ma troisième rentrée dans la peau d'un affranchi. J'étais à jour de mes cotisations et j'avais payé à René toutes les rétrocommissions pour quelques services rendus hors contrat. Mais dès notre retour, pendant que je déchargeais les bagages, ma mère m'avait tendu une carte postale d'une plage du Cap-d'Agde. À part mon prénom, elle était vierge de toute inscription et dépourvue de timbre. On l'avait pourtant affranchie mais pas dans l'Hérault : à la poste centrale de Bondy. C'était un courrier du futur. Nous étions le 4 septembre, alors que le tampon portait la date du « 06-09-97 ».

Cette carte n'avait rien d'un mystère pour moi. Elle voulait simplement dire : « Vacances terminées. RdV dans deux jours. » J'étais convoqué au QG de l'homme qui, de septembre à juin, avait tout pouvoir sur nos vies.

4

Le quartier de la gare est à Bondy ce que la City est à Londres : son poumon économique. C'est avant tout une grande place de marché rectangulaire qui s'étend en face des voies ferrées côté sud, des pavillons en meulière de la rue de la Liberté et de l'avenue Carnot au nord. Cette dernière s'enfonce vers le centre-ville quand la première longe la place pour aller vers la cité des Cottages. Deux fois par semaine, les mercredis et samedis, les étals des camelots faisaient le bonheur des mamans bondynoises, en particulier de la mienne, qui y dépensait l'intégralité du budget vêtements de la famille. Au détriment d'Adidas, de Nike et de toutes les autres marques, qui désespéraient de voir le moindre zloty sortir du porte-monnaie de ma daronne.

En dehors des jours de marché, une honnête supérette permettait à la populace de se fournir en chips, gâteaux et sodas, dont elle était persuadée d'avoir besoin à cause des publicités à la télé. Cet Intermarché formait la devanture d'un bâtiment assez long pour occuper tout le côté sud de la place et assez haut, grâce au parking du deuxième étage, pour boucher la vue sur la voie de chemin de fer. L'édifice était presque collé à la gare qui emmenait la plupart des travailleurs de la ville vers d'interminables lundis au boulot, là-bas, à l'ouest, vers Paris et ses emplois. Depuis la capitale, et après avoir traversé Pantin et Noisy-le-Sec, les vingt-cinq mille militaires encore basés en Allemagne voyaient leurs trains passer par Bondy quand ils rejoignaient leurs camps de base, de l'autre côté du Rhin.

Deux immeubles d'appartements fermaient les côtés de la place sur ses largeurs. Ils abritaient des commerces au rez-de-chaussée. Le bâtiment à l'est disposait d'une boulangerie, que j'évitais dans mes missions de chercheur de pain. La baguette y était si parfaitement dégueulasse que mon père m'en avait jeté une à la figure une fois où j'avais osé lui rapporter un de leurs bouts de bois. Du côté ouest, on trouvait une pizzeria qui faisait son beurre sur la quatre fromages et la regina. Elle était collée au seul vidéoclub de la ville, tenu par une famille asiatique. On pouvait y louer, moyennant une caution mirifique de 100 francs, les plus grands succès d'Hollywood et d'Hong Kong, redevenu chinois quand j'étais au bled. Cachée près de l'arrière-boutique, derrière un rideau de toile, on trouvait également une honnête collection de dix-huit films de cul, information que je tenais d'une source absolument fiable. Le vidéoclub était mitoyen du bar du Moulin, qui occupait le coin du bâtiment. Une partie de sa devanture regardait la place du marché, tandis que l'autre faisait face à un énorme rond-point, au milieu duquel trônait une sorte de pyramide inca. René avait ses habitudes et un tableau Excel en guise d'ardoise dans ce petit bistrot.

Pas vraiment rassuré, je me rendis à la convocation de René à la date indiquée sur le tampon de sa carte postale. J'avais eu deux jours pour me torturer l'esprit, cherchant à savoir quel impair j'avais commis avant de partir au pays. Notre facteur avait les moyens de m'en faire voir de toutes les couleurs de l'arc-en-ciel en cas de grief. Avec tout ce que je lui avais demandé de ne pas glisser dans notre boîte aux lettres, je me doutais, forcément, qu'il avait dû garder deux, trois pépites dans sa besace, au cas où je voudrais rompre notre association sans son accord. Combien de fureurs parentales pouvait-il déclencher sur ma tête avec deux ans de courriers dans ses archives ?

Stressé, je commandai un diabolo menthe à Tony, après l'avoir respectueusement salué. Il n'y avait pas grand monde à l'heure du déjeuner, ce troquet n'étant pas vraiment connu pour l'excellence de sa table.

Le sympathique taulier du bar du Moulin, bel homme malgré un peu de gras et une quarantaine bien entamée, me servit ma petite douceur derrière son comptoir. Il ajouta une énorme pinte de Picon bière à convoyer pour mon facteur.

— À cause de vos conneries, il commence vraiment à se prendre pour le Parrain, me glissa le beau tenancier, juste avant que je rejoigne, les deux mains chargées, les trois énormes pintes vides alignées devant ce filou de René.

Il était à sa place habituelle, la table du fond. Celle de tous les cancres. « Le bureau » où attendait ce quinquagénaire, dans son bel uniforme bleu du temps des PTT, était collé à la borne d'arcade *Street Fighter II* qui m'avait tant fait envie au collège. Le cheval de Troie grâce auquel mon frère était entré en contact avec notre bon vieil escroc.

— Tu vas te bousiller la santé avec tout ce sucre, lança René en attrapant son quatrième Picon bière. Assis-toi devant ta pisse d'asperge, faut qu'on parle.

En m'exécutant, je craignis soudain le faux pas diplomatique. Il n'avait pas été très malin de mettre sous le nez d'un sac à vin taille XXL un liquide qu'il ne classait pas dans la catégorie « buvable ». Tout comme l'eau, d'ailleurs. On devait parler affaires, ça ne faisait pas sérieux. Pour un pochard de cet acabit, une boisson d'homme, c'est 12 % d'alcool minimum, en dessous, c'était réservé au biberon du nouveau-né. Il venait de siffler un demi-gallon de son tord-boyaux quand j'avais débarqué dans son estaminet favori, en début d'après-midi. C'était comme ça que notre facteur aimait boucler sa tournée du matin : en en enchaînant une autre, sans son vélo, au bistrot. Ses mollets devaient déguster quelques belles montées de côtes tous les matins, vu ce que ce soiffard descendait à la minute.

Après les banalités d'usage, mes compliments sur ce bon teint qu'il avait rapporté du Cap-d'Agde, et quelques vannes sur ma sobriété, ce fils de Bacchus en vint à l'objet de ma convocation :

— Félicitations ! Tu reprends l'héritage familial. Tu passes en forfait toutes options. Je l'ai conçu spécialement pour les besoins très spécifiques de ton frère, dit-il, la larmichette à l'œil. Cette enflure va vraiment me manquer.

Et merde. J'avais assez observé la relation entre ma mère et ma sœur pour savoir ce qu'était un transfert. Il fallait que je dise à René que tout ça c'était fini pour moi. Désormais, j'entrais en 1re scientifique, le fin du fin, du sérieux, le gratin. Mes écarts de conduite de l'année dernière, pas bien méchants au demeurant, appartenaient à un passé révolu. Je n'étais même pas un grand sécheur de cours et mes bulletins avaient été excellents en 2de. Sans compter que nous étions en septembre, période propice aux bonnes résolutions.

Je ne devais pas marcher dans les pas de Kamel pour commencer une vie d'adulte rien qu'à moi. Je voulais suivre ma propre voie, loin du classement familial dominé par un frère qui m'avait tiré dessus au pistolet à grenaille en 5e, parce que j'avais trop tardé à lui apporter un verre d'eau. J'adorais le dieu unique. Pas le dieu du chaos. Comment dire à ce potentat local, enthousiaste à l'idée de me voir reprendre le contrat de Kamel, que je voulais raccrocher les gants pour de bon ?

Je ne pouvais pas. Je n'eus pas à le faire. René comprit tout seul devant mon mutisme et mon absence d'enthousiasme face à sa proposition en or. Le fait était connu dans toutes les classes littéraires du lycée : l'alcool rend plus fort, plus désirable, plus intelligent.

— Parce que tu crois qu'on peut quitter la mafia comme ça ? demanda mon grand postier, avec calme mais non sans colère. Est-ce qu'il va encore falloir que je vous montre, bande de petits cons, que mon métier c'est avant tout de faire passer un message ?! Tu te souviens de Moussa, je suppose ?

Malgré son prénom – Moussa est en arabe le grand prophète des Hébreux –, ce garçon n'avait pas du tout la superbe d'un prince d'Égypte. Ni la finesse d'esprit, d'ailleurs. Beaucoup trop con pour vivre sur les bords du Nil au temps des pharaons, il était né par la volonté de Dieu tout-puissant sur les rives du canal de l'Ourcq au temps des enfants de l'immigration. Deux ans plus tôt, il avait proposé un marché d'un type tout nouveau à notre facteur : soit René travaillait à l'œil pour ses beaux yeux de bandit marocain, soit Moussa dénonçait son petit commerce aux autorités compétentes. Les négociations aboutirent à un résultat que ce bien piètre sujet d'Hassan II n'avait pas prévu. Mme Ait Elousse reçut dans l'heure une lettre de renvoi, vieille d'un an, où elle apprit que son fils s'était servi du bec Bunsen du cours de chimie pour faire un sort aux sourcils de ses voisins. Isabelle Peirera, que tous appelaient avant l'incident Code-barre, à cause de son monosourcil, fut la seule élève à prendre ardemment sa défense en conseil de discipline. La mère de Moussa reçut également dans son courrier du jour un bulletin de notes accablant, posté avec quatre mois de retard et accompagné d'un compte rendu d'absences d'une longueur biblique. Toute l'après-midi, elle les lut religieusement et elle n'eut qu'une envie : jeter son fils dans le canal qui traversait le nord de la ville. Cette pauvre mère devait bien se résigner au pire, puisqu'elle avait mis au monde le Moïse scolaire. Moussa séchait les cours comme Dieu tarit la mer Rouge dans l'*Exode*. Le mur de feu en classe de chimie était en soi déjà un miracle ; d'après le nombre de ses absences, cet enfant des rues n'avait peut-être jamais appris à lire. Si Tom Sawyer était le prophète de l'école buissonnière, Moussa en était le buisson ardent. Un cactus enflammé dans le pied du mammouth.

En déversant sa sacoche de courrier dans la boîte des Ait Elousse, René eut, sur ledit buisson, le même effet que s'il avait baissé sa braguette après une soirée picole. Pendant des jours, un déluge d'enveloppes avec un joli tampon rouge du CPE se déversa en flots continus au 108, rue des Acacias. Cinq des sept plaies de l'enfant maghrébin s'abattirent alors sur Moussa : la pluie de claquettes sur la tête, le balai cassé sur le bras, la harissa dans la bouche, le fil de la radio sur les cuisses et les courses-poursuites dans toute la cité. Le malheureux échappa de peu aux deux derniers fléaux : un aller simple pour le bled avec, à la réception, la cousine-forgeron en robe de mariée, sa dot en or et en plomb en guise de sourire de bienvenue.

On raconta à la cité des Fleurs que le père Ait Elousse joua à *Street Fighter II*, ses poings en guise de manettes, avec son enfant une bonne partie du printemps 1995. En comptant ses dents et ses bleus, Moussa comprit qu'il avait fait un mauvais calcul : notre postier, au fil de nos années de cancres, avait réuni, en plus d'une fortune, la bibliothèque de la NSA sur nos bonnets d'âne. Depuis Moussa, personne n'osait plus négocier. Tout comme le courrier qu'il livrait, ce grand homme sur son vélo jaune nous inspirait une respectueuse crainte. Moïse lui-même n'oserait pas lui mettre son bâton dans les roues.

Je voyais bien que René était plus déçu qu'en colère, et cela me touchait, malgré sa menaçante question. Il fit un sort à sa pinte cul sec et se lança dans le pathétique et la sensiblerie devant ma mine déconfite :

— J'ai tout fait pour toi ! Tout ! Quand tu chialais ta mère pour qu'on travaille ensemble parce qu'elle te faisait la misère, moi j'étais là ! L'année où tu t'es dépucelé, que t'es devenu un homme, celle où tu as redoublé, je t'ai aidé à affronter tout ce foutre.

Sa prose imbibée d'alcool s'enflamma.

— Sans moi, tu vendrais des slips à l'heure qu'il est ! On te voyait, avec les copains du bistrot, décharger des caisses sur le marché dès 5 heures du matin parce que Mme Hocini voulait plus te faire la pension à l'œil à la maison. J'ai eu pitié, j'ai eu du cœur, j'ai intercepté les merdes que le collège te balançait sur le cul. Maintenant que tu es redevenu le scientifique tout gentil à sa maman adorée, tu me chies dans le cou ?! C'est des manières de monsieur, ça, hein ? T'entends ça, gros Tony ?!

— Ta gueule. Bois ! lança le taulier en expédiant par le truchement d'un habitué une autre pinte, que René avala d'un coup pour se calmer.

— Espèce de sale bicot ! éructa en guise de rot ce fonctionnaire bien trop tendre.

Sale bicot ? Il fallait faire vite. L'alcool rend peut-être plus fort dans un premier temps, mais plus raciste quand on force la dose. Comme la santé des plantes fragiles, l'humeur de mon facteur dépendait d'un bon arrosage. Pour parler business avec lui dans les meilleures conditions possible, il fallait l'aborder dans une fenêtre de tir comprise entre sa cinquième et sa neuvième chopine de bibine. Trente ans ou plus de beuveries quotidiennes avaient transformé son foie en alambic pour alcool de patate. Les premiers verres ne suffisaient pas à rincer ses souliers d'une matinée de travail entamée à l'aube. Il pouvait alors être un brin bougon et dur en affaires. Au-delà de la cinquième binouze, cela pouvait être la joie dans toutes les chaumières du village.

En revanche, discuter sereinement commençait à être mission impossible. René, rond comme une queue de pelle, était extrêmement con. Il avait toujours un bon mot sur les femmes, les Noirs qui les piquaient toutes à cause de leur gros zizi, les Arabes trop bêtes pour faire du bon boulot, sans compter les impôts dans les poches des Juifs. On devait se taper ses analyses politiques qui aboutissaient toujours à la même solution, énoncée dans tous les rades de France et de Navarre, et qui promettait de régler le problème du chomdu dans tous les pays du monde : « Ce qu'il nous faudrait, c'est une bonne guerre ! »

Il fallait poser sur la table ce que j'avais dans le slibard, et le faire vite. J'avais appris, un peu, à communiquer avec autrui à mes débuts au lycée. René ne travaillait qu'avec six ou sept familles, des gens de confiance, les cancres les plus prolifiques en papiers tamponnés, des noms que les professeurs chuchotaient à l'oreille d'une sorcière vaudoue la veille de chaque rentrée. Ce n'était pas qu'une question de sous ou de pouvoir, pour lui. Il y avait aussi de l'attachement. De la peur, également. Je comprenais surtout que notre facteur corrompu ne voulait pas lire son nom dans *Le Parisien* un bon matin.

— René, plaidai-je, t'as jamais eu de soucis avec moi. En 3e, quand tu as mis le chèque des alloc' dans les égouts et que mon bulletin s'est retrouvé sur la table de la cuisine, avec le compte rendu des retards, je t'ai quand même payé. Et cher, avec ça. Des deux côtés ça m'a coûté la peau du cul. J'ai eu mal au cuir du portefeuille et au cuir de mon boule.

— J'avais un peu trop bu ce jour-là…

— Oui, je sais, à cause de la veuve Depeuch.

Notre voisine était le grand amour de René. Elle voulait mettre papa dans son lit. Sa fille, étudiante à la Sorbonne, le voulait aussi. Je crois, sans en être sûr, que Kamel avait profité de sa parenté pour jouer les lots de consolation auprès d'une des deux femmes. La plus jeune, ou la mère, les deux sans doute : avec mon frère, tout était possible.

— T'as pas servi à grand-chose pendant cette période, dis-je, compatissant. Tu faisais que des conneries professionnelles. Tu te souviens, Tony ?

— Ta gueule. Bois, toi aussi !

J'allai chercher mon deuxième diabolo au bar et un autre grand verre pour mon interlocuteur, qui écoutait en silence.

— Si j'avais balancé, il y aurait eu un chômeur de plus dans ce monde. J'aurais rien risqué, t'avais encore wallou sur moi. Il n'y a pas de traître chez les Hocini, il n'y en a jamais eu. Et il n'y en aura jamais.

René avait commencé la conversation rougeaud, il était désormais écarlate. Cet assoiffé levait le pied sur la cadence, en pleine réflexion sur mon cas, les lèvres trempées dans son verre, plus Picon que bière. Tony voulait voir son meilleur poivrot expédier notre affaire, il tenait à ce qu'il commence sa chronique politique du jour. La stupidité de ses analyses et son racisme, que personne ne prenait au sérieux, faisaient rire les clients et participaient grandement à l'ambiance du troquet.

— Tu fais une connerie en raccrochant les gants, finit par dire René. T'es né pour ça. Il y a plus de Kamel en toi que tu ne le crois. Allez, file ! Laisse-moi avec ma copine et les petites sœurs qui arrivent ! Je sais que t'es pas une balance. C'est dommage, faut dire. On ne faisait pas ça pour l'argent ou pour éviter les taquets du daron, ton frère et moi : on enculait le système. À sec et avec du gravier !

Je remerciai René, soulagé à l'extrême par le succès de ma négociation. Fier, aussi. Avant que je parte, il tendit une enveloppe.

— Pris l'initiative. Gratuit en souvenir de Kamel. Je sais que Mme Hocini ouvre le courrier, et celui-là pue la gonzesse.

La gonzesse, mon cul, ouais. Un poulpe aurait plus de chance de mettre sa langue dans la bouche d'une fille. J'ajoutai un merci à René, empochai la missive, traversai la place du marché, les 50 mètres de l'avenue Carnot, qui m'amenèrent à la maison, puis m'enfermai dans ma chambre pour décacheter ma lettre.

Elle me plongea dans un insondable mystère.

5

Je n'avais pas vraiment eu le temps de faire mon trou dans ma grotte. Ma chambre restait proprette, et la poussière accumulée durant deux mois de bled avait déjà été évacuée en ouvrant les volets. Il allait falloir au moins un trimestre, sans rangement et sans balai, pour transformer les lieux en bordel de campagne. La belle pièce de 10 mètres carrés où je dormais n'était décorée d'aucun poster, pas terrible sur du papier peint. Il y avait mon lit, une armoire, un bureau et une sorte de table basse sur laquelle trônait le vieil écran d'un Amstrad 6128 plus, connecté *via* un adaptateur à ma Super Nintendo, planquée dans un tiroir. La console était démodée depuis l'arrivée de la PlayStation. La Nintendo 64 et ses graphismes en 3D avait pris la relève, en vente depuis trois jours à Micromania, mais je pouvais toujours me gratter le dos pour en avoir une : nous avions droit à un appareil vidéoludique tous les dix ans.

Depuis un moment déjà, l'enveloppe donnée par René, décachetée, était posée sur mon couvre-lit. Je l'avais gardé depuis le temps où nous vivions à la cité, grâce à quelques retouches de maman. Elle économisait tout et ne gaspillait rien. Quand on est né pauvre, c'est pour la vie. Ma couverture représentait des scènes délavées du dessin animé *Clémentine*, une autre héroïne de mon enfance. Gentille, clouée dans un fauteuil roulant, elle essayait de vivre sa vie de fillette alors qu'un démon de feu, Malmoth, voulait la tuer afin de torturer son corps mutilé dans les flammes pour l'éternité. Une production française ! Émile Louis avait dû pitcher le script à Antenne 2, avant d'aller massacrer sept jeunes filles handicapées. Et on disait que les mangas japonais étaient violents…

La petite Clémentine et Héméra dans sa bulle me regardaient depuis ma couverture.

Assis en tailleur sur mon lit, prostré, le nez baissé face à leurs visages, j'avais une feuille cartonnée dans les mains. Grand Dieu, que voulait me raconter cette chose ?

J'avais l'impression que le petit texte imprimé provenait d'un article sur les trous de ver paru dans *Science et Vie*. En gras, tout en haut du carton, il y avait écrit « inuitation », mot qui, s'il existait, serait introuvable dans le *Larousse* familial, estropié du « G » jusqu'au « R ». Le texte parlait d'une personne désignée comme « tv », « inuité » à « uenir ». Cette missive était ponctuée d'un dernier mot isolé tout en bas : « uiuiane ». Il semblait que l'énigme avait un rapport avec la rentrée qui arrivait à grands pas. « tv » devait « retrouuer » quelque chose, quelqu'un, quelque part, il y avait une adresse ou c'était peut-être un autre truc. Trop de mots qui ne voulaient rien dire, trop de paradigmes qui m'échappaient par leur abstraction, j'avais une très grosse envie de Doliprane.

Mes yeux se posèrent sur ma couverture et le sourire imprimé de Clémentine, cette handicapée que je rêvais, gamin, de protéger du sadisme d'un démon et des scénaristes de la série. Handicap, l'enfance, feuille cartonnée… Les neurones commencèrent à se connecter.

J'allai ouvrir le dernier tiroir de la table basse, sous ma Super Nintendo, j'en sortis ma boîte Lucky Strike à souvenirs. À l'intérieur, une première couche composée des cartes postales des cousins, ma médaille obtenue à une compétition de judo grâce à une défaite, mon 20 sur 20 en maths plié en deux et une très vieille photo en noir et blanc de grand-père. Son épouse, fort regrettée, me l'avait donnée en m'embrassant chaudement, la dernière fois qu'elle avait dit au revoir à son petit-fils sans savoir que c'était un adieu.

Tout au fond de la boîte, je trouvai ce que je cherchais parmi un fatras sans intérêt. Un petit carton sale et boursouflé par une humidité ancienne. Il était froissé, jauni par les ans, mais l'écriture avait résisté aux outrages du temps. Il avait été polycopié à l'encre et à l'alcool, à l'époque où les imprimantes étaient le futur, dans le 93.

La clef de l'énigme.

Je compris ce qu'avait ressenti Champollion devant la pierre de Rosette. Bordel de cul ! Le « v » trop mal imprimé dans le courrier que m'avait refilé en sous-main René ressemblait beaucoup trop à un « u ». Viviane, une ancienne camarade de classe, m'avait envoyé un sacrilège.

Crime de lèse-majesté à Bondy : j'avais reçu une invitation à une fête.

6

Ça ne se faisait pas, chez nous, de signifier à des gens qu'ils seraient reçus avec plaisir entre quatre murs, dans un endroit où il y aurait du manger sur la table. La chose bafouait la coutume bondynoise. On avait mis nos ancêtres au fond des bois, dans une forêt, à l'extérieur des faubourgs parisiens. Leurs descendants dans une banlieue, au-delà du périphérique. Nous ne sommes jamais les bienvenus. Pour vivre la grande vie, la moyenne aussi, il nous fallait squatter. Ruser. Modifier l'adresse sur un curriculum vitae pour décrocher un turbin ou changer un prénom trop exotique étaient les moindres de nos astuces. Nous nous livrions au pillage des vernissages et des fêtes mondaines de la capitale depuis cinq siècles au moins. Nos dons en poliorcétique pour entrer dans une soirée, malgré une soldatesque de videurs à l'entrée, faisaient de chaque habitant de la ville un bélier sur deux pattes.

Douze années avaient passé entre ma première invitation et la deuxième. Une vie d'enfant à Bondy que je dois retracer pour qu'on puisse comprendre les deux accidents de parcours de mon agogé, l'éducation locale, comme on disait à Sparte. Sparte, une cité de la Grèce antique où les gamins devaient aussi apprendre à composer avec un monde rude et hostile. Sauf que ces païens jetaient du haut d'un ravin les bébés les plus faiblards et ceux nés avec une difformité. À Bondy, on les gardait en vie, pour en faire les souffre-douleurs de la cour d'école.

Nathaniel était la seule personne, avant Viviane, à m'avoir convié à une fête. Nous nous étions rencontrés pour la première fois à la récréation, peu après ma rentrée en grande section. Célia m'enseignait l'art de faire du sable doux en tassant de la terre séchée. Les temps avaient changé, les petits Marocains de la cité avaient appris à se défendre, et plus aucun garçon n'était sale et arabe à l'école.

Un sacré baroufle me détourna de ma sélection des grains les plus fins. On faisait cercle autour d'un enfant, trop petit pour son âge. Tout le monde lui beuglait dessus. C'était Nathaniel. Je ne savais pas encore que nous étions dans la même classe. Un nouveau venu dans la ville, à ce qu'il semblait, vu l'émoi qu'il provoquait. Un estropié aurait fait parler de lui bien avant la grande section. Celui-là était né avec des carences en fer, ou un truc du genre, et un moignon à la place de la main gauche. La populace de la récré lui souhaitait la bienvenue en le traitant comme le dernier des parias. Yasmina, une fille de moyenne section avec qui je grandissais à la cité, disait que quiconque toucherait ce « sale handicapé » perdrait aussi une main. Sous les blâmes d'une horde convaincue de respirer l'air d'un lépreux, Nathaniel baissait la tête sans rien dire, les lèvres tremblantes. Deux grosses larmes gonflaient dans ses yeux gris. Elles faisaient tout pour couler, mais ce courageux petit bonhomme les retenait avec toute la force de sa volonté.

Il devait venir d'un pays merveilleux où les gens avaient le droit d'être différents : il portait des vêtements sans manches. La foule l'écrasait par son nombre et sous un tel mépris qu'on avait l'impression qu'il pleuvait des trombes de haine en concentré sur sa tête. Nathaniel avait l'air d'un gamin séparé pour la première fois de sa maman et trempé jusqu'aux os sous une pluie acide. Il courbait les épaules, accablé par les cris, les remarques acerbes, la répugnance de ses pairs. Pourquoi les maîtresses ne venaient-elles pas le sauver ? L'enfant seul face à tous essayait de remonter avec une seule main la fermeture Éclair de son gilet, une façon de se concentrer sur autre chose, de fuir cette terrible humiliation publique. Peut-être la première de sa jeune existence. Elle était d'une violence inouïe. Les « chacaux » autour riaient parce que le chétif garçonnet n'arrivait pas à s'en tirer avec sa tirette. Sa menotte tremblait, trop de honte dans un si petit être. Les fins vaisseaux sanguins sous ses joues éclatèrent et des taches mauves apparurent sur ses pommettes écarlates. Il continuait sans faiblir à lutter contre sa fermeture Éclair et contre ses yeux qui voulaient tellement pleurer. Le cercle d'inhumanité autour de lui grandissait. Chacun, en arrivant, disait une cruauté sur son handicap et sur la peste qu'il allait répandre parmi nous. Tous regardaient son moignon avec horreur et dégoût. Y compris moi.

Je pensais, comme les autres, qu'on pouvait perdre une main en le touchant. Tant pis : j'en avais deux. Je fis un pas au milieu du cercle des tortionnaires, pris le moignon de Nathaniel entre mes dix doigts et le secouai en signe de salut fraternel.

— Bonjour. Moi, c'est Idir, lui dis-je tout simplement.

Je conclus les présentations en tirant la fermeture de son gilet jusqu'au cou.

Ce fut l'apogée de mon existence : plus jamais je n'ai fait autre chose dans la vie dont je suis aussi fier. Ce nouveau, handicapé, qui se faisait insulter par l'école entière sans rien répondre à ses bourreaux que des larmes contenues et du sang éclaté de honte, m'avait brisé le cœur.

Célia me signifia mon renvoi de l'atelier sable doux d'un « Ahhhh !! » de pure répulsion, repris en chœur par les autres. Je brisai les rangs de ce tribunal populaire, à deux doigts de nous jeter des pierres, en prenant Nathaniel par la seule main qu'il avait. Nous courûmes en direction de la marelle, qu'un groupe de filles nous laissa. Elles nous fuyaient, plutôt. Parmi ces demoiselles outrées par notre existence, ma sœur ! Pas de traître chez les Hocini, hein ? Mon cul sur la commode, ouais ! Après notre partie, que je perdis parce que j'étais gauche, nous étions deux amis. Ses larmes coulèrent enfin, mais Nathaniel me souriait.

À ma grande surprise, au bout de trois jours, j'avais toujours mes deux mains. On laissa donc un peu mon nouveau copain tranquille. Comme si je n'avais ni race ni colonne vertébrale, je repris l'excavation du sable doux en faisant de grands sourires où manquaient deux incisives à la petite Célia, aux belles nattes sombres, très contente d'avoir retrouvé son ouvrier du bâtiment si dévoué.

Pour son anniversaire, Nathaniel convia toute notre classe de grande section. Le lundi qui précéda sa fête, juste avant la récré, il trottinait tout guilleret entre les petites tables rondes, distribuant maladroitement une pile d'invitations trop haute pour sa seule main, sous le regard compatissant de la maîtresse et les rires démoniaques des autres enfants. Ces petites hyènes s'esclaffaient, au fil de la distribution, à chaque fois que Nathaniel bataillait ferme pour ramasser les cartes qui s'échappaient immanquablement de sa menotte. Ce cœur d'or gardait tout de même son grand sourire tellement il était content de nous convier chez lui. Il n'oublia aucun de ses bourreaux. Y compris ceux qui se régalaient ouvertement de son handicap au portemanteau, lieu de haute lutte pour ce brave où il combattait tous les jours son anorak, sans l'aide de quiconque, qu'il refusait systématiquement.

Dans la cour de récré, la jolie Karen, impitoyable blondinette qui détestait autant les petits de taille que les estropiés, jeta par terre avec un dédain exagéré le carton d'invitation que Nathaniel lui donnait. Cette bonne nature se dépatouilla avec sa main unique, dans la poche de son manteau, pour lui en filer un autre « mieux polycopié ». C'était évidemment ça le problème…

Il fourra le nouveau carton dans le sac à goûter de Karen et repartit gaiement, dans le bonheur de son déni. Il n'y avait pas sur cette invitation le grand cœur rouge, colorié sans dépasser, qui gisait désormais tout froissé au fond d'une petite flaque de boue. Je ramassai la carte à la fin de la récréation pour la nettoyer avec un mouchoir improvisé, la manche de mon pull torsadé. Avec mes deux mains, je n'avais jamais réussi à colorier sans dépasser. Un si grand geste d'affection, tellement beau, confectionné avec tant de soin, sans aucun doigt pour maintenir la feuille, méritait tous les honneurs. L'invitation de Karen est toujours dans ma boîte à précieux, avec la photo de grand-père.

Dans la classe, j'étais le seul habitant de la cité. Je fus surtout le seul à venir fêter la naissance de Nathaniel aux cinq doigts. C'était la première fois que je rentrais dans une maison. Tout me paraissait exotique, de la cuisine américaine à l'escalier en bois qui menait vers une chambre que personne ne devait partager avec ses frères et sœurs. Je m'étais présenté à la porte des nantis avec un harmonica enroulé dans du papier crépon. Papa avait écouté les conseils de cette enflure de Kamel pour le cadeau. Mon frère savait évidemment que j'allais à l'anniversaire d'un ami qui n'avait pas ses deux mains pour jouer d'un instrument de musique.

Au bout de trois heures, la jolie maman de Nath, blonde comme les blés, copie conforme de Farrah Fawcett dans *Drôles de dames*, comprit que nous ne serions que deux cette après-midi. Elle nous regardait nous amuser avec de la pitié dans les yeux et une très grosse envie de pleurer. Je ne comprenais pas bien pourquoi. Nous, on était super contents parmi tous ces jouets et ces ballons gonflés d'amour et de CO_2 maternels. Sans compter l'énorme fraisier de La Romainville à se partager à deux.

Ma mère appela bientôt celle de mon ami pour savoir combien d'objets j'avais déjà cassés dans la maison. Quand elle comprit que tout ce qui était brisé, c'était le cœur d'une maman, elle dit à son mari de faire son boulot de taxi. La madré envoya tout le reste de sa progéniture me rejoindre quand elle apprit, entre deux pleurs, que notre classe, dans sa totalité, avait déserté les festivités. Si la mère de Karen avait été la mienne, elle aurait forcé sa fille à embrasser, à genoux dans une flaque, le moignon de mon ami pour avoir jeté son invitation dans la gadoue.

Tout le reste de cette journée, ma fratrie eut quartier libre pour mettre l'ambiance dans des volumes d'habitation inédits pour nous. Nathaniel faillit s'étouffer de rire quand Kamel lui arracha son paquet de M&M'S sous prétexte que « pas de bras, pas de chocolat ». Sa maman trouva que ma petite sœur Linda, trois ans et demi, était mignonne à croquer, même quand elle demanda comment son fils faisait pour compter jusqu'à dix.

Cette belle dame nous laissa volontiers l'appeler tata, comme toutes les mamans de la cité. Notre petit hôte était d'une patience d'archange. Après le gâteau, il accepta, avec un grand sourire et des cris de joie, d'endosser le rôle ingrat de gardien de but – sur une idée originale de Kamel évidemment –, le temps d'une partie de foot dans son jardin, sommet du luxe pour un enfant des cités. Je dus faire confiance au frangin pour le score, je ne savais compter que jusqu'à cinquante. La mère de Nathaniel semblait aux anges de voir son fils unique si heureux dans les cages, comme s'il avait toutes ses mains. Elle avait, je pense, surtout apprécié que Kamel considérât son enfant comme son petit frère, c'est-à-dire, et j'en savais quelque chose, comme un général traite le chien d'une nouvelle recrue. Jamais comme un handicapé.

7

Nathaniel et Viviane appartenaient à la dernière vague d'immigration qui avait caressé les riants rivages de ma terre natale. Ils étaient arrivés peu de temps après la victoire de Yannick Noah à Roland-Garros, en 1983. Leurs beaux pavillons où ils m'avaient convié à festoyer, l'un en maternelle, l'autre au lycée, n'existaient pas quand je suis né bondynois, et fier de l'être, un beau jour de printemps, sur les bords du canal de l'Ourcq.

Je vins au monde à Bondy Nord, que personne encore n'appelait le Mordor, pour vivre une petite enfance dans le sud de la ville, séparé du reste de la commune par la voie ferrée. Depuis la capitale, celle-ci file vers la ligne bleue des Vosges et l'ancienne Prusse de Bismarck. Tout le monde sait ici que les armées allemandes s'étaient unies en conquérant Bondy en 1870, Paris n'étant qu'un objectif tout à fait secondaire pour le Kaiser.

La Sablière était la seule cité du côté sud du chemin de fer. Quatre bâtiments blancs de dix étages entourant un grand bac à sable. Il donna son nom au monde merveilleux de mon enfance. Le tout jurait un peu au milieu des petites rues et impasses bordées de maisons en meulière.

Elles furent construites à la fin du XIXe siècle, du temps où la bourgeoisie parisienne avait ses pavillons de campagne à 11 kilomètres des faubourgs. Au début des années 1980, il subsistait encore un coin très champêtre à Bondy, au pied de ma fière cité.

C'étaient de grandes friches et des champs où nos parents nous laissaient pique-niquer par beau temps. Nous nous régalions de profusions de chips, de pommes, de sandwichs à l'omelette, que maman préparait à la perfection, de boîtes de thon à la catalane, aussi. Les Marocains, la première population de la cité, avaient appris à les apprécier durant leur longue transhumance de trois jours à travers la France et l'Espagne pour rejoindre leur royaume l'été venu.

Nous avions le droit d'aller, sous la surveillance des grands, jusqu'à une petite mare, où nous attrapions des têtards dans des bouteilles en plastique. Je m'y étais même baigné le popotin, un été, quand j'avais quatre ou cinq ans. Une veuve s'y serait suicidée, me raconta un jour René, qui disait aussi que toutes ces terres avaient appartenu à un unique gros richard. Il les avait cédées à la mairie pour faire le rentier dans le sud de la France.

Au-delà de la mare, les champs étaient une *terra incognita*. Les parents nous interdisaient de franchir les frontières de notre petit monde. Nous avions assez de jeux d'enfant sur place pour ne pas tenter une aventure trop risquée dans ces étendues sauvages. Notre grand savoir-faire, c'était la fabrication d'arcs avec les branches tombées des peupliers alignés aux abords des bâtiments. Nous utilisions des ficelles en toile pour faire les cordes ; elles servaient aux facteurs à lier les grosses piles de prospectus. Ils les laissaient au tout-venant à la fin de leur tournée. Certains étaient très habiles dans la confection de ces armes, ce qui aurait pu être dangereux dans les mains de petits gamins, pourtant je n'ai aucun souvenir d'accident.

Enfants du béton, nous jouions comme des gosses de la campagne, avec cette touche de technologie qui pointait le bout de son nez au début des années 1980. Les Hocini avaient gagné leurs galons de beurgeois en étant les premiers à posséder un téléviseur avec télécommande. Le temps où l'on ne captait que trois chaînes hertziennes venait de s'achever. Un jeu électronique de poche, qui fonctionnait à piles plates, tournait entre toutes les mains de La Sablière. Un ersatz de *Space Invaders* où il fallait détruire des vaisseaux extraterrestres. Je me souviens des cris de joie de Kamel qui venait de battre le record mondial – c'est-à-dire de la cité – sur un score de 5 400 points toujours inégalé à ce jour. Il lui avait fallu la moitié de la nuit, la lumière de la chambre allumée, pour accomplir cet exploit. Je me rappelle la magnifique volée de gifles que le daron lui administra pour avoir réveillé toute la maisonnée.

Les filles, elles, jouaient à *Cynthia ou le Rythme de la vie*, un dessin animé ayant pour thème la gymnastique rythmique expédié sur nos écrans depuis le pays du Soleil-Levant. Nos sœurs utilisaient des sacs plastique étirés au maximum, attachés au bout d'un bâton, pour imiter les longs rubans que faisaient tournoyer les petites athlètes du bloc soviétique aux Jeux olympiques. Le péril jaune qui pouvait détrôner les États-Unis était alors japonais. En France, la bataille culturelle pour remplir d'images et de rêves les têtes des enfants tournait clairement à l'avantage des mangas.

Pour ma part, je passais mon temps à jouer dans le grand bac à sable, au centre des quatre bâtiments de la cité, sous les regards de toutes les tatas. Qu'elles viennent d'Afrique, du Portugal ou des Antilles, leurs principes d'éducation étaient les mêmes, hérités de leurs années de misère dans des hameaux de brousse, de montagne ou de jungle, dispersés sur toute la Terre. La cité était autant un village de la Casamance que de l'arrière-pays de Valence. La surveillance des enfants était collective depuis toutes les fenêtres. Maman n'avait qu'à ouvrir la sienne pour m'annoncer que le dîner était prêt ou pour gourmander l'enfant d'une tata qui faisait des bêtises. Tout le monde savait ce que les autres mangeaient à l'odeur, généralement bonne. La daronne avait appris à faire une excellente paella grâce à une voisine espagnole, en échange de secrets ancestraux sur la conception du couscous kabyle à la sauce de fèves.

Je pouvais rester des après-midi entières à creuser des trous dans le sable. Peut-être, déjà à l'époque, avais-je entendu cette vieille légende locale qui disait que, si l'on forait depuis les terres de la commune vers le centre du globe, on ressortait de l'autre côté dans une terre de lumière, bordée d'un magnifique océan où nageaient des kangourous : Bondi Beach, dans la banlieue de Sydney, le Walhalla des Bondynois.

Je n'ai aucune idée de l'âge que j'avais, ce jour où Kamel vint me trouver devant mon trou, la bouche dégoulinante d'un jus rouge cerise. Peut-être six ou sept ans, mais guère plus, j'étais en CP, je crois. Il me raconta sa dernière aventure. Extraordinaire. Au-delà de la mare toute marron où je m'étais baigné en slip, là où personne n'était jamais allé, existait un royaume déchu, ravagé. Celui qui avait le courage de traverser cette terre souillée par le mal arrivait jusqu'à une montagne qui s'élevait au milieu d'une grande plaine. Son sommet touchait le ciel et à ses pieds poussait un magnifique cerisier, presque aussi haut que les nuages. Il donnait tous ses fruits au brave qui avait vaincu sa peur de pénétrer dans un royaume maudit. Fascinant. J'étais comme Bilbon Sacquet se faisant raconter la montagne solitaire par Gandalf devant son trou de Hobbit.

— Tu as sauvé la princesse ? demandai-je, inquiet, à mon frère.

— La quoi ? répondit, circonspect, le plus grand chapardeur de fruits des deux rives de la Méditerranée.

— S'il y a un royaume détruit, il y a une princesse qui a besoin d'aide.

— Et ?

— Il faut l'aider.

— Je l'emmerde, la princesse, mais royalement ! CERISES À VOLONTÉ ! Tout a meilleur goût quand c'est gratuit !

— Viens, on va la sauver. S'il te plaît.

— Qu'elle crève, ta princesse ! T'es le frère le plus bête de l'univers. T'as plus l'âge pour ces conneries.

Fort de tout son mépris, il s'apprêtait à quitter le bac à sable pour de nouvelles aventures quand je dis :

— T'as réussi ton coup parce que c'était l'heure de *Santa Barbara*.

— Même pas. C'est maintenant, répondit crânement le frangin après avoir regardé sa montre Casio à quartz.

Ce bonimenteur l'avait troquée contre un kleenex autonettoyant. Il partit ensuite vers le bâtiment où habitait Frédéric, son meilleur ami.

Les aventures amoureuses des richissimes familles de cette station balnéaire de Californie fascinaient les mamans de la cité. Il n'y avait plus de surveillance depuis les fenêtres des appartements pendant au moins une demi-heure. On pouvait aussi compter sur le coup de fil à la bonne copine pour commenter les infidélités de leurs héroïnes préférées. Leur conversation pouvait parfois durer jusqu'à l'heure du dîner. Le téléphone était la première dépense de notre foyer.

1987. Kamel allait faire de cette année le 1492 de La Sablière. De mon côté, tous les copains se payaient ma poire parce que j'étais le seul enfant de mon âge à faire du vélo avec les petites roues à l'arrière. Mon frère avait vaincu la sorcière du placard, pouvais-je sauver la princesse du royaume qu'il avait pillé ? Je devais essayer.

J'attendis au milieu du sable, à côté de mon trou confortable. Je pensais à mon dernier été, à cette tannerie de la casbah d'Alger, au billet de 200 dinars que mon père avait laissé sur le comptoir en bois, à la belle ceinture surmontée d'une boucle en fer galvanisé qu'il avait emportée avec lui en quittant la boutique. Personne à la maison n'avait encore fait une bêtise suffisamment grave pour sentir, au plus profond de son derrière, tout l'amour du travail bien fait de cet artisan marocain. L'idée d'aller poser les fesses sans pleurer de douleur sur le canapé du salon, même devant ces soporifiques Américains, m'apparut soudain fort agréable. Je pouvais aussi creuser un trou plus profond vers les koalas. Les dragons destructeurs de royaumes n'étaient jamais venus jusqu'à la cité, et je trouvais très bien que personne d'autre que mon frère n'aille les embêter.

Mais il y avait aussi le printemps dans l'air, et ces longs mois d'école sans voir la plus petite montagne. Cette princesse orpheline privée de château, de roi et de son papa aurait-elle l'idée de venir jusqu'à la petite mare de la veuve ? Embrasser un crapaud réglerait assurément tous ses problèmes. Je n'étais pas très beau non plus…

D'un coup, d'un seul, je courus vers les champs. Chaque pas sur le bitume me fit aimer ce courage que je sentais grandir en moi. Je trouvai bientôt Fouazi assis sur des marches, à l'entrée de son bloc, avec dans les mains le jeu électronique qui faisait la gloire de Kamel. Il était l'un des plus habiles archers de la cité. Je lui demandai s'il pouvait me prêter l'arc et les flèches qui attendaient, inutiles, à ses pieds. D'un signe de tête, sans lever les yeux du petit écran, il accepta. C'était, comme tous les autres petits Marocains, un enfant généreux.

Armé pour affronter les dangers d'un royaume sans doute ravagé par un dragon, je partis tester mon tir sur le tronc d'un des peupliers. Je tirai plusieurs flèches sans toucher le moindre bout d'écorce. Pas étonnant, avec mes yeux bigles. Mon tir allait trop vers la gauche, mon côté naturel. Il fallait étoffer mon arsenal. Même si j'aurais aimé la trouver plantée dans un rocher, une branche toute droite ramassée au pied d'un arbre me fit office d'épée.

Un guerrier un peu trop fier posa un pied sur la chaussée pour s'éloigner des fenêtres beaucoup trop curieuses des bâtiments. Je ne vis pas les champs quand je regardai à gauche, mais une voiture lancée à toute berzingue. L'engin me roula sur un pied. Je n'eus pas mal. Ces grosses bottes en caoutchouc, bien solides, qu'achetait maman au marché devinrent soudain les magnifiques pièces d'une armure de chevalier.

Vivant, protégé par des bottines enchantées par l'amour de ma mère pour les bonnes affaires, je pouvais enfin commencer ma quête. J'arrivai, arc en bandoulière, épée et flèches dans les mains, à la toute fin du béton et de la cité. Les friches étaient en vue.

Je rencontrai le premier vrai obstacle de mon périple. Assise sur un petit muret, dos au parking et aux box de rangement, la frontière entre la ville et les champs, attendait la Femme-qui-boit et son inséparable bouteille de Ricard. Nous l'appelions aussi par un autre nom. Quand ils la voyaient, tous les gamins partaient en courant comme un essaim de sauterelles, en criant : « La femme qui tue !!! » Qu'allait-elle me faire ? J'avais très peur.

— Il est où ton père ? demanda-t-elle, le regard ivre et le visage rubicond.

Elle posait une énigme. Classique. Je devais prouver que je méritais de continuer ma quête ou rentrer chez moi faire du vélo à quatre roues pour amuser la galerie des moqueurs jusqu'à mes dix-huit ans.

— Il est à la maison avec maman, dis-je après un petit temps de réflexion.

J'avais donné la bonne réponse. La peur changea de camp. Elle était maintenant dans les yeux de la pochtronne. Le goulot de la bouteille de Ricard rejoignit sa bouche de vieille, et j'en fus débarrassée.

La Femme-qui-boit ne me suivit pas quand je mis enfin les pieds dans les champs de blé vert, constellés de marguerites, de violettes et de pissenlits. Il restait un petit bout de bâti avant de quitter définitivement toute civilisation. Je passai devant la cabane et les cultures du Baron, entourées d'un grillage. Un homme méchant, à la moustache d'Hitler, si mes souvenirs sont bons, toujours un béret sur la tête. Il m'avait donné une fessée, un jour, pour un vol de fraises dont j'étais parfaitement innocent. Je me souvins soudain qu'il n'y avait pas que du rouge cerise autour de la bouche du frangin, quand il m'avait retrouvé au bac à sable.

— T'es revenu doubler la mise, graine de bagnard ! cria le Baron en sortant par la porte, faite de bric et de broc, qui permettait d'entrer dans son potager.

Je courus à travers champs, la terreur au ventre, mais tombai lamentablement au bout de quelques mètres. J'avais trébuché sur deux corps allongés dans l'herbe. Johnny — était-ce son vrai nom ? – qui ne quittait jamais son blouson de cuir, même sous ce ciel bleu, contait fleurette à une superbe brune en petite robe d'été jaune canari.

— Coucou gamin, dit-elle avec un grand sourire, laissant son fin vêtement où il était, largement au-dessus des genoux.

— T'as pas encore l'âge pour les plans à trois, lança Johnny en me relevant.

Je compris que c'était drôle au merveilleux éclat de rire de sa petite amie.

Le Baron arriva sur mes talons, une faucille dans la main. Il ne pouvait rien me faire : j'étais sous la protection de Johnny, magnifique blondin échappé des années 1970, très aimé par tous les gamins du quartier pour les pièces de 1 franc qu'il nous cédait de temps à autre.

— Casse-toi de là, vieux débris. Tu sais très bien que c'est pas le bon frère que tu poursuis, dit le deuxième beau gosse de la cité en se levant.

Le débris le traita d'apache. Le Fonzie français fit un pas vers lui. Le Baron rentra sur ses terres, la queue entre les jambes. Il n'y avait plus qu'un mensonge qui me séparait du véritable début de mon aventure.

— Tu vas où, armé comme ça, Rebeu des Bois ? me demanda Johnny.

— Rejoindre les grands à la mare.

— On l'accompagne ? proposa la fille, on pourra s'y baigner.

— Baigne-toi si tu veux attraper le choléra. Fais attention à toi sur le retour, petit Idir. Dans une demi-heure, je ne suis plus là, confia mon sauveur avec un sourire complice à sa dulcinée, ravie qu'il la rejoigne dans les blés.

Je quittai, reconnaissant, les deux tourtereaux. Le chemin jusqu'à la mare me parut fort long. C'était la première fois que je le faisais non accompagné. Rien que des ronces et des fleurs des champs autour de moi. Le soleil brillait dans mon dos et sur mes bras. Je n'avais qu'un pull qui gratte sur la peau. Le point d'eau était au creux d'une petite butte qu'il fallait gravir. Nous l'appelions le volcan.

Arrivé à son sommet, je regardai une dernière fois la cité, au loin.

J'eus un instant la pensée de revenir vers les miens, la sécurité et un bon goûter. Au bord du monde, j'hésitais fortement à me lancer dans cet inconnu hostile où m'attendait un mal trop terrible, assez pour détruire un grand royaume. La faim, soudain, me fit regretter la table de la cuisine, celle des devoirs pourtant, technique de Sioux de mon cerveau pour m'inciter à rentrer à la baraque, loin du danger. Même les gâteaux en forme d'animaux me semblèrent un festin de roi. Ils étaient vendus pour 1 franc dans des sacs de 1 kilo. Les lions, les tigres et les éléphants se transformaient en morceaux de plâtre dans la bouche. Seuls de grands verres de lait permettaient de survivre à toute cette maçonnerie de nos quatre-heures. J'avais les crocs et je voulais rentrer. Avec le Baron, la voiture qui m'avait roulé sur le pied et ma victoire cérébrale sur la Femme-qui-boit, je pouvais revenir au pays avec une bonne histoire à raconter, sans baisser la tête devant quiconque.

Ma main serra le pommeau fictif de mon épée. J'avais donc bien un peu de courage en moi. Mes jambes dévalèrent la colline du côté opposé à la cité, vers un monde vierge et inquiétant. Je marchai longtemps, regardant de tous côtés au moindre souffle de vent dans les blés. Je me rassurais en caressant mes armes. Johnny, si heureux avec sa princesse à lui, renforça ma résolution d'aller secourir celle du roi déchu. La Sablière dans mon dos m'apaisait, aussi. Elle était toujours visible au loin, mais ses bâtiments blancs devenaient plus petits chaque fois que ma tête se retournait vers mon chez-moi.

Je montais une côte depuis un moment déjà. Mon escalade m'amena sur une sorte de plateau qui me paraissait sans fin. Kamel disait vrai. J'avais trouvé le royaume ravagé. Partout autour de moi, de grands trous creusés dans une terre rouge. Quels pas monstrueux avaient pu les faire ? À mesure que je pénétrais plus profond dans la contrée frappée par le mal, des maisons délabrées commençaient à apparaître. Elles étaient sans porte ni fenêtre, aucune peinture sur les murs, la brique apparente, chaumières détruites par le dragon et désertées par les sujets du roi maudit.

Je traversai cette ville en ruine, porté par une volonté nouvelle qui surpassait ma peur. La sauvagerie reprit bientôt ses droits. J'avançai dans la brousse, l'herbe à mi-hauteur, épuisé, commençant à désespérer. Comment trouver une princesse abandonnée dans toute cette étendue ? Où aller, surtout ?

Un renard surgit soudain des fourrés. Il me regarda avec de grands yeux curieux. Maman me lisait *Les Mille et Une Nuits* chaque soir. Je savais donc que les animaux pouvaient nous comprendre. Je lui expliquai l'objet de ma venue sur ses terres et fis un pacte avec le superbe animal :

— Goupil, guide-moi vers la princesse abandonnée. Elle a tant besoin de toi. Tu es beau ! Elle voudra certainement te marier. Je pourrai rentrer à la cité avec cette dette que je te devrai pour la vie.

Il me tourna la queue et marcha dos à La Sablière. Il acceptait de m'aider. Ce renard d'honneur m'emmena au bout de ma quête. Il s'arrêta net devant deux jeunes filles aux cheveux d'or qui tremblaient à quelques mètres de nous. Elles se tenaient enlacées au milieu de grands chardons. Leurs yeux bleus faisaient face à un molosse menaçant, pas encore adulte, mais pas tout à fait chiot non plus. Elles avaient très peur. Moi, j'étais terrorisé. J'avais été attaqué par un chihuahua en début d'année. J'avais eu une telle frayeur que mes défenses immunitaires avaient abandonné mon petit corps. J'avais attrapé la jaunisse et la scarlatine coup sur coup. Ma peau pelait et, quand était venu le retour en classe, à la fin de ma période de contagion, même le gentil Nathaniel évitait ma compagnie de lépreux à la récré.

Mes jambes tremblaient, mais je n'avais pas fait tout ce chemin, tout ce périple, pour fuir comme un lâche. Surtout qu'il n'y avait pas une, mais deux princesses à sauver. Mieux valait la mort qu'une vie de honte.

Je lâchai mon épée dans l'herbe, pris une flèche et bandai mon arc, en visant les blondinettes, à droite de l'animal. Le cerbère fut touché, bien sûr, par la grâce de mon défaut de visée. Nullement vaincue, la bête se retourna vers le renard et l'archer qui l'avait blessée. Elle courut vers nous toutes babines dehors. Je pensais que j'allais faire pipi dans mon pantalon, quand mon fennec de France se sacrifia avec la noblesse d'un moudjahid de la guerre de libération. Il attira le terrible dogue au loin, dans des buissons. Le monstre disparut pour de bon.

Je remerciai de tout mon cœur ce grand ami pour son dévouement magnifique, promettant une reconnaissance éternelle à tous les gens de sa race. Ma quête, enfin, était accomplie.

Les deux princesses, fort belles et fort bien habillées, me rejoignirent gaiement. L'une était plus âgée que moi, l'autre plus jeune. Elles eurent un rire très joli à l'énoncé de mon prénom, qu'elles trouvèrent exotique. Nathalie et Camille, deux sœurs, me firent rougir avec leurs grands sourires et tous leurs remerciements. Je fis de même et m'inclinai, très reconnaissant, quand elles me donnèrent deux grands bouquets de fleurs des champs. Humblement, et fort honnêtement, j'avouai que c'était le renard qui les avait sauvées, qu'il était intelligent, comme tous ceux de son peuple, qu'il ferait certainement un bon prince ainsi qu'un futur grand roi. Elles rirent de nouveau, puis Nathalie, l'aînée, m'invita à continuer mon jeu avec elles, dans leur jardin, que j'imaginais rempli de grands massifs de rosiers et de paons aux longues queues magnifiques. J'étais content que leur château eût résisté au fléau qui avait ravagé le reste du royaume.

Je suivis les belles dames, qui descendirent le petit plateau où j'avais vaincu mon strabisme et ma terreur des chiens. Mes yeux brillèrent alors devant ce que mon frère m'avait décrit au bac à sable. En bas de la pente, un grand champ tondu à ras déroulait son gazon jusqu'au bout de l'horizon. Il brillait au soleil. Au milieu de cette large plaine se dressait la montagne solitaire. Elle était faite d'un énorme tas de terre rouge. À son pied, un très bel arbre aux grandes branches touffues montant très haut vers le bleu du ciel. De grosses cerises d'un rouge rubis brillaient à travers ses feuilles d'émeraude. J'étais dans un conte de fées. Il y avait de belles demeures toutes neuves qui se dressaient au loin, vers le bord opposé du grand pré. Elles étaient aussi royales que celle de Nathaniel. Le royaume ravagé se reconstruisait. J'étais heureux pour les deux princesses : elles n'auraient pas besoin d'embrasser un crapaud. Un tantinet triste, aussi.

Je n'eus pas le temps d'approcher les belles maisons, les cerises ou de jouer avec les filles. Une énorme main se posa sur mon épaule. Papa n'était pas content d'avoir couru à travers champs avec la Femme-qui-boit titubant sur ses talons. Kamel dirait plus tard que j'avais démenti l'expression « faire du travail d'Arabe », vu comme la ceinture du tanneur marocain de la casbah d'Alger fit le boulot.

Cette mare boueuse, où je m'étais trempé le fondement une chaude après-midi d'été, donnerait son nom à un verdoyant parc, entouré de son magnifique quartier pavillonnaire, que la mairie fit bâtir en lieu et place des friches et des champs de mon enfance. Le parc de la Mare à la Veuve et ses grandes maisons luxueuses, où dormait la première population d'enfants blonds de la ville, avait toujours belle allure en 1997.

Je ne tirai pas que des coups de ceinturon de ma grande aventure parmi ces belles demeures. Je racontai un jour l'histoire du fils d'un cocher dont le père en exil avait contracté une dette d'honneur auprès de son roi. Déchu et trahi par un de ses barons, ce généreux monarque avait perdu la vie et son trône, laissant sa fille orpheline et abandonnée par la cour félonne de son défunt père. Pour s'acquitter de sa dette familiale, l'enfant du cocher affronta le cruel baron et un cerbère à deux têtes que lui et son ami Renard vainquirent, après moult péripéties, pour rendre à la princesse son royaume. Il avait réglé la dette de son père envers le roi, cependant il lui en restait une de poids. Il alla voir la Sorcière-qui-boit et accepta de se sacrifier pour que son ami Renard puisse se transformer en prince et épouser sa princesse. Le garçon mourut heureux, sans tache sur son nom de famille, sans dette d'honneur à faire peser sur des enfants qu'il n'aurait jamais. Il quitta ce monde ravi, surtout que son meilleur ami et la femme qu'il aimait avaient trouvé le bonheur ensemble.

Mon institutrice de CM2 me convoqua dans le bureau de M. Mandares, le directeur de l'école, pour me rendre ma rédaction. On me demanda si j'avais lu *Le Petit Prince*. Je répondis non, évidemment. Le directeur me donna deux magazines *Okapi* tout neufs, un très beau livre illustré des contes de Grimm et ma copie avec, entouré en rouge, un merveilleux 19,5 sur 20. Pas mal, pour un garçon qui ne savait pas placer une virgule après un mot ni un point au bout d'une phrase.

8

Le parc de la Mare à la Veuve et le grandiose de ses maisons installèrent définitivement Bondy Sud dans un monde à part, non seulement du reste de la ville, mais de la Seine-Saint-Denis entière.

Terre verdoyante d'un quartier pavillonnaire bâti autour d'une charmante prairie vallonnée, l'endroit évoquait davantage les résidences cossues de Californie que les banlieues françaises. Le reste de Bondy appelait les lieux la Comté, en référence au pays de cocagne des Hobbits, dans *Le Seigneur des Anneaux*. Une vie idyllique à l'opposé du Mordor, les quartiers nord au-delà du canal de l'Ourcq, royaume sombre de Sauron le ténébreux, pour les fans de Tolkien.

Une jeunesse dorée s'épanouissait, séparée de tous les autres Bondynois par la voie ferrée. Les méridionaux passaient leur enfance dans un cadre privilégié, à jouer au skate ou au baseball, aussi heureux et richement vêtus que les adolescents dans les séries américaines à la télévision. Ils étudiaient dans deux établissements d'excellence, avec des instits de la vieille garde académique et des profs agrégés. L'école élémentaire

Marie-Curie et le collège Pierre-Curie, qui faisaient grille commune, étaient pour le reste de la ville les classes des bouffons des pavillons. Au passage, le partage des tâches scolaires… Maman Curie s'occupait d'apprendre à lire aux petits avec les aventures de Ratus et Bello. Papa Curie faisait de la chimie avec les 3e et dissertait sur le radium qu'avait découvert bobonne, pendant que cette dernière criait « Wahou !! » devant des dessins de girafe sans cou.

Bref. Les Bondynois du Sud vivaient coupés de cette grande culture léguée par nos ancêtres de la forêt. Pas seulement à cause du chemin de fer, qui les isolait de leurs frères du centre-ville et du Nord hostile. Al Bundy et ses enseignements sur la survie sociale ne pouvaient être compris en dehors des frontières de la minuscule Sablière, seules tours de HLM au milieu d'un damier de proprets jardins et de maisonnettes cossues. Dans cette profusion de luxe, on y insultait nos croyances les plus profondément ancrées. Ces nouveaux venus, enfants de pilotes d'Air France, de notaires et de fleuristes de gros organisaient anniversaires, boums et soirées dans la patrie du squat, du pillage de vivres et du grattage de numéro de téléphone par disquette inversée, trésor de l'art oratoire bondynois.

J'eus tellement l'impression de manger du porc – un jour de ramadan – quand je compris que Viviane m'avait officiellement invité à sa soirée.

J'étais, dans cette ville, l'un des rares fils authentiques du pays, né sur les terres de la commune. On évitait avec grand soin la maternité de Bondy quand on avait un peu d'ambition pour ses nourrissons. Délit de façade sans doute, l'établissement délabré étant bâti au bord des eaux vert fluo d'un canal pollué, où il pouvait vous pousser un bras dans le dos après une petite baignade. À l'hôpital Jean-Verdier, on croyait en la valeur des diplômes de l'université d'Oulan-Bator, obtenus par des internes soviétiques passés à l'Ouest. Du sang bleu coulait dans mes veines, parce que la populace pensait que celui qui m'avait sorti du ventre de ma mère avait appris les bases de la gynécologie en accouchant des juments de Przewalski dans la steppe.

Recevoir une invitation à une fête au lieu de la squatter était donc un grand péché culturel. J'avais fait toutes mes classes, sauf une, à Maman-et-Papa-Curie, comme tous les méridionaux. Je reçus, tout de même, au milieu de ces mécréants du Sud, une parfaite éducation, digne de mon rang de natif. Je la devais aux institutrices et aux surveillants de cantine qui avaient su maintenir, parmi les païens, une institution qui, de tout temps, avait formé l'élite de notre nation : la table des porcs. Le lien direct entre le passé et le présent, entre les pères fondateurs de la forêt de Bondy et leurs dignes descendants. Ces brigands devaient réagir face à une fourchette comme une poule devant un opinel. On honorait les ancêtres à la cantoche, tous les midis.

À Bondy, chaque cantine de chaque école primaire avait sa table des porcs. C'était la cour des miracles version gargote et format junior, le coin sombre où l'on isolait les parias, handicapés moteurs incapables de manger droit. J'y fus admis en CE2 parce qu'après une semaine de popote je ne savais toujours pas couper le poulet avec mon couteau. Nous portions, à la sortie du réfectoire, le menu sur nos habits. Le soir, ma mère pouvait contrôler sur les taches de mon pull ce que j'avais mangé six heures auparavant.

Nous étions parqués au fond du réfectoire, à côté des toilettes, pour ne pas éclabousser les propres. Sur deux longs bancs siégeaient à mes côtés sept de mes camarades, les plus cradingues de l'école. Un conglomérat qui réunissait en un même conseil enfants maladroits à l'extrême, peintres sur purée et tous ceux qui voyaient pour la première fois un couvert. Après tout, on n'en a jamais eu besoin pour le mafé à l'ancienne ou le couscous des Marocains. Nathaniel savait manger très proprement avec une seule main. Pourtant on l'envoya avec nous autres, le chiendent, par principe de précaution. Il n'avait qu'à avoir dix doigts comme tout le monde.

À notre table, il y avait aussi Bertrand et Benjamin, les jumeaux de l'école, deux joyeux lurons qui persistaient à déguster leur soupe avec une éponge, quand ils ne faisaient pas des bulles avec. Les Juifs complétaient le quorum. Par commodité ou hasard des affectations, la table des porcs, c'était aussi la table où on ne mangeait pas de porc.

Même ceux qui nous avaient rejoints pour des questions religieuses vivaient les premiers moments en notre compagnie comme une dégradation. Nous étions les bébés un peu demeurés qui bavaient le manger sur nos affaires. L'opinion publique, qui s'exprimait pendant les trente minutes de chaque récré, jugeait que le statut de redoublant était nettement plus enviable qu'une présence à notre tablée.

Kamel ne fut jamais admis à la table des porcs. Mme Duquesne, son institutrice, connaissait trop bien la bête. Comme une idole dans le temple de Jérusalem, cette calamité du monde scolaire profanait la sacro-sainte pause du midi de sa maîtresse. Il fallait surtout l'éloigner des parias, des sans-couverts, que le frangin pouvait soulever contre l'ordre établi. Aucun adulte ne voulait voir l'œil d'un élève finir au bout d'une fourchette.

Ses premiers voisins de table avaient terminé leur repas à l'infirmerie, pansements sur les doigts, après qu'il eut gagné leurs desserts au jeu du couteau, bien connu dans le monde des pirates. Cette pratique contribua sans doute au petit surnom donné à la nouvelle table où les surveillants l'exilèrent : l'île déserte. Il mangeait ses pâtes au sel seul, sur une chaise isolée par un périmètre de sécurité, avec des couverts en plastique. Pour un temps, du moins. Kamel avait le don d'attirer les confidences et de dénicher les informations les plus croustichaudes de la récré. Son regard de la rage couplé à des petits mots pour attiser de vieilles rancœurs, envoyés en boulettes de papier à des gens peu connus pour leur gestion de la colère, provoqua tellement de volées de pain, au propre comme au figuré, qu'il quitta l'île déserte. Depuis son exil insulaire, le frérot dirigeait toutes ces batailles de réfectoire en maître d'orchestre, il fallait donc monter d'un cran dans les mesures d'isolement. On ne l'expédia pas à Sainte-Hélène mais directement dans la Tour de Londres : la table des profs, où on se passa pour un temps de pinard.

Si mon aîné déjeunait avec les autorités pour éviter que des gens perdent des doigts et des dents, il en fut définitivement banni à cause de l'article 19 de la Déclaration des droits de l'homme qui garantit notre liberté d'expression. Aucun des secrets d'une école ne résiste à ce court moment de détente qui survient lorsque deux instituteurs se lâchent entre la poire et le fromage. Quand ça valait le coup, qu'il y avait du bon popotin dans l'air, Kamel savait se faire oublier des adultes, le nez dans l'assiette. Au moment où il se rappelait à leur bon souvenir, il y avait assez de place pour mettre une cuisse dans la fuite d'informations. Plus jamais un autre élève ne siégea à la table des maîtres. À cause des indiscrétions de mon frère, la chanson sur les amours du concierge avec Mme Berthaux, l'instit des CE2 B, était devenue le tube de nos récrés, un héritage culturel de l'école élémentaire Marie-Curie. D'anciens élèves, aujourd'hui parents, l'entendent toujours résonner dans la cour quand ils viennent chercher leurs enfants, trente ans après les faits.

Mon frère finit sa carrière à la cantine dans les cuisines, où il n'avait plus aucune autorité à défier. Il paraît que le chef et les dames de service l'adoraient et le nourrissaient bien. « Toujours se mettre bien avec les gars de sauce, le nerf de la guerre », disait le frangin.

Pour ma part, la nourriture au réfectoire n'était pas un acquis. La première journée à la table des porcs est la plus dure. On vous envoie au milieu de gens que vous ne connaissez pas, qu'on vous a appris à mépriser. C'est écrasé de honte, sous les regards suffisants des propres qui suivent votre relégation, que vous prenez place parmi les intouchables, vos nouveaux frères. Humilié, désorienté, vous vous accrochez aux traditions de la cantine pour ne pas sombrer. Plongeant le nez dans votre verre, vous espérez y lire votre âge, mais une double couche merguez-épinard séchée vous empêche de voir les chiffres habituellement gravés au fond des gobelets Duralex. La table des porcs a ses couverts attitrés, maculés des vestiges de nos orgies culinaires, à l'épreuve du lave-vaisselle.

Vous reposez votre verre sans avoir le temps de digérer votre déception, car la dame de service arrive avec le plat du jour. Celles qui nous servaient étaient toujours les fraîches recrues que l'on bizutait ou des employées en délicatesse avec leur hiérarchie. La table des porcs était aux dames de la cantine ce qu'est la Sibérie aux fonctionnaires russes.

Les braves femmes qui nous étaient affectées sortaient de leur journée de travail déprimées, avec des petits pois dans les oreilles, mais elles avaient beaucoup moins de boulot avec nous. Les propres étaient servis comme au restaurant, un par un, à la spatule d'orfèvre, directement dans leur assiette. À notre tablée, l'énorme plat en métal était posé au milieu de nous autres, dans un grand bruit de suintement.

— Gavez-vous, les pourceaux !

Sa mission accomplie, la peau de vache mise à notre service rebroussait chemin en flèche du Parthe, jamais assez rapidement pour échapper aux dégâts collatéraux de la cohue qui commençait.

Comme les nouveaux ne sont pas bien au fait du concept d'auge à cochons, généralement, les premiers jours, ils ne mangent que leur goûter. Les jumeaux étaient les plus gras, les mieux nourris et aussi les plus courageux. Ils plongeaient la gueule ouverte dans le plat parmi une forêt de griffes et au milieu des coups de fourchette. Il fallait se battre pour arracher une poignée de riz.

Et, même avec la nourriture bien en main, tout restait à faire, car il fallait compter sur un peu de chemin avant qu'elle arrive à votre bouche. Salomon, un cador en arithmétique, calculait le mieux ses trajectoires d'interception. Nous appelions le sceau de Salomon la marque si particulière que faisait son croc sur les pommes de ses proches voisins.

Zoumala était le meilleur technicien. La plancha, son coup de coude éclair qu'il effectuait sur une paume trop fébrile, faisait voler la boustifaille vers un autre propriétaire. Il prenait alors une commission allant de 25 à 75 %, selon la denrée et son taux de pénétration dans l'air, indexée sur le cours du jour de la clémentine, la valeur étalon car la plus stable. Rien ne vous prépare à ça. Rien. Sauf peut-être Wall Street ou mes dîners de famille.

À table, à la maison, j'avais la plus mauvaise place, dos à la télé et pris en tenaille entre ma sœur et mon frère. L'une mangeait comme l'ogre de Perrault et poussait trop loin avec sa fourchette ses sentiments fraternels. L'autre était un furet dopé à la potion magique qui attendait le moindre moment d'inattention pour taper dans mon poisson pané. Sa technique de piranha faisait passer Zoumala pour du fretin donné aux poissons rouges. Mon frère, c'était un radar, dix missiles au bout des mains et des grappins à la place des ongles. Il était si vif que je me suis entraîné à éternuer sans fermer les yeux. À défaut de quoi, manger à sa portée était synonyme de carême. Ma sœur d'un côté, Arsène Lupin croisé avec un sanibroyeur de l'autre… Il ne fallait pas chercher bien loin la persistance de mon strabisme divergent.

Pour préserver mes apports caloriques, je ne pouvais pas compter sur du rab. Maman calculait nos repas à la frite près, dix-sept par enfant, c'est comme ça qu'on avait pu déménager dans un pavillon. Quant à me plaindre des razzias qui endeuillaient mes repas, pas question ; mon père, l'autorité suprême, appliquait l'une de nos grandes lois familiales : « Pas vu, pas pris. »

Fort de cette expérience de vie, j'avais essuyé le premier feu à la table des porcs avec les honneurs. C'était du biscuit, que j'eus d'ailleurs en rab ce jour-là grâce à deux voisins de table fort naïfs sur mes intentions de lier connaissance. Ils sentaient le poisson frais, ces deux-là, des cocos tout récemment admis parmi la lie de la cantine, comme en témoignaient leurs joues creuses et la virginité de leurs assiettes. Je n'avais pas d'appétence particulière pour le vol ou l'arnaque, mais à Rome faisons comme les Romains. J'avais volé leurs desserts pendant qu'ils me racontaient leur vie, et ce larcin fut tacitement autorisé par les pontes de notre tablée, Salomon et Zoumala, les seuls CM2. En ce temps où Michel Leeb faisait des blagues de mess de sous-officiers de la coloniale en prime time, à une époque où *La Zoubida* de Vincent Lagaf' caracolait en tête du top 50, on trouvait ce duo de leaders assez complémentaire. Les jumeaux affirmaient que le nez de l'un allait parfaitement avec les narines de l'autre. Un humour que seuls nos heureux drilles pouvaient tenter. On pardonnait tout à ces virtuoses des plaisirs de la table, même les vannes sur les mères. Ils mangeaient leurs spaghettis en les aspirant par les narines. C'était le genre de chose que l'on respectait grandement à Bondy.

J'appris plus tard que les cochons de lait que j'avais détroussés avaient été mutés chez nous parce qu'ils jouaient au volley-ball avec du pain et des boulettes de fromage. Les chefs de notre communauté faisaient tout pour que leur incarcération à la table des porcs soit la plus dure possible, le temps d'expier leur faute. Pour les Juifs, les Noirs, les pauvres et les Arabes, il n'y a pas de plus grand crime que de jouer avec la nourriture. Les jumeaux seuls faisaient exception. Ils traitaient leurs haricots comme des Lego, mais on les laissait tranquilles parce qu'ils finissaient toujours par avaler goulûment tout ce qui traînait, même les trucs en sauce qui avaient roulé dans la poussière.

Dieu merci, on m'envoya ici pour un crime d'honneur, parce que chez moi le poulet se mangeait avec les doigts. Et puis j'avais assez bien tenu mon rang pour un bleu. Le cheveu et les sourcils un peu huileux, mais avec assez de victuailles dans mon bol et sa périphérie pour conclure le déjeuner par un rot de satiété. Ce geste traditionnel, cher aux gens de mon peuple à en croire Hollywood, m'attira le respect de mes semblables, qui m'accueillirent dès le premier jour comme un bon camarade.

Et c'était pour moi un grand événement, me faire accepter dans un groupe, le rêve de tout grand timide. Ce fut la première fois, je crois, que je me sentis à ma place dans ce monde. On nous avait clairement discriminés, nous les basanés, les maladroits, les circoncis, les différents du troupeau. Devenus des intouchables blottis au fond du réfectoire, nous étions enfin libérés du regard d'autrui. Les pions et les instits nous foutaient une paix royale, et nos discussions allaient bon train. C'est à la table des porcs que j'appris comment on fait les bébés.

Il y avait également une belle solidarité sur nos bancs. Chaque pet qui troublait la tranquillité des propres était assumé collégialement. Les jumeaux et Nathaniel refusaient de manger du *khallouf*, du cochon, pour faire comme les copains. Et celui qui cherchait querelle à l'un d'entre nous à la récré devait se farcir les sept autres. Nous vivions un moment sans lutte des classes. CE1, CM1, CM2, ce système de castes qui opprimait les faibles et les plus jeunes n'existait pas le temps d'un repas. Il n'y avait plus de « sale Arabe », « sale Juif », « sale Noir » ou « sale handicapé », insultes qu'on nous assenait de temps à autre à la récré. Nous n'étions que des sales à la table des porcs.

9

J'insiste, mais je n'étais pas né au bon endroit pour recevoir un carton d'invitation. L'anniversaire de Nathaniel fut un accident de parcours, une fête d'estropié boycottée par les vraies gens. Comme tout Bondynois qui se respecte, je pensais que je taperais l'incruste à mon propre mariage.

Pourquoi m'avait-on invité à une fête ? M'étais-je éloigné tant que ça de mes racines à partir du cycle 4 ? Il n'y avait plus de master ès rat de la casse à la cantine du collège Pierre-Curie, plus de bancs où l'on parquait les maîtres du rapt de vivres, les maestros du coup de fourchette dans le dos, de la rapine de clémentines, les Vikings du pillage de frites. Cette saine émulation qui célébrait l'esprit bon vivant des repas forestiers de nos aïeux n'existait plus au temps de l'adolescence. Être en marge de la société n'était plus une recommandation.

Le collège. On fait découvrir un nouveau monde à des enfants hauts comme trois pommes qui jouent encore à la marelle, dont certains ont une ou deux dents de lait. Ils doivent apprendre la vie avec des redoublants de dix-sept ans, mesurant 1,90 mètre, que Dame Nature a programmés, non pas pour comprendre Thalès, mais pour aller se reproduire dans les blés avec un autre mammifère.

Ça rend con, le cul. Le hard rock aussi. Je faisais le chemin de retour vers la maison avec Kévin, un métalleux. Nous étions en 5ᵉ, je crois. En banlieue, et Bondy Sud ne faisait pas exception, les fans de hard rock, c'était la lie de l'humanité scolaire, avec les gothiques et les amateurs de jeu de rôle. Ces derniers jetaient sur une table des dés à vingt faces pour combattre un Démogorgon niveau 62 au lieu d'essayer d'embrasser leur première fille. Les journalistes à la télé disaient qu'ils étaient de dangereux sectaires. C'était un loisir honteux, même pour ceux qui le pratiquaient, comme la masturbation. Les personnes qui s'y adonnaient n'en parlaient qu'aux autres initiés.

Kévin n'avait pas touché le fond du trou avec *Donjons & Dragons*, mais il était fier de sa passion musicale pas très bien vue. Il négligeait sa popularité en snobant la funk et le rap qu'écoutaient les gens dans le vent, ou la dance et autre techno, à la rigueur, tel le commun des mortels. Il vouait un culte musical à Satan et vestimentaire à la déesse de la négligence. Ainsi qu'à la saleté et aux cheveux gras. Cette copie ratée d'un adolescent de Milwaukee me tenait la jambe avec Kurt Cobain ou Metallica, ce jour-là, à la sortie des classes. Et j'en avais rien à péter. Mais j'étais gentil, j'écoutais, je ne disais rien. On m'avait élevé comme ça : quand on me jette du pain, je prends. Je demande même de la confiture. Kamel nous rejoignit, sac sur le dos, d'un pas chaloupé. Il saisit en deux minutes toutes les potentialités à tirer de la conversation.

— Moi aussi j'adore le hard rock ! s'extasia le fraternel en expert du mytho.

— Les Arabes, ça aime le hard ? demanda naïvement le mélomane, sans la moindre once de racisme.

Je ne savais pas où voulait en venir mon frère mais je pensais : « Pauvre Kévin… » Kamel releva à peine la bougnoulerie.

— Il y en a, oui. Ça envoie du lourd en concert, en tout cas.

— T'es pas sérieux ? T'as déjà fait un concert de métal ?!

— Non, j'ai vu à la télé.

— Dans quelle émission ?!

— C'est toi qui es pas sérieux là ! s'emporta le frangin. T'es à fond sur le hard et tu la connais pas ? Vas-y vas-y. Salut. Pas de temps à perdre avec un bouffon.

Kamel accéléra le pas, feignant de s'éloigner. Kévin hurla :

— Vas-y s'il te plaît quelle chaîne ?!!!

— M6. *Dance Machine*, dit le bonimenteur en ralentissant sa marche.

— Non, sérieux. C'est pas bien de m'insulter…

Mon frère fit mine de regretter la pique et lança :

— *Le Journal du hard*, le premier samedi du mois. T'as Canal ?

— Ben oui, répondit Kévin comme une évidence.

Gros bouffon des pavillons pour qui tous les foyers avaient les moyens de payer 2 880 francs d'abonnement.

Le fradé semblait ne plus avoir de temps à perdre avec nous :

— Allez à plus.

— Attends, Kamel, s'il te plaît, ça passe à quelle heure ? s'enquit cet amateur de pogo.

— À minuit, je crois.

— Putain de merde ! Jamais mes parents me laisseront la regarder, c'est trop tard.

— T'es con. Demande à ta mère de l'enregistrer, proposa Kamel qui avait toujours au moins deux solutions pour un même problème. Ou à ta grand-mère…

Kévin écouta les conseils de Kamel. À la lettre. Il soumit la requête à sa mamie et à sa maman, pour être sûr de ne pas rater son coup. Une émission spéciale, à en croire les commentaires à la récré. La chaîne cryptée faisait fantasmer les enfants de pauvres. Ils pensaient pouvoir la capter en clair en se mettant une passoire par-dessus un drap fin posé sur la tête. Si leurs chefs remuaient à la bonne cadence, les plaisirs coupables du premier samedi du mois apparaîtraient par la magie des légendes urbaines. Canal+ voulait donner sa chance au cinéma indépendant le soir où Kévin mobilisa les femmes de sa famille pour assouvir sa passion musicale. Une daronne et une vénérable grand-mère se retrouvèrent donc au même moment, chacune chez elle, à 23 h 30, devant leur magnétoscope. Elles enregistrèrent, pour un gamin de treize ans, non pas un concert de rock, mais un bon gros boulard brésilien des familles, bien hard. Un poulet s'y faisait couper la tête sur les corps nus de deux travelos en train de s'aimer très très fort, de tous les côtés. Ce fut à ce moment-là que mon compagnon de route commença les séances chez le psy.

Kamel ne se mêlait au bas peuple que pour déclencher le chaos dans des vies. Il avait vingt ans d'avance sur tout le monde et n'avait cure de la lutte des classes qui se jouait au collège pour s'assurer une place au soleil de la popularité. En tant qu'ancien de La Sablière, il appartenait à la noblesse d'épée, celle censée savoir se servir de ses poings ou jouer les solidarités de quartier pour se faire respecter. Il ne se mêlait à la bonne société du Parc que pour squatter les fêtes et piller chips et gâteaux, sifflant le Coca et le Banga au goulot. Il ne négligeait pas une belle compagnie de temps en temps, quand l'occasion se présentait, mais le bellâtre n'était pas vraiment demandeur.

Une paire de Reebok Pump à 1 000 balles, un scooter ou un don pour le dribble et les petits ponts suffisaient à vous faire remarquer par l'élite du collège. Ses membres traînaient en groupe, filles et garçons de 4e et de 3e qui se faisaient la bise, regardant de haut les pauvres, les moches, les timides, les jeunes filles complexées par des seins qui tardaient à pousser. Recevoir une invitation à une de leurs soirées pour vivre la vie du beau monde était pour les petites gens un rêve, le graal d'une existence d'ados.

Avec cette chanson qu'avaient composée des filles, je compris dès la 6e à quelle caste j'appartenais. « Idir sans habit », sur l'air de *Rémi sans famille*, résonnait dans les couloirs à chacun de mes passages. Ce dessin animé était le plus triste de l'univers. Premier épisode : une mère vend son enfant, Rémi, le héros, à un troubadour, gentil mais qui l'exploite un peu sur les foires. La musique était entraînante, et je m'en fichais de me faire vanner sur mes nippes du marché. J'étais loin d'être pauvre, maman était juste économe à l'excès. Il était plus important pour les parents de finir de construire la maison au bled que de donner à leur fils les moyens de briller en société. Linda et Kamel étaient logés à la même enseigne niveau budget, mais arrivaient malgré tout à avoir un minimum de prestance vestimentaire. Quelque part, si on me taillait un costard sur mes habits, c'était parce que je pensais que ce n'était pas important, dans la vie, un jean trop court ou pas.

On m'appelait aussi Chemin de fer, à cause de mon appareil dentaire. Avec l'acné qui prenait mon visage pour la terre promise des volcans au sébum, le strabisme et ma maigreur de grand échalas, il ne manquait plus que ça pour compléter la toile d'art abstrait qui me servait de visage. Idem : ça m'en touchait une sans faire bouger l'autre. Je répondais aux gens qui venaient me parler, sinon j'évitais la compagnie d'autrui, parce que je devenais de plus en plus timide en quittant l'enfance. Les petites joies de l'existence me contentaient pleinement. Comme les grands sourires que me faisait Nathalie, de deux ans mon aînée, qui courait me rejoindre à la récré pour me demander de lui raconter ma matinée. Elle était devenue encore plus belle et n'avait pas oublié notre première rencontre au Parc. Un garçon de sa classe m'avait supplié de faire le messager, car il n'osait pas lui déclarer sa flamme. Je le fis avec honneur et véritable plaisir. Un grand succès.

Ma dette auprès du renard était payée : Fabrice était aussi roux que mon fidèle ami regretté. Mais moins que mes cousins.

J'aurais pu me faire un nom si nous étions restés ensemble plus d'une année à Pierre-Curie. Nathalie était aussi populaire que sa sœur en primaire. La petite Camille venait souvent me voir à la sortie des classes devant la grille. Elle était très touchante avec ses étreintes innocentes pour son « grand frère » de la cité, même si j'avais quitté mon bac à sable depuis un moment déjà. Bizarrement, Kamel, qui n'aimait personne, l'adorait et avait interdit à Linda ou à quiconque de lui tirer les cheveux. Il promit d'attendre, célibataire, qu'elle soit grande, en 5e ou en 4e, pour accepter sa demande en mariage. La famille avait été triste de les voir partir à Senlis, au plus profond de la Seine-et-Marne, le département sans fin de la grande couronne. Un peu du merveilleux du parc de la Mare à la Veuve s'envolait avec les deux princesses. Un premier contact réussi entre les gens de la cité et ceux des pavillons.

Il y avait de belles amitiés, mais le collège était pour beaucoup le *Dallas* de J. R. Ewing : un univers impitoyable. Surtout pour Benoît. La victime expiatoire de la cour de récré.

En primaire, à la table des porcs, on aurait pu en faire quelque chose. Dans un monde où il fallait désormais porter beau, il n'avait rien pour lui. Un faciès presque aussi ingrat que le mien, un léger surpoids et une hygiène corporelle inexistante. Ses camarades s'amusaient à lui dessiner une marque au stylo sur le bras ou dans le cou pour savoir combien de semaines il allait la garder.

Au-delà de la voie ferrée, personne ne l'aurait asticoté pour ça. On y traquait aussi dans la cour de récré les mecs qui ne se lavaient pas régulièrement. Comme au Sud, dès qu'une proie à pointer du doigt était trouvée, une meute d'ados sans cerveau, aiguisés depuis l'enfance à la vanne bien grasse et cuisante du ghetto de la cité, l'entourait pour l'afficher devant toutes les jolies filles, jusqu'à ce qu'il pleure. Pour peu qu'il fût dans leur classe, les loups le balançaient même à la maîtresse – les Bondynois utilisent le terme pour désigner les professeurs jusqu'au lycée.

Mais, dans cette méchanceté crasse, les gens du centre-ville et du Nord lointain avaient une limite : interdit de vanner les pauvres. Pauvres selon nos critères à nous en banlieue. Autant dire que la barre était placée si bas qu'elle s'enfonçait dans le magma. Pauvres, c'était être au moins huit frères et sœurs parqués dans un foyer de clandés avec un seau d'eau pour tout l'étage en guise de douche. Ce n'était pas parce qu'ils ne le voulaient pas que ces gens ne se lavaient pas, c'était parce qu'il leur fallait faire quatre heures de queue devant un tuyau de jardinier au saut du matelas.

Benoît était un miséreux. Au collège Pierre-Curie des bourgeois, ça ne pardonnait pas. Tous les jours on lui disait qu'il avait un cul dans la gorge, un cimetière dans le ventre ou qu'il sentait l'océan à marée basse. Même les à peine plus propres que lui s'y mettaient. Comme à la Libération, c'était toujours celui qui avait le plus fricoté avec les fritz en faisant « 36 15 kommandantur ? Mon voisin communiste mange casher et il écoute la BBC » qui gueulait le plus fort : « Collabo !! Elle a couché ! Tondez-la ! Tondez-la deux fois ! » pour se faire oublier à l'épuration.

Je n'avais ni le temps ni l'esprit pour jouer les redresseurs de torts, l'année où ce paria patenté commença à prendre vraiment trop cher. Nous étions tous les deux en 4e, et je luttais contre mon cerveau pour y faire entrer les mathématiques. En 3e, je n'avais plus aucune motivation pour les études, et l'esprit chevaleresque qui m'avait, enfant, conduit jusqu'à Nathalie et

Camille ressurgit. Surtout que le collège entier semblait désormais ligué contre le pauvre petit Benoît. On avait commencé à l'appeler la Tourte, puis le Tourteau. La Bourbe, le Bourbier et la Tourbe vinrent ensuite. Lorsque les lâches, qui n'assumaient pas leurs ruines en classe, lui mirent leurs pétous sur le cul, il devint la Turbine. Enfin quand René, avec qui j'essayais d'être en affaire, me raconta qu'il ne postait plus les relances des factures pour ne pas déprimer encore plus les parents de Benoît, ce dernier, à force de se priver d'eau chaude, était devenu pour tout le collège la Tourbière des Andes.

Je décidai d'agir, à l'occasion d'une pause pipi, quand j'entendis mon très pauvre camarade pleurer à chaudes larmes, enfermé dans les toilettes. L'humiliation publique était pour moi la pire des tortures. Le spectacle de tant de méchancetés, concentrées comme un puissant rayon laser sur la dignité bafouée d'un être sans défense, m'était insupportable. Benoît n'avait même pas un semblant de bagou pour contre-attaquer. C'était *halam*, péché, de laisser un semblable dans un enfer pareil.

J'allai trouver, assise sur son banc, sa majesté Haroun, entouré de sa cour. C'était le plus fort du collège. Tout le monde le respectait. Le craignait, plutôt. Ce n'était tout de même pas un despote, et je gardais un très bon souvenir de mon année de CM1 dans sa classe. Kamel était alors passé au collège, et ce redoublant m'avait servi de grand frère de substitution.

Nous avions grandi ensemble à La Sablière et, tout comme moi, il était en 3e D. Je lui parlai de Benoît. Il ne se sentit pas du tout concerné.

— Rien à péter, de ce gros porc. Donne-moi ce que je veux. Je te donne ce que tu veux, dit le monarque.

— Fanny ? répondis-je naïvement.

C'était une brunette très jolie qui avait commencé sa puberté avant tout le monde.

Haroun sourit :

— Pas besoin de toi pour ça, puceau à lunettes.

Sa cour rit aux éclats. Elle était composée de gamins de La Sablière et d'un peu de bouffons des pavillons du Parc. Ces derniers voulaient s'encanailler et gratter un peu de la gloriole d'Haroun. Il y avait aussi deux ou trois Turcs des Cottages. Ils vivaient tout de suite au nord de la voie ferrée. Ces garçons tenaient à leur statut d'enfants des cités alors qu'ils grandissaient dans un ensemble de lotissements pavillonnaires. Les Cottages avaient peu de chose à voir avec le parc de la Mare à la Veuve. Des brins d'herbe réduits à la portion congrue, du gris sur les murs des maisons, peu ou pas de blondinets. C'était une cité importante dans Bondy grâce à une industrie bien particulière liée au septième art.

Je savais ce que voulait Haroun. Il lui manquait un bouffon du roi à sa cour, un amuseur. Sa majesté préférait le terme « expert en coups fourrés » pour me flatter. Kamel avait toujours refusé de jouer ce rôle pour lui ou son prédécesseur sur le trône. C'était un esprit libre qui n'avait jamais été soumis au pouvoir d'aucun cacique. Un vrai Kabyle dans sa montagne qui ne voulait être le sujet d'aucun roi, surtout si ce dernier était lui-même sujet d'Hassan II du Maroc. Haroun, qui avait vraiment un côté royal d'émir du désert, avança ses arguments :

— T'es pas bien heureux sans ton frère. Ça se voyait déjà l'année dernière. T'es un suiveur, Idir. C'était comme ça à la cité déjà. Regarde-toi ? Tout le monde se fout de ta gueule, avec les rails que t'as sur les dents, tes volcans de la pub Volvic sur le nez et tes fringues du marché. Hassina a acheté son pavillon sur ton dos, mon gars.

Le prénom de maman était le secret le mieux gardé de Bondy. Ça prêtait le flanc aux vannes. Kamel avait veillé à ce que tout le monde croie qu'Hassina était son prénom de « baptême ». Ce fut bien trouvé. Hassina, Hocini, même les tatas de la cité l'appelaient ainsi.

Je m'en foutais de me faire vanner de temps en temps, et je n'avais pas besoin de protection. Je me battais rarement, uniquement pour des questions d'honneur. J'avais mis une balayette une fois à un plus petit que moi, et je faisais tout pour me rattraper de cette infamie en devenant le meilleur ami possible de la personne que j'avais humiliée. Je ne voulais pas faire partie de la cour d'Haroun, même si je l'appréciais. Comme tout le monde, il m'impressionnait moi aussi. Mais mon modèle d'existence, ce n'était pas lui. La personne que je respectais le plus au collège, c'était Gabriel, un Portugais. Le seul à oser défier ce grand Marocain expert en boxe thaïe. Il se mangeait raclées sur roustes, et ce n'était pas bon pour sa popularité. Malgré tout, il revenait toujours à l'abordage. Jamais, sous les coups, il ne cédait à Haroun, plus puissant, plus grand et fort d'une cour nombreuse et à ses ordres. Ce Portos était pour moi le vrai héros de la récré. Il avait mon estime la plus profonde. Haroun voulait un Hocini à son service parce que Kamel était une gloire des missions commando dont la réputation dépassait depuis longtemps les frontières du Sud. Il pensait que son expertise était un don de famille. Le monarque continua, posant de la verroterie sans valeur et une chefferie ou deux sur la table des négociations :

— Avec moi, on te donnera du respect, tu auras une position, la protection, peut-être une petite amie, aussi. Mon frère, t'es un ancien de La Sablière, après tout. Il nous reste une année au collège : tu ne veux pas qu'on la passe à se taper des barres ?

C'était ma faiblesse. Les grands timides n'ont qu'une drogue dans la vie : le rire. J'étais un élève presque modèle, calme et paisible comme le ciel du Sahara en août, et seul un vieux chameau de prof, qui avait fait ses bosses dans l'académie de Créteil, pouvait voir arriver de loin la tempête de bêtises que je pouvais déchaîner sur un coup de tête. Haroun l'avait constaté en CM1. Il ne fallait pas beaucoup m'engrainer. J'avais fait pipi dans le seau d'eau que la maîtresse utilisait pour essuyer le tableau. Haroun fignola le coup en dessinant une zigounette à la craie, que l'enseignante effaça, sans comprendre l'hilarité générale qu'elle provoqua en récupérant l'éponge au fond de la flotte. Je me souvenais aussi des grands éclats de rire de mon ami quand j'envoyais des petits mots pliés en deux avec des cœurs dessinés dessus à ces petites demoiselles hautaines. Elles trouvaient à l'intérieur, en guise de déclarations enflammées, mes crottes de nez. Une fois, la destinataire y avait trouvé une de mes crottes, aussi… Mais pas de nez.

Mon Dieu, je n'allais pas retomber si bas ! Je contre-argumentai :

— Haroun, Benoît habite à la cité. Les gens lui font la misère, *miskine*, parce que c'est un pauvre.

— Je sais. Je n'ai rien à me reprocher, moi. Je ne le fais jamais chier. Je m'occupe de mon cas, c'est déjà bien. Mais je pourrais m'occuper du sien…

— Comment ça ?

— T'arrête de faire le coincé du boule, ta victime des pavillons. On rigole un peu en classe ou je le tape tous les jours, ton Benoît. Je te jure je le fais.

— Vas-y Haroun ! Je vais pas faire ton larbin ! J'ai déjà Kamel à la maison.

— Tu rejettes mon amitié ?

La réplique me parlait. Elle parlait à tout le monde depuis 1972.

— T'as vu *Le Parrain* hier soir ?

— Ouais, répondit, soudain habité par le rôle, sa seigneurie de Sicile.

— Tu vas vraiment taper Benoît tous les jours ?

— Je vais me salir les mains à chaque récré. J'ai juré je le fais. Sur le Coran.

— Tu peux laisser Gabriel un peu respirer aussi ?

— Pas de problème. Je l'aime bien, au fond, ce fils de gros maçon. Il fait sa vie, et toi et moi on fait la nôtre. C'est un client à emmerdements, de toute façon.

Client à emmerdements… Expression tirée d'un dialogue de *Rocky 2* qui était passé sur TF1 la semaine précédente. Dans le monde des grands leaders, il n'y avait pas que Kim Jong-il, dirigeant de la Corée du Nord depuis le dernier été, qui était cinéphile.

Je ne voyais plus rien à négocier. Je parapherais donc le contrat d'allégeance selon les manières qui agréeraient le mieux à mon nouveau seigneur :

— Sois mon parrain, Haroun…

— Bon, conclut le haut suzerain, ravi, à l'intention de sa cour, faites passer le mot : les vannes sur sa gueule dégueue ou son gros bide, je m'en fous, ça me regarde pas. Mais plus personne ne taille Benoît sur son odeur ou la pauvreté de ses vieux. Et dites à la petite Manon de lui répondre quand il vient lui dire bonjour ou je défonce la belle gueule de son frère. Ça, c'est gratuit. Le cadeau de bienvenue dans la bande pour mon pote. Il a toujours voulu faire le chevalier, déjà au bac à sable, avec ses histoires de princesse à la con. Ah tu me tues, Idir !

— Merci…

— Cours de dessin cette après-midi. Fais fonctionner ton cerveau. J'en ai marre de colorier des fleurs !

Je n'avais pas la vie de rêve au collège mais jusqu'à présent j'avais été libre. Ça ne me dérangeait pas d'imiter Kamel de temps à autre. C'était de bonne guerre face à tous ces profs qui m'identifiaient systématiquement comme le frère de l'antéchrist. Je ferais désormais des tours pendables pour Haroun, qui, de fait, était redevenu mon grand, comme en CM1. Mes ancêtres me cracheraient dessus. Ils avaient dit un jour à leur femme et à leurs gosses en gravissant les montagnes de Kabylie : « C'est ça ou les Romains ! Alors fermez tous bien vos gueules. On s'en bat les reins, de leurs aqueducs ! »

Haroun avait fait passer le mot. Je devais tenir ma parole, en homme d'honneur. Je commençai donc mes fonctions de conseiller royal, le jour même, en cours d'arts plastiques. Une excellente entrée en matière.

Quand un professeur de dessin était muté dans un collège à Bondy, c'était qu'il avait fait la très grosse bêtise. Une sanction. Comme tous les élèves de France, les Bondynois apprenaient la maîtrise du crayon HB en cours d'arts plastiques. Excepté quelques rares talents, c'était une catastrophe. Avec une feuille Canson et un pot de peinture, nous obtenions le même résultat qu'avec un kilo d'échalotes épluchées : ça piquait les yeux.

Que ce soit pour une initiation à l'art abstrait ou pour dessiner des oursons bruns, nos profs finissaient toujours leurs carrières avec des lunettes de soleil sur le nez et deux ou trois trous dans la rétine. On leur en faisait voir de toutes les couleurs, y compris celles qu'on n'imaginait que dans nos pires cauchemars ou en se trompant de champignons à la cueillette. Lors d'un cours de dessin, en classe de 4e, muni de trois tubes de gouache et d'un fond de sauce samouraï, reste d'un déjeuner aux Délices de Marmara, j'avais breveté le vert canal de l'Ourcq. Une nuance à cheval entre la fougère fluo et la déjection de troll. 2 sur 20 et une tache de vomi en guise d'appréciation sur ma toile.

Mme Kunst, agrégée d'arts plastiques, nous faisait travailler à ce moment-là sur un sujet : l'arbre de vie. On devait le représenter en collant des images de magazines rapportés à la maison ou d'autres trucs, selon notre fantaisie. Asta avait été la première à finir son projet. Une chose immonde à base de feuilles de persil, de brocolis et de photos de Whitney Houston tirées du magazine *OK Podium*. Notre professeure, au lieu de lui mettre une note négative, lui donna un sujet plus à sa portée : dessine-moi un koala. Le résultat ne fut pas plus probant.

— Asta ! C'est quoi ça ?! avait pesté en classe Mme Kunst. Je t'avais demandé un koala ! Pas un camion sans roues dans un carambolage ! Tu m'aurais fait trois ronds, t'avais 15 ! Je ne comprends même pas ce que je vois. Mon Dieu ! Pourquoi j'ai des yeux ?!

Réponse, très savoureuse, de l'intéressée :

— C'est bon ! Je ne suis pas Mozart !

L'argument fit mouche. La prof demanda à Asta de dessiner le plafond, qui était tout blanc. Moi j'étais à côté d'Haroun, qui collait des tibias de boxeurs thaïs sur sa feuille Canson, et d'Aziz, qui préférait regarder des tchou tchou en furet. Mon camarade matait ces poitrines dénudées imprimées sur un magazine coquin posé sur ses genoux.

— Bosse, m'ordonna mon grand.

Il ne parlait pas de mon arbre de vie, que j'essayais de figurer avec du papier de chocolat Milky Way et de la poudre de Benco. De la gadoue. Sale, nul, 2. Je m'exécutai :

— Aziz, tu vas avoir zéro. Découpe des *boobs* au lieu de faire le gros cochon. T'es parfaitement dans le thème, là.

— Ben ouais ! enchaîna Haroun, vif et complice, les tétons, c'est la vie. Woullah tu auras une super note.

— C'est ça. Je vais me faire défoncer par la prof, dit le satyre.

— Colles-en un petit bout ! intima mon grand à notre collègue. C'est une artiste, elle s'en bat les ovaires du ucque ! Colle une schnek, même, elle est trop chelou là-celle. Tu auras 20, c'est sûr.

Aziz réfléchit. Il nous regarda, jugeant le sérieux de notre proposition. Nous prenions notre air le plus concerné par sa réussite scolaire. Après un court moment d'hésitation, il découpa une petite paire de seins et la colla sur un coin de sa feuille. Mme Kunst passa tout de suite après à notre table et lança un « bien » nonchalant, semblant ainsi accorder quelque importance à l'œuvre naissante d'Aziz. Elle était surtout programmée pour ne plus rien voir dix-huit heures par semaine, la pauvre.

Le mot de la prof fut interprété par mon camarade comme un feu vert à lâcher la bride à son génie créatif. Il inspira Aziz dans des proportions que je n'aurais jamais pu imaginer. Pendant une demi-heure, il offrit en sacrifice à l'art tout son magazine. Un arbre de vie aux huit nuances de tétons différentes. Il y avait aussi des vulves et des pénis. Certains étaient dans des bouches carminées et pulpeuses. Il ne put terminer son œuvre à la fin de l'heure. Haroun comptait les jours avant le prochain cours de dessin et, en attendant, veilla à ce que ses ordres pour qu'on foute la paix à Benoît fussent exécutés. Il dut mettre une beigne ou deux quand même. Il s'arrangea aussi pour que Manon lui lâche un sourire en aumône de temps en temps. Mon pourboire.

Au cours de dessin suivant, Aziz se pointa avec du matériel nouveau, tiré de sa réserve personnelle sous le matelas, collé de façon très suggestive sur sa feuille. J'étais gêné devant tant de pilosité mais je m'extasiai, tout comme Haroun, bien meilleur comédien que moi. L'artiste remit fièrement son œuvre en main propre à Mme Kunst, attendant debout les félicitations de cette grande critique d'art, à deux doigts du suicide. Il avait signé Azizi, au cas où l'œil expert de la prof ne saisisse pas toute la symbolique que mon camarade avait voulu insuffler à son arbre de vie.

Deux iris injectés de sang me signifièrent que j'avais réussi mon coup. Mme Kunst hurla au viol de ses yeux. Aziz dut expliquer dans le bureau du proviseur l'avant-gardisme de sa création, face à son papa qui revenait de son tout premier pèlerinage à La Mecque. Entrevue qui montra à notre professeure que l'art peut être aussi une question d'hérédité. Ce jour-là, le daron de mon camarade venait d'inventer sur les joues de son fils le mauve gifle de cow-boy.

Tant que je faisais le taf pour Haroun, on foutait une paix royale à Benoît. Gabriel aussi vivait sa meilleure vie. Ma position dans la hiérarchie du collège monta en flèche. La populace me prenait pour le vizir du calife. Rien n'était plus faux : j'étais un serviteur. Je prenais goût à ma fonction parce qu'on rigolait bien avec cet engraineur, mais je n'étais pas heureux de tous mes faits d'armes. Pisser dans le sac à main de Mélanie, qui était un peu trop fière, et lui faire croire que sa bouteille de Chanel avait fuité : pas top prestige. Je préférais néanmoins infiniment faire le débilos en classe que supporter la vision du calvaire de Benoît. Ah ! les héros du *Club Dorothée* sauveurs du monde, vingt-deux heures par semaine, et les versets du Coran qui faisaient la part belle à Jésus de Nazareth, notre rédempteur.

En cours de physique, j'avais organisé le vol de copies et leur destruction, parce qu'Haroun voulait éviter la bulle. Niveau bulletin, je ne bossais plus, mais j'échappais aux bilans trimestriels trop négatifs parce que j'étais bon en maths, en histoire et en espagnol. Je faisais d'ailleurs copies communes avec mon roi pendant les contrôles. Il avait peu de respect pour moi. À peine celui d'un patron pour un bon employé.

Il me reprochait d'être trop sensible, indigne d'un ancien habitant de La Sablière. Il m'arrivait de lâcher ma larme en classe après une mauvaise note, aux dictées généralement. Il faisait quand même son taf de grand.

— Toi, arrête de chialer. Vous, il y en a un qui rigole, il a plus de dents.

Je lui rendis la gracieuseté en cours d'espagnol. Mme Guadalupe était une madone qui s'habillait très court et serré aux hanches. Un attentat à la pudibonderie fort bienvenu pour tous les mâles de l'établissement. Surtout pour M. Fontaine, mon ancien professeur de mathématiques, qui s'était mangé l'un des piliers du préau en pleine face parce que ses yeux étaient trop occupés à résoudre la quadrature du cercle sur les formes plantureuses de notre sublime enseignante. Haroun, qui se contenait depuis le début de l'année, clama un jour, lors d'un cours consacré au *Guernica* de Picasso, dans un moment d'égarement :

— Elle est trop bonne la prof !

— Pardon ?! s'emporta, furieuse, l'intéressée.

— Trop bonne comme enseignante ! Je disais à Haroun que j'étais passé de 7 sur 20 à 17 sur 20 de moyenne avec vous, madame, lançai-je du tac au tac, sur un coup de génie.

Sur un coup de pourliche à ses semelles, oui. La fulgurante progression avait véritablement un lien avec le fait que cette enseignante était superbement canon.

— Séparez-vous, les deux don Juan. Va devant, toi, m'ordonna-t-elle, un brin flattée et tout à fait calmée.

Je terminai le troisième trimestre avec un 18 sur 20 et cette appréciation bien sentie sur le bulletin : « Élève très attentif en cours. »

Pour la fin de l'année, sa royauté, qu'on ne tenait plus, voulait un feu d'artifice digne de Versailles. Il m'apporta une balle de fusil de chasse.

— C'est devenu le Bronx ou quoi La Sablière ?! On joue plus avec les arcs ? m'inquiétai-je auprès du souverain.

— T'occupe, répondit mon seigneur et maître. T'as une idée ?

Je grandissais avec Kamel, j'avais toujours une idée sur la question suivante : comment déclencher l'anarchie et le chaos dans le monde des hommes ? Mes doigts gauches confectionnèrent un pétard artisanal avec la poudre de la cartouche et un bout de lacet en guise de mèche. Je mis le tout dans une feuille de papier millimétré, entouré de scotch. L'explosion en plein cours, tout en son et en lumière, conduisit M. Halais, professeur de français, à se réfugier debout sur son bureau comme s'il craignait une montée des eaux.

M. Théry, notre impitoyable principal, nous convoqua dans son bureau. Il dirigeait un établissement laïque, mais il pratiquait sa religion ostensiblement dans l'enceinte du collège : la tolérance zéro.

Les tarifs étaient assaisonnés au sel de Guérande :

– Boule puante : renvoi définitif.

– Insulte sur les coucheries des mères, même fictives : renvoi définitif.

– Baston avec récidive sur plus faible que soi : renvoi définitif.

– Une bombe artisanale, au moment où les attentats du Groupe islamique armé avaient essaimé en dehors des frontières de l'Algérie pour endeuiller la station Saint-Michel : j'étais mort dans le film.

Notre principal jubilait. Comme un député de la Convention, il voulait la tête du roi mais prit un chemin détourné pour l'avoir. Il bluffa :

— À deux mois de la retraite, depuis le temps que je voulais me faire le fils Hocini. Ce n'est pas le bon mais tant pis : je ne vais pas bouder mon plaisir. Allez, pas de temps à perdre. Parlez !

Échec et mat, *sheikh i muth*, « le roi est mort » en arabe. Pas encore. Je faisais le boulot de petit pour Kamel depuis que j'étais né. Je connaissais parfaitement mon rôle de pion à sacrifier.

— J'ai fait le coup. Seul, évidemment, avouai-je.

— Haroun, attends dehors, ordonna d'un ton sec l'autorité suprême du collège.

Mon grand, qui se faisait désormais tout petit, s'exécuta. M. Théry, solide vieillard à la barbe de Karl Marx, s'approcha de moi, paternaliste.

— Le menu fretin, les sous-fifres, les péons, ça ne m'intéresse pas. On sait tous les deux qui est le cerveau. On met tout sur son dos, toi tu finis l'année en colle. Évidemment, Mme Hocini aura une version clémente des événements. On va plaider l'enfant trop impressionnable.

— Haroun a rien fait, dis-je, terrorisé par les conséquences de tant d'abnégation.

Je reçus une retentissante gifle. Ma mère avait donné à M. Théry le droit de calotter tous les enfants Hocini. Elle avait pris, certes, notre défense après l'affaire du placard de la sorcière, mais depuis lors le corps enseignant, martyrisé par ses soins dans les couloirs de ma maternelle, était devenu aussi sacré que celui du Christ. Kamel devait être discipliné par toutes les autorités possibles, jusqu'aux Casques bleus et aux exorcistes du Vatican. En outre, M. Théry avait des amis haut placés dans l'administration Mitterrand. Il avait fait de Pierre-Curie un établissement d'excellence en plein milieu du 9-3. Sa réputation faisait de lui un être au-dessus des lois de la protection de l'enfance. Il n'avait rien à craindre, surtout pas mes chouineries. Je savais recevoir avec dignité une taloche méritée.

— Bon, écoute, petit, continua-t-il, soufflant le chaud et le froid. Je connais tes parents. Et toi tu les connais mieux que moi. Tu penses qu'il va t'arriver quoi ?

Le principal, qui savait tout de la profonde crainte que m'inspiraient mes vieux et de leurs sanctions dignes du goulag, pensait avoir abattu sa carte maîtresse avec le plus faible d'esprit de la fratrie Hocini. Ma réponse le stupéfia. Je dis des mots que j'avais dans la tête depuis toujours. Ils furent, jadis, répétés avec un profond respect par un appelé du contingent. Traumatisé par sa première séance de torture, il comptait les jours avant de quitter l'Algérie, persuadé que lui et les siens n'avaient rien à y foutre. Mon arrière-grand-père reçut ses confidences avec dignité, les dernières paroles de son plus jeune fils qu'il était venu récupérer. Il ne restait de son benjamin qu'un corps mutilé gisant devant une grotte, après une exécution sommaire déguisée en scène de combat. Il restait surtout ces mots, les derniers de grand-père. À la proposition de charger Haroun pour sauver ma peau d'un écorchement au ceinturon, ils sortirent tout naturellement de ma bouche :

— Mieux vaut la mort qu'une vie de honte.

M. Théry comprit que l'interrogatoire était fini, et mon sort fut scellé : renvoi définitif et la raclée du siècle à la maison. Elle dura tout un week-end. Jamais je n'avais vu les parents aussi unis dans l'exercice d'une activité commune. Comme s'ils étaient en train de défaire ce qu'ils avaient fait quinze ans auparavant dans un pieu, un peu trop tôt après la naissance de mon grand frère. J'avais péché par le feu. On me punit par le feu. Ma mère, qui connaissait *Dragon Ball Z*, enflamma un globe de papier journal roulé sur lui-même et me le projeta à la figure. La boxe kabyle venait d'entrer dans l'ère de la boule de feu.

Je retournai le lundi à l'école, où M. Théry devait lancer les préparatifs pour mon conseil de discipline. Il attendait à la grille et fronça les sourcils devant l'énorme bleu que j'avais sur la joue. Il demanda à voir le reste des marques dans son bureau, où je dus enlever mon pull et remonter mon bas de jogging jusqu'à mi-cuisse. Je ne lus aucune pitié dans ses yeux au spectacle de mes nombreuses ecchymoses. Il avait plutôt dans le regard l'amour du travail bien fait.

— Je reconnais la patte. Mme Hocini a fait le boulot pour nous. Conseil de discipline annulé, annonça le principal. J'entends parler de toi une fois dans l'année, même pour un chewing-gum, je te renvoie, et tu atterris dans un collège à Cayenne.

Haroun m'accueillit en héros dans la cour et me libéra de ma charge. Il promulgua un décret royal pour me faire plaisir : Benoît était la seule personne à avoir droit de siéger à ses côtés sur le trône. Le roi fit aussi une place à Manon sur son banc. Une récré sur quatre, non négociable. Je redoublai cette année de 3e avec un honorable 12 sur 20 de moyenne. Mes professeurs pensaient que j'étais immature. Ils avaient raison.

Haroun passa en BEP et voulut me laisser les clefs de la boutique en partant. J'avais bien joué ma partie sur l'échiquier mais, même promu, le pion ne peut jamais être roi. Je flattai donc sa majesté :

— Je n'ai ni ton charisme, ni ta force, ni ton pouvoir. J'étais ton petit, pas ton fils. Un trône, ça se gagne ou ça s'hérite, ça ne se donne pas. Merci pour Benoît. Tu as été un bon grand.

Il fut ému, ce brave caïd, et l'exprima par de belles paroles :

— Les Kabyles, vous êtes vraiment des hommes.

Le compliment me toucha, vu le nombre de joutes oratoires que nous avions passées à détruire lui l'Algérie, moi le Maroc. Benoît aussi vint me dire un petit compliment à la fin de l'année. Il n'avait jamais rien su de mon hommage vassalique au roi pour m'éviter d'avoir le cœur en miettes chaque fois que je le voyais se faire humilier dans la cour. Le petit bonhomme rondouillard voulut quand même me dire un mot, les yeux rouges, avant de partir en CAP boulangerie :

— Merci. Tout le monde était si méchant, si cruel… Ton frère et toi, vous avez été les seuls à me donner du respect. Je n'aurais pas survécu quatre ans sans vous.

Une envie de grandement pleurer me prit. Je me contentai de répéter ce qu'avait dit un prêtre à princesse

Sarah, cette pauvresse affamée venue lui apporter un penny qu'elle avait trouvé dans la rue :

— Sois heureux, noble cœur. Et que les épreuves de la vie ne changent jamais ton âme si généreuse.

10

Il reste deux années à raconter, deux petits pas à faire sur ce grand chemin de vie qui m'amena de ma première invitation en mater' à la suivante au lycée.

Je n'étais pas meilleur que les autres. Comme tous les redoublants, mon chef, qui culminait à 1,80 mètre, toisait un peu de haut mes jeunes camarades à la rentrée 1995. M. Marcellin, mon nouveau professeur principal, aggrava ce complexe de supériorité. Au lieu de prononcer mon nom, au moment de l'appel, il dit :

— Qu'est-ce que tu fais là, toi ?

Avec lui, il ne fallait pas jouer au con. Je l'avais eu en 4e. C'était un vieux briscard qui savait enseigner le français et le respect dû aux anciens. L'année scolaire venait de commencer depuis cinq minutes, ce n'était certainement pas le moment de faire le spirituel ou le rigolo. Je lui signifiai donc, d'une voix mal assurée, mon statut de redoublant.

— Tu avais une orthographe de singe Bonobo. Et l'écriture tenait du mammifère marin, se rappelait M. Marcellin, mais tes rédactions étaient pas mal foutues. T'étais loin d'être bête, tu comprenais pas mal de choses. T'avais pas la tête aux études l'année dernière ? Une peine de cœur peut-être ?

Il m'avait donné le feu vert, je sautai dessus. Audacieux, ce qui était contraire à mes habitudes, je répondis :

— Je n'ai surtout pas la tête pour l'amour, monsieur.

Peu de rires dans la classe. Mes nouveaux camarades semblaient surtout impressionnés par l'intérêt que me montrait notre charismatique professeur, au petit look d'Einstein. La terre entière semblait aussi croire que ma première expérience amoureuse finirait forcément en litres de larmes versés sur mon coussin. Et la beauté intérieure ? La gentillesse ? L'écoute ? Le charme de la timidité…

M. Marcellin sourit avec indulgence à ma tentative de trait d'esprit. Il n'était pas seulement un bon prof de français, il était également un grand pédagogue de la vie. Il nous donna à tous une excellente leçon, tout aussi précieuse que le bon accord du participe passé selon la place du COD :

— T'as raison, mon garçon. C'est une question de tête, mais c'est ce qu'il y a à l'intérieur du crâne qui compte. Remarque que je ne te parle pas tant de cervelas ou d'intelligence que de confiance en soi. Tu me feras d'ailleurs le plaisir d'user d'autodérision quand tu en auras une petite réserve.

M. Marcellin reprit ensuite le cours de l'appel, sans plus s'occuper de mon cas. J'aimais beaucoup ce professeur qui m'avait fait découvrir Pagnol et la Provence, ainsi que l'ignominie de l'esclavage dans *La Case de l'oncle Tom*.

À la récréation suivante, je rejoignis tous les autres redoublants, ma nouvelle caste. J'avais droit à un certain respect dans le groupe. Haroun avait raconté tout l'été à la cité l'affaire de la bombe usinée main, en exagérant à chaque fois mes talents d'artificier, mon courage et mon sacrifice. Personne ici n'avait les épaules pour reprendre son trône. Saïd était désormais le plus audacieux bagarreur. Mais il fallait qu'il sèche un peu moins les cours pour pouvoir se tailler un royaume dans la cour. Ce n'était pas dans ses intentions : il n'était même pas au collège en ce jour de rentrée.

David, avec sa ceinture noire de taekwondo, pouvait revendiquer le sceptre royal, d'autant que son peuple avait inventé la notion de monarchie de droit divin, mais il n'avait aucune attirance pour le pouvoir et ne se battait jamais contre plus faible que lui. Donc il ne se battait jamais. Comme tous les circoncis de Bondy, il avait fait ses classes à la table des porcs, dans une des écoles primaires de la ville. Il était connu pour avoir mangé un sandwich au jambon chez un voisin, le jour de sa bar-mitsvah. Ça n'avait pas gêné plus que ça le rabbin, qui connaissait les Bondynois et leur façon bien à eux de pratiquer la religion. Le ramadan américain, qui permet de chercher du pétrole dans la bouche de sa petite amie cinq heures avant le coucher du soleil, était un concept que nous enviait toute la Sun Belt, de la Californie à Miami.

Le banc d'Haroun était vide, M. Théry avait laissé la place à un rond-de-cuir qui ne pourrait jamais égaler sa poigne d'acier, et la bonne société du Parc semblait, au premier abord, plus ouverte et moins hautaine que la précédente génération. La collectivité n'avait pas encore désigné son bouc émissaire officiel, et personne ne ferait mieux le turbin que Benoît avant au moins dix ans. Cette deuxième 3e à Pierre-Curie commençait avec un goût de Coca-Cola light.

Par contre, à la maison, la nouvelle année scolaire démarrait comme un grand cru qui avait du corps et revenait bien en bouche. Pour me le cracher à la figure. Crime ultime absolu chez les Hocini, j'étais le premier de la fratrie à redoubler, et mes parents me traitaient désormais comme un délinquant juvénile. Ils avaient gardé le suspense tout l'été. Jusqu'au dernier jour des vacances, il existait une forte probabilité pour que je passe toute l'année dans un collège du bled.

— Bienvenue en première ligne, camarade, m'avait dit Kamel, le matin de la rentrée, comme un vétéran prussien accueillerait un petit bleu d'Alsace arrivé sur le front russe.

Maman était sous pression. Pour mon frère, c'était l'année où il passait son bac pour la première fois. Pour moi, c'était la merde.

La mère avait annoncé la couleur bien marron dès le petit déjeuner de rentrée :

— Tu voulais foutre le souk en classe, jeter la honte sur la famille, me faire regretter de pas avoir écouté ton père qui voulait te balancer à la poubelle, eh ben ça se paye. Et chez moi, ça paye en une seule monnaie : les larmes !

Fame… Tout le monde regardait beaucoup trop la télé, dans les années 1990.

Je finis mon café au lait – et la daronne son discours – avec deux bonnes tartines dans la bouche. Il y avait de la confiture sur la première. De l'ongle mal manucuré sur la seconde.

Elle me colla deux jours de marché avec un marchand de primeurs de sa connaissance pour m'apprendre à quoi ressemblait la vie sans diplôme. Levé aux aurores, charger et décharger des cagettes de poivrons pour 30 francs, qui tombaient à la fin de la journée dans les poches de la madré. L'expérience me fut surtout profitable parce que René, qui me voyait charbonner depuis le bar du Moulin, eut pitié de moi et m'intronisa affranchi à crédit.

Pour le championnat des enfants, je perdis la saison sur tapis vert, évidemment. On m'appelait Cheval boiteux, à la maison. Maman disait qu'un petit accident de la route, une mort propre sur le chemin de l'école, sauverait l'honneur de la famille que j'avais bafoué. Elle se calma devant mes premiers « très bien » en contrôles de maths et quand elle reçut mon brevet des collèges par la poste. Je l'avais obtenu l'année de mon redoublement. Ça restait un diplôme de l'Éducation nationale, le temple laïque où maman pratiquait un culte voué au baccalauréat.

J'avais donc le droit d'un peu souffler l'air du dehors, juste avant les vacances de la Toussaint. Je passais mon temps libre avec deux redoublants de ma condition, Ibrahima, qui habitait aux Cottages, et Émeric, avec qui j'avais grandi à La Sablière, où il était resté. Le premier était très fier d'avoir des parents ivoiriens, le second d'être antillais. Will Smith, le prince de Bel-Air, cartonnait sur Antenne 2, enfin France 2 depuis trois ans. Je n'étais pas en reste avec Zinedine Zidane, qui commençait tout juste à faire parler de lui.

Les quêtes d'identité avaient besoin de ces icônes pour s'accomplir pleinement, telles des auberges chaleureuses au bon feu de cheminée, à l'orée des forêts ou au bord des chemins de nuit.

Nous étions les rares gamins du collège à oser s'aventurer en dehors des frontières de Bondy Sud. Nos camarades trouvaient le reste de la ville dangereux et hostile. Ce qui pouvait parfois être vrai, une casquette à l'effigie d'une grande équipe de la NBA sur la tête ou un skateboard aux pieds pouvait attirer les convoitises. Des groupes de jeunes, des petits cons parmi la mauvaise graine de cités, pratiquaient le dépouillage. Ils étaient minoritaires, toutefois, et mal vus par les pontes de la ville. Leur attitude, contraire au code moral des Bondynois, jetait la honte sur notre peuple. Squatter une fête, gratter un buffet garni, taper un croc dans le kebab du voisin qui n'avait pas compris qu'à Bondy on ne cligne pas des yeux à table : oui. Les ancêtres de la forêt approuvaient. Une crapulerie, doublée d'une lâcheté parce qu'avec tous ses potes on est plus fort : non.

Les mauvaises rencontres étaient rares, mais les 3e et 4e du collège Pierre-Curie préféraient tout de même passer leur temps dans un espace protégé. Mes anciens cousins de La Sablière traitaient un peu les vertes prairies du parc de la Mare à la Veuve comme les Spartiates en patrouille dans la Messénie de leurs hilotes. Ils étaient surtout plus taquins que mauvais avec la jeunesse dorée de Bondy. Tout le monde allait à l'école ensemble depuis la maternelle, il y avait donc forcément du lien et des affinités qui se créaient entre les jeunes de la cité et ceux des pavillons.

Mais ces derniers n'étaient pas comme les autres Bondynois. Les belles gens du Parc entraient dans les maisons des voisins, sans sonner, pour aller se servir dans le frigo, comme les adolescents des séries américaines. De temps en temps, on croisait ces groupes de filles et de garçons flânant, insouciants, dans le centre commercial de Rosny 2, où ils imitaient à la perfection la vie des petits Yankees. Parties de base-ball, rollers dernier cri avec roues sur une ligne, premier bécot au cinéma, Bondy Sud était comme une banlieue du Connecticut qui vivait pleinement l'*American way of life*.

Tels les Power Rangers, les blondins labélisés de la ville avaient besoin d'avoir des filles dans leur groupe pour exister. Ils avaient aussi besoin du copain basané. Émeric était antillais et plutôt beau gosse, on fit de lui le nouveau Force noire de la bonne société du Parc. Il n'eut pas de mal à ramener Ibrahima aux soirées, parce qu'il avait une platine à vinyles, une table de mixage et des enceintes. Ils furent pour moi de parfaits chevaux de Troie, et je squattai mes premières fêtes avec eux.

Se construire un semblant de vie sociale demandait une certaine stratégie, à la maison. L'autorisation de sortie était plafonnée à l'heure du dîner. Il fallait gratter sa liberté, petit à petit. Par à-coups. À la première boum, alors que je devais rentrer à 20 heures, père m'avait trouvé sur le retour, à la gare de Bondy, vers 23 heures. Maman avait déclenché le plan Orsec pour me récupérer. Je m'étais fait marave la bouche bien comme il fallait. À quatre mains, en canon.

À la soirée suivante, je pointai à la maison à 21 heures. Deux heures de moins que précédemment.

Je m'en tirai à peu de frais, avec une bonne gueulante. Un palier était franchi. J'avais gratté soixante minutes sur la limite horaire. À la troisième surprise-partie, je tentai une nouvelle étape dans le grignotement, 23 h 30. J'eus la bonne surprise de constater que tout le monde était couché. Sauf Kamel, qui alerta toute la maisonnée pour le plaisir de me voir prendre une bonne rouste. Un coup bas : c'était moi qu'il réveillait à grands jets de rochers sur mes volets, pour que je lui ouvre la porte, quand il pointait aux aurores.

Je plafonnai longtemps à 22 heures, qui fut accepté par les parents après moult tannées. Dans un pays où les raclées seraient de l'or, cet horaire était mon magicien d'Oz, que je touchai du doigt après un long chemin pavé de gifles vers la liberté. Un beau jour, j'eus de l'ambition. Je fis l'audacieux, le courageux, le téméraire, l'aventurier, toutes voiles dehors pour franchir le cap Horn : minuit. J'avais fait l'idiot en me pointant à 1 heure du matin. C'était l'heure où papa se réveillait pour aller bosser dans son taxi. Dieu merci, il était de bonne humeur cette nuit-là. Le boulimique de la route se contenta de me poser des questions et de me sermonner, quand il me trouva comme un lapin pris dans les phares de sa 405 au milieu du salon, dont l'entrée donnait sur le jardin. Mon itinéraire préféré pour entrer en douce. La chambre parentale était au premier, juste à côté de la porte qui ouvrait sur l'avenue Carnot.

— Cigarette ? Drogue ? Alcool ? dit papa, presque amusé, en allumant la lumière. Sexe, je ne demande pas, c'est pas la peine.

— Rien, papa, répondis-je, tout penaud.

— Tête de con. Tu baisses la tête comme une gonzesse.

Je trouvai la pique savoureuse à souhait parce que mon père laissait maman porter la culotte, le bermuda, le pantalon et le burnous à la maison. Je ne fis pas la bêtise de sourire, mais le daron n'allait pas me laisser rejoindre mon pieu si facilement.

— C'est pas sérieux. Cette année, tu passes le permis. Et le certificat. Ou le bac à l'Oréal, je sais plus quoi.

— Non. C'est Kamel, ça, papa. Ton préféré.

C'était bien de l'avoir tenté, le chantage affectif, mais bon… Avec le padré…

— Parce que tu crois que je lui fais un bisou avant de partir ? Il est globalement plus réussi, mais, si je me lève à cette heure-ci pour bosser, c'est surtout pour pas trop voir sa gueule aussi. D'ailleurs, il dort ou il est en vadrouille ?

— Il dort, mentis-je.

— Qu'est-ce que tu attends ? Un câlin ? Tu veux ? dit-il en montrant sa main droite. Va faire comme lui.

Avec papa, pas besoin de « je t'aime ». Il était debout avant le coq pour que je puisse manger.

La technique du grignotage, adaptée à ma nature timorée, exigeait du temps et des torgnoles par paquets de douze. Pour Kamel, ça ne demandait que de respirer. En 5ᵉ, de retour de sa première soirée au plus profond du 77, les coins de la bouche pleins de bouts de chips, des suçons dans le cou, du foin sur la chemise, il ouvre la porte du salon à 9 heures du matin, passe devant tout le monde attablé pour le petit déjeuner, chaparde mon croissant chemin faisant, et monte se coucher tranquille. Propre. Comme si de rien. Sans que personne lui demande des comptes. La Suisse allemande ! Il passa de la permission de sortie bornée à l'heure du goûter au retour d'after en un seul coup. « Si tu mets de l'eau dans la tasse, elle devient la tasse », disait mon frère en citant un de ses maîtres, Bruce Lee, dont le portrait trônait – allez Dieu savoir pourquoi – dans notre salon depuis La Sablière. Comme chez la plupart des familles maghrébines, d'ailleurs.

Par l'entregent d'Ibrahima et d'Émeric, je devenais un djeunes du Sud dans le vent qui rentrait tard. Je fréquentais des gens qui formaient une sorte de communauté, avec des codes nouveaux pour moi. Ma première soirée, avec de la musique et des filles, hasard du destin, fut chez Viviane. Je squattai chez elle une première fois au collège, avant de recevoir son invitation deux ans plus tard au lycée. On ne fit aucune histoire pour me laisser entrer dans les pas de mes deux amis. Bien au contraire :

— Je te prie de m'excuser, Idir, dit la gentille Viviane en guise de bienvenue. J'aurais dû penser à t'inviter.

Je souriais comme un parfait idiot. Inviter ? Je ne connaissais pas ce verbe.

Je ne comprenais pas trop non plus ce qui se passait dans ce garage apprêté avec une boule à facettes au plafond. Des filles en train de glousser dans leur coin d'un côté. Des garçons tout coincés de l'autre. Tout le monde avait des vêtements de marque. C'était exotique par rapport à mes activités normales : manger au grec ou galérer dans les rues de Bondy. New Kids on The Block, Dr. Alban, Ace of Base, compilations de dance et de techno, un peu de Cut Killer pour rappeler à tout le monde qu'on était en Seine-Saint-Denis, les gens allaient danser sur les tubes du moment, avec un balai dans le cul, plus nombreux sur la piste au fur et à mesure que l'après-midi approchait de la soirée.

C'était quand même une belle fête parce qu'il y avait de quoi manger sur une grande table. J'y fis de fréquentes visites, gobelet de Fanta à la main. Ma timidité disparaissait dans certaines situations. J'étais bondynois, après tout, et natif avec ça. Je venais de mettre la main sur ma quatrième cuisse de poulet, je sentais déjà la tendreté de sa chair sous mon palais délicat de rat du caniveau, quand mes dents du dessus claquèrent violemment sur celles du dessous.

Je comprenais pourquoi on l'appelait la Perceuse. Cette personne entrait dans chaque endroit doté d'un mur. Dès qu'il y avait du bruit, de la nourriture ou le pschiiitt d'une bouteille de Coca qui s'ouvrait, Kamel pointait le bout de ses crocs. Il avait le squat dans le sang et, désormais, ma cuisse de poulet sous la dent.

— On partage nos slips, on partage la bouffe. C'est ça les frères, annonça Kamel, son sourire strié de bouts de ma viande.

Je connaissais son crédo, je connaissais aussi la règle, énoncée par le directeur de notre école élémentaire dès ma première minute en CP : jamais deux Hocini au même endroit.

J'allais dire au revoir à Ibrahima et à Émeric, remercier mon hôtesse pour son hospitalité, quand Kamel m'arrêta dans ma lancée :

— Bouge pas. Fête de gamins. Je ne reste pas longtemps.

Fête de gamins, fête de gamins… C'était vite dit. Ibrahima derrière ses platines venait de lancer un slow. « Y a pas que les grands qui rêvent », disait la chanson.

Quelques couples s'enlaçaient sur la piste. Ils étaient gauches et un peu raides, mais j'enviais le courage de ceux qui avaient proposé à leur partenaire cette union des corps.

— Va faire danser la bouboule, m'ordonna à un moment Kamel en me désignant d'un signe de tête Viviane, assise sur une chaise.

— Et puis quoi encore ? répondis-je.

— Pourquoi pas ?

— Pas envie de danser.

— Si, tu as envie. Mais celle que tu aurais aimé faire valser est déjà dans les bras de celui avec qui notre hôtesse voudrait être.

Le grand frère avait de meilleurs yeux que les miens, pour sûr. Ça me faisait honte. Il parlait de Virginie. Nous étions dans la même classe. Elle habitait aussi au nord de la voie ferrée. Nous faisions la route ensemble de temps en temps. C'était une fille très aimable, presque aussi timide que moi. Malgré tout, elle ne disait pas non à un brin de causette. Elle avait même ri une ou deux fois à mes blagues. Pourtant l'humour n'était pas mon don premier. Je débutais à peine et assez gauchement dans le milieu des rigolos.

Angelo l'avait invitée à le rejoindre sur le *dance floor*, un bon camarade qui faisait office de coqueluche du collège en ce début d'année scolaire.

Il n'était pas impossible que j'en pinçasse, déjà à l'époque, un tantinet pour Virginie. Ce fut même la première personne qui me fit un petit effet. Mais ça changeait quoi ? Je connaissais ma valeur sur le marché. Ce n'était pas des deutsche marks. Je ne nourrissais aucun espoir, encore moins celui de faire danser cette jolie fille aux yeux clairs. L'idée de proposer à une personne du sexe opposé de partager un slow me terrorisait. Viviane tout autant qu'une autre. Ce n'était pas une gravure de mode, mais elle était mignonne à sa manière. Je n'avais rien contre un peu de poids, c'était mon rêve de grossir, mais aucune affinité particulière ne me liait à cette fille qui faisait quand même vraiment un peu la tronche sur sa chaise.

— Allez vas-y, insista mon frère. Tu as décidé d'être gentil dans la vie. Ben fais le gentil. Regarde-la, toute tristounette. Elle a fait une fête pour voir toutes ses copines danser.

Nelly, une grande blonde fort canon, coupa mon frère dans son argumentaire.

— Tu danses ? lui demanda-t-elle.

Kamel danser un slow ? Pharaon à une bar-mitsvah pendant qu'il pleut des grenouilles sur l'Égypte serait une scène plus crédible. Le frère se retourna à peine vers la belle. Pour toute réponse, il lui balança son os de poulet. Enfin le mien avant qu'il me l'arrachât des doigts. Nelly fit la moue, s'éloigna de deux pas et se consola avec Mathieu, un beau gosse, qui l'invita sur la piste tout de suite après le refus du goujat.

— C'est pour que j'aille aussi me manger un gros stop que tu veux que je demande à une fille de danser ? accusai-je.

— Non, se défendit Kamel, c'est parce que cette bonne personne qui t'a nourri, toute malheureuse sur sa chaise, va pleurer ce soir dans son lit si personne ne l'invite. Vas-y, je te dis. Va faire ton Chevalier du Zodiaque.

C'est vrai qu'elle n'avait pas l'air bien joyeuse, Viviane. Son regard de petit chiot battu s'attardait sur tous les garçons qui passaient devant elle pour partager un slow avec ses copines. Les chaises de ses voisines se vidaient, et elle restait seule.

Je me souvenais des mots aimables qu'elle avait eus pour m'accueillir sous son toit. Je n'avais pas du tout compris pourquoi elle s'excusait, mais mon hôtesse m'avait mis à l'aise pour ma première fête. J'étais ici comme un ami.

— Depuis quand tu réfléchis quand je te dis de faire un truc ?! s'énerva Kamel. Va falloir que je te reprenne en main, toi. Tu veux que je t'affiche devant tous tes potes ou quoi ?!

— Pas la peine. J'y vais, dis-je, résigné.

Je mettais du temps à me lancer mais, une fois que j'avais sauté de la falaise, même la gravité d'une situation ne pouvait plus m'arrêter.

— Tu veux danser ? demandai-je, mal à l'aise, planté comme un piquet devant la chaise où était assise Viviane. Par contre, je ne sais pas comment on fait…

— Je vais te montrer ! répondit ma camarade de classe en se levant d'un bond, toute joyeuse.

Elle prit mes mains, les posa sur sa taille, mit les siennes sur mes épaules, et tournez jeunesse ! Il me sembla que jamais je n'avais été aussi proche d'un autre humain. C'était tout à fait paniquant.

— C'est Kamel qui t'a demandé de danser avec moi ? demanda-t-elle au bout d'un moment, lucide et un brin triste, au milieu du slow qu'elle dirigeait tant bien que mal.

Elle faisait vraiment de la peine avec sa question. Tant pis pour l'honneur, si précieux, de la famille.

— Pas du tout. On se disputait justement pour savoir qui allait t'inviter à danser…

Autant faire le taf jusqu'au bout. Elle eut un magnifique sourire, m'embrassa sur la joue et m'enlaça tendrement. C'était un beau câlin, quoique bref. Un peu gênant mais pas du tout désagréable. Je me demandai à ce moment-là si j'avais une petite amie. Au village, on vous mariait pour moins que ça. Un nouveau slow commença, je me détachai d'une Viviane aux anges pour laisser la place à Angelo. Kamel lui avait aussi parlé à la toute fin de notre petit moment à nous. J'allai rejoindre l'entremetteur en train de mettre à sac le buffet.

La porte du garage, qui permettait d'entrer dans les pièces de la maison, s'ouvrit à ce moment, et la maman de Viviane interpella mon frère :

— Kamel, on te demande à la porte.

— J'arrive. Merci, madame, répondit, la bouche pleine, le frangin, comme s'il habitait ici.

— À demain, dit-elle, toute souriante en refermant la porte.

— Pourquoi elle te dit à demain ? m'enquis-je auprès de Kamel.

— La nièce de son mari se marie.

— Tu la connais ?

— Non. Je ne la connais pas. Jamais vu sa tronche. Mais on va dire qu'on m'attend quand même. Te couche pas trop tôt, lança-t-il en quittant le garage. J'ai besoin de quelqu'un pour m'ouvrir la porte. Les soirées de comité d'entreprise, ça se finit tard.

La semaine d'avant, mon frère avait squatté à une communion et au vernissage d'art naïf d'une amie de Mme Kunst, où le koala d'Asta aurait fait sensation, à en croire le récit de la soirée. Kamel se faisait au moins deux bar-mitsvah par mois, il maîtrisait d'ailleurs des rudiments d'arabe tunisien et de yiddish à force de gratter jusqu'à la moelle les généreux buffets cashers de cette communauté. Il avait aussi, une fois, présenté ses condoléances à une famille arménienne qu'il ne connaissait pas, et loué les spécialités culinaires du Caucase lors d'une veillée mortuaire en compagnie de vieux moustachus en béret, habillés de seyantes bretelles, selon ses dires, qui faisaient les pantalons tout droits.

L'année fut ponctuée d'autres boums du genre de celle qu'avait donnée Viviane, où je croisais systématiquement le frangin. J'y pris goût, au squat, pour être honnête. Il m'arrivait même de danser sur du disco qui revenait doucement à la mode. Je trouvais que c'était un bon exercice pour vaincre ma timidité. Je commençais à traîner avec les gens du Parc, sans négliger mes relations de la cité. J'avais gardé une terrible nostalgie de mes premières années à La Sablière.

J'étais bien dans ma vie sociale. Je fréquentais, je m'entourais, me faisais des relations dans ce petit monde qui devint le mien. Il m'arrivait, désormais, de faire un peu attention à moi-même. Je ressemblais alors, avant tout, à un paysan endimanché. La mode et le style vestimentaire m'étaient des notions tout à fait étrangères. De plus, la nature de mes cheveux et la forme de mon visage ne se prêtaient pas du tout au dégradé sur les côtés. N'importe quel professionnel de la coiffure me l'aurait sans doute dit. Maman n'avait pas du tout apprécié la coupe à l'américaine qu'Ibrahima m'avait faite avec une tondeuse. Elle utilisa celle de Kamel pour rattraper le coup : une boule à zéro. Chez les Kabyles, c'est tout ou rien.

Je ne pensais pas être aussi faible d'esprit. L'effet de groupe jouait à fond sur moi. Je n'étais plus une personne tout à fait humble. Ni tout à fait aimable. Je balançais des vannes pour me distinguer, critiquant même les personnes les moins populaires, pour aller dans le sens du vent. Un benêt qui commençait à avoir honte de se trouver en présence de ses parents. Cela ne posait pas de problème à papa qui venait, après le boulot, chercher les gosses que la madré gardait à la maternelle. Il avait toujours refusé de convoyer ses propres enfants à la sortie des classes. Même la petite Sonia. « Marchez ! Je ne suis pas votre chauffeur. Vous n'avez pas payé la course », disait-il toujours avant de démarrer en trombe vers la maison, nous laissant devant les grilles du groupe scolaire Curie, sans pitié pour les jambes fatiguées – toujours, à la fin des cours – de sa progéniture.

Je devenais tout à fait idiot en vivant dans la bonne société. Le regard des autres m'importait désormais. Une grande première. J'étais comme le lait à qui on avait trop laissé faire sa vie dehors. Je tournais, et mal avec ça. Heureusement la daronne, née paysanne, savait battre le lait. Secouer son fils jusqu'à ce qu'il devienne un bon petit Beur, c'est un peu le concept de la maman algérienne. Mme Hocini commençait doucement à se mêler de ma vie au collège. Elle m'avait inscrit d'office au voyage au ski à cause du nouveau principal, qui l'avait appelée pour lui annoncer que c'était gratuit pour les enfants des familles les plus défavorisées. Ça faisait six ans que nous habitions dans un pavillon. Elle se pointa, le lendemain, piquée dans sa fierté de nouvelle riche, et posa sur le bureau de M. Le Doux 1 500 francs. Cash.

Son inénarrable prédécesseur n'aurait pas insisté pour intégrer un autre garçon Hocini à une sortie scolaire, aussi loin de nos bases dionysiennes. En son temps, on avait trouvé Kamel à minuit en haut de la piste noire, avec un sac-poubelle qu'il utilisait comme une luge. On l'avait aussi retrouvé dans la boîte de nuit de la station. Et, tous les soirs, un roast-beef ou un poulet froid disparaissait des cuisines de l'auberge. Lors de l'examen de la première étoile, le frangin avait fait du hors-piste, trouvé on ne savait où un fusil de triathlon et tiré du plomb dans le gros cul d'un touriste allemand, pour imiter les chasseurs alpins qui avaient sauvé l'honneur de la France lors de la débâcle de 1940. Il rentra quand même à Bondy avec un flocon d'avoine, distinction inventée à l'occasion par les moniteurs pour récompenser son haut fait d'armes lors de l'épreuve qui clôturait, pour tous les élèves, la fin du séjour.

Maman avait lâché les sous. Je dus donc me pointer à la réunion de préparation de la classe de neige, avec Ibrahima, David et Émeric. Nous étions très fiers d'être les seuls élèves présents sans leurs parents. On toisait tous les autres depuis un moment en écoutant les professeurs présenter les activités du séjour et parler équipements. La peur fit soudain battre mon cœur quand j'entendis une voix familière très aiguë et la porte de la salle sur laquelle on tambourinait violemment.

— Ouvrez-moi !!! J'ai payé ! Comptant, en plus !
Un élève, craintif, ouvrit à ma mère.

— Bonjour la compagniiie ! lança-t-elle gaiement en entrant, conquérante, dans la pièce. Il est où mon fiiils ?! Ah le voilà ! Petit cachotier, va ! Idiiiir ! Tiens-toi droit devant les fiiilles ! Voyou ! Bon. C'est quoi la tambouille par iciiii ?! Idiiir !!! Arrête de baisser la tête comme une jeune mariiiée !!! Tiens-toi droit je t'ai diiiiiiiit !

Tout le monde riait. Je ne savais pas où fuir. J'entraînai mon ami dans ma chute.

— Mais il y a Émeriiiiiiiiiiic ! s'extasia ma génitrice comme si on était entre métèques à La Sablière. Comment va ta maman ?! Tu es devenu beau, dis donc ! Je devais toujours lui moucher le nez quand il venait à la maison, à la cité où j'habite plus. Ce n'est pas le bled, la France, il fait froid, mon fils, couvre-le, je le disais tout le temps à sa mère.

— Ben justement, madame Hocini, dit, amusé, M. Marcellin, on parlait des vêtements à mettre dans les bagages de vos enfants…

— Oui, des piiills, il y a à la maison, plein, tout ce qui faut, des beaux, 9,80 francs au marché, rétorqua maman fièrement.

— Des piles ? Pour les lecteurs audio ? demanda mon prof principal.

— Non ! Des piiills, avec le col rouli.

— Des pulls ! Je comprends mieux les fautes d'orthographe…

— C'est le Nil de l'orthographe mon fils ! Il coule !

M. Marcellin acquiesça, se gondolant franchement au jeu de mots involontaire. Maman foutait des « i » et de la honte partout. Mais au moins, maintenant, la bonne ambiance régnait dans la salle. Tout le monde se payait ma poire. Malgré la recommandation de ma mère pour faire bonne impression devant les beautés du Parc, je regardais par terre, trop humilié pour lever le front. La réunion se poursuivit sans encombre jusqu'à ce que M. Marcellin demande :

— Personne n'a de questions ?

Évidemment que si, quelqu'un avait une question.

— Moi ! cria maman. Est-ce qu'il faut ramener les papiers pour les enfants qui ne sont pas français ?!

— Hum, hum…, fit M. Marcellin, attendant la suite du show.

— Passeport, carte de résidence, titre de séjour, certificat d'hébergement, récépissé de la préfecture, carte consulaire, insista Mme Hocini, sous les gloussements de tous les parents du Parc.

Pourquoi faisait-elle ça ? Le droit du sol, ce n'était pas pour les teckels. J'avais une carte d'identité française depuis le CM2 !

— Madame Hocini, on ne quitte pas le pays, la rassura M. Marcellin, fort joyeux de cette fourberie. Enfin, sauf s'il fait comme l'aîné. Kamel a traversé la frontière vers l'Italie lors de son séjour, d'après ce qu'on m'a dit, mais ça va, ce n'est pas le même animal, celui-là. Personne d'autre que ses professeurs n'imposera de contrôle à votre enfant.

— Parce que s'il faut les papiers, il y a, à la maison. On est tous en règle, monsieur !

David se marrait comme un fou de Bassan quand on entendit le karma tambouriner et crier à la porte :

— Ouvrez !!

Le boss final : la mère juive. La réunion dura beaucoup plus longtemps que prévu. L'Algérie vainquit sur le fil le Maroc, le pays d'origine de la maman de David, un poil moins douée que la mienne pour jeter de la honte sur son rejeton.

À la suite de cette réunion, je fus la risée de la cour de récré pendant une bonne semaine. On m'appelait l'élève clandestin. Tout ça pour rien. Le voyage au ski fut annulé. Après l'intervention de Mme Hocini devant tous mes amis, je décidai de me débarrasser d'elle. Je ne voulais plus la voir traîner au collège. Elle ruinait ma réputation que j'avais tant de mal à bâtir, maintenant que la chose me préoccupait à ce point. Je m'arrangeai avec Jovanni, un surveillant italien avec qui je m'entendais bien. Il fit semblant de croire que j'avais perdu mon carnet de correspondance. Le nouveau était pour la maison, vierge de tout mot. L'ancien pour le collège, rempli d'écritures en rouge et en gras, et constellé de la signature de maman, que j'imitais à la perfection. Du moins le pensais-je.

Avec René qui détournait mon courrier scolaire, je vivais mon âge d'or. Je séchais les cours, je m'amusais en classe, je répondais à certains profs… Je risquais quoi ? Un mot que je serais seul à lire ? Une heure de colle que je ne ferais jamais ? Je découvrais qu'un comportement interlope pouvait m'attirer la sympathie d'une part non négligeable de la populace du collège. Et même des filles. Je me décoinçais. Je commençais à prendre un peu trop de plaisir à faire le chemin de l'école avec Virginie. Surtout quand nous étions seuls.

J'étais déjà en train de virer con. Je devenais imbécile, orgueilleux et bête, trop confiant dans le pouvoir de la beauté intérieure au moment où la mienne en prenait un sacré coup. Je méprisais désormais mes vêtements sans marque et je filais un aussi mauvais coton que celui dont ils étaient tissés. Jusqu'à ce que maman ressurgisse dans le monde scolaire. Elle le fit avec la violence d'un volcan en éruption émergeant en furie des eaux du Pacifique.

Mme Giudicelli, la CPE, l'ancien bras séculier de M. Théry, avait appelé à la maison, pendant que j'étais en cours, pour présenter ses condoléances à mon père. Ce fut la madré qui décrocha, à la grande surprise de la conseillère d'éducation, qui eut peine à croire que maman vivait bel et bien. Elle demanda à Mme Hocini depuis quand une si précieuse adjointe du corps enseignant laissait le carnet de son fils collectionner les billets de retard et d'absence. Et surtout se remplir de dix-sept mots pour mauvais comportement, tous signés, à ce qu'il semblait, de sa propre main. Je n'aurais jamais dû sous-estimer les yeux de condor de l'âme damnée de M. Théry. Celui-ci avait bâti sa légende grâce à cette précieuse aide de camp. Quatre années d'expérience avec le carnet de Kamel, une connaissance parfaite de la graphie et des us et coutumes familiaux… Je n'avais aucune chance de ne pas me faire prendre avant la fin de l'année.

Maman débarqua immédiatement au collège avec toute la marmaille qu'elle gardait. Elle avait avec elle un petit quelque chose, pris sur mon bureau en partant. Mes deux carnets de correspondance ouverts se retrouvèrent sur celui de Mme Giudicelli. Devant le visage de forcenée, blême de fureur, de la mère, ma bonne

CPE prit peur. Jovanni me rapporta plus tard l'ordre de mission qu'elle lui glissa à l'oreille :

— Va le prévenir. C'est bientôt la récré, laisse-lui un peu d'avance.

Je courais vers la cime d'un arbre que j'ambitionnais de grimper quand ma daronne coupa ma trajectoire en plein milieu de la cour. Les cinq cents élèves du collège se délectaient d'avance d'un bon esclandre, doublé, espéraient-ils sans doute, d'une grande paire de gifles. J'aurais aimé voir la même chose, à leur place. Contrairement à ses habitudes, la colère de ma mère fut glaciale, comme les eaux où sombra le *Titanic*.

— T'es orphelin ? T'as plus de parents ? Tu signes tes mots toi-même, maintenant. Tu vas voir à la maison…

Je vis. Après avoir passé les deux plus longues heures de ma vie en cours à me demander ce qui allait m'arriver, après avoir allongé le trajet du retour en traînant les pieds comme un bagnard avec son boulet, je fus accueilli par cette implacable force de la nature berbère à la porte de la maison.

— Monte dans ta chambre, dit-elle, tout simplement.

Je m'exécutai. À peine entré, j'entendis le son d'une clef qu'on tournait à double tour dans la serrure. À part pour mes petits besoins, je ne sortis de cette pièce qu'une semaine plus tard. Maman m'apportait mes repas dans ma chambre. J'avais droit à deux pauses cabinet par jour. Au bout d'un moment, M. Marcellin se demanda ce que je devenais et appela à la maison. Ma mère lui signifia que, l'école, c'était fini pour son rejeton et qu'elle n'avait pas prévu, dans le budget familial, mon billet de retour, l'été prochain, après les vacances au pays. Les jours de ma vie en France étaient comptés.

Mon prof principal vint le soir même manger le couscous à la maison avec Mme Giudicelli. À la fin du repas, on me sortit, je ne sus jamais par quel miracle, de ma prison.

M. Marcellin me mit quand même un peu au parfum le lendemain en classe :

— Elle cuisine très bien, ta mère, mais ce n'était pas gagné pour sauver ton derrière de petit crétin. Ne parle plus à personne ! Ne fais rien d'autre que gratter de la copie en cours. Tu es en liberté conditionnelle. Je suis très sérieux ! Dans trois mois, tu auras seize ans, l'État ne sera plus obligé de s'assurer que tu es scolarisé. Si Mme Hocini veut t'envoyer garder les chèvres au bled… ben tu m'enverras des cartes postales.

Le conseil fut accueilli comme une parole d'Évangile. Je finis le reste de l'année dans la peau d'un élève modèle. *Sentenza*, la Sentence, comme Jovanni appelait désormais maman, passait deux fois par semaine à la Vie scolaire pour relever les compteurs. Il n'était plus question de soirée ou de gratter des minutes sur l'horaire. Je ne sortais plus. Je passai *in fine* en 2de avec un très bon bulletin de troisième trimestre, je gagnai le concours d'histoire du collège à la fin de l'année, je virai intello, ma vie sociale naissante retourna dans les limbes profonds d'où elle était sortie.

Il y avait du bon dans toute cette atrophie sociale. Vers quel malheur me serais-je dirigé si ma mère ne m'avait pas coupé les ailes et n'avait pas dégonflé mon melon de montgolfière ?

La flèche de Cupidon m'avait atteint mais elle manqua l'aorte. J'évitais, depuis ma sortie de taule, de faire la route avec Virginie. J'étais tout honteux de mon incarcération à la maison, mais pas encore déshonoré. La peur atavique du rejet m'habitait depuis mon premier jour dans une cour de récré. Tomber amoureux pouvait assurément briser mon cœur de Kabyle à la nuque roide. Je n'avais ni les fonds ni la forme pour me distinguer auprès de ma camarade, extrêmement gentille mais qui n'allait certainement pas faire dans le social.

Parce que, jadis, je me pensais inférieur aux autres élèves de petite section, la plus fière des femmes avait marqué au fer rouge des paroles de dignité au plus profond de mon âme. Grand-mère perdit six enfants en bas âge, éleva son nourrisson et ses filles seule dans la guerre, car le devoir et l'honneur étaient pour elle et son époux bien plus précieux que trente-deux dents, la vie ou l'amour des siens. Pour un Kabyle, il n'y a pas de torture, pas de douleur qui surpassent les souffrances innommables qu'inflige au cœur le déshonneur. Aucun homme, aucune femme ne devrait baisser la tête devant un semblable. Personne n'avait l'obligation de m'aimer, mais j'avais le devoir moral de ne plus jamais laisser un être humain me signifier que je valais moins que lui. Pour tous les adolescents de la terre, se manger un gros râteau, c'était la honte suprême.

Je confondais l'honneur et l'ego. C'est dire à quel point cette année m'avait rendu con comme un balai sans manche. Ce fut sans doute la crise d'adolescence la plus courte qui soit. Mère m'avait vite remis dans le droit chemin. Le paraître et la popularité redevinrent des breloques inutiles. Grand-mère disait vrai : j'avais été avec les forts et qu'est-ce que j'avais été faible ! La bienveillance pour tous les opprimés qui subissaient la tyrannie des puissants renaissait enfin dans mon cœur. Ils devinrent les seuls dignes d'intérêt, et plus jamais ma langue ne disait de mal de mes petits héros du quotidien.

À la porte du lycée, je redevenais, pour le mieux, ce que j'avais toujours été : rêveur, introverti et solitaire.

Une vie digne.

11

C'est terrible, le mal du pays. Surtout à 950 mètres de sa chambre. Les pavillons du parc de la Mare à la Veuve se trouvaient à un battement d'ailes de colibri du lycée Jean-Renoir. Deux univers parallèles, pourtant, qui se faisaient face à vingt minutes de marche l'un de l'autre. Brevet des collèges en poche, les enfants de la Comté devaient poursuivre leurs études au-delà de la voie ferrée, là où commence la Terre du Milieu, le centre-ville, la banlieue. Un exil.

Ils étaient plus américains que bondynois, copies conformes des adolescents de *Beverly Hills* ou de *Sauvés par le gong*. Des mécréants incapables de réciter une parole d'Al Bundy, le très saint père fondateur. Ils mangeaient le kebab dans la limite de leur assiette, dédaignant celui du voisin. Ils se servaient d'une fourchette pour les frites. Péter à table était leur grand tabou. Aucun d'eux n'avait honte d'enlever ses groles chez les gens, parce qu'ils portaient des chaussettes parfaitement immaculées, sans aucun trou dedans. François Ier et Marie-Antoinette étaient leurs ancêtres, pas les brigands de la forêt de Bondy.

Les derniers arrivés, les immigrés. Leurs parents avaient tellement de mal à s'intégrer qu'ils allaient au ski tous les hivers. Le destin les avait faits bondynois parce que papa et maman avaient quitté le Berry ou Belleville pour vivre le grand rêve de la classe moyenne : une maison avec jardin où on peut faire dodo à moins d'une heure de train des bureaux de la Défense. Ils touchaient de l'argent de poche et ne respectaient même pas la première règle du pays : ces barbares sortaient avec les petites sœurs des copains.

J'avais grandi avec eux et ils étaient mes frères. Après tout, j'avais aussi ma chambre à moi. Le temps où on me traitait de sale Arabe était trop loin. Et leurs vannes de bourgeois sur mes habits ne m'avaient jamais atteint. Même en tapant l'incruste à leurs soirées, j'y fus accepté et bien nourri. J'avais passé de très bons moments avec les belles gens de la Comté, et les mauvais étaient pardonnés, parce qu'Allah me l'avait ordonné. Je n'avais aucune revanche à prendre maintenant que ces nantis allaient devenir la minorité, dans un lycée d'un millier d'élèves.

Ainsi, je cheminais avec une jolie brochette de méridionaux pour ce premier jour de rentrée. Julien, Olivier et Vincent m'avaient rejoint après la gare, mon quartier, la porte du centre-ville. Ils me suivaient parce qu'aucun d'eux ne connaissait le chemin pour aller à Jean-Renoir. Ces pieds tendres n'avaient jamais quitté les vertes prairies du Parc sans un adulte, excepté pour aller dépenser des fortunes au centre commercial. Ils sortaient du collège Pierre-Curie sans avoir été populaires. Aucune chance que leur statut social change à Jean-Renoir. Je savais donc qu'on allait nous bombarder de marrons à la seconde où on poserait le pied dans l'enceinte du lycée. J'étais prêt.

Kamel m'avait fait la leçon sur cette tradition et entraîné tout l'été à esquiver divers projectiles. Pour me préserver, disait-il, d'un humiliant bizutage de rentrée. Je reçus assez de figues de Barbarie sur le sommet du crâne pour passer toutes mes nuits d'août à dormir sur le ventre, à cause des épines plantées dans mon cuir chevelu.

— C'est de ma faute s'il n'y a pas de châtaigniers qui poussent dans ce pays ?! Je fais avec ce que j'ai, baratinait mon frère en guise d'excuse.

Je crois que c'est à la fin de cet été au bled que naquit dans mon cœur la conviction que je devais me libérer de cette maladie. Le frangin se vengeait sur son vassal parce qu'il passait de mauvaises vacances. Maman pourrissait sa vie. On n'entendait que ces mots sortir de sa bouche :

— Bac !! Bac !! Bac !! Bac !! Bac !!! Baaaaaakkk !!!! !! T'as raté ton bac !!! T'es nul !!! T'as tué mon père une deuxième fois !!!

Elle était plus calme en ce matin de rentrée, au petit déjeuner, quand elle avait dit à Kamel qui rempilait sa terminale :

— Je crois aux deuxièmes chances. Pas aux troisièmes.

Le feu dans ses yeux, le ton dur comme le métal, son visage poli, déshumanisé, déridé soudain par la force d'une détermination sans bornes… Ce n'était pas une menace mais la promesse du Terminator, débarqué d'un futur où mon frère, non-bachelier, vivait l'enfer sur terre. Le paradis devait un peu ressembler au monde après le bac où notre mère nous laisserait en paix. Pour toucher cet élysée du doigt de pied, trois années au lycée, *a minima*, devaient être accomplies.

Je m'étais fait une image assez précise de la fin des études secondaires. Je regardais comme tout le monde les séries pour adolescents à la télé. Les rapports de pouvoir qui s'y jouaient ressemblaient presque à l'identique à ce que nous avions vécu durant les dernières années du collège. La réalité collait aux fictions des studios hollywoodiens parce qu'ils exportaient, assez bien, le rêve américain. Pierre-Curie était un établissement d'excellence qu'on aurait pu retrouver dans n'importe quelle banlieue agréable de la classe moyenne, tranche haute, du Maine. Les enfants du parc de la Mare à la Veuve avaient été parmi les premiers de France à se déguiser pour Halloween. Même ma mère, une fois, s'était emmêlé les pinceaux, l'année de notre départ de La Sablière, en cuisinant une dinde à Noël, pour faire comme les nouveaux voisins des pavillons. Pour faire comme à la téloche, surtout. Noël, Thanksgiving, l'Aïd… On bouffait vraiment à tous les râteliers.

Jean-Renoir n'était pas planté aux alentours d'un parc arboré, entouré des coquettes maisons de Bondy Sud. Contrairement à Pierre-Curie, le lycée représentait la diversité bondynoise dans toute la complexité de sa géopolitique locale. L'établissement faisait face à une cité d'un seul bâtiment en forme de lettre. Les habitants du S étaient très fiers d'accueillir sur leur territoire un tel lieu de savoir. Ils s'accordaient le privilège d'arriver systématiquement en retard alors qu'ils habitaient, de porte à porte, à vingt-cinq secondes de leurs salles de cours. Comme les marronniers poussaient sur leurs terres, ils avaient également le monopole sur le bizutage de rentrée.

Ils cédaient une partie de leur droit de caillassage aux seigneurs de la ville, les élèves venus du Mordor, monde hostile au-delà du canal de l'Ourcq. Ceux qui avaient grandi au milieu des quartiers les plus chauds de la ville avaient accompli un exploit, à la mesure de leur terrible réputation, en décrochant leur brevet. Ils venaient du collège le moins en vue de l'Est parisien. Arriver en 2de générale, après avoir fréquenté Jean-Zay, c'était comme décrocher un diplôme de chirurgien en braille alors que l'on est manchot.

Jean-Renoir, c'était Polytechnique pour la dizaine d'élèves des quartiers nord qui réussissaient à arriver en 2de. Le reste de leurs camarades partait en apprentissage ou en lycée professionnel. C'était l'effet inverse à Pierre-Curie, où la majorité du contingent rejoignait le lycée de la ville. Voire carrément Henri-IV ou Louis-le-Grand pour les meilleurs élèves. Leurs parents avaient compris qu'il y avait une vie après le bac, et qu'il valait mieux que ce ne soit pas avec les pauvres de la faculté de Villetaneuse.

Si vous dites à n'importe quelle personne d'Île-de-France que vous venez de Bondy, on vous demandera : « Du Nord ou du Sud ? » Deux pôles parfaitement opposés d'un même monde. C'est un de ces rescapés de la carte scolaire venu du fin fond du Mordor qui me balança mon premier, et seul, marron de la rentrée. Kamel m'avait bien formé, et j'esquivai nonchalamment, d'un geste de tête, le projectile. J'avais vu le coup venir du coin de l'œil. Le tir provenait d'un groupe de jeunes, peu avenants, posté à une encablure de l'entrée du lycée. Nous venions à peine de les dépasser quand la petite boulette fusa vers ma ganache. La moitié de la troupe était habillée en survêt Tacchini. Ils avaient tous une casquette sur la tête et une serviette sous le bras en guise de sac à dos. Ça faisait bouffon, un gros cartable, mieux valait, quand on voulait en imposer, voyager léger en ce jour de rentrée.

Je n'avais aucunement l'intention de me formaliser pour ce jet sans épines, mais j'entendis derrière mon dos :

— Regarde-moi ce faux Arabe avec ses bouffons de potes.

Il y avait quelques bonnes raisons de commencer une bagarre. Un Kabyle qui se vexe parce qu'on dit de lui qu'il est un faux Arabe n'en est absolument pas une. Je n'avais pourtant pas aimé. Faux, c'était aussi insultant que sale. Et mes potes étaient des bouffons mais des humains avant tout. Du coup, je me retournai sans réfléchir et je dis à l'intention du groupe de lambins :

— Que celui qui a eu le courage d'ouvrir sa grande bouche vienne me redire ça en face ! J'ai deux bons marrons à lui donner, et moi je ne raterai pas sa gueule.

À l'écrit ça fait classe, mais je suis sûr que sur le coup, avec la peur au ventre, la provocation rendait beaucoup moins bien. À Pierre-Curie, les bagarres c'était du judo, de la chevalerie, on ne frappait personne à terre, et le combat s'arrêtait au premier sang. Ici, c'était la Seine-Saint-Denis.

Il fallait se battre pour de vrai, à coups de grosses patates de bûcheron. Or je n'étais pas Bruce Lee.

J'avais pourtant fait mon effet avec ce coup de sang. Les six mecs du groupe d'où la châtaigne était partie me regardaient, les yeux en boules de pétanque, les bras ballants, les bouches béant sur les plombages de leurs chicots. L'effet de surprise, pensai-je, de voir un grand échalas à lunettes, aussi impressionnant qu'un lampadaire pour un chien, venu du côté des prairies du Sud de surcroît, défier le pouvoir des caïds. Mes amis du Parc, eux, continuèrent leur route, par instinct de survie peut-être, me laissant seul dans la panna cotta. En réalité, ils n'avaient rien compris à la scène.

Un des gars, sans doute le tireur, s'approcha de moi, et ses paroles exprimaient la plus grande surprise :

— Tu parles la langue ?!!

— Ben oui. Je suis un natif, répondis-je, un chouya calmé.

— Il y en a au sud du canal ?

— On se sent souvent seul, mais il y en a, oui. Un peu.

Je ne m'étais pas rendu compte que, dans la colère, j'avais utilisé ma langue maternelle, le zit, le parler du Mordor, que maîtrisent d'instinct tous ceux nés à Bondy Nord. C'était dans cet idiome extrêmement local qu'on m'avait injurié. J'avais répondu tout naturellement dans la langue des natifs.

Julien, Olivier et Vincent s'étaient arrêtés 3 mètres plus loin, se retournant à mon coup de pression. Si longue qu'elle soit traduite en français, l'invective se résumait à une seule syllabe à leurs oreilles de profanes. Ils entendirent cet unique son sortir de ma bouche : « Ziiit ! » Mes camarades me virent ensuite échanger l'onomatopée en boucle avec un mec qu'Haroun, entré pour toujours dans les légendes du Sud, n'aurait nullement impressionné. Les dialogues étaient incompréhensibles pour mes camarades et le commun des mortels. Un peu comme quand Harry Potter – il arriverait dans les librairies anglaises à la fin de l'année scolaire – parle le fourchelang avec les serpents. Je maîtrisais parfaitement le zit et mon interlocuteur aussi. On pouvait réciter l'*Iliade* et l'*Odyssée* en utilisant deux mots : zit et son équivalent féminin zina. Largement suffisante pour exprimer toute la complexité du monde, la langue reposait sur la modulation des sons et les expressions du visage. « Et ziiiit ? » peut tout aussi bien dire « T'as pas 2 francs ? » que « Dissoudre l'Assemblée nationale est-elle une bonne idée ? ». « Zit zinna », 50-50, aurait-on répondu au président Chirac, qui ferait la chose au mois d'avril suivant.

J'ai vu un gonze à Bondy Nord, en bas d'une tour de huit cents appartements aux deux mille fenêtres, appeler son pote en criant : « Eh ziit ! » Un seul bonhomme a sorti la tête au septième étage pour lui répondre « zina » :

« Mon frère arrive, il finit sa douche. »

Certains Bondynois qui ne sont pas nés au pays avaient appris les bases du zit. Mais ils utilisaient notre langue comme les Schtroumpfs utilisent la leur : « Il fait zitement beau. » Pour nous autres, enfants du pays nordique, ils parlaient comme les petits bébés sortis du couffin.

Ravi de retrouver mes racines avec un autre survivant de la maternité de Bondy – excellente, mais jouissant d'une réputation exécrable –, j'oubliai l'injure et dis au revoir à mon nouveau camarade. Il m'arrêta avant que je reprenne ma marche vers le lycée.

— Reste avec nous et dis à tes potes d'en faire autant.

Le comité d'accueil est salé cette année.

Je traduisis, et mes trois copains étaient aux anges de ce premier contact avec les maîtres de la cité.

La sonnerie allait retentir dans un quart d'heure, mais Hamid et ses amis n'étaient pas pressés de bouger. Ils se balançaient des vannes qui me faisaient rire. On avait rarement un tel bagou dans le Sud. Kamel passa dans la rue, sac sur le dos, et serra toutes nos mains. Étrange, il était parti bien avant moi de la maison. Finamori, un des vanneurs, l'interpella, sourire aux lèvres :

— Le prends pas mal, frère, mais j'ai prié pour que tu rates ton bac. L'année dernière je me levais le matin uniquement pour voir tes dingueries.

— Je vais me calmer cette année. La mère est relou, annonça le fradé.

Rire général – et incrédule – de notre hétéroclite assemblée. Du Nord au Sud tout le monde connaissait Kamel et savait que rien ne pouvait calmer sa soif de chaos. Hamid me désigna du doigt :

— Un mec du Sud qui parle la langue.

— Moi aussi je viens du Sud. C'est mon frère, dit Kamel sans fierté.

— Oh merde, excuse-moi, j'ai failli lui jeter un marron. Je pouvais pas savoir, vous ne vous ressemblez pas du tout, c'est abusé.

— Tu as jeté un marron à mon frère ? demanda mon aîné, l'air de vouloir s'embrouiller.

— Excuse-moi, cousin.

— Je m'en bats les couilles. Moi je l'ai pendu quand il avait deux ans ! Allez on y va, ça va sonner. Toi aussi, ordonna-t-il à mon intention.

Bizarre. Et la première règle ? Jamais deux Hocini au même endroit. Seize ans à grandir avec cette engeance, j'avais appris à ne plus me poser de question. On marcha donc tous ensemble, sudistes, centraux et nordistes, pas tout à fait main dans la main, en route pour le lycée. Je n'avais jamais vu autant d'adolescents réunis au même endroit à notre arrivée devant les grilles. Il était difficile de faire la différence entre les 2des, les 1res et les terminales, tout le monde semblait flotter dans la même tranche d'âge. Les gens discutaient en groupe dans la petite courette qui servait, entre la rue et les grilles, de porche d'entrée vers mon nouveau monde. Nombreux étaient ceux qui avaient des marrons dans les mains.

Une jeune fille fonça tout heureuse vers mon frère quand elle le vit se pointer pour sa seconde terminale. C'était une beauté, et plutôt athlétique avec ça.

— Coucou Kamel. Je t'attendais, dit la mignonne toute guillerette.

— C'est fini entre nous. J'aime Kaoutar, répondit le goujat.

Les mecs du Nord rigolèrent. Pas moi.

— T'as été élevé chez les loups, ma parole ?! m'emportai-je devant la jeune fille sous le choc.

— Idir, tu es mon frère, et je t'aime beaucoup. Mais ne prends jamais parti contre la famille, rétorqua l'avenir du clan Hocini.

Dialogue du *Parrain*. Il passait tous les deux ans sur le PAF.

— Bon ben salut, conclut Kamel à l'intention de son ex pour la congédier.

Elle tourna les talons, embrassa les alentours du regard et fila tout droit vers un groupe de filles. L'une d'elles, imposante, était habillée d'un polo Brice et d'un survêtement Tacchini vert olive. Ma belle-sœur – je m'attache vite – l'attrapa par-derrière, mais surtout par les cheveux, et une magnifique bagarre commença.

Les femmes bondynoises ne se battaient pas comme les hommes. Nous, on attendait juste une chose : le moment où l'on viendrait nous séparer. Nos sœurs, elles, veulent crever des yeux. Que Dieu me pardonne, mais les bastons de meufs, c'est ce qu'il y a de meilleur dans le 93. Ça crie, ça se tire les cheveux, elles y mettent vraiment du leur, et c'est impressionnant. Il n'y a pas de plus belle ouvrage.

Ce matin, on en avait pour notre argent. Kaoutar et Céline s'en donnaient à cœur joie. Les patates de forain succédaient aux coups de boule saupoudrée de fond de teint. Tout le lycée agglutiné devant les grilles profitait du spectacle et encourageait les deux guerrières par des cris hystériques. Il y avait du bonheur dans l'air, honnêtement.

— Ah, les Portugaises, c'est vraiment le meilleur des deux mondes. Elles se battent comme les filles du bled, dit Hamid, en fin connaisseur, à Kamel.

Ce dernier apprécia en coach la maîtrise en pugilat de son ex-petite copine.

— Céline, monte ta garde ! Tu vas l'avoir à l'usure.

— Pourquoi tu fais ça, Kamel ? demandai-je, très vite rassasié par le spectacle.

Pour toute réponse, il cita Al Bundy :

— Il ne faut pas chercher à comprendre les femmes. Les femmes se comprennent, et elles se détestent.

— C'est des conneries, blasphémai-je, je vais les séparer.

— Comme tu veux. Mais, à la seconde où s'arrêtera la baston, tous les camarades de Pierre-Curie se feront caillasser la gueule bien comme il faut. Ici, ils ne sont que des bouffons des pavillons. Le poisson frais de la rentrée, arrivé pour la criée du matin. Regarde-les tous : ils ont faim ! Ils sont chauffés à blanc. Ça va être un massacre. Ne prive surtout pas la plèbe de ses jeux.

— Tu as fait ça pour nous protéger ?

— T'as vu ? J'ai sacrifié mon bonheur conjugal pour faire le bien. T'es aussi con qu'un bouc.

— Je sais. Les figues de Barbarie sur la tête, ça va ? Tu t'es bien marré ? Tu t'es encore bien foutu de ma gueule.

— Plus de drama ! Plus ! Plus encore ! Je n'étais pas sûr que mon plan fonctionne. Allez, ferme tes dents et profite ! Bienvenue au lycée !

Il avait réussi son coup, le frangin, pour sûr. Il y avait vraiment une ambiance de fête en ce jour de rentrée. On voyait des gens agiter des vieux billets de 20 francs en resserrant le cercle autour des deux tigresses. Le parfait cliché du public asiatique rassemblé autour d'un dojo, encourageant le poulain sur lequel il a misé, dans les films de Van Damme.

En banlieue, au temps de l'adolescence, le sexe fort, c'étaient les femmes. Incontestablement. On pensait qu'elles se battaient pour notre amusement. En fait, elles se battaient tout court. Comme partout ailleurs. Le meilleur des deux mondes, comme disait Hamid. Il y avait du vrai, parce qu'elles avaient su tirer le meilleur du pire. Leurs mères les poussaient à exceller en ménage et en cuisine, comme au pays ou durant les années 1950 en France. À l'ère où elles devaient aussi gagner des sous, on ne les lâchait pas non plus avec les études. Les mecs, eux, pour beaucoup, ne savaient même pas se faire cuire une omelette. Construire un avenir pour les garçons en dehors de la prison était la grande ambition de nombre de nos parents. On restait cons, voire niais, beaucoup plus longtemps que les filles, qui ne comptaient pas mourir vierges ou aux Assedic. Alors que, pour un Bondynois lambda, se faire dépuceler la bouche, c'était un projet de vingt ans. Un premier contrat de travail arrivait largement après, pour bien d'autres raisons que notre immaturité. Elles devenaient femmes au lycée, nous restions grands enfants trop longtemps, pas les plus mignons, en plus. On apprendrait la vie au moment des entretiens d'embauche, là où elles l'apprenaient à quinze ans.

C'était une de ces Xena la guerrière qui me tapa dans l'œil en premier, à mon arrivée en 2de 10, un quart d'heure après la fin du crêpage de chignons de rentrée. Atika était grande, le teint mat, et forte en gueule. Son visage était beau mais constamment déformé par la colère ou de grands éclats de rire. Elle avait des formes harmonieuses qui remplissaient bien ses vêtements. Elle était bonne, dirait un goujat. On la remarqua dès la première heure de cours. Elle s'embrouilla avec deux mecs, pas les moins impressionnants de la classe, pour une histoire de chuchotements. Atika voulait marquer son territoire. Même auprès des professeurs, à qui elle répondait mal. Au deuxième jour de classe, elle mit une sévère rouste à un grand gars qui l'avait bousculée dans les couloirs. À la fin de la première semaine de cours, elle comptait trois bastons à son palmarès, trois victoires, dont une par K-O, toutes contre des bonshommes. Sa réputation de casseuse de bouches s'établit dans tout le lycée.

Elle venait de la cité Blanqui, la plus grosse de Bondy. La superficie du plus grand ensemble d'habitations de la commune couvrait pratiquement la moitié du centre-ville. Ses habitants ne pouvaient se prévaloir du pouvoir d'évocation, quasi mythique, du Nord profond. Reste que la violence et les trafics en tout genre n'étaient pas que des clichés, à Blanqui. J'y avais déjà foutu les pieds deux ou trois fois, pendant mes années collège. Toujours avec un peu les miquettes.

Atika se prenait pour une caillera de sa cité. Elle terrorisait déjà la classe. Surtout parce que mes camarades avaient peur de se faire battre par une fille. Pas moi. Passée au vernis ou non, une main dans la gueule, c'est une main dans la gueule. Les tartes aux doigts de la superbe matrone valaient bien celles de n'importe quel homme, d'après ce que j'en avais vu. Alors quand, au début d'un cours de maths, elle me dit, l'air de bien se foutre de moi :

— T'as un joli pull.

Je répondis du tac au tac :

— Ben mon pull il t'emmerde.

Ma camarade ne s'était pas levée de sa chaise pour commencer une baston gagnée d'avance. De mon côté, il ne s'agissait pas de la battre mais de la combattre. Peut-être voulait-elle un peu pimenter le tout avec des dialogues relevés, parce qu'elle ouvrit de nouveau la bouche avant de faire parler ses poings :

— Non mais je l'aime bien ton pull. Pour de vrai.

Merde. Atika semblait sincère. J'avais bien l'air con avec mon coup de pression. Je fis tout de suite marche arrière.

— Je te prie de m'excuser, dis-je humblement. On ne m'avait jamais complimenté sur mes habits du marché.

— Je comprends. Tu t'en fous de ton look et t'as bien raison. Mais ce pull-là, il est vraiment bien, je t'assure. T'es kabyle ?

— Oui.

— C'est vrai que vous mangez du porc ?

— Seulement à Noël.

Elle éclata de rire et, à la fin de notre conversation, que la prof n'osa pas interrompre par peur d'Atika, nous devînmes bons camarades. Jamais vraiment amis parce qu'elle m'intimidait. Pas à cause de sa force. Atika me faisait de l'effet. Elle était intelligente et pas vraiment méchante. Seulement, elle ne venait pas de Pierre-Curie, où l'on traitait les filles comme des princesses. Ce n'était peut-être pas le cas à Blanqui. Son caractère ne s'était pas forgé avec des petits cadeaux à la Saint-Valentin. Elle découvrait l'autodérision avec notre échange de clichetons sur les Kabyles. Il en fallait, à Jean-Renoir, mais elle devait être méticuleusement dosée pour ne pas tourner à l'autohumiliation. Le plus sûr moyen de se faire bouffer par toute la cour de récré.

Au lycée, en plus de savoir les faire, les filles mettaient des pains. Les hommes, eux, s'affrontaient à la bondynoise. L'art oratoire surpassait, comme moyen d'expression pour régler les conflits, les arts martiaux.

Une parole acerbe pouvait faire plus mal qu'un coup de pied dans les parties. Celui qui balançait les vannes les plus drôles, ou taillait le plus beau costard à son adversaire, était respecté par tous. L'autre devait encaisser et accepter la défaite. Garder la face, c'était aussi garder son rang. Insulter, s'énerver ou frapper celui qui vous avait détruit à la loyale, par son verbe, était un signe de faiblesse morale. Les bastons entre bonshommes pouvaient aussi être très divertissantes, mais il n'y avait pas de titre du plus fort du lycée à conquérir, comme c'était le cas en primaire ou au collège.

Kamel ne faisait pas partie des plus éloquents, pourtant tout le monde le craignait. Il alimentait ses répliques grâce à son don naturel pour le renseignement. Il avait bien bossé pendant les trois années où nous avions été séparés, chacun dans son établissement. J'appris, vers le milieu de l'année scolaire, qu'il avait monté un réseau d'espionnage tentaculaire dans l'enceinte du lycée : le FBI, Force berbère d'intervention. Avec des agents infiltrés dans les classes littéraires, chez les surveillants, au secrétariat et même dans la salle des profs, grâce à une contractuelle terrorisée par ses premières années d'enseignement, que Kamel flattait pour copiner. Si vous aviez un truc humiliant à cacher, mon frère le saurait un jour. Il valait mieux être en bons termes avec cette Mata Hari à la barbe naissante sous peine de voir étaler votre honte sur la place publique. Des trucs cons mais sensibles. On vanna toute sa vie Idriss Boucharfa parce que sa mère faisait le ménage en T-shirt *Dragon Ball Z* sur le dos. Évidemment, comme partout où il fouettait des pieds, Kamel était la coqueluche du personnel de cantine. Il connaissait les dates d'anniversaire de toutes les dames de service et appelait le chef par son deuxième prénom. Sa principale source de calories était aussi un gisement de potins croustifondants. Par sa capacité de nuire à tout un chacun dans la communauté scolaire, mon frère faisait partie des gens qui comptaient. Moi pas encore.

Le lycée était gigantesque. Il y avait même des BTS qu'on ne voyait jamais ou que l'on confondait avec les profs. Kamel menait sa vie de son côté. Je faisais la mienne du mien. Contrairement aux autres élèves issus du collège Pierre-Curie, je n'avais pas la nostalgie des collines verdoyantes de la Comté. Beaucoup de mes amis d'enfance avaient grand mal à s'habituer à un nouveau climat, fort exotique pour les gens du Sud. C'était leur première vraie année en banlieue. Ce n'était pas le journal de 20 heures, mais ce n'était pas non plus l'Amérique du parc de la Mare à la Veuve. Ici, on avait le droit d'être pauvre, mal habillé et laid. Le hip-hop faisait musicalement sa loi. Il faisait les modes vestimentaires, aussi. Ceux qui avaient été populaires à Pierre-Curie devaient tout recommencer à zéro, au-delà du chemin de fer, et avaler de nouveaux codes jusqu'à l'indigestion. Un bon jeu de jambes au foot, un visage plus avenant que la moyenne ou une belle confiance en soi pouvaient vous sauver la mise. Mais la plupart des méridionaux s'intégraient mal au lycée, durant leur première année, et regrettaient leur ancienne vie.

Né à Bondy Nord, élevé au Sud et habitant désormais en Terre du Milieu, j'étais un concentré de toutes les composantes de la nation bondynoise. J'avais connu l'habitat en cité et celui en maison. J'étais de la noblesse de sol du pays, et je savais plutôt bien réciter du Al Bundy. En 2de, je me sentais comme le vilain petit canard qui retrouvait enfin ses parents biologiques. Ma timidité et mon caractère réservé, ainsi que mes amitiés avec les membres les moins populaires de la communauté, étaient les seuls freins à une intégration parfaite.

Il n'était pas question de snober les copains pour me faire bien voir. Pour la timidité, j'avais peu de répondant et c'était un souci. Moustapha, un camarade de classe, régla tous mes problèmes vers la fin du premier trimestre.

C'était un zélote et un illuminé. Il prêchait un islam rigoriste à chaque récréation. Un comble, dans la patrie du ramadan américain. Forme typiquement locale de l'ascèse qui permet de casser le jeûne avec un Kit Kat, caché dans un buisson à midi.

Beaucoup de Bondynois pratiquaient l'islam comme si, pour dicter le Coran, l'archange Gabriel avait préféré le sable de Malibu Beach à celui de La Mecque. Une fois immergée un temps assez long dans l'ambiance déjantée de notre ville, une grosse poignée de musulmans semblaient avoir reconsidéré les termes du contrat qui les lient à la *umma*, la communauté des croyants. Ils adoptaient alors une nouvelle forme de leur religion : l'islam Adecco.

L'islam Adecco, c'était Manpower, la religion par intérim. On cochait les pratiques auxquelles on voulait se soumettre et on laissait au placard celles un peu trop pénibles. Faire ses cinq prières par jour tout en collectionnant les cuites était possible à Bondy, et personne ne s'étonnait plus de voir une jeune midinette débouler en minijupe dans la mosquée pour venir chercher son boy-friend après le prêche du vendredi. L'imam vilipendait dans ses sermons les Bondynois qui faisaient la prière, casque sur les oreilles, avec *Like a Virgin* de Madonna poussé à fond. La rumeur disait qu'en guise de thérapie il partageait tous les dimanches un thé à la menthe avec le rabbin et le curé de l'église Saint-Pierre, pour se raconter les dingueries de leurs fidèles. Notre rabbi pestait contre ses coreligionnaires qui pensaient que tout ce qui était caché était *casher*. Le temps de la collation, notre prêtre, lui, bafouait le secret de la confession avec ses deux potos de la concurrence, parce qu'il en avait marre de se faire tâter le boule par ses bigotes. Il prédisait que la communauté chrétienne de Bondy serait excommuniée par le pape dans un avenir proche, et les terres de la commune déclarées païennes.

Moustapha admonestait les musulmans *light* dans la cour. À la mosquée, on l'appelait Moustafayot, parce qu'il arrivait à l'heure du goûter pour la prière du soir et qu'il se mettait tout devant lors du prêche du vendredi. Il prenait même des notes. C'était un musulman, et il fallait que ça se voie : il portait la barbe ostensiblement, s'habillait comme un émir du désert dès la sortie du lycée, et il ne faisait pas la bise aux filles. Il ne leur serrait pas la main, il ne leur parlait pas, elles n'existaient pas. Jusqu'à ce qu'Atika lui mette un bon taquet sur la tête, après une remarque qu'elle avait peu goûtée sur la longueur de sa jupe. La première fois que Moustapha voulut sortir avec une zouzouze, ce fut son père qui alla faire la demande au daron de l'intéressée.

Ce camarade de classe était aussi bourré de clichés sur les Juifs et les Kabyles. Comme les premiers étaient encore nombreux à Bondy Nord, où il y avait la synagogue, il ne s'en prenait pas aux fils d'Abraham, trop bien implantés sur le territoire des caïds de la commune. Il préférait taper sur ses compatriotes des montagnes, surtout ceux présumés faibles du verbe. Il m'avait vanné un jour dans la cour. Mangeur de sanglier, fêteur de Noël, converti au christianisme bientôt, sans doute. Après le lycée, je reprendrais certainement le bar à vin d'un oncle, disait-il. Tous les poncifs y étaient passés, il ne manquait que les yeux bleus, les blonds et les roux du village.

Le public hilare approuvait ; il reconnaissait à Moustapha une certaine autorité sur la question : il pouvait réciter des versets du Coran en langue originale, il priait depuis qu'il avait onze ans, et sa grande sœur avait épousé un acteur kabyle, premier rôle dans les pubs pour les saucisses Herta.

Sans rien dire, j'avais laissé ce religieux me tailler, à moi et mes ancêtres, un costume que n'aurait pas renié Papa Wemba, pape congolais de la sapologie. Nous étions en période de jeûne. Je le respectais scrupuleusement depuis la 4e. J'étais kabyle mais musulman pratiquant, ce qui était plutôt commun. En ce début de ramadan, j'écoutais mon Dieu qui demandait de laisser couler face à mon prochain. Pas facile avec Moustapha, parce que c'était un énorme relou à la grande gueule remplie de fiel et de stupidités.

La récréation s'était tout de même achevée sans que je perdisse mon calme. Quelques minutes après, je dus m'absenter du cours de chimie afin de déposer des amis à la piscine. Le ramadan agissait sur mon transit intestinal comme le chassé-croisé juillet-août sur l'A6.

Les professeurs jouaient la souplesse en nous laissant quitter le cours à plus d'un, les premiers jours. Aucun de nos enseignants n'avait signé pour ça : respirer l'air d'une salle de classe enrichi du couscous-merguez et des bricks au thon de la veille, loufés par la moitié des élèves.

Pendant que je faisais mon affaire, j'entendis un petit bruit dans les chiottes d'à côté. Un léger bruissement d'emballage, inaudible pour le commun des mortels. Mais un ado en pleine croissance, et surtout en plein ramadan, qui habituellement bouffait en un mois son poids en kebabs, savait reconnaître le son d'un Bounty chocolat blanc qu'on ouvrait à 2 kilomètres à la ronde. Je me serais dit : « Encore un crevard qui bouffe en Chleuh », si je n'avais pas entendu en sus ce petit bruit de bouche, expression d'une délectation souveraine, le même que je faisais chaque soir à la rupture du jeûne. Mais si, bien sûr ! Dans les latrines voisines, on cassait le ramadan en furet, à la ragondin, en plein cagnard, à 13 h 30, sans que Dieu ni Radio Beur eussent sonné l'heure de la graillance. De la mécréance dans ce lieu sacré pour tous les hommes de la terre, quelle horreur ! Tel un sultan sur son trône, je m'insurgeais dans les cabinets contre cette diablerie. C'est vrai, quoi, le ramadan, les infidèles s'en tapent peut-être le cul par terre, mais tout humain depuis *habilis* admet ce commandement universel : on ne mange pas où on chie.

Le djihad peut commencer dans les endroits les plus inattendus de ce bas monde. Séance tenante, j'interrompis le coulage de mon bronze, remontai mon pantalon avec la vélocité d'un amant qui entend du bruit dans le couloir et me positionnai façon ninja en face de la cabine du crime. Je lançai alors du fond de la glotte un vigoureux « *Allahu akbar !* », avant de mettre un gros chassé dans la porte des latrines.

Le verrou s'envola dans les airs, un Bounty à moitié commencé aussi, et je vis Moustapha, la bouche couverte de chocolat, éructer de terreur, attablé sur son siège d'aisance. Il fallait être bigle pour ne pas l'avoir deviné plus tôt. Molière m'avait pourtant fait, en 6e, la leçon sur les faux dévots. Moustapha était un tartuffe. Cet adepte du Coran Gallimard prêchait l'islam comme un commercial de téléphonie. Or la religion, c'est comme les frites McCain : ce sont ceux qui en parlent le moins qui font le mieux. Le dalaï-lama, Jean-Paul II et rabbi Jacob partageaient cette qualité que possède tout bon croyant : l'humilité. Mon camarade, qui affirmait descendre du prophète par sa mère, en manquait un poil de barbe. Il y avait anguille sous roche ; cachalot sous rocher plutôt.

Ce n'était pas moi le pécheur mais j'avais remonté un gros poisson. Un barbu qui gueulait sa pratique orthodoxe de l'islam jusqu'à la nausée surpris en faute, tel un évêque pris la tiare dans une paire de tchoutchs au club de strip-tease… À dix-sept ans, la vie de Moustapha était finie.

— Je manque de fer, j'ai une ordonnance du médecin ! supplia presque ce musulman Randstad, après avoir repris ses esprits.

Faisant fi de ce pathétique mensonge, je répondis au taquet :

— Arrête, Moustapha. Tu sais, ça arrive à tout le monde de craquer. T'inquiète, je suis personne pour juger. Ça reste entre nous…

Il retourna en cours de chimie immensément soulagé, me laissant au petit coin avec quatre kilos de louanges, en arabe littéraire, sur ma grande bonté. J'avais peut-être bon cœur, je ne sais pas. Mais j'avais surtout un cœur de Kabyle. Celui-ci n'avait pas super bien goûté les saillies de Moustapha à la récré. « Si l'on te fait du tort, souffre et tais-toi. Mais si tu es un homme, souviens-toi », disait-on l'été au village.

Je rejoignis plus tard mes camarades en classe, en sifflotant *Kassaman*, l'hymne national algérien, comme si de rien. J'arrivai au moment où la prof demandait de réciter la formule du saccharose. Comme pour excuser mon absence un peu longuette, ma main se leva. Moustapha me souriait. J'étais devenu en l'espace de deux minutes son meilleur ami.

La prof me donna la parole.

— Pour la formule du saccharose, demandez à Moustapha, il y en a plein dans le Bounty qu'il vient de manger en cachette dans les toilettes, annonçai-je en brandissant la preuve du délit, que j'avais pris soin de ramasser.

Ce magnifique coup de hallebarde dans le dos de mon camarade fit rire aux éclats toute la 2de 10, prof comprise. Moustapha, lui, pleurait. Un tombereau de vannes s'abattit immédiatement sur sa tête. Sa couverture de pieux musulman était tombée comme un château de cartes bâti sur du verglas, un jour de tempête de neige.

Mme Coutreau, qui détestait cet horripilant tartuffe parce qu'il avait fait tourner dans la classe une pétition exigeant de la viande halal à la cantine, saisit, telle Mlle Azuki dans *Jeanne et Serge*, la balle au bond. Dès qu'on se calma un peu, elle dit :

— Faites voir, Idir. Oui, tout à fait, d'après l'emballage de ce Bounty que vient de manger Moustapha – en cachette – il y a du saccharose. Une bouchée couvre les besoins en sucre d'un sportif de haut niveau pour la journée. La formule du saccharose est donc ? Qui me donne la réponse ? Moustapha, petit mécréant, comme vous en avez plein l'estomac, on vous écoute. Vous ne dites rien ? Vous ne savez pas ? 0 sur 20 !

Les dossiers sont des séquoias, à Bondy, ils ont la vie dure. Vingt-cinq ans après les faits on continue à vanner mon ancien camarade, à la mosquée, pour cette histoire.

Désormais, mes pairs me jugèrent capable de détruire une vie. Je faisais partie du gratin dans la dernière fournée des bizuts du Sud. On oublia que j'avais fait mes classes avec les bouffons des pavillons de Pierre-Curie. La 2de fut une très belle année. Je passai en 1re S, parce que le niveau était moins relevé que dans l'excellent collège que j'avais quitté. Peut-être aussi parce que je profitais encore des effets de ma 3e retapée.

Après une 2de où je m'étais distingué, les belles gens du Parc me considérèrent enfin comme digne d'être officiellement invité à une de leurs soirées. Seule ombre au tableau : grand-mère avait quitté ce monde avant les vacances au pays, pendant le ramadan. Elle me manque toujours. Mamaino aurait aimé savoir que les choses avaient changé pour moi depuis mon premier jour d'école. Je n'étais plus le sale Arabe.

12

Ainsi, à la veille de la rentrée 1997, j'avais une invitation dans les mains. La seule preuve dans l'univers que l'on comptait dans la bonne société du Sud bondynois. Elle arrivait un an trop tard. Quand la chose était un marqueur de popularité au collège, j'aurais toujours pu me gratter le dos pour en avoir une. Intouchable en maternelle, éminent membre des parias de la cantine en primaire, j'avais fini mes années à Marie-et-Pierre-Curie sans faire mieux qu'appartenir à la cour du cacique de la récré en 3e.

Désormais, alors que les méridionaux avaient réintégré la communauté nationale au lycée, se faire convier à une soirée prenait valeur de certificat d'appartenance. J'étais un des leurs, un gros bouffon des pavillons. Ma montée en gamme, durant la 2de, avait été actée par mes plus vieilles connaissances. Parce que je savais, un peu, vanner les gens, mes habits du marché n'agressaient plus les yeux bleus ou verts des camarades de la Comté. J'étais devenu socialement rentable depuis que les croque-mitaines de leur enfance, les fiers-à-bras de Bondy Nord ou de la cité Blanqui, me serraient la main à la récré.

Je pestais dans ma chambre. Viviane avait été une hôtesse très prévenante en 3e et pour mon premier slow, mais je n'avais aucune intention de mettre les pieds à cette soirée d'anciennes gloires déchues. Fréquenter le beau monde ne m'avait pas fait du bien au caractère, à la fin du collège. Je n'avais qu'une année de lycée dans les pattes, et j'étais déjà pas mal à l'aise dans mes baskets. Nos compatriotes d'au-delà de la voie ferrée étaient rustres au possible pour la plupart, et ils regardaient tous de haut les anciens de Pierre-Curie. Mais il suffisait d'un peu d'autodérision et de renvoyer les vannes avec le bon dosage pour s'en faire d'excellents camarades. Les cartes allaient être rebattues à la rentrée, dans cinq jours, au sein de ma nouvelle caste, les scientifiques. Je pensais quand même que mes belles années étaient devant moi. Il fallait juste veiller à ne pas s'enfermer dans trop de cases à la fois. Mon amitié n'était refusée à personne, mais l'invitation de Viviane ne finirait pas dans ma boîte à souvenirs Lucky Strike. Je projetais de la brûler. Avec l'enveloppe.

Les merdes volent en escadrilles, disait notre président. Mon plan pour chouraver le briquet de la cuisine passait au stade d'ébauche dans mes méninges quand j'entendis sa légitime propriétaire, deux étages plus bas, m'appeler de tout son souffle :

— Idiiiiiiiiiiiiiiiiiiiiiirrrrrrrr !!!!

C'était une torture, mon prénom dans la bouche de la mère. Elle mettait des « i » partout, même sur les « i ». Elle les doublait, les affûtait, ce qui les faisait partir en orbite dans les aigus. Idir, avec ses deux lettres faites pour son coffre de sirène d'incendie, flirtait avec Spoutnik et les ultrasons. Ne descendant jamais d'une octave, maman pouvait, en sus, rouler le « r » de fin à l'infini. Elle ne m'appelait pas, elle faisait de l'écholocalisation. Son chant des abysses me perçait les tympans.

— Idiiiiiiiiiiiiiiiiiiiiiiiiir !!! Tiiliiphone ! UNE FIIIIILLLLE !!!

Catastrophe. La chose n'était encore jamais arrivée à la maison. Kamel avait fait ses dix-huit ans jusqu'au bac sans briser ce grand tabou familial. Il menait sa vie amoureuse comme un agent double du KGB infiltré à la CIA pour le compte du Mossad en partenariat avec la DGSE. J'eus une bouffée de panique, mais je m'inquiétais pour rien. Le prochain millénaire approchait à grands pas, et nous vivions en Occident. Après toutes ces années, mes parents étaient bien intégrés à une société moderne. Leurs enfants avaient le droit d'apprendre toute la complexité des relations homme/femme, doucement, au rythme d'une croissance harmonieuse vers l'âge adulte, dans le respect de notre souveraine intimité. La vie privée était aussi sacrée que la vie, chez les Hocini.

Non je déconne. J'entendis les pas de mon frère et de mes sœurs dévaler les marches vers le rez-de-chaussée, là où se trouvait le combiné du téléphone. J'entendis surtout ma mère faire :

— Youyouyouyouyouyouuuuuuuu !!!!!!!!!

Le pas leste de mon père résonna soudain dans les escaliers. Avec les années, je savais reconnaître la foulée de chaque membre de la famille. Très utile pour entendre venir les raclées. Le bruit de bottes du padré était presque inaudible sous les youyous de mes sœurs qui rejoignaient en canon ceux de la mère. Mon géniteur arriva bien vite devant la porte de ma chambre. Il l'ouvrit en trombe et courut droit vers moi. J'étais assis en tailleur sur mon lit avec cette maudite invitation dans les patoches. Je la posai pour prendre, résigné, le billet de 100 francs que me tendit, si fier de son fils, mon papa.

— *I ya latife !* fiston ! exulta le daron, je suis tellement content de toi ! J'étais sûr que tu étais homosapiens sexuel ! Ça ne m'avait pas empêché de te nourrir, remarque, mais quand même, ça faisait peine. Comme quoi, on devrait jamais s'en faire. T'étais juste moche et c'est tout ! Prends l'argent *ouldi* ! Prends ! Mets le Delacroix dans ta popoche. Emmène ta chérie au *driving*, mets-lui-en plein les mirettes ! Allez, champion, qu'est-ce que tu fais planté là ? Cours ! Cours, mon fils ! Va lui parler ! La fais pas poiroter, ta minette !

Si un jour j'oubliais de me regarder dans le miroir, il y aurait toujours mon daron pour faire le taf. On descendit les escaliers, bras dessus, bras dessous, comme un père et son fils dans la pub Gillette. Le téléphone fixe nous attendait, dans la petite pièce qui faisait le lien entre les escaliers et le salon du rez-de-chaussée, au milieu des youyous des femmes et des cris de hyène de Kamel. Il savourait chaque goutte de ma honte.

— Tu t'es pris pour Brandon Walsh ou quoi ? lança-t-il, goguenard, à mon arrivée.

J'enviais mon frère qui avait reçu son tout premier téléphone portable de chez Itinéris pour son retour à Bondy et sa réussite au bac. La technologie n'avait pas trois ans sur nos terres.

— Vous pouvez me laisser seul ? demandai-je, suppliant, aux cinq personnes autour de moi.

Avec simplicité, maman répondit pour toute la famille :

— Non.

Elle me tendit le téléphone, toutes dents dehors, et je dis d'une voix qui empestait la gêne :

— Allô ?

— C'est bien, mon fils. Bon début, commenta papa.

— Allô ? C'est Viviane, entendis-je dans le combiné. Il y a un mariage chez toi ?

— Presque. Les parents fêtent le bac du frangin.

— Pas mal. Joli réflexe. Bien trouvé, apprécia Kamel.

— Moins fort, elle va tout entendre, répondit maman, un cran au-dessus du frère dans les décibels.

— Dis-lui que tu l'aimes, conseilla la petite Sonia.

— Mets le haut-parleur qu'on entende la réponse, proposa Linda.

— Bonne idée, exulta la madré, qui s'apprêtait à appuyer sur l'un des boutons du téléphone, avant mon sursaut d'orgueil :

— Excuse-moi, il y a trop de bruit. Je te rappelle.

Je raccrochai, à la grande déception de la famille et sous ses grands éclats de rire, pour filer dans ma chambre récupérer ma carte téléphonique, sur laquelle il restait 23 francs. La cabine France Telecom la plus proche l'était trop de la maison, je traversai donc le tunnel sous la gare vers Bondy Sud. Il y avait, sur les terres de mon enfance, un autre de ces grands pavés de verre. Il était posé sur une petite placette, juste en face des voies ferrées, en haut des escaliers qui menaient au souterrain liant les deux contrées du pays. Je m'y enfermai, heureux que l'habitacle ne sentît pas la pisse, pour une fois. J'espérais, en prenant les pages blanches, que les parents de Viviane n'avaient pas mis leur numéro sur liste rouge. Le 48 02 88 63 se trouvait bien dans le gros bottin. J'insérai ma carte dans la fente prévue à cet effet. Mon index composa les chiffres sur l'appareil en les faisant précéder par le 01. L'annuaire était un reliquat de l'ancien monde, l'indicatif par zone géographique avait été mis en place depuis un an. La tonalité se transforma enfin en sonnerie dans le combiné. C'était ça, commencer une conversation téléphonique privée au XXe siècle.

— Allo ? dit une voix mûre, féminine.

— Je pourrais parler à Viviane, s'il vous plaît ? répondit une autre toute coincée, la mienne.

— Bien sûr. Je vous la passe.

C'était comme à la télé. Bondy Sud, le 51e État.

La conversation fut courte et me coûta 3 francs, soit une baguette ou un paquet de chips goût fromage. Mon amie voulait savoir si je venais à sa soirée. Elle craignait qu'il y ait peu de présents en cette période de vacances qui s'achevaient. Évidemment, parce que j'avais la fermeté de caractère d'une moule décortiquée sans ses frites, je confirmai ma présence.

Dès lors, à la seconde où je raccrochai le téléphone, je devins, pour tous mes frères bondynois, un animal traqué. Accepter l'invitation de Viviane me transformait en cheval de Troie. En théorie, j'avais pour devoir moral – et politique – de faire squatter à cette fête toute personne du département qui connaissait mon prénom.

L'Amérique avait peut-être gagné la guerre froide au cinéma, à l'ONU et au parc de la Mare à la Veuve mais, comme la Corée du Nord et Cuba, la Seine-Saint-Denis restait rouge. Un bastion de la mère patrie soviétique qui refusait toujours de tomber. Le bloc communiste avait lâché un gros morceau de béton à l'est de la porte de Bagnolet. Huit ans après à la chute du Mur, le bout de grisaille avait été oublié là. Il suffisait de voir Bobigny, notre chef-lieu de préfecture, et son avenue Youri-Gagarine, son avenue Karl-Marx et son boulevard Lénine pour s'en convaincre. La fête, le bon délire, l'amusement, la joie et les boums étaient, pour la jeunesse du département, le kolkhoze : une exploitation collective des ressources. Malheur au petit bourgeois capitaliste qui comptait faire de son invitation une propriété privée.

Sauf que ce n'était pas pour rien que le maréchal Tito, en pleine remise en cause du modèle stalinien, avait fait une visite de Bondy en 1956. Tels les ex-Yougoslaves, les Bondynois suivaient leur propre voie dans le 9-3, comme au temps où le percepteur d'impôts du roi nous cherchait dans la forêt. On ne collectivisait pas autant que l'on grattait. Chez nous, la faucille et le marteau avaient été remplacés par le grappin et le tentacule. Notre animal totem n'était pas l'ours soviétique mais le rat mort du caniveau.

Je comptais aller à ma soirée en taupe, en sous-marin, sans faire croquer qui que ce soit. La seule façon digne de participer aux festivités était d'y festoyer sans que quiconque, hormis les initiés, eût appris qu'on m'y avait invité officiellement, comme pour une réception de l'ambassadeur vue par Ferrero Rocher. Il fallait éviter tous les importuns du secteur. Ce qui faisait, en enlevant les femmes, quinze mille Bondynois à feinter.

Inutile de faire un coup de vice, façon épicier, à Kamel. C'était la Perceuse. Le Beethoven du squat. S'il voulait entrer à une fête, il entrait. Mon frère ne m'utiliserait jamais comme cheval de Troie. La technique, fort basique, était une insulte à la virtuosité de son talent.

Deux jours avant d'aller au bled, il s'était incrusté à une rave party, dans les catacombes de Paris, en passant par les égouts. Durant sa première terminale, il avait soudoyé un batelier à moitié saoul, un cousin de René qui faisait halte à l'écluse de Sevran. Ils étaient allés ensuite tous les deux à l'abordage d'une péniche parisienne transformée en boîte de nuit. À ce jour, le seul acte de piraterie perpétré depuis le canal de l'Ourcq.

C'étaient les demi-sels que je craignais. Les traîne-savates qui erraient H24 dans les rues de Bondy comme des zombies. Toutes les paires de couilles du canton à la recherche d'un dos convié sous un toit pour faire les bigorneaux dessus. Il n'y avait pas assez de place entre mes omoplates pour tous les rats crevés de cette ville. La technique du bus à impériale de Troie n'existait pas. Tout ce qu'il y avait à faire pour ces gens en galère, c'était leur balancer des rames.

Le jour J, je sortis de mon lit, sans me soucier de mes compatriotes en chien d'ambiance ni de comment j'allais tuer le temps. J'avais un plan rien qu'à moi. C'est-à-dire une invitation entre quatre murs, avec de la musique, à boire, à manger et une proportion filles-garçons supérieure à une pour huit, moyenne des ambiances festives bondynoises. Pour profiter de mon plan, il me fallait un autre plan. Comme dans les séries américaines. Et sans accroc, comme dirait Hannibal. Pas celui qui avait traversé les Alpes et déculotté Rome cinq ou six fois. Je parle du vrai, celui de *L'Agence tous risques*.

Mon plan était fondé sur celui de la ville que j'avais en tête. Le plus court chemin entre ma maison et celle de Viviane passait par la gare. Itinéraire à éviter. La place était beaucoup trop fréquentée. S'y promener les cheveux lavés un samedi après-midi était un signe qui ne trompait personne.

Je pouvais aussi suivre sur 600 mètres la rue de la Liberté, parallèle à la voie ferrée, jusqu'à une passerelle qui m'emmènerait à Bondy Sud. Sauf que le passage était tenu par la cité des Cottages. J'avais trop d'accointances sur place. Ils seraient ravis de faire un bout de chemin avec moi jusqu'à une assiette d'apériboules.

Je pensais à une autre route. Elle s'enfonçait dans le centre-ville par l'avenue Carnot jusqu'à tourner rue Édouard-Vaillant. La longue voie allait jusqu'à la gare des Coquetiers, en dehors de la ville. On pouvait revenir à Bondy Sud par la route de Villemomble. J'abandonnai très vite cette idée. Trop longue, au moins quarante-cinq minutes de marche. Il y avait surtout La Sablière, mon ancienne cité, comme dernier obstacle avant le parc de la Mare à la Veuve. La famille n'avait pas coupé le cordon, et tout le monde sur place me connaissait.

Le dernier parcours possible était le plus compliqué mais offrait les meilleures chances de ne pas me faire planter mon plan par quatre ou cinq incisives. Il s'agissait de prendre la rue Édouard-Vaillant plein ouest, dans l'autre sens que celui présenté dans l'itinéraire 3, puis la rue Roger-Salengro et la rue Bobillot, pour sortir de la ville à la frontière avec Noisy-le-Sec. Le passage était protégé des griffeurs de plan par une autoroute sur pilotis. Un no man's land un peu craignos et pas du tout fréquenté. Il y avait un petit bout de voie ferrée à longer et un morceau de la nationale 186 à parcourir. Sa principale fonction était d'emmener nos parents en voiture à Rosny2 ou vers le périphérique parisien. Le tronçon qui descendait vers Bondy Sud était pentu et sans trottoir, mais on arrivait directement dans le quartier de la Mare à la Veuve, avec des chances minimes de croiser quelqu'un. Des chances aussi de se faire écraser par un train ou une voiture.

Je n'avais pas le choix. C'était risquer la mort ou risquer de voir mon plan festivités se transformer en plan terre brûlée. Je connaissais trop de gens qui ne savaient pas se tenir en société, qui mangeaient la soupe comme s'ils se lavaient le visage avec et draguaient les correspondantes allemandes débarquées en LV2 avec cette phrase : « *Do you like Hitler ?* »

Ça serait donc pour moi un long chemin – solitaire, j'espérais – vers un buffet à volonté. Après la paella de maman à midi, j'enfilai mes seuls vêtements de marque, ma chemise Celio et mes Stan Smith à six bandes rapportées par papa du marché de Clignancourt. Comme j'allais à une fête, je mis beaucoup de dentifrice sur la brosse à dents. Tout autre artifice, tel du déodorant, du gel, un jean 501 neuf, que je ne possédais pas, ferait de moi un suspect en cas d'interrogatoire à ciel ouvert. Je quittai la maison sans problème avec la permission de minuit. Kamel avait gagné le droit de découcher, depuis son bac et ses dix-huit ans, il n'était même pas revenu de sa nuit en ce début d'après-midi. L'air du dehors sentait toujours l'été, les vacances et toutes les possibilités heureuses d'une rentrée qui approchait.

Je ne fis même pas 15 mètres sur l'avenue Carnot qu'à l'angle avec la rue Édouard-Vaillant je croisai le Chow. Il s'appelait Guillaume, mais la plèbe avait décidé au collège qu'on l'appellerait par le nom de son père, un Chinois. C'était mon plus proche voisin mais pas encore un ami. Il recherchait ma compagnie depuis qu'il m'avait vu enfermer Mme Lopez dans sa classe et jeter les clefs dans les toilettes. Cette trentenaire, tout à fait commune, avait prétendu remplacer Mme Guadalupe et l'excellence de son enseignement pour ma deuxième 3ᵉ. J'avais pris la chose comme une insulte à une femme exceptionnelle, belle de corps, de tête, et de cœur aussi ; à en croire mes rêves de dîners romantiques.

Guillaume Chow voulait être mon pote, encore plus depuis notre arrivée en 2ᵈᵉ. Il faisait partie des anciens de Pierre-Curie qui n'avaient pas encore pris le pli au lycée. Il commençait néanmoins à se faire doucement une jolie réputation. Je racontais à tout le monde comment son baume du tigre était miraculeux pour soigner les coups de balai ou les morsures de maman sur le bras. À terme, avec un peu de pratique, il ferait un bon médecin clandestin pour notre quartier.

Un côtes-du-rhône, ça vient bien en bouche avec le canard laqué. La tambouille avait joliment pris chez ce sang-mêlé. Il était beau gosse – chose assez rare dans une ville de laiderons – et toujours bien habillé. Mais un peu trop sur son trente-et-un, ce jour-ci, même pour un dandy de son acabit. La chemise et le pantalon Ralph Lauren ne convenaient pas à une après-midi de glandouille intensive. Je n'accordai donc aucun crédit à sa parole quand il me dit, après m'avoir serré la main :

— Je vais rendre visite à ma grand-mère.

Moi, c'étaient ces mots que j'entendais : « Je suis un gros mytho et je te prends pour un con. »

Pour quelqu'un qui cherchait à élargir son cercle d'amis au-delà de Bondy Sud, sa disquette manquait un poil de sel. Il n'avait pas de grand-mère dans le périmètre. À cause des Khmers rouges qui avaient décimé la famille du père, et de la Savoie d'où sa mère était originaire. Le Chow revenait de vacances dans les montagnes. Il avait laissé sa mamie sur site parce qu'elle n'était pas du tout pressée de rentrer en région parisienne. « Le savoir est une arme », disaient nos chansons de rap.

— Bon ben salut, me dit mon voisin, sans trembler du menton, en amorçant sa remontée de la rue Édouard-Vaillant vers la gare des Coquetiers.

L'année scolaire allait bientôt débuter. J'étais d'humeur pédagogique.

— Vas-y, éructai-je, on n'a pas de temps à perdre avec tes conneries !

— Comment ça ? demanda Guillaume, faussement surpris, son pas soudain à l'arrêt.

— Ta grand-mère habite à Pantin ! Si t'y vas par là, t'y seras dans quatre-vingts jours. Tu vas en Allemagne ? Il n'y a pas de Pantin-sur-le-Rhin chez les fridolins. Si j'étais mauvaise langue, je dirais que t'esquives le chemin le plus court, parce qu'entre chez toi et ta vraie destination il y a ma chambre, avec vue sur la rue.

— C'est pas moi, j'ai rien fait.

La locution avait valeur d'aveux, à Bondy. C'étaient les mots qu'on sortait, par réflexe, à toute autorité qui nous prenait la main dans le pot de sauce samouraï.

— Écoute, le Chow, essayai-je une ultime fois. Il y a la faute qu'on a reconnue avant de passer à table. Et il y a celle qu'on balance après le dessert et le café. Ce n'est pas la même addition qu'il faut raquer.

— Putain ! s'emporta cette fourberie après un court silence, quelle idée de faire une fête si tard dans la saison ! Vous êtes tous rentrés du bled !

Si Ibrahima et Émeric avaient joué les Force noire, façon cliché des Power Rangers, pour la jeunesse dorée du Parc, Guillaume, lui, était leur Force jaune. Il fallait renseigner ce Chinois de service qui paniquait à l'idée de jouer mon cheval de Troie.

— Fais pas ta précieuse. On est du même côté du manche, dis-je, non sans une pointe de fierté. Je suis invité.

— Ça explique la chemise ! Je me disais que t'avais un rendez-vous galant.

— Arrête de me flatter. Allez ! Viens avec moi. Ton itinéraire d'évasion est tout pété.

Le Chow restait planté là sans rien dire pendant que je scannais du regard les alentours. Il y avait deux chevaux de Troie en train de brouter de l'air à 600 mètres des prairies du Parc. Il fallait vite bouger nos arrière-trains.

— Réfléchis pas, finis-je par dire. Je connais plus de monde qui pourrait nous bigorner le dos, mais toi t'es trop bien habillé. T'es comme une pancarte qui brille au néon dans le noir. Il y a écrit sur tes vêtements :

« Suivez-moi tous. Là où je vais, il y a de la bouffe à becter et des gonzesses à glouglouter. »

— OK, je te suis, abdiqua le mirliflore.

On entama donc mon tortueux chemin de traverse. Un peu incertains sur les premiers mètres et carrément sur nos gardes pour les suivants. Aucun chaland ne nous avait reconnus jusqu'à notre arrivée rue Salengro, une voie pavillonnaire et résidentielle, comme toute cette partie de Bondy Centre tournée vers le sud. Nous étions déjà plus détendus rue Bobillot.

Guillaume et moi parlions vacances en cheminant, avec une certaine connivence. Il était fils d'immigré par le père, montagnard par la mère. Comme moi, il voulait prendre le meilleur de tous les mondes bondynois. Ça risquait d'être compliqué à cinq jours de la rentrée. Pour tous les deux.

— T'es en quelle classe ? me demanda le Chow, après dix minutes de marche.

— 1re S1, dis-je sans joie.

— Moi aussi. Va falloir doubler les capuches à la rentrée.

Nous étions des 1res scientifiques désormais, faudrait pas l'oublier. La classe des intellos. La lie de l'humanité scolaire, bien en dessous des gothiques et des joueurs de *Donjons & Dragons*. Même eux allaient nous jeter des trucs à la récré. Pas seulement des marrons mais des dés à douze faces et des cailloux. Tout ce que j'avais bâti en 2de était à reconstruire. Et pas sur de bonnes bases.

On passa rapidement devant la cité Bobillot, faite d'un seul petit bâtiment, la plus tranquillou de Bondy. Pour moi, elle était remarquable, parce que Virginie y habitait, mon premier béguin du collège. Je n'avais eu aucune autre réaction du palpitant depuis ; satisfait d'ignorer et d'être ignoré par la moitié de l'humanité.

Quentin habitait aussi dans les parages, un des grands personnages de Bondy. C'était le mytho du village. En primaire, il était le fils du directeur adjoint de Nintendo France, filiale qui n'existait pas encore. Quand il était au collège, son père avait été promu directeur de Néo Géo Europe, qui n'existera jamais. Il avait abandonné sa carrière dans l'industrie du jeu vidéo quand son fils était entré en 3e, trop occupé à être le ninja du vent. La dernière fois que j'ai vu Quentin, il portait une kippa et collait ce brave David aux basques. Notre affabulateur officiel racontait à tout le monde qu'ils étaient cousins. *La Vérité si je mens* cartonnait au box-office.

On l'aimait tous bien parce que c'était un menson-geur réjouissant et que ce n'était pas par malice qu'il mentait. Dame Nature l'avait fait comme ça.

— Une fois, avec les parents, me dit Guillaume en cheminant à l'ombre de la cité Bobillot, on a croisé Quentin en vacances devant le palais de Monte-Carlo.

— Le truc improbable ! Il faisait quoi ? demandai-je.

— Il avait perdu les clefs de chez lui. Il nous aurait fait visiter la baraque, sinon, tu penses bien. Il attendait que son père rentre du boulot pour lui ouvrir. Le vrai, hein, le biologique.

— Le prince Rainier ?

— Exactement. Viens, on va le chercher ? On le fait squatter, il va tous nous faire marrer avec ses histoires extraordinaires à la Pierre Bellemare. Ça se trouve il y aura pas d'ambiance, chez Vivi.

— Non, ça se fait pas de se foutre de lui. Il mythonne pour pas souffrir. À cause du regard des gens.

Je comprenais trop bien le principe. Tout le monde à Bondy croyait que j'avais déjà eu une petite amie.

Après Bobillot, une longue rue pavillonnaire nous amenait sous l'autoroute et tout le bruit que faisaient les camions sur l'asphalte, ainsi que celui provoqué par l'effet Doppler quand les véhicules s'éloignaient. On ne passe pas en section scientifique par hasard.

Nous étions désormais chez les Mouillés, nos voisins de Noisy-le-Sec. Les grands piliers qui soutenaient une portion de l'A86 montaient haut vers une chape de béton qui couvrait le ciel. La rue passait entre eux. L'endroit faisait penser à un terrain vague un peu Mimi Cracra. Les six longs pylônes étaient tagués, comme les murs couverts de barbelés autour de nous. Ils n'arrêtaient pas les grapheurs mais empêchaient les civils lambda d'aller faire pipi contre les colonnes. Les teinturiers romains savaient déjà que l'urine s'altère avec le temps en ammoniaque, qui fixe la couleur rouge. *Pecunia non olet*, disait l'empereur Vespasien ; l'argent n'a pas d'odeur. Il taxait le pipi des gens et donna son nom aux urinoirs publics, les vespasiennes, qu'utilisaient les fabricants de textiles antiques. L'ammoniaque attaque aussi le béton. C'était comme ça qu'un des piliers électriques du stade SNCF de mon enfance s'était effondré, heureusement en pleine nuit. Les hectolitres d'urine déposés par tous les joueurs de football qui s'y soulageaient après l'effort ou à la mi-temps avaient eu raison de sa résistance, match après match, entraînement après entraînement.

Je racontai l'anecdote au Chow pendant qu'il se soulageait contre un des murs. Il s'en battait les gonades, surtout le passage sur Rome et la taxe pissou que j'avais chopé un dimanche après-midi devant un documentaire sur la 5. Après cette petite pause, nous cheminâmes vers la voie ferrée, à 15 mètres de la flaque de pipi. Elle était moins bien protégée que les piliers d'autoroute. Il y avait un grand trou dans la barrière qui en bloquait l'accès, la rendant accessible à tous les enfants. En longeant le chemin de fer sur 20 mètres, et en le traversant au mépris de la mort, on parvenait à une autre faille à proximité de la nationale 186, celle qui nous ferait redescendre vers Bondy.

À notre arrivée devant la clôture balafrée, nous vîmes un gros cul moulé dans son jogging. Ce trou à vents bouchait l'accès aux nôtres. Les formes généreuses de Samy étaient reconnaissables, même de dos et accroupi. Ce garçon était ce qui se rapprochait le plus d'un meilleur ami pour moi. Je le connaissais depuis que j'étais sur cette terre ou presque. Nos parents venaient du même village au pays. Il n'était pas né bondynois, et nous n'avions pas fréquenté la même école primaire. Je le côtoyais assidûment depuis la deuxième moitié de ma 2de. Au lycée, il avait assez bien joué de son appartenance à la cité des Cottages pour s'extirper de l'image de bouffons des pavillons.

Samy avait une grande bouche et une hygiène de hyène à foie jaune. Le genre de mec – c'était aussi clairement mon cas – qui tapait une partie de foot de cinq heures en plein cagnard en juin, allait se coucher tout habillé, et revenait le lendemain à l'école avec le même slip et les chaussettes de la veille à l'odeur de vinaigre.

Il n'avait pas la vie facile. Ses parents étaient plus secs que les miens. Samy avait déjà un pied dans la vie active, si ce n'était les deux. Il se levait tous les jours de marché à 3 heures du matin à cause de son père, qu'on appelait Louis XIV, rapport aux taxes qu'il prélevait sur le dos de ses enfants serfs. Mon ami devait turbiner dur pour gagner sa soupe, mais il était généreux et gentil comme un pauvre. Jamais le dernier à payer sa tournée de kebab ou sa place de cinéma. Pourtant, chaque sou qu'il mettait de côté était un Vendée Globe par vent contraire. Rares étaient les pièces qui pouvaient passer le cap Horn paternel, qui siphonnait toute sa bourse. J'ai entendu son daron lui dire un jour en kabyle :

— Donne-moi mon or !

Les rares billets qui n'allaient pas dans les poches du père étaient cachés à l'intérieur de mon coussin. L'une des grandes sœurs de Samy avait un jour trouvé une enveloppe de 3 200 francs – la moitié d'un SMIC – en faisant un ménage de précision dans la chambre de son frérot. Elle laissa l'enveloppe en place. Mais pas les billets. Depuis, Samy pratiquait l'évasion fiscale avenue Carnot. Je dormais tous les soirs sur ses économies. Je rangeais mon oreiller chaque matin dans le placard, recouvert d'une taie propre, pour ne jamais voir l'argent d'un si bon copain dans la machine à laver de maman. Afin d'éviter que ce goupil de Kamel ne tente le même coup de griffe que sa sœur, Sam l'avait autorisé à taper dans la caisse, à condition de remettre les sommes empruntées sous quinzaine. Le frangin respectait scrupuleusement le deal conclu avec le Cofinoga de la fratrie.

— Je peux savoir ce que tu fous ? demandai-je au gros popotin devant moi.

La boule se dandina en reculant du trou dans la barrière, Samy se redressa, un sac dans les mains, et lança, une fois retourné, tout en nous serrant les paluches :

— Wesh Idir. T'es revenu du bled ! C'était bien les moustiques ? L'été sur ta pierre ? Les meufs à la fontaine en chaussettes rouges qui montent jusqu'aux genoux ?

— T'as le bonjour de tes cousins. Bondy, Algérie, tu sais, l'été, même combat.

— La peste ou le choléra. La galère ici, je te raconte pas, j'ai fait que charbonner. Comme toi, dit-il en tournant brièvement la tête vers le Chow. Un Chinois de l'usine ! Tu vas dormir sur un coussin bien rebondi ce soir. Il faut vite que je passe t'amener l'enveloppe de la nouvelle année fiscale. Il y a la gabelle parentale de rentrée qui tombe à la maison. Les sœurs, elles font de l'archéologie, elles nettoient le moindre recoin de ma pièce, j'ai jamais loufé dans une chambre aussi propre. Vous faites quoi, là ?

— Déjà, dis, toi. Pourquoi t'as fui la ville ? demandai-je.

— Je ramène un truc pour un pote, dit Samy, gêné. C'était rare, la gêne, chez lui. Unique, même.

— C'est quoi ce secret d'État ?

— C'est rien. Il m'a demandé d'aller lui chercher un grec.

— Pourquoi tu passes par là ?

— Ben tu sais ce que c'est, Idir, à la gare, avec tous les ragondins de cette ville.

— Ouais, je sais parfaitement. LA TAXE !!!

La taxe. Notre impôt universel. Tout Bondynois avec un consommable dans les mains ou dans son assiette peut se voir soumis au prélèvement par crocs à la source. Il y avait des subtilités, néanmoins. Samy connaissait bien son droit local.

— Tu ne peux pas me taxer, argumenta le coursier. Le kebab n'a pas encore été commencé.

— Eh ben à toi l'honneur, contre-attaquai-je. Quand ton pote verra deux crocs de sagouin sur son grec, il comprendra que t'es pas son larbin.

— Il est chez sa meuf au Parc, il ne peut pas bouger.

— Je suppose qu'en écoutant ces mots sortir de ta bouche t'as compris tout seul. Ton pote kiffe la vie au soleil du Sud, toi tu fais le coursier, à l'œil en plus, généreux que tu es. Il se vide les idées avec sa logeuse et va se remplir le ventre grâce à la sueur de ton front. Tout ça pour te laisser à la porte ou, au mieux, t'honorer du statut de chandelier quand il aura daigné finir son affaire. Si tu ne te fais pas écraser par un train dans l'opération. Trop bon, trop con. CQFD. Fin de la conversation. Déballe la bouffe.

— Vas-y on le fume, son grec ! fit joyeusement Samy, comme libéré délivré de son extrême bonté.

— Donne-le au Chow. C'est toi qui partages, dis-je, tout content, à ce dernier, t'as les mains les plus propres.

Je connaissais bien mon droit bondynois, aussi. Celui qui coupe les parts, il se sert en dernier. Un excellent moyen pour éviter les inégalités, quoique la portion dans la main du voisin ait toujours l'air plus conséquente que dans la sienne.

On s'assit sur un coin de trottoir pas trop sale, et Guillaume s'exécuta. Il le fit avec peu d'enthousiasme mais avec un doigté d'expert. Ce garçon savait se servir de ses mains. Le kebab fut séparé proprement en trois parts égales, sans que trop de viande ait été perdue ou que trop de sauce blanche ait débordé dans le processus. Le Chow était bon manuel, mais il ne semblait pas du tout Bondynois. Il ne pensa même pas à protéger sa pitance d'une contre-taxe lorsque nous eûmes fini les nôtres en deux bouchées.

— Bande de chiens ! s'emporta le bellâtre quand je pris ma part d'impôts, après celle de Samy, en lui bouffant un doigt ou deux.

— Espèce d'ingrat, reprocha l'autre croqueur. Dis merci ! On t'a laissé des frites.

— Guillaume, faut que tu muscles un peu ton jeu, frérot. Tu vas te faire becter tout cru cette année. Il est dans notre classe, informai-je Samy, la bouche pleine.

— Ah ouais… Si on a que des mecs claqués au sol comme lui, on va se faire cracher sur les cheveux à la récré.

— Vos gueules ! Je préfère avoir une chemise propre que me précipiter sur la barbaque. Regardez-vous, bande de sangliers.

Samy, tout comme moi, avait fait un passage par la table des porcs, dans son ancienne école primaire, rue Roger-Salengro. La formation tapis rouge laissait des traces sur les vêtements, même six ou sept ans après. J'avais deux taches de gras sur ma chemise et de la sauce blanche sur mon jean.

— Bon vous faites quoi ici ? demanda Samy en s'essuyant les mains sur son polo Brice délavé, à la fin de notre collation.

— On va à une boum, avouai-je, très années 1980. On t'embarque avec nous, Tovaritch.

— Ferme tes bouches ! hurla l'autre invité.

— Espèce de chien que tu manges, répondit Samy au Chow, tu croques mon grec, tu fais pas croquer ta fête. Crevure de lavabo !

— C'est fini, le bon temps, essaya de s'excuser Guillaume. Vous pouvez plus squatter dans les pas d'Émeric ou d'Ibrahima comme avant. Depuis qu'on est tous au lycée, il y a un service d'ordre à l'entrée. Beaucoup de poulains de Troie sortis de Pierre-Curie se sont fait couillonner par les vautours de Jean-Renoir, l'année dernière. Une nouvelle génération de Bondynois a découvert ce gras pays qu'on appelle la Comté. Ils savent plus se tenir, les jeunes, de nos jours ! Trop de bordel sur les dernières soirées. Le daron ou le grand frère de Vivi, obligé, ils ne laisseront jamais passer un mec de cité en jogging.

— Il ne fait pas *ghetto street*, abuse pas, dis-je pour défendre Samy. C'est plus un Irlandais du Queens. Il a un peu de roux sur la barbe et des taches de rousseur.

— Il a surtout des taches de kebab sur son pull et il parle trop mal, geignit Guillaume.

— Suce ma grosse, répondit l'intéressé en levant la jambe pour lâcher un pet.

— Tu vois, s'effaroucha le Chow comme la pucelle qu'il n'était plus.

— T'exagères, c'est mignon, il n'a même pas dit bite, plaisantai-je. Apprends à être un peu du côté de la plèbe, sois populaire ! Cette année, ce n'est pas vers toi que je me tournerai en classe pour demander un stylo rouge.

— Sébastien, va ! Espèce de crabe de la petite sirène ! cracha Samy contre l'élégant. La prochaine fois, étouffe-toi avec mes frites, grosse pince montroyal !

— On a fini avec les politesses ? dis-je pour conclure les débats. On se casse, je me rends compte que ce passage secret devient bien trop connu. Bientôt il va falloir creuser un tunnel pour aller à une fête.

— Il ne l'a pas déjà fait, Kamel ? demandèrent mes deux potes en même temps.

— Non, c'est du mytho. Le frère est juste passé par les égouts. Allez, on se nachave de là.

Tout le monde se leva de son bout de trottoir. Guillaume prit l'emballage du grec dégoulinant de sauce du bout des doigts, le remit dans le sac en plastique et chercha du regard une poubelle dans la rue. Samy l'arrêta, tout sourire.

— Jette pas ! Donne. J'ai toujours une livraison à faire.

— C'était pour qui la tortore que j'ai dans le ventre ? m'enquis-je en riant.

— Slim.

— Slimane du S qui joue dans des séries ?

— Ouais.

— Il se prend déjà pour une starlette, dit Guillaume.

Je chopai au vol le sac que le Chow jeta à Samy et l'ouvris pour croquer dans la dernière frite. Trois pierres trouvées par terre furent ensuite calées de part et d'autre du bout de patate, pour faire bonne mesure dans l'emballage en polyester, méticuleusement refermé. Je tendis la chose à Samy, qui apprécia le travail en soupesant le sac. On passa alors à tour de rôle dans le trou de la clôture SNCF, en foulant du pied une pancarte en métal à moitié enfoncée dans le sol sablonneux. DANGER DE MORT, disait-elle. Guillaume mit le plus de temps à passer de l'autre côté, parce qu'il ne voulait pas saloper son pantalon blanc de milord. Tout le monde fut bientôt sur ses deux pieds. Cette dernière expédition au Parc me rappelait un grand souvenir : l'aventure qui m'avait conduit, enfant, vers la montagne solitaire. Mais, cette fois, je n'étais pas seul.

Nous marchions tous les trois en file indienne le long d'une des voies ferrées. La scène faisait penser à des évadés de prison qui attendaient le passage d'un train de marchandises pour sauter dans le wagon de queue, direction un autre État. Il ne manquait que le Mississippi dans le décor et les tenues rayées sur nos dos. On effectua vite les 20 mètres de trajet. Samy traversa alors les quatre voies d'une traite sans regarder, comme si c'était un passage piéton avec le bonhomme au vert. Le Chow et moi fûmes bien plus prudents. Après avoir filé sous une deuxième barrière, on arriva tous vivants sur la nationale 186.

Pourtant Samy ne semblait vraiment pas tenir à la vie. Sur cette chaussée sans trottoir, il marchait au milieu de la route, comme s'il avait un constat dans la poche et qu'il venait de la planète Krypton. Notre camarade de classe nous préserva peut-être de l'hôpital, à y réfléchir. L'embouteillage monstre et le concert de klaxons qu'il créa empêchèrent une circulation trop rapide des véhicules, sur une voie en pente et dotée d'un virage bien traître.

Pour ma part, ce furent trois minutes de marche sur le bord de la route où j'appréciai le flegme de mon copain de tête. J'entendis, sans le voir réagir, six fois des conducteurs hurler :

— Bouge ton gros cul de là ! Porco !

Samy avait de l'embonpoint. Le Chow avait honte de lui. Moi j'avais échoué dans mon projet. Pour le mieux. Je ne pouvais que partager mon plan avec l'homme le plus généreux de la ville.

Nous retrouvâmes Bondy, ses larges trottoirs en bord de route et les pavillons en meulière de son Sud prospère. La course de Samy était sur le chemin qui nous emmenait chez Viviane. Il s'arrêta devant une maison cossue et appuya sur la sonnette. Un rebeu en peignoir ouvrit une fenêtre au premier étage, après nous avoir fait poiroter cinq minutes.

— Abuse pas comment t'as galéré. Sûr c'est froid. Alice, descends ! cria sans chaleur Slim l'acteur à son mécène au grand cœur.

Il referma la fenêtre.

— Qu'est-ce qu'il flambe. Il a eu l'Oscar du meilleur figurant ou quoi ? demanda le Chow.

On se tapa tous les trois une grande barre de rire. Samy posa la moitié d'une frite et 300 grammes de gadins sur la boîte aux lettres, puis on alla tous les trois à notre fête, d'un pas rapide, avant que l'autre suceur de cailloux nous parasite notre plan.

— Encore un peu il m'aurait envoyé acheter ses capotes, culpabilisa le généreux donateur en marchant.

— C'est comme ça qu'on apprend, rassura le Chow.

— Ça reste une bonne action, dis-je. Et puis, grâce à ta course, tu nous as fait croquer. Et c'est nous maintenant qui allons te faire quécro un bout. Du moins on va essayer.

— Vous inquiétez pas. Je vais rentrer comme papa dans maman.

Sur le coup, Samy avait l'air plus confiant que grande gueule. Je savais qu'il avait déjà fait, honneur suprême, deux ou trois *Paris by night* avec Kamel. Le frangin lui avait peut-être enseigné une ou deux ficelles de son art de vivre. Nous arrivâmes enfin devant chez Viviane. Une belle demeure, moderne, avec véranda et grande baie vitrée. La façade était tournée plein sud, sur les vallons fleuris du parc de la Mare à la Veuve. Le cœur de la meule de la Comté.

Une demi-heure de marche pour un trajet qui ne faisait pas 350 mètres en ligne droite depuis ma chambre. Le système on l'accepte ou on le contourne.

Risquer trois vies sur la route et sur les rails pour des chips et du Coca…

Il fallait surtout le combattre le système.

13

Le Chow disait vrai. Entre nous et la boustifaille, il y avait un service d'ordre à franchir. M. Gotte, le père de Viviane, supervisait les opérations depuis sa chaise posée dans la véranda grande ouverte. Son fils faisait le portier à l'entrée avec la liste des invités et un stylo dans les mains. Ce n'était guère impressionnant, mais largement suffisant. Le statut du père protégeait le fils d'un bagou d'importuns trop pressants et la maison d'un passage en force. Les parents faisaient partie des rares choses que les Bondynois respectaient.

Le maître de maison quitta sa confortable position quand il nous vit pointer devant ses grilles. Il n'y avait pas que son statut de padré qui en imposait. Sa stature aussi. Bien charpenté, il marquait plus le coup que son replet rejeton tout bouclé, improvisé portier par la force des choses. Je n'eus pas le temps de préparer une disquette d'incruste pour mon compagnon de route. Les grandes mains poilues du daron avaient ouvert le portail avant que j'ouvre la bouche. Avant qu'il adresse la parole au Chow ou à moi-même, les lèvres de M. Gotte claquèrent la bise sur les joues de Samy.

— Comment ça va, mon grand ? demanda le daron avec beaucoup d'estime dans la voix.

— Bien, monsieur Gotte, merci, répondit l'intéressé. Et vous ? La parka, ça va ? Toujours à la bonne taille après le premier lavage ? Ramenez-la, surtout, si elle est trop juste.

— Elle me va comme un gant, fiston. Une très bonne affaire. C'est toujours le cas avec toi.

— Passez mercredi ! Le patron a ramené des trucs pas dégueux du tout pour la rentrée. On sera à côté du primeur égyptien. Il me connaît bien, ce vendeur d'ananas, je vous le présenterai, il vous fera les bons prix aussi.

— Je n'y manquerai pas, fils. Alors ma fille t'a invité à sa petite fête ?

— Non. Je la connais pas.

— Un garçon honnête pour des prix honnêtes. Restez pas plantés là ! Va faire connaissance avec mon engeance. Ça se passe dans le garage, la première porte à droite après l'entrée. Tu fais comme chez toi, surtout, et tes amis aussi.

C'était le superpouvoir de Samy. Tous les parents l'avaient à la bonne. Notre ami savait, tout comme eux, ce qu'était une dure journée de travail. Les adultes respectaient ça. Ils respectaient aussi les prix cassés qu'il leur faisait au marché. Si les mathématiques pouvaient être comme la vie, j'aurais une chance d'avoir mon bac S un jour. Des fois, les problèmes se réglaient d'eux-mêmes. Plus rien, aujourd'hui, ne m'empêcherait de faire la bamboche.

À notre arrivée dans la pénombre du garage, nous saluâmes tous les trois l'hôtesse, qui ne fit aucun commentaire sur la présence de Samy. Viviane avait l'angoisse facile, son appel téléphonique de l'avant-veille n'avait été qu'un luxe de précaution, il y avait déjà du monde à sa petite sauterie, en ce milieu d'après-midi. Ibrahima et Émeric, mon ancienne paire de chevaux de Troie, étaient là, évidemment. Ils avaient dormi chez Angelo la veille avec leur matériel de DJ. Il était toujours aussi populaire après une année en BEP, loin de sa base de fans. Crécher sur place : bonne stratégie pour éviter de se taper la route depuis les Cottages, pour l'un, et depuis La Sablière, toute proche, pour l'autre. Dans les deux cas, le chemin était court, mais c'était risquer de se coller un squatteur sur le dos à chaque pas sur le bitume. David aussi faisait partie de la fête. Notre caste de redoublants avait un peu explosé à la fin du collège. Mes anciens compères qui m'avaient fait découvrir les sorties et la grande vie, durant ma deuxième 3e, étaient désormais disséminés dans des établissements techniques de la région. Notamment le lycée Gustave-Eiffel à Gagny, le plus réputé, connu pour son grand mur d'escalade et l'excellence de sa cantine. Les récits de David nous faisaient saliver. Quel veinard ! Sa mère dressait déjà la meilleure table de la ville.

Le garage était apprêté avec des ballons et la même boule à facettes que dans le temps. Les gens avaient plus ou moins changé depuis le collège. Les plus chanceux semblaient avoir fini leur mue vers l'âge adulte. Le dos droit, l'acné réduite à la portion congrue, ils étaient désormais à l'aise avec la parole et beaucoup plus en phase avec le tempo de la musique sur la piste de danse, un grand cercle au milieu des chaises poussées contre les murs. Certaines filles avaient des sacs à main posés au pied de leur siège et des talons hauts. Des femmes, déjà. Il était de notoriété publique que nombre des beautés, mineures, du Parc fréquentaient La Main Jaune, discothèque parisienne immortalisée par Sophie Marceau dans *La Boum*.

Virginie, elle, ne semblait pas pressée de suivre les modes. Jolie sans maquillage ni fioritures, elle avait toujours pour elle son extrême gentillesse, de grands yeux bleus et un magnifique sourire. Le genre de dents qui vous feraient la paix dans le monde tant leur éclat était désarmant. L'honneur sacré de mes ancêtres m'empêchait seul de la courtiser.

Je remerciai cette tradition qui voulait qu'une fête ne soit réussie que dans la pénombre. Elle cachait la tache de grec sur ma chemise pendant que nous discutions. Une conversation fort plaisante et qui s'étala un peu en longueur, pour mon grand plaisir. Samy mit fin à notre tête-à-tête. Mon compagnon de route nous rejoignit comme un scalp bien chevelu sur la soupe. Il tenait une longue tranche de dinde dans sa pince toute graisseuse. Le fin gourmet la trempait dans une sauce blanche qu'il tenait dans son autre main et tapait, à cadence régulière, de grands crocs dans sa barbaque badigeonnée.

— Il y a de la meuf ici, ça va ! finit-il par hurler, expulsant des bouts de viande sans calculer ma charmante interlocutrice, placée pile sur la trajectoire d'un bout de dindon.

Virginie trouva une excuse toute pétée pour se mettre à couvert et s'éclipser. Je ne gardai aucune rancœur à Samy. Je savais ce que c'était.

— C'est la première fois que tu vas à une soirée ? demandai-je à sa grossièreté.

— Oh ! J'ai squatté l'anniversaire d'un voisin en CM1, mais rien depuis.

— Fous-toi de ma gueule ! Et la fois où je vous ai ouvert la porte, à Kamel et à toi, à 4 heures du matin, pour un de vos retours de bringue ? T'avais dormi dans ma chambre ! Ne me redis surtout pas que vous étiez à la bibliothèque.

— Soirée avec ton frère : secret-défense.

Samy, un ami fidèle. C'était bien de l'avoir parmi nous. Viviane semblait ravie de sa présence, confirmant ainsi sa réputation d'hôtesse délicate. Il parlait fort et jouait un peu trop de son identité de gars de la cité, comme tous les mecs des Cottages, chagrinés de vivre en pavillon. Mais il n'avait aucun autre complexe, et ça donnait bien sur la piste de danse.

Ibrahima suivait toujours les modes derrière ses platines. La dance et la techno laissaient place au R'n'B et au rap. Ils étaient souverains au top 50 de Canal et dans le *Hit Machine* de Charly et Lulu, le samedi matin sur M6. Les Spice Girls firent danser tout le monde. Évidemment. Le phénomène était mondial. 2Be3, Alliage, G-Squad, des bandes de garçons, tous bons à marier, essayaient de les concurrencer. N'est pas les New Kids on the Block qui veut. À côté de la table de mixage, on voyait quelque chose qui n'existait pas au collège : des CD gravés. Le coup de grâce définitif à nos vieilles compils sur cassettes audio.

Les cintres du portemanteau montraient que le blouson Schott faisait toujours sa loi, même par beau temps. Ce fut Guillaume qui gagna la bataille du mec le mieux sapé de la fête. Seul le polo Lacoste pouvait rivaliser avec sa chemise Ralph Lauren à longues manches, hors de prix. Pourtant il n'était pas riche, mais ses parents savaient acheter. Les gens tapaient dans le buffet, surtout Samy et moi, ils dansaient aussi, plus ou moins nombreux selon le succès des tubes diffusés. Certains couples se bécotaient fièrement dans les coins. L'exploration spéléologique ne s'arrêtait que lorsque Samy tapait dans le dos d'un jules un peu trop penché sur sa Juliette.

— Beau gosse, va ! félicitait le braillard, bon vivant avant tout.

David, dont la maison était pratiquement collée aux Cottages, suivait par solidarité, avec la même frappe entre les omoplates mais usant d'un autre dialogue, plus dans l'air du temps :

— Champion du monde !!

Ça se payait avec un peu de gêne, dans cette ville, le bonheur.

Les fêtards passaient aussi la soirée – elle pouvait enfin porter ce nom après 19 heures – à se remémorer le bon temps par petits groupes, quand ils n'étaient tous qu'une bande unie au collège. Ils avaient été beaucoup moins pédants et sectaires que la précédente classe de dominants, celle que David, Ibrahima, Émeric et moi avions connue, avant de redoubler. Une caste de privilégiés cuvée 1980 qui avait opprimé ce pauvre Benoît mais fayotait ventre à terre face à Haroun. J'étais toujours, dans la mémoire collective, l'ancien de la cité et l'ancien vizir du roi. C'était à moitié faux, mais je laissais dire. Après tout, je m'étais mangé la raclée du siècle pour protéger mon grand. Fallait bien en tirer un petit retour sur investissement.

Entendre parler du bon vieux temps avec Haroun me fit soudain penser à l'actuel, avec Kamel. La fête avançait dans l'heure, et il ne s'était toujours pas pointé pour relever les compteurs. Pourtant, il avait été le premier à théoriser le concept : tout buffet voit sa qualité décliner de manière exponentielle après 20 heures. Mon frère aurait dû être là, ou avoir au moins fait une petite visite, et ce n'était pas le daron ni le frère de Viviane qui auraient pu l'arrêter. Ils ne faisaient plus les entrées depuis la fin de l'après-midi. Les parents et le frangin Gotte avaient leur soirée à eux chez de la famille.

— Qu'est-ce que t'as ? demanda Samy, qui s'inquiétait de ne rien me voir mastiquer devant la table des victuailles.

La question fit sortir les pensées de ma tête.

— Kamel n'est pas là, dis-je, soucieux.

— Il a peut-être une autre soirée.

— Bien sûr qu'il a une autre soirée ! Mais il aurait dû commencer sa tournée ici. Il fait ses emplois du temps à la demi-heure près, en fonction de la distance de ses lieux de pillage, en corrélation avec l'heure du dressage des buffets. Avant de filer vers Paris ou Dunkerque, il aurait cassé une graine dans le coin, à domicile. On est à sept minutes de la gare.

— Merde.

— Ouais. Notre plan est foireux. Tapons dans les derniers morceaux de poulet !

— Tiens, mets ça par terre sous la nappe, vite, dit Samy en me tendant une bouteille de Fanta pas encore entamée.

Le Chow rejoignit la table du manger au moment où nous faisions les paysans ukrainiens cachant des œufs et des patates sous le plancher, pendant que le percepteur du tsar tambourinait à la porte de la ferme. Il parlait à nos dos tandis qu'on nettoyait le périmètre.

— Même pas pensé à bouffer, moi, dit la précieuse. À force de danser et de taper la discute, ça m'était complètement sorti de la tête. Faites-moi une petite place, les potos.

— Espèce de con, lui lança Samy, la bouche remplie de nourritures diverses et variées.

— Qu'est-ce qu'il a encore, lui ?!

Nous n'eûmes pas besoin de répondre. Le quatrième mur se brisa. La porte du garage s'ouvrit toute grande sur notre soirée. Cinq silhouettes apparurent dans la nuit. Comme si Batman avait formé un *boys-band*. Une voix claire, toute en confiance, sortit de la petite troupe :

— Messieurs, dames. Continuez, surtout ! Faites pas attention à nous, on ne fait que passer apporter un truc à un ami.

Le portail du garage se referma derrière eux sans autre explication. La stupéfaction générale disparut avec les mots de l'intrus. Le cours de la soirée reprit. Il ne s'était rien passé. Un courant d'air aurait fait plus d'effet. Une seconde. Il leur avait fallu une seconde pour entrer dans la fête. Pourtant, l'incruste était massive, cinq personnes en plus, un quart des effectifs. Du travail d'experts. La maîtrise de l'effet de surprise relevait de la perfection. Ce n'était pas du squat, c'était de la téléportation. La disquette d'accroche ferait l'admiration d'un ténor du barreau de New York. Elle ne pouvait qu'endormir la méfiance de Viviane. Avec un aplomb en titane, ces personnes avaient donné à une parfaite inconnue toutes les garanties d'un passage éclair, or elles s'installaient dans la place comme le tartre sur mes dents. Elles étaient là pour durer. On avait affaire à des pointures. Et pas du 0-36 mois de chez Petit Bateau. À la deuxième seconde de son arrivée, le groupe s'était complètement dilué dans la soirée.

— La technique du diabolo menthe, apprécia Samy.

— Un Green River, plutôt, dis-je, admiratif. Ils ont fait ça au shaker, ils se sont trop bien mélangés à la foule.

Désormais même le GIGN ne pourrait pas déloger de la fête les cinq squatteurs. Au bout d'un moment, les ouïes les plus fines entendirent, au milieu de la musique, un léger son sortir de deux bouches :

— Ziiiit.

J'entendis :

— Trinita, abuse pas ! Tu ne peux pas draguer à la zeub, ici ! C'est une fête de lycéens et on ne redouble pas trop dans le coin. Attention à l'âge.

— T'inquiète, mon fradé. Je vais juste gratter les numéros de celles qui ont un portable, les plus grandes de taille. Un an ou deux de petites attentions, à les attendre en 205 Roland-Garros à la sortie du lycée, et c'est à moi qu'elles penseront à la majorité, quand ça leur fera trop de chatouillis dans le fond du string.

Je connaissais moi aussi la technique de l'élevage, dont la finalité était d'accompagner une Lolita – de la conditionner plutôt – jusqu'à ses dix-huit ans. Je connaissais également quelqu'un qu'on appelait Trinita. Il parlait le zit avec le même accent manouche que celui que je venais d'entendre sortir d'un coin sombre de ce garage où nous festoyions. Je n'avais plus le moindre doute. Nous étions en présence de notre Équipe nationale. Probablement au grand complet. Trinita, au charbon auprès de la gent féminine, d'après ce que j'avais saisi de la conversation, en était un des plus éminents membres. L'Équipe nationale, c'était l'élite, quasiment notre gouvernement. Il n'y avait pas plus haut dans la hiérarchie bondynoise. Cinq forces de la nature parfaitement adaptées à l'écosystème de notre cité.

Ces mecs avaient tous grandi dans les recoins les plus rustiques de Bondy et avaient gagné leurs galons par des faits d'armes ou des dons exceptionnels. La ville entière se racontait leurs exploits, d'année en année, au coin d'un kebab ou à la chaleur d'un radiateur, l'hiver, au fond à gauche d'une salle de classe. À commencer par les aventures de Trinita, connues de tous.

C'était un natif, comme moi et tous les sélectionnés en Équipe nationale. Sa mère n'avait dû faire que quelques mètres, au sortir de la maternité, pour rejoindre le foyer familial avec son couffin sous le bras. Sa famille habitait, en ce temps-là, dans un camp de manouches qui bivouaquaient au bord du canal de l'Ourcq. Tout le monde dans la ville pensait que les petits Gitans naissaient sans qu'on leur donne de prénom et qu'ils s'en prenaient un selon leur fantaisie au début de l'enfance. La théorie se tenait avec Trinita, les films de Bud Spencer et Terence Hill étaient très populaires dans les années 1980, époque bénie que mon compatriote savoura beaucoup mieux que moi puisqu'il naquit en 1976. En vérité, ce Bondynois pur sol n'avait pas choisi de s'appeler ainsi, ni Paco, d'ailleurs, le seul prénom par lequel l'appelaient ses parents.

Les Gitans de Bondy, libres nomades dans l'âme, reconnaissaient difficilement l'autorité d'une administration sédentaire, surtout si elle était représentée par un morne employé de mairie. Trinita était le nom que son père avait fait coucher sur le registre d'état civil, pour rigoler un peu sur le dos des autorités qui méprisaient son peuple. Le daron de Paco n'était pas le premier Romano du pays à avoir lancé la mode. Comme les musulmans et le ramadan américain, cette communauté avait réussi à adapter une pratique séculaire, donner des prénoms à ses enfants, aux mœurs et aux dingueries locales.

Il faut avoir fait une rentrée dans une école primaire sur le sol de ma terre natale pour savoir ce que sont la joie de vivre et les larmes de rire. Nous découvrions, chaque année, de nouveaux camarades qui s'appelaient Rocky, Rambo, JR, Napoléon, MacGyver ou Attila. Tout le *Télé 7 jours* et tous nos bouquins d'histoire passaient à l'appel. Je connaissais des jumeaux. L'un s'appelait Kick, l'autre Boxing. Deux frères : Tomy et Tommy. Ils étaient cousins de Donatella, Michel-Angela, Raphaëla et Leonardo. Une fratrie dont les prénoms faisaient référence aux grands de la Renaissance ou aux Tortues Ninja.

On imposait à ce fier peuple, pour exister administrativement, d'avoir une adresse, de vivre dans du dur, des immeubles gris, où il pouvait entendre le voisin tirer la chasse après son cacao du matin. Clinton, Dollars, Karl Marx étaient sa réponse à un pouvoir qui le regardait de haut et niait ses particularismes. Elles étaient pourtant bien pratiques, leurs arrivées en caravane au moment des récoltes, en Camargue ou sur les grandes propriétés terriennes de Gironde, dans les années 1960, quand l'agriculture, sans machine, avait besoin des bras et de tout le savoir-faire gitan.

Nous autres Bondynois voyions, dans les derniers nomades du pays, la résurrection de cet esprit de liberté qui animait nos ancêtres du fond de la forêt. C'était en leur honneur que les natifs les plus instruits, en plus du zit, parlaient, en deuxième langue vernaculaire, le manouche.

Paco n'existait pas sur le papier. Trinita était le seul prénom inscrit sur sa carte d'identité. Pas encore sur son permis de conduire, qu'il avait raté cet été. Mon frère et lui l'avaient passé dans la même auto-école. Trinita le déposait en voiture, à la maison, après chaque séance de code. Il pilotait la camionnette de son père depuis ses huit ans, sans permis. L'élégant Gipsy, qui portait des costumes Armani depuis le CM2, avait appris à conduire avant d'apprendre à faire du vélo, disait la rumeur. Ce n'était donc pas par manque d'adresse qu'il loupa son rite de passage administratif. L'inspecteur jugea trop hardi de lui accorder le petit carnet rose. Pendant l'examen, une connaissance de Trinita l'avait salué au passage de sa voiture à doubles pédales. L'apprenti conducteur avait fait une marche arrière un brin osée pour taper la discute avec son copain, vitre baissée, au milieu de la chaussée. Notre Gitan national avait finalement dû redémarrer face à l'impatience de l'examinateur. Le pote qu'il venait de croiser était assis à l'arrière. Trinita avait insisté pour emmener son ami chez sa grand-mère, vers laquelle il clopinait, boiteux, à cause d'une vieille polio mal soignée. Même si l'adresse était sur le parcours indiqué par le fonctionnaire tatillon, ce cousin d'Esméralda fut quand même recalé.

Peu importe, tout Bondy avait respecté ce grand geste d'amitié. En premier lieu mon père, pour qui déposer une personne en voiture était tout sauf un acte anodin. Il considérait que sa profession avait sauvé la France en 1914, avec les taxis de la Marne.

Ses jeunes années dans un camp, sur les rives du canal de l'Ourcq, avaient permis à Trinita d'acquérir des compétences peu répandues en milieu urbain. Il savait diriger un bac, pêcher la truite et chasser le canard à la fronde. Il tendait aussi des pièges pour les grives et avait pris un lièvre au collet avec sa cravate, en sortie scolaire, dans la forêt de Chambord, pendant que ses camarades visitaient le cabanon de campagne du roi François Ier. Un château de la Renaissance pour un nomade ? Le fond de l'océan pour un aigle. Trinita, le seul élève de France à avoir été collé trois heures pour braconnage. Ce dernier point n'avait pas grand-chose à voir avec son enfance au bord de l'eau ou dans une caravane. Tout le monde pratiquement était petit-enfant de paysan. Papa avait pris des merles dans notre jardin, jadis, les premières années de notre arrivée dans le pavillon. Mère élevait toujours trois lapins pour en faire du civet. Trinita bouffait du chat errant aussi, cuit au barbecue. C'était arrivé un jour où il travaillait sur un chantier. Angelo, dont le père était dans le bâtiment, disait que c'était une tradition du métier. Bref, à Bondy, quand on a un Huckleberry Finn sous la main, saint patron de la sauvagerie, on le place au sommet de la pyramide. Évidemment.

Les autres membres de l'Équipe nationale s'étaient trop bien incrustés dans la fête pour être repérés.

Invisibles et inaudibles dans la foule malgré mon oreille tendue et un balayage visuel intensif.

— Tiens. Big Mac et Grande Frite, entendis-je dans mon dos.

Nous nous retournâmes, Samy et moi, à l'énoncé des surnoms qu'on nous avait donnés, au lycée, après une année à traîner en intensif ensemble. Je vis une bouteille de Fanta, celle que j'avais cachée sous la table, dans la main de Tarik. Le sagouin en avait déjà sifflé la moitié, au goulot. Mon ouïe n'avait pas reconnu le « zit » de sa voix, tantôt, quand il alertait Trinita sur le jeune âge des participantes à la soirée. Ni son français, quand il avait endormi tout le monde à la porte du garage.

Cet habitant de la cité Blanqui, plutôt bien fait et pas trop moche avec son beau teint mat, faisait la joie de tous les vendeurs de kebabs de la ville. Il était pour ainsi dire leur grand messie. Grâce à Tarik, le jour de la Saint-Valentin était pour l'industrie du sandwich grec l'équivalent de Noël pour JouéClub ou La Grande Récré. Il fut le premier à avoir amené sa petite amie, le 14 février, pour un dîner romantique autour d'un « salade, tomate, oignons », sauce blanche, avec beaucoup de frites. Il lança ainsi la tradition, déjà bien ancrée à Bondy, d'inviter au grec l'élue de son cœur, habillée en grande tenue de soirée. Invitée à partager un unique sandwich, surtout, que Tarik prenait soin de casser en deux, s'octroyant la plus importante part après avoir mesuré, au jugé, le plus gros bout. Classe !

Le goût sûr du beau gosse, BG façon KGB, pour choisir les endroits qui faisaient rêver les plus belles demoiselles de notre terroir lança des tendances. Les nuits romantiques sur les marches de la pompe Esso, qui vendait la bouteille de Coca-Cola 19 balles avec deux pailles dans un gobelet, jusqu'à 3 heures du matin, devenaient un classique. Même les jeunes adultes s'y mettaient. J'étais déjà allé à deux mariages, l'un organisé dans un foot en salle où la mariée en grande tenue avait marqué un but du maquillage et de la tête, l'autre aux Délices de Marmara, où l'on nous avait demandé 22 francs de participation, avec frites mais sans la boisson.

Le plus jeune membre de l'Équipe nationale n'était pas seulement le plus romantique. Il était vite monté en grade, au sortir de l'école primaire, grâce à un verbe précoce, affûté comme un bon Gillette Mach 3. Il était doué pour trouver le bon mot et les surnoms ; Samy et moi lui devions les nôtres, d'ailleurs. Quand Samuel, un Juif de Bondy Nord, sortait avec Élise, une bien charmante Chinoise, Tarik leur avait demandé, au milieu de la cour du lycée :

— Votre fils, vous allez l'appeler comment ? Maoïse ?!

Son talent s'appliquait aussi aux mères. Maman, qui fut l'une des premières daronnes débarquées du bled à conduire une voiture, fut à deux doigts d'être rebaptisée HSH, Hassina Starsky et Hutch, à cause de ses dérapages sur l'avenue Carnot. Kamel fit obstruction avec un habile contre-dossier. Un jour, la CPE du collège Brossolette appela la madré de Tarik parce que son fils faisait partie des principaux accusés dans une sombre histoire de vol et de racket. Celle-ci se pointa immédiatement dans le bureau du proviseur, un objet dans une main, un ticket de caisse dans l'autre. Mme Abdallah jura sur le Coran de La Mecque, dans un français approximatif, que c'était elle-même, en personne, qui avait acheté, au Decathlon de la RN3, la raquette de tennis de son fils.

Il ne fallait pas avoir Tarik sur les côtes au lycée, surtout si vous étiez prof. Une particularité physique, un tic de langage, et ce virtuose du verbe trouvait la référence culturelle, humiliante souvent, qui allait coller à la peau de toute une carrière. M. Cocotier et Mme Saligault ne furent jamais inquiétés. Tarik détestait la blague facile. Bosser ses cours aussi. Déjà majeur, il était à cinq jours de sa deuxième 2de. Ses multiples redoublements ne l'inquiétaient pas plus que ça. Comme Samy, il allait déjà au turbin, grâce à son BAFA. Ses talents d'animateur dans un centre de loisirs de la ville avaient fait le tour du pays. Tarik organisait des sorties au zoo, enfin il emmenait les enfants à Animalis observer les hamsters et les poissons rouges. Quelques tendres chérubins, les pauvres, étaient persuadés d'être déjà allés, avec leur animateur lycéen, à Disneyland Bondy. Deux francs l'entrée. Il y avait une voiture de Mickey en guise de manège payant posée devant les caisses du Monoprix.

Le grand Tarik était désormais parmi nous dans le Sud. Après nous avoir interpellés comme s'il faisait une commande au McDo, il jeta un coup d'œil d'expert sur la table du buffet, hocha la tête, et commenta nos positions :

— Sam au centre sur les viandes froides, le frère de Kamel tenant le flanc droit en face des boissons et le Chinois demi-écrémé en couverture, pour taper la discute aux autres convives avant qu'ils puissent atteindre la table des réjouissances. Classique mais efficace. Je vois qu'on n'est pas les seuls rats à avoir gratté cette fête des bouffons des pavillons, nous dit Tarik, grand prince, alors qu'il tenait notre bouteille de Fanta et une cuisse de poulet dans une seule main, la droite.

La gauche, au bout d'un long bras, tapait dans des chips au paprika posées sur la table. D'un unique geste du coude, cette bête du Gévaudan sifflait son liquide orange et croquait, tour à tour, dans sa tortore. On aurait dit l'entrée en scène de Benedicto Pacifico Juan Maria Ramirez, dit Tuco, saint patron de Bondy Nord, qui crevait l'écran et une vitre de saloon dans *Le Bon, la brute et le truand.* Les doigts d'une main agrippés à son revolver, les autres tenant un litron de vinasse et un cuissot de barbaque, Eli Wallach, bout de viande et écume aux lèvres, venait de flinguer trois cow-boys à l'heure du déjeuner.

Tarik incarnait à l'identique le plus grand des plus grands du western et du panthéon bondynois, Tuco, bandit mexicain placé juste en dessous d'Al Bundy dans la hiérarchie des pères fondateurs de par sa profession, celle de nos ancêtres. Il venait d'échanger avec nous de bien belles paroles fraternelles. Nous étions reconnus par un représentant de l'élite comme des semblables, fréquentables et avec qui on pouvait taper un bout de conversation sur un coin, ravagé, de table. Samy en était tout heureux. Le Chow, lui, détourna le regard. De par ses fréquentations, il se sentait concerné par le label « bouffon de maison » craché par Tarik avec morgue. Injuste. De nous trois, c'était le seul qui n'habitait pas dans un pavetar. Pour ma part, il était fort agréable d'être placé face au bon côté du manche. Mon ego n'avait qu'à le saisir.

L'enfant qui avait parcouru les espaces encore sauvages autour de la mare à la Veuve, dans la peau d'un chevalier sauveur de princesse, vivait toujours en moi. L'enfant qui buvait les paroles de sa grand-mère aussi. Les forts du collège étaient devenus les faibles du lycée, le souvenir de Mamaino ne me laissait pas le choix.

— Moi, j'ai été invité, annonçai-je à Tarik.

— Invi quoi ?! demanda, perplexe, l'inventeur du romantisme à la bondynoise.

— Invité. C'est quand les gens qui font la fête te préviennent avant parce qu'ils veulent que tu sois là.

— Comme à la télé, je pensais que c'était de la fiction. T'es comme eux, donc. Un bouffon de Pierre-Curie, déclara, hautain, la crème de la crème du pays.

— C'est ça, dis-je, un picotis au cœur.

— T'es pas un natif, alors, espèce de mytho. T'es né au Raincy ou à Neuilly ?

— C'est pas moi qui joue au tennis, zit.

« Je suis complètement ouf », pensai-je quand cette pique m'échappa d'entre les chicots. Jeter mon gant à la face du Cyrano de Bondy, alors que je ne savais m'exprimer en public que depuis six mois. Aucune chance de ne pas finir la soirée en pleurs, un baquet de quolibets versé à gros débit sur mes épaules courbées. Tarik regarda vite fait mes deux compères et comprit à leurs bouilles qu'ils n'avaient absolument rien capté à la référence sur sa môman. Ils ne parlaient pas la langue, et je l'avais utilisée pour placer mon estocade. Le beau parleur me jugea ainsi indigne d'une exécution sommaire.

— Par respect pour Kamel, je vais te laisser faire ton gros invitationné tranquille, zita-t-il. Profite. C'est ton frère ou Hassina qui vient te chercher en caisse après minuit ?

J'abdiquai en haussant mollement les épaulettes. Sage décision. Bien vite, Tarik replongea dans les ombres de la soirée, après avoir, en un temps record, ratiboisé la table du moindre petit bout de Mikado.

Il était bien possible que je vinsse tout de même d'énerver un des maîtres de la ville. Peu après le départ de Tarik, l'Équipe nationale quitta le mode camouflage et déploya toute l'étendue de son savoir-faire au sein de la fête. Viviane n'y comprit rien. Un quart d'heure auparavant, sa fête s'annonçait comme une grande réussite. Désormais, c'était l'Indochine.

Du rap hard-core jusqu'à la mort, au tempo brutal et à la parole violente, sortait maintenant des enceintes. Les platines d'Ibrahima avaient été prises en otage par Madjid, un habitant de Bondy Nord, connu pour avoir aidé un pote à déménager en poussant un diable sur l'autoroute entre la porte de Montreuil et Rosny-sous-Bois, à 2 heures du matin. C'était le moindre de ses exploits. Il était fiancé avec une cousine au troisième degré de Trinita. Leurs débuts avaient grandement déplu au père et aux cinq frères de la belle. Madjid, qui avait deux durians dans le calcif, affronta de face toute cette hostilité. Il alla un soir chercher sa zouzouze, qui s'appelait administrativement Lady Di. Il sonna à la porte d'une maison aux belles colonnades pour s'annoncer sans façon :

— Salut les Romanos ! Je viens chercher Sabrinette. Je suis Madjid Mouldani, je suis algérien et je l'aime !

Les hommes tout en bras et en pectoraux de la famille le firent entrer dans le jardin. Pour lui défoncer la gueule. Au bout de très longues minutes à voir le séducteur se manger de grosses patates de forain, la profession exercée par les cinq frères, le daron de Sabrina, qui observait toute la bastonnade bras croisés, en avait assez vu.

— Arrêtez ! ordonna l'imposant bonhomme à ses golgoths de fils. Ça fait je ne sais pas combien de temps que vous cognez sur ce gadjo. Il est toujours sur ses deux pieds, en train de vous sourire. On ne trouvera pas meilleur parti pour votre sœur.

Madjid domptait la violence. Ce mélomane la mixait aussi en platine. L'ambiance de la soirée changea du tout au tout. Les invités cessèrent de valser, on venait de passer d'un slow à du Public Enemy bien vénère. Il ne restait guère que Trinita, aux bras d'une fille, sur la piste. S'en foutait du son, celui-là. Il décoiffait sa belle chevelure noire gominée sur le *dance floor*, en complet décalage avec le style musical. Il dansait en costar sur du rap *ghetto street*, et en duo. La chose ressemblait au tango, et Nelly, sa partenaire, complètement sous le charme, semblait avoir oublié qu'elle avait un petit copain. Mathieu observait la scène l'œil humide et la morve au nez.

Malgré le son qui perçait les tympans, on entendit soudain Viviane crier :

— Qui a fait ça ?!! Les parents vont me tuer !!!

L'hôtesse de la soirée était partie à la cuisine avant la prise d'otage musicale pour réapprovisionner le buffet. Elle en était revenue, les larmes aux yeux, avec un plateau sur lequel était posé un gâteau d'anniversaire. Il était magnifique, ce bavarois, avec un très beau *18 ans* et le prénom du frère de Vivi écrits dessus à la crème. Il y avait également un énorme croc de chacal qui avait défiguré tout le nappage. Grégoire, le fils Gotte, fêtait sa majorité le lendemain. Le daron avait invité Samy à la célébration en grand comité avant de quitter la maison. La mâchoire du crime laissait un bel impact en créneau, bien nette, sur un quart de la pâtisserie. Le coup franc était du niveau international de notre Équipe nationale.

La fête partait en couilles de loup. David s'interposait entre le fluet Sébastien, le binôme d'Angelo depuis la 5e, et l'imposant corps de Demba qui n'avait pas supporté qu'on marchât sur ses Fila, pointure 47. Il avait pourtant la réputation d'être maître de ses nerfs. Sa personne dégageait constamment un calme olympien. Il était d'ailleurs bâti comme un sommet des monts de Vénus. Un corps tout en muscles, façonné par une pratique assidue de la lutte sénégalaise, qu'il avait découverte pendant les vacances au pays.

Ce jeune homme semblait avoir trente berges depuis ses treize piges. Il était en outre beaucoup plus mature et réfléchi que la moyenne des Bondynois de son âge. À vingt ans, il savait déjà ce que c'était qu'une feuille d'impôt, une quittance de loyer et un crédit sur le dos. Demba avait bâti sa réputation, non pas sur sa carrure ou par l'obtention très jeune du graal, un contrat à durée indéterminée, mais par sa capacité à prier la Grande Faucheuse d'aller se faire enculer bien fort.

Il survécut à un accident de voiture. Il signa le constat à ses torts, en piéton et en s'excusant. Sa hanche de titan avait défoncé la tôle de l'aile avant d'une Corsa. On lui tira dessus au fusil à pompe avec aussi peu d'effet sur son corps. Des trafiquants de drogue l'avaient confondu avec un autre. Cette santé en acier de Damas, qui pissait sur les sandales de la mort tous les deux ou trois ans, tomba dans un ravin de 20 mètres que la nature fit creuser au plus profond de la forêt de Fontainebleau. L'accident eut lieu à l'occasion d'une sortie scolaire, sans plus de mal que la crise cardiaque dont faillit crever la maîtresse. Demba sortit sans blessure d'un incendie d'immeuble, d'un braquage de la poste et d'une électrocution. Il avait nourri le fantasme étrange, depuis la première diffusion du *Prince de New York* sur la 5 de Berlusconi, d'avoir la télé dans sa salle de bains. Tout jeune actif, il réalisa son rêve, dans son premier appart, à l'aide de prises multiples et d'un câblage digne du nœud gordien. Demba avait été tout heureux de pouvoir jouer à la PlayStation dans sa baignoire. À cause d'un coup de pied nerveux, et d'un boss de *Final Fantasy VII* qu'il n'arrivait pas à battre, sa console finit en cadavre flottant dans la mousse du bain. Malgré les 220 volts ressentis jusqu'au fond des coucougnettes, notre trompe-la-mort vivait toujours. Il survécut aussi à l'amour d'une rebeu malade de jalousie qui l'avait planté au couteau de boucher. S'il n'y avait eu que ça, personne ne l'aurait appelé Highlander. Ce petit-fils de tirailleur attrapa toutes les maladies de l'hémisphère Nord durant son enfance, parfois deux ou trois virus en même temps. Varicelle, rougeole, rubéole, coqueluche, oreillons, jaunisse, scarlatine, la gale et la rage, qui l'avait conduit à l'institut Pasteur de Genève : attrapez-les tous ! Son carnet de santé était un Pokédex de microbes au complet. Évidemment, tout ce pot-pourri échoua à le clouer plus d'une semaine au lit.

Il avait neuf vies et trois continues, dirait-on dans le monde du jeu vidéo. Sa réputation finit par arriver aux oreilles des gradés du fort de Rosny. Des officiers de l'état-major avaient essayé, par deux fois déjà, de le recruter dans l'armée. Il se racontait qu'il ne refuserait pas une troisième proposition, son boulot de cordiste monteur de grue commençait à le gaver. Il s'y ennuyait comme derrière un bureau de la CAF.

Le dernier capé de l'Équipe nationale, c'était Hien, dit la Hyène du Mordor. Ce Vietnamien contrôlait la route de la soie qui fournissait sous le manteau, depuis des années, les petits Bondynois en mangas et cartes *Dragon Ball Z.* Elle partait des boutiques du quartier chinois, dans le 13e arrondissement de Paris, pour arriver à Bondy Sud. Hien tenait aussi les voies de commerce depuis les dépôts de vêtements de Troyes et les usines Hugo Boss de Stuttgart. Il avait récemment vendu un superbe manteau dégriffé à l'un de ses meilleurs amis. Cinq mille francs. Il en coûtait un millier de moins à la boutique de la marque allemande installée à Rosny 2. L'enseigne locale fournissait pourtant la facture et le café, apportés par le plus obséquieux des vendeurs. C'était peu dire qu'il avait, non pas la bosse, mais la dune du Pilat du commerce. Il vendrait une bouteille de Cristalline et un paquet de sel à Poséidon. Je ne savais pas ce qu'il avait négocié, et à qui, en moins d'une demi-heure de présence sur les lieux, mais cet habitant de la cité du Carré, la plus chaude de Bondy Nord, comptait des billets dans un coin du garage.

Trinita et Tarik serraient les meufs des autres, Madjid poussait les limites de la décence et des décibels avec une musique où nous n'entendions plus que des insultes proférées contre la mère de la police, le ton montait entre David et Demba. Quelques invités commençaient à prendre leurs manteaux pour partir. Certaines vestes étaient neuves, vendues en un temps record par Hien, une fois et demie le prix. Il faisait des allers-retours depuis l'extérieur de la baraque, certainement pour décharger sa marchandise depuis le coffre de la voiture qui avait amené les seigneurs du Mordor et de Blanqui sur les terres de la Comté. Viviane versait des larmes de deuil sur le gâteau de son frérot et sur sa fête atomisée.

Quelques regards d'invités semblaient s'appesantir sur Samy et moi. Nous étions, parmi les anciens de Pierre-Curie, ceux qui avaient le mieux réussi leur intégration au lycée, là-bas, loin au Nord. J'étais en outre un ancien de la cité, protecteur de fait du parc de la Mare à la Veuve, l'arrière-pays de La Sablière, l'équivalent de l'Attique pour Athènes. Mon devoir moral était d'intervenir pour sauver la soirée de toute cette dévastation. Ça devait être aussi la mission d'Émeric, qui vivait toujours dans les tours de mon enfance, mais il était si bien intégré à la jeunesse dorée du Sud que tout le monde avait oublié d'où il venait. Pour l'instant, seul David faisait héroïquement le travail de Chevalier juif du Zodiaque en empêchant Demba de dévisser la tête de Sébastien pour lui chier dans le cou.

— Plan foireux, soupira Samy devant la fête qui partait en cacahuète. Ton frère avait vu le coup arriver.

— Kamel ! Il faut appeler Kamel, lançai-je. T'as son portable ?

— Il me l'a donné pas plus tard qu'hier, dit le banquier de mon frère en prenant une carte dans son larfeuille.

Il sortit la chose d'une poche à fermeture Éclair de son bas de jogging. Les opérateurs de téléphonie fournissaient ce moyen, fort ancestral, d'échanger des numéros par paquets de quinze à l'achat d'un abonnement. Les portables étaient peu nombreux en circulation, présenter sa carte avec un 06 écrit dessus était un signe extérieur de prestige.

Nous laissâmes le Chow sur place dans le garage. Le combiné téléphonique était posé sur une petite table, dans le hall de la maison, à côté de la porte des chiottes et de celle de la cuisine. Cette dernière était grande ouverte. On voyait dans la pièce un frigo béant, complètement vidé de ses provisions, à l'exception d'une bouteille de Ketchup qui dégoulinait à grosses gouttes sur le sol. Des cadavres d'emballages de yaourts, de chips, des boîtes de thon éventrées et un quatre-quarts brisé en deux dans de la pulpe de fruits jonchaient le carrelage glissant de mayonnaise au pied de la cuisinière. Cortez à Tenochtitlán avait moins foutu le bordel.

Ma main de gaucher attrapa le combiné du téléphone. Je me disais que Viviane pardonnerait aisément un appel surtaxé sur portable si je pouvais la débarrasser des cadors du squat qui mettaient le schpountz dans sa soirée. Kamel était le seul à pouvoir négocier avec les grands pontes de l'Équipe nationale. Loup solitaire dans l'âme, par trois fois déjà il avait refusé d'intégrer la très élitiste sélection.

— Kamel *speaking*, dit mon frère de l'autre côté du combiné, avec les bruits d'une fête un brin guindée en fond sonore.

— C'est Idir. T'es où ?

— En Amérique. L'ambassade des États-Unis, c'est une passoire, le truc. Faut qu'ils musclent leur jeu, les Ricains, question sécurité. Un jour il va leur tomber une bricole ou deux sur le pif, ils ne vont pas comprendre d'où ça vient. Qu'est-ce que tu veux ? C'est si catastrophique que ça ?

— Comment tu sais ?

— Un de tes drogués de potes est parti pécho de la beuh au Carré avant de se pointer à la soirée. C'est un copain de Madjid qui l'a servi. Ils ont un peu trop discuté.

— Tu peux faire quelque chose ?

Silence. Kamel semblait réfléchir au milieu des flûtes de champagne qui s'entrechoquaient et des « *Oh, so amazing !* » des convives du Texas qui l'entouraient.

— Les Gotte, ils sont comment ? finit-il par dire. Enfin la petite, les autres sont chez la tata, à Château-Thierry.

— Elle pleure. Tu peux arranger les choses ?

— Non, laisse tomber. Dis à Vivi de vendre la maison, ils ne partiront jamais.

— Wesh Kamel, t'es où ?! s'exclama Samy dans le combiné.

— Ah, il y a peut-être moyen de moyenner, dit soudain mon frère. Mais ça dépend de Samy. Passe-le-moi.

Mon grand ami écouta Kamel lui parler au téléphone pendant un petit moment. Je n'entendais pas ce qu'il disait.

— Ah ouais le sacrifice de ouf ! cria soudain Samy.

— Qu'est-ce qu'il t'a dit ?

Samy serra le combiné contre son torse et confia :

— Kamel devait m'introduire auprès de René pour me céder sa place d'affranchi. C'est le grand rêve de Tarik, y paraît. Je lui cède mon tour et tout le monde se taille. C'est le deal que veut proposer ton frère.

— Et tu vas faire quoi ? demandai-je.

— J'aime beaucoup le daron. Quand je vois ce qu'ils ont fait en moins d'une heure dans sa baraque… Il y aura plus une brique en place demain matin. Tant pis, je bosserai mes cours cette année. Appelle Tarik. Dis-lui que Kamel veut lui parler.

La plus belle disquette du pays était assise sur une chaise dans le garage. La plantureuse Johanna était posée à califourchon sur ses cuisses. Leurs langues faisaient du tourniquet et les mains se baladaient sous les pulls, au grand malheur de Julien, le petit ami de l'élue depuis la 4e, qui assistait, impuissant, à toute cette débauche. J'attendis la fin de l'échange de fluides pour dire au don Juan que mon frère voulait lui dire un mot au tél. Nous allâmes tous les deux d'un bon train dans le hall et M. Tarik prit la communication.

— Wesh frérot. Bien ou bien ? dit-il au clandestin présent sur le sol américain.

Après un court silence, où il écouta Kamel blablater, la conversation prit fin.

— OK. Pas de problème. C'est d'accord. À plus, cousin.

Il raccrocha et nous dit :

— Venez, le menu Best Of. J'ai besoin de témoins.

Nous suivîmes les pas de Tarik dans le garage. À peine réintégra-t-il le périmètre de la boum qu'il lança du fond de la luette :

— Eh ziiiit !

Demba finit son explication avec David et Seb pour rejoindre toute l'Équipe nationale au centre de la piste de danse. Les cinq bonshommes échangèrent quelques mots, prirent leurs vestons et quittèrent le garage aussi vite qu'ils étaient entrés, par le portail. Nelly et Johanna suivirent sans le moindre scrupule les seigneurs du pays. La puberté était derrière elles, tout comme leurs petits amis. L'irrésistible sex-appeal du danger, des gros bras à la gomina et du pouvoir.

Ibrahima reprit les commandes de ses platines, mais la soirée était à l'agonie, plus rien ne pourrait la sauver. Il fallait tuer la bête. Viviane finissait de pleurer dans les bras de Virginie. Julien lâchait aussi sa larme, par terre, au milieu des tomates défoncées et des clémentines croquées sans les éplucher, sur le sol dégueulasse de la cuisine. Johanna, son ex désormais, commençait tout juste sa vie de femme. Elle n'avait aucune chance de ne pas succomber à la folie d'un moment avec Tarik, un terrible beau parleur. Idem pour tous ceux qui achetèrent la camelote de Hien, je ne savais combien de fois le prix. David avait évité, grâce à des nerfs d'acier et à la confiance qu'il mettait dans sa ceinture noire, de voir Sébastien recevoir une sévère rouste. Mais ce dernier avait tremblé de peur devant Demba. Tout le monde aurait fait pareil à sa place, mais il en était humilié.

Des couples brisés, des poches vidées, des ego ébranlés, un frigo familial éventré, un bordel après une permission de légionnaires dans tous les coins de la maison… La fête était à jeter aux orties, complètement retournée par le passage d'un ouragan de malséance descendu du Grand Nord. Qui plus est, l'anniversaire du grand frère, le lendemain, ne s'annonçait pas super, avec un gâteau méchamment croqué.

Ce soir-là, j'ouvris les yeux sur les miens pour la première fois. Avec la même cruauté que la richissime noblesse du Parc au pire temps du collège, la culture bondynoise pouvait opprimer les plus humbles, les sans-défense de notre communauté.

III

La corrida

14

— Idiiiiiiiiiiiiiiiiiiiiiiiiiirrrrrrr !!!

Le cri suraigu de la mère, tout en nerf et en stress, plus puissant que n'importe quel autre jour de l'année. Pas de doute : c'était la rentrée. Je venais de finir ma dernière nuit des vacances d'été avec un réveil qui prenait la forme d'un long pic à glace, enduit de harissa, enfoncé dans les tympans.

— Idiiiiiiiiiiiiiiiiiiiirrrr !!!!! À quelle heure tu commences ?!!! Viiiiiiite !!! Il est sept heures et demiiiii iiiiiiiiiiiiiiiiiiiiiiiiiiiiiiiiiiiiiiiiiiiiiiiiiiiiiiiiiiiiiiiiiiiiiiiiiiiiii iiiiiiiiiiiie !!!!

J'avais toujours la tête dans le gravier, le marchand de sable avait eu la main lourde sur sa brouette, pourtant j'étais assez réveillé pour me rappeler avoir dit à maman, la veille avant de me coucher, que je commençais les cours à 13 heures. Son principe de précaution foutait quatre heures de sommeil dans la benne à ordures.

— J'ai cours l'après-midi ! criai-je avec trop peu d'énergie.

— Quoi ?!! hurla maman depuis le rez-de-chaussée.

— J'ai cours l'après-midi !!!!!! m'emportai-je, la tête dans le derche, toujours.

— L'apriiiis-miiiidiiiii ?!!!!

— Oui !

— L'apriiis-miiidiiiiiiii ?!!!! Sûr ?!!!!!

Pas du tout du matin, j'avais envie de l'insulter. Kamel m'en donna l'occasion quand je braillai avec un peu de coffre :

— Oui !!! L'après-midi !!!

— Tu vas fermer ta grande gueule ! me lança mon frère depuis son lit, dans sa chambre.

Ma réponse :

— Maman. Enfin... Ta mère !

Cette blague est nulle mais j'adorais la placer.

Silence soudain dans la maison. Morphée tendait un long bras lascif sur mon corps fatigué. Mes paupières tombantes tamponnèrent sur mes yeux deux visas pour le pays des rêves. Il n'y avait plus qu'à me laisser porter sur les ailes, devenues fonctionnelles, du dodo. Doucement. Voilà. Enfin, je m'en allais...

— LiiiindAAAAA !!!!! À quelle heure tu commences ??!!!!!

Purée de merde. Elle fit toute la fratrie comme ça, même si Kamel reprenait les cours à la fac en octobre. Tout ce ramdam pour la petite Sonia, la seule pressée par le temps. Linda avait sa rentrée à 10 h 30. Je regrettais déjà l'Algérie, les siestes interminables et les grasses matinées, quand le soleil sur la terrasse ne tapait pas trop fort le matin.

Je traînai trois bons quarts d'heure dans mon lit, avec mes acouphènes, avant de comprendre que le TGV du sommeil avait filé pour de bon. Après un tour dans la salle de bains, je me mis sur pilotage automatique direction la cuisine, deux étages plus bas. Je dis bonjour à tout le monde en passant dans le salon. C'est-à-dire à Sonia, maman et Cristina, qui venait déposer ses deux petits bouts de chou. Tata Hocini était leur assistante maternelle. Elle faisait bien son taf, ce matin.

— Cristina, qu'est-ce que ça veut dire *tatao* ? questionnait-elle. Ils disent beaucoup ça, tes enfants.

Après deux mois de vacances au bled, Maxime et Inès, des jumeaux de quatre ans, ne parlaient pratiquement plus que portugais.

— Ça veut dire fessée, madame Hocini, répondit Cristina en souriant. Au pays, on peut se lâcher un peu niveau discipline, ça va.

— Cristina ! Il ne faut jamais taper ses petits, gourmanda ma mère. Un enfant battu, c'est un adulte brisé !

Pharaon au dîner du CRIF ferait moins l'hypocrite. Hassina avait l'aplomb de la statue de la Liberté sur son socle ou était-ce moi qui inventais le million de raclées avec lesquelles elle m'avait embouché ? Pas plus tard qu'hier, j'avais esquivé sa claquette en tir lifté pour avoir fini la dernière Vache qui rit dans le frigo. Maman ne touchait jamais Sonia ou les enfants des autres. Kamel, Linda et moi, par contre…

Aux grandes heures de sa jeunesse à La Sablière, elle utilisait pratiquement ses paumes de mains sur nos joues pour remplacer les points en fin de phrase. Il fallait sans doute bien ça. Kamel était tous les gremlins des deux films à lui seul, Linda, sujet sensible, galérait méchamment à l'école, et moi je pleurais tout le temps. Les jeux de mon frère semblaient avoir tous, pour finalité, de m'envoyer à l'hôpital ou au cimetière. On se souvenait encore, à la cité, de cette mémorable partie de foot que je terminai avec deux côtes fêlées parce que mon aîné avait imité la catapulte infernale des frères Derrick en se projetant, les deux pieds en avant, sur ma rate. Le pire, c'est qu'avec cette acrobatie à la *Olive et Tom* il marqua le but de la victoire.

J'avais envie de relever la tête de cette jeune mère portugaise pour lui dire de ne pas avoir trop honte d'une petite fessée. L'autorité morale qui la houspillait m'avait balancé une boule de feu !

Maman, sa mission pédagogique accomplie auprès de son employeuse, s'occupa bien vite de mon cas :

— Va boire ton café, il y a des croissants sur la table mais laisses-en pour tes sœurs.

Elle s'adressa ensuite de nouveau à Cristina, fière comme un pape élu au premier tour.

— Je t'ai dit qu'Idir passait en 1re scientifique de sciences de l'ingénieur ? C'est grâce à moi, tu sais. Je lui en ai mis, des gifles, pour lui faire rentrer les maths et l'orthographie dans la tête !

Le cerveau de la maman des jumeaux devait fonctionner sous Windows 95, parce qu'elle affichait désormais la tête d'une personne qui avait fait le bug de l'an 2000. Ma moralisatrice de mère venait, à l'instant, de la morigéner pour une *tatao*. Par un retourné digne du Bolchoï, elle vantait à présent l'excellence de son éducation faite main. Chercher la logique dans cette maison, c'était puiser l'eau d'un mirage.

Le petit déjeuner fut vite expédié, et je remontai dans ma chambre. J'avais oublié de ranger mon coussin, bourré avec les économies de Samy, dans son placard. La moitié de la matinée passa vite dans le salon du premier étage, devant les clips de M6, *Motus* et un reportage de *Télématin* sur la fin des travaux au Stade de France à Saint-Denis, suivi d'une interview de Platini. Il assurait que le pays était fin prêt à accueillir toute la planète foot pour la Coupe du monde 98. On commençait à voir Footix, le coq mascotte de l'événement, partout, à chaque coin de publicité.

Il fut bientôt temps d'aller se préparer pour ce premier jour de classe. Une certaine excitation commençait à monter. Nouveaux profs, nouveaux camarades et nouvelle garde-robe ; mon imagination s'embrasait à la pensée de retrouver mes compagnons de toujours : le stylo à quatre couleurs et le tube de colle UHU. Samy avait fait des miracles derrière son étal, la veille, au marché de la gare. Avec les 100 francs filés par papa pour célébrer mon hétérosexualité, il m'avait habillé pour l'année : deux jeans, deux joggings, quatre pulls, trois paires de chaussettes et trois slips. De quoi se vêtir de propre une semaine entière sans passer par la machine à laver. Personne ne verrait ce que je portais sur le dos à la Fashion Week, mais ces nouveaux vêtements faisaient infiniment moins loqueteux que mes frusques habituelles. Samy avait choisi ce qui se faisait de mieux sur la place. Ce cœur d'or avait également mis dans le cabas des courses un sac à dos tout neuf, décoré avec le beau visage de James Dean. Quand je lui avais filé mon Delacroix pour payer tous ces dispendieux achats, il m'avait tendu un billet de 50 francs en guise de monnaie, avec l'aval de son généreux patron qui adorait Samy, un dur à la tâche. Nous les avions mangés au grec.

Je pris une douche qui fut jugée un peu longuette par l'intendance de la maison. Maman coupa l'eau pour me faire sortir de la salle de bains. Elle ne le fit pas pour Linda, qui avait pourtant vidé tout le ballon d'eau chaude. La sœurette n'avait pas perdu ses privilèges. Elle donnait pas mal de sa personne depuis le retour du bled, notamment pour les tâches ménagères. Madame la marquise tentait la remontada au classement, mais Kamel était désormais l'enfant roi. Intouchable pour au moins deux ans, jusqu'à l'obtention de mon bac S. Dans la hiérarchie des diplômes, c'était l'armure d'or. Mis à part une poignée d'initiés sortie de Pierre-Curie, ou des classes avec allemand et latin en option, aucun élève à Bondy n'avait jamais entendu parler des prépas, de Sciences Po ou de HEC. Nos parents non plus. Il semblait que les conseillers d'orientation, qui ne juraient que par le BEP chaudronnerie, vivaient dans la même ignorance.

Le steak haché-frites du midi ne tint pas six minutes face à mon coup de fourchette. J'étais désormais propre, habillé et bien nourri pour affronter la rentrée. Sac James Dean sur le dos, je franchis le portail de la maison d'un pas léger, mais pas sans emporter avec moi un mot d'encouragement de la madré :

— Reviens avec le bac ou ne reviens pas !

J'avais compris.

Nous nous retrouvâmes, le Chow et moi, au croisement de l'avenue Carnot et de la rue Édouard-Vaillant. Samy arrivait au loin depuis la gare, le point de passage principal pour les lycéens venus des Cottages.

— Quel chemin détourné on prend, cette fois ? plaisanta Guillaume, toujours aussi bien habillé, quand nous fûmes tous les trois réunis.

— On peut passer par la Sibérie, on arrivera toujours en 1re S, dit Samy, dépité. Qu'est-ce qu'on va se faire chier ! Apprends-nous à être un gros bouffon comme toi, le Chow.

— Tu auras tout le temps d'apprendre, répondit Guillaume. T'es coincé avec tous les matheux du pays pour au moins deux ans, mon pote.

On allait être les merdes du lycée. Nous le savions mais, quand même, j'étais content d'aller à l'école en ce jour de rentrée. Aucune heure de cours n'était passée, et j'avais déjà deux bons copains. J'avais fait quasiment toutes mes classes, depuis la maternelle, avec moins que ça. Et le calcul des potes était fait en juin, à la fin de l'année.

Le quart d'heure de route passa joyeusement à se taper des barres de rire sur le dernier épisode des Simpson ou à commenter les sketches de Groland, considéré par les Bondynois comme une république sœur.

Les marrons volaient bien bas, aux abords du lycée, pour cette deuxième rentrée à Jean-Renoir. On souhaitait la bienvenue aux 2des. Aux élèves de 1re et de terminale aussi, parmi ceux qui avaient l'air trop nouveaux ou trop de Bondy Sud. Samy et moi n'étions pas de parfaits inconnus dans les habitations du S, personne ne visa notre trio, qui continua son chemin à l'ombre de la cité, au milieu d'autres groupes moins chanceux. À 10 mètres des grilles de Jean-Renoir, cinq personnes semblaient battre un pauvre garçon, roulé en boule dans la poussière de la rue Fremin. De loin cela ressemblait à un lynchage, mais en approchant la scène faisait plus chahutage de dortoir. N'empêche, la personne qui se mangeait des coups de semelles sur ses vêtements neufs de rentrée ne paraissait pas du tout consentante.

— Pourquoi tu me regardes mal ?! demanda soudain un jeune homme en survêt Tacchini en coupant la route à Guillaume.

Le teigneux venait à l'instant de quitter tous ses potes, habillés de l'indémodable duo casquette-jogging. Ils observaient le début d'embrouille, montés sur ressort pour amorcer une seconde bastonnade à côté de la première.

— Quoi ? s'étonna le Chow face à l'agression.

— Tu fais le malin, en plus ? insista la petite frappe.

— Personne t'a mal regardé, l'ami, intervins-je.

— Tu cherches la merde toi aussi ?!

La moutarde n'eut pas le temps de monter à mon nez depuis Dijon. Ni la peur depuis le fond de mes entrailles. Hamid, celui qui m'avait jeté un marron lors de ma précédente rentrée, surgit de nulle part.

— Laisse, Mehdi. C'est le frère de Kamel.

— Ahhh Kamel !! s'exclama ledit Mehdi, comme s'il n'y avait qu'un Kamel dans la ville. Il était dans la classe de mon refré ! Des barres, ses histoires ! Désolé, mec.

L'affreux rejoignit son groupe d'amis, à l'affût d'une autre victime à qui donner la diarrhée. C'est-à-dire qu'ils voulaient faire chier un autre gars qui portait des lunettes.

— C'est le nouveau truc de la rentrée, me glissa Hamid après nous avoir serré la main à tous les trois. Ils mêlent les gens par terre, maintenant. Ils ont importé ça de Jean-Zay, où j'ai eu plus que ma part de mélation. Ils sont plus nombreux à venir du quartier, cette année.

Et, dans le tas, ils n'ont pas tous le brevet. Ni le cerveau pour le passer.

Jean-Zay était à Bondy Nord ce que le parc de la Mare à la Veuve était à Bondy Sud. L'âme du Mordor. Le collège où des 4e techno avaient grimpé à la corde sur le toit, avec 2 kilos de merguez et un sac de charbon, pour faire un barbecue à l'heure de leur conseil de classe. Les enseignants de l'académie de Créteil parlaient de leurs collègues de Jean-Zay comme de pauvres compagnons d'armes envoyés, non pas en première ligne, mais au milieu des obus dans le no man's land. Il se racontait qu'il fallait avoir méchamment déconné dans sa carrière pour être muté dans le Nord. Un prof pris en flag' en train de faire une toutouze avec la sœur de l'inspecteur et la femme du recteur, fallait au moins ça pour atterrir dans cet établissement d'une banlieue de la banlieue.

Je commençais à me dire que ma 2de avait été une année paisible dans le cycle de la vie de Jean-Renoir. Peut-être qu'une rentrée normale, au sein du lycée général de la ville, ressemblait à un premier jour de prison.

À la deuxième sonnerie, nous étions encore dans le flot des élèves qui s'engouffraient à travers les grilles à peine entrouvertes. On devait traverser la cour de récréation pour se rendre dans le bâtiment B, celui des cours de maths et de sciences. La lettre reçue pendant les vacances disait que les élèves de 1re S1 devaient aller, le 11 septembre 1997 à 13 heures, en salle B113 pour les présentations avec notre professeur principal.

Nous fîmes d'abord connaissance avec nos nouveaux camarades. M. Simoneau devait encore être en train de raconter ses deux mois de vacances aux collègues à la machine à café ou bien il faisait la queue devant l'unique photocopieuse de la salle des profs. Il n'était pas derrière son bureau, à notre arrivée en B113, alors que la majorité de ses élèves avaient déjà le cul sur leur chaise.

Beaucoup de visages ne m'étaient pas inconnus. Un bon échantillon de premiers de la classe avec qui j'avais fait toute ma scolarité. À vue de pif, ils étaient une bonne vingtaine d'anciens de Pierre-Curie dans la salle, parmi les plus studieux sortis de l'institution où tous les bouffons des pavillons du Parc avaient été sectorisés. Signe qui confirmait avec certitude le cachet de la 1re S1, Label rouge incontestable de notre statut auprès de l'opinion publique du lycée, beaucoup de camarades avaient, en plus de la bosse des maths, celles des jets de marrons de la rentrée. On était chez les fayots des profs, ça se voyait gros comme un porte-avions. Les places généralement les plus convoitées, chaises prises d'assaut dès la première seconde de cours dans toutes les autres classes de l'univers, étaient vides. Il n'y avait personne d'assis au fond, à gauche, à côté du radiateur, coin douillet qui inviterait n'importe quel humain à un chaleureux roupillon après un quart d'heure de trigonométrie.

— Putain ! se plaignit Samy en avançant à mes côtés dans les rangs. On dirait une pub Alain Afflelou. Tout le monde a des lunettes à triple foyer !

Sa mauvaise humeur retomba sur le Chow.

— Va avec les tiens, toi ! tonna-t-il, abandonnant notre compagnon de route au moment où sa grossièreté préemptait les meilleurs sièges pour lui et moi.

La pique glissa sur le flegme de Guillaume comme une pierre de curling sur la glace. Il alla tout devant prendre attache avec Victor, un de ses amis, et mon ancien camarade de 3e D, du temps où j'officiais à la cour d'Haroun. D'un signe de tête, je rendis le très affable salut, imprégné du respect dû à notre ancien suzerain, que me lança celui qui fut un sujet bien trop effacé.

Il y avait dans la classe des personnes encore plus mal vues par la plèbe que les nantis de la Comté. C'était cinq ou six habitants, au jugé, de Pavillons-sous-Bois. La ville, mitoyenne de la nôtre, portait l'anathème des bouffons de pavetar dans son propre nom. Les ancêtres des citoyens de cette commune avaient quitté notre nation en faisant sécession en même temps que l'Église et l'État, l'année 1905. Le quartier de Bondy-la-Forêt devint dès lors Pavillons-sous-Bois. Un nom bien trouvé pour un lieu où tout le monde vivait dans une maison. La majorité des Bondynois, surtout les natifs garants des traditions du pays, les traitaient en renégats. Ils avaient abandonné notre terre et le nom sacré de notre père fondateur, dont les aventures étaient toujours diffusées sur M6, la chaîne qui monte.

La classe comptait deux métalleux, fort chevelus, dans son effectif. L'un d'eux était Kévin, celui qui avait demandé à sa daronne et à sa mamie, quand j'étais en 5e, d'enregistrer un film de cul. Ils étaient assis derrière une gothique qui tirait la tronche. Avec Polo et Charles dans le rang du milieu, qui jouaient aux cartes Magic et à *Donjons & Dragons*, c'était tous les mal-aimés de la cour de récré, la lie du lycée dans la totalité de ses composantes, qui étaient représentés en 1re S1.

Ça ne se mangeait pas en salade mais, point remarquable de notre nouvelle classe : les filles étaient belles. D'autant qu'Atika arrivait avec trois amies des plus charmantes.

— Oh sa mère la Russe ! Ça pique les yeux ! lança-t-elle en balayant la salle de ses grandes pupilles noires.

Elle avança, suivie de ses copines, vers le fond des rangs, et son regard hautain croisa le mien. Il s'adoucit.

— Il y a mon Kabyle des montagnes ! cria-t-elle. Il y a peut-être un peu moyen de rigoler cette année.

— Bonjour, Atika, dis-je timidement, parce que tout le monde nous regardait.

Xena la guerrière alla s'asseoir, sans trouver personne à embrouiller, derrière un beau métis. Il faisait la tronche du mec de cité puni par le destin d'être avec nous, celle du gars aussi qu'il valait mieux ne pas faire chier.

Même sans d'éventuels retardataires, nous étions en sureffectif. Trente-cinq élèves. Charger comme des mulets les classes scientifiques, réputées calmes et disciplinées, était une vieille habitude de l'Éducation nationale.

M. Simoneau arriva enfin dans sa classe avec de gros pavés de feuilles qui lui encombraient les bras. Il était à l'image de ses élèves : un cliché de scientifique. Notre professeur principal avait d'énormes lunettes sur le nez, les cheveux en pétard, des bouchons de stylo dépassaient de la poche avant de sa chemise, et son pantalon en velours lui arrivait au-dessus des chevilles. Le mammouth ne lui avait pas encore brouté toutes ses belles années. Simoneau devait aller sur ses trente-cinq balais.

Il se présenta avec trois pauvres phrases avant de faire l'appel, le nez dans un cahier. Arrivé à mon nom de famille, un blanc soudain. Il releva la tête de sa page et sembla chercher dans la salle Azraël descendu du ciel. C'était l'ange de la Mort avant d'être le chat de Gargamel. L'histoire se répétait à chaque rentrée. J'avais vu cette peur dans les yeux de Simoneau toute ma vie. Il fallait désormais tuer le dernier petit espoir qui luisait encore au fond des prunelles du pauvre homme. Non, monsieur, je n'étais pas un cousin éloigné. Je répondis par l'affirmatif à la question qu'il me posa :

— Tu es le frère de Kamel Hocini ?

C'était ça, les grandes lignées. Tous les profs qui avaient dû se coltiner mon frère répandaient sur moi une grande part de la crainte ou de la haine qu'il leur avait inspirée. Il fallait qu'une génération passe, que les programmes changent deux fois, pour qu'un établissement efface, de la mémoire collective du personnel enseignant, toute trace du passage d'un tel fléau du monde scolaire. Sonia, en CE2 à Marie-Curie, était toujours la sœur de Kamel. Pas la sœur d'Idir ou de Linda.

Ma parenté validée, M. Simoneau poussa un long soupir de découragement et poursuivit le compte des élèves. Celui-là était d'une nature méfiante. D'habitude, quand ils voyaient ma tête, les profs qui avaient eu Kamel reprenaient une bouffée d'espoir. Ma mocheté leur paraissait bien belle, tant je ne ressemblais pas à l'ennemi, celui qui avait un jour accompli l'exploit, en maternelle, impossible pour un hominidé, de chier plus haut que son cul dans le casier de sa maîtresse.

Ce fut bientôt au tour de Dodzy Moumouni de répondre à l'appel de son nom. Samy et lui étaient voisins. On le connaissait pour avoir été l'élève le plus timide de Pierre-Curie. La chose ne s'était pas arrangée au lycée. Il leva néanmoins la main pour prendre la parole. Suspense insoutenable dans la classe : personne n'avait jamais entendu le son de sa voix.

Il avait le corps pour un baryton, un Barry White, même, mais ce fut un fausset qui chanta quand M. Simoneau l'autorisa à parler.

— Je m'appelle Grégory, désormais.

Malgré la faible tessiture de sa voix, notre professeur principal capta l'essentiel du propos, un silence d'église régnait dans la classe.

— Tu as une preuve que tu t'appelles bien Grégory ? demanda l'inquisiteur derrière son bureau.

Une preuve ? Il n'avait rien demandé à Émilie, toute en blondeur, appointée juste avant Greg. Elle s'était plainte de ce que son second prénom, Capucine, avait remplacé le premier sur la feuille d'appel. Simoneau avait changé son état civil sans poser de question.

Grégory, lui, devait répondre à un début d'interrogatoire. Un grand timide pareil devait détester être au centre de l'attention. J'imaginais son angoisse pour une première prise de parole devant autant de camarades. Cette situation me parlait, évidemment. Je n'avais pas été loin de monter sur le podium des effarouchés chroniques, au collège. Notre pauvre ami mit une bonne vingtaine de secondes à ouvrir de nouveau la bouche. Il parla enfin, lentement, comme un gosse, tant il était honteux :

— Papa et maman ont changé à la mairie.

— Tu n'as rien sur toi qui le prouve ? enchaîna M. Simoneau. Un passeport, peut-être ?

Si c'était une blague, elle était foirée. Changer de prénom, ce n'était pas comme changer de slip ou de coupe de cheveux. Il fallait prendre la chose au sérieux. Pour Freud et le prophète de l'islam, nous construisons tous notre identité autour de nos patronymes, et ça commence dès que nous sommes bébés. Les parents béninois de l'interrogé n'avaient pas modifié son prénom par gaieté de cœur. Il s'agissait certainement d'éviter à leur fils les procès en nationalité, comme celui qu'il était en train de vivre. Tous les sociologues le disaient déjà : Grégory aurait plus de chances d'être reçu en entretien d'embauche que Kader ou Dodzy. Le silence et la gêne extrême de Greg, un Français pur sol, mettaient dans la classe une ambiance de matinée de queue à la préfecture. Notre professeur principal n'en était pas le moins du monde incommodé. Il devait avoir raté les concours de la police avant de se rabattre sur le Capes. Monsieur l'agent ne voulait pas faire cours, il voulait absolument les papiers de son élève.

— Tu as bien un récépissé ou une carte de résidence à montrer ?

Encore un peu et il lui parlait en fongbe ou en swahili.

Je ne tins plus.

— C'est quoi, ce contrôle de la douane ? lançai-je du fond de mon rang. On est en classe ou dans un centre de rétention pour sans-papiers ? Foutez-lui la paix !

Hilarité générale. Ce n'était pas le but, faire rire la galerie, pourtant j'étais fier. Samy, Atika et Amir, le métis à la tête vénère, se bidonnaient le plus fort. Grégory riait franchement, comme libéré d'un grand poids. Sa honte était passée à un autre.

15

L'heure et demie se déroula sans aucun autre événement notable. Nous sortîmes de la salle B113 avec la liste des fournitures en mathématiques et notre emploi du temps. Pas de quoi faire des envieux à la récré. Nous avions cours tous les jours, excepté celui du Seigneur. Le lundi après-midi était chômé, mais les élèves de 1re S1 devaient combler le trou avec un mardi de prisonnier du stalag. Premier appel à 8 heures, le dernier à 17 heures, pour finir avec cinquante minutes de cours d'anglais.

Le Chow rentra avenue Carnot sans moi, accompagné de Grégory et de Samy. J'avais envie d'un peu flâner dans la cour pour papoter avec d'anciens camarades. Ils venaient eux aussi d'achever l'heure de classe qui enterrait définitivement les vacances. Cette après-midi de rentrée était réservée aux 1res, je reconnaissais beaucoup de têtes. Je serrai la main à pas mal de copains.

Une fine pluie tomba. Elle conduisit tout le monde à s'abriter dans le passage à couvert qui menait aux grilles du lycée. Une fois au sec, j'essuyai quelques gouttes sur mes lunettes avec un bout de T-shirt qui dépassait de mon pull. Concentré sur mon ouvrage, je ne les vis pas arriver.

— Coucou Idir, salua une belle voix.

Ma tête se releva. Le sourire de Nadia traversa les brumes de ma myopie. L'année dernière, nous étions en 2de 10 ensemble. Jolie brune qui m'avait laissé le souvenir d'une personne très douce et pas fière pour un sou, malgré le nombre de ses prétendants. Elle parlait beaucoup d'art, je crois que ce fut comme ça que nous avions lié connaissance. J'étais inculte en la matière et donc ravi de combler un peu de ce gros trou dans ma culture en l'écoutant s'extasier sur les peintres hollandais, assis à côté d'elle en cours d'espagnol. L'amatrice éclairée était venue me saluer en bon camarade, une marque d'estime qui me touchait. Nadia n'était pas seule. Il y avait une petite blonde à ses côtés, mais je ne voyais pas bien les contours de son visage sans mes verres.

Je rabattis maladroitement mon pull sur mon T-shirt et saluai ces dames, cachant du mieux possible mon embarras quant à mon absence totale de classe.

— Tu as un beau regard. Très profond, très doux, dit l'inconnue.

Le choc fut total. Absolu. Électrique. La foudre tombée du ciel. Jamais, depuis le jour de ma naissance, on ne m'avait fait un compliment sur mon physique. Pourquoi y a-t-il des guerres, des meurtres et des suicides, quand la voix d'une femme peut mettre autant de bonheur dans le cœur d'un homme ? Ses mots tombèrent sur mon âme comme un second déluge sur les terres arides du Sahara. J'ai aimé cette fille avant de l'avoir vue.

Et quand mes yeux, derrière leurs lunettes, se posèrent sur son visage, je compris enfin les chansons, Shakespeare et la beauté des étoiles. Je n'avais rien vu d'aussi émouvant depuis le soleil couchant sur la montagne, quand la neige s'écoule en cascades d'eau pure dans des vallées de cèdres verts. Noria me rappelait mon premier printemps en Algérie, ses mille fleurs, le chant des oiseaux et le vol des grands aigles, les singes à l'assaut des citronniers, dans des plaines coincées entre les collines sauvages et un bord de mer immaculé.

Un bleu à l'indéfinissable intensité brillait à travers ses lunettes cerclées de nacre. Il ne pouvait être caché par la fine cascade de cheveux d'or qui tombaient d'un front pur. Elle avait de la bienveillance et autre chose au fond des yeux. Mon cœur qui gonflait dans ma poitrine me disait que cette fille avait souffert.

Je mis beaucoup trop de temps à balbutier un merci à celle qui avait enfin découvert, caché derrière un reste de strabisme, le charme des grands yeux noirs de mon père. Elle répondit par un sourire de Voie lactée qu'on ne voyait qu'à la télé, devant les pubs Colgate.

— Je te présente Noria, dit Nadia, qui semblait ignorer mon trouble. On était ensemble au collège.

— La lumière…

Le mot sortit du cœur sans passer par mon cerveau.

— C'est ça ! s'exclama l'éclatante. Noria, c'est la « lumière » en arabe. Et Idir, je crois que ça veut dire « vivre libre ». T'es algérien ?

— Oui…

— Moi aussi, sourit-elle. Ça s'est bien passé la rentrée ?

— Il est en 1re S, annonça Nadia.

— Oh ! Tu dois être intelligent, enchaîna Noria.

— Je sais pas…

Mon humilité ou ma timidité, en pleine renaissance, les fit rire. La conversation se poursuivit un petit moment. Dans l'état second où cette rencontre m'avait mis, mon éloquence fut mise à rude épreuve. J'appris que Noria était une élève de 1re littéraire. Je voulais tout savoir sur elle mais, au premier blanc, j'eus juste assez de bon sens pour saluer et partir avant que la gêne s'installe.

Sur le chemin du retour, je fis dans ma tête l'inventaire de tout ce que j'avais dit, espérant ne pas avoir commis d'impair. J'eus soudain très peur de ne plus revoir la Lumière. Le lycée était une énorme usine à gaz d'un millier d'élèves. J'avais fait toute une année de 2de sans jamais avoir croisé Noria. Si je l'avais rencontrée plus tôt, à coup sûr j'aurais demandé un passage en 1re L.

C'était enfin arrivé. Cupidon avait fait coup double à la mitraille sur les deux ventricules de mon cœur d'ourson brun. Ils avaient raison, tous ces romans : l'amour vient fort quand il arrive tard. C'était peu dire. Désormais, et que les Américains me pardonnent la référence douteuse, il y aurait un avant et un après le 11-Septembre.

La nuit, dans mon lit, j'interrogeais ce sentiment qui retournait tout sur son passage. Ce qui m'arrivait n'avait aucun sens. Noria était petite et blonde comme les blés. Une représentation des beautés du village que je n'avais jamais regardées. Mon cœur d'enfant avait déjà frémi pour princesse Sarah, Clémentine et bien sûr Virginie, réincarnations de la douceur et de la bonté d'âme. Mais l'homme que je devenais était surtout attiré par les femmes grandes, pulpeuses, au caractère affirmé et fortes en gueule, du genre d'Atika ou…

Va niquer ta mère, Freud.

16

— Excusez-moi pour le retard, s'exclama Guillaume en entrant en salle B301 comme un prince.

Il marcha ensuite d'un bon pas vers une place libre.

— Dehors ! répondit Mme Desforges, notre prof de physique-chimie. Il reste dix minutes de cours !

Le Chow s'exécuta, avec sa nonchalance habituelle.

— C'était bien de l'avoir tenté à l'audace, me souffla Samy, assis à côté de moi, sous les rires de toute la classe.

La scène m'avait surtout fait rigoler parce que Guillaume avait joué à l'identique le premier épisode du *Collège fou fou fou*, un des nombreux dessins animés de notre enfance, qui narrait l'histoire d'une bande de joyeux loufoques au sein d'un établissement du secondaire japonais. On était sur une bonne moyenne depuis la rentrée. Nous finissions notre deuxième heure de cours et déjà deux moments de franche rigolade en 1re S1. Pas mal, pour des scientifiques.

On ne put garder le rythme, en cette première semaine de découverte de notre emploi du temps. Le mardi était un jour horrible. À cause des deux heures de maths le matin et des trois heures de travaux pratiques l'après-midi, en chimie et en biologie, les deux récréations de la journée sautaient. 8 heures-18 heures avec pour seule pause celle du midi. On sortait rincés au karcher de ces neuf heures de cours.

La plus marquante de nos professeurs était Mme von Schöning, toute menue et en fin de carrière. Aucun bookmaker ne l'aurait donnée gagnante dans une salle de classe en face de trente-cinq élèves. Mais son discours sur le saut de difficulté entre la 2de et la 1er S fit flipper tout le monde. Qui plus est, son regard sévère calmait toute envie de lui balancer une blague. Sa prise de contact, parfaitement maîtrisée, avec les élèves de la 1re S1 lui permit d'avoir la paix toute l'année. Je ne me souviens pas avoir entendu le moindre chuchotement durant son cours.

Avec M. Mizon, nous découvrions les épreuves du bac de français. Un écrit et un oral basés sur l'étude de vingt-cinq textes, dont une bonne partie tirée des *Confessions* de Rousseau. Simoneau nous initiait aux équations du second degré et M. Touati à l'histoire du XIXe siècle, un cours où il fallait pas mal gratter de la page.

Il était hors de question pour moi de faire une autre journée sans récré. J'arrivai, le deuxième mardi en classe, en ayant bien préparé mon coup. À 10 h 30, en plein milieu du cours de maths, on toqua à la porte. Hamid fit un pas dans la salle, un petit papier dans la main. Très protocolaire, il lut :

— Idir Hocini et Samy Abbas ?

Nous levâmes la main.

— On vous demande à la Vie scolaire.

Simoneau ne fit aucune objection, et nous sortîmes profiter de la récréation, comme tout un chacun dans un monde scolaire civilisé.

Une grande partie de mon temps de pause fut investie à quadriller la cour, à la recherche de Noria. Je ne l'avais pas revue depuis notre rencontre. Je la rejouais tous les soirs avant de dormir. À cause d'elle, je passais beaucoup trop de temps devant la télé. Les innombrables séries narrant les amours adolescentes en milieu lycéen ne me paraissaient plus aussi tartignoles.

— Eh ! ziiit !!!

Tarik me héla au loin. Il était assis sur une des tables de ping-pong en pierre érigées au centre de la cour. Il y avait foule autour de lui. Des mecs de Bondy Nord, surtout, et trois jolies filles, heureuses de se montrer avec le beau parleur de l'Équipe nationale, le seul encore scolarisé. Le tableau me rappelait la cour du roi Haroun à Pierre-Curie.

Je rejoignis tout ce bon monde, serrant d'innombrables mains à mon arrivée. C'était un gros échantillon de la 2de 13, une section technique, dont Tarik était le meneur. La classe faisait déjà parler d'elle. Ses membres avaient balancé leurs sacs, ainsi que l'attaché-case de leur prof, par les fenêtres du troisième étage de l'une des salles de technologie lors d'une alerte incendie. Pour protéger du feu, avaient-ils raconté à la CPE, leurs effets personnels payés à grand-peine avec les économies des parents et des sœurs qui faisaient les trois-huit à la mine. Les bonshommes avaient tous l'air plus vieux que moi parce qu'ils l'étaient. Tarik racontait qu'il lui restait encore un redoublement à faire pour se retrouver dans la même classe que sa nièce. Il vannait souvent Mourad, un golgoth assis à côté de lui, affirmant que son camarade finirait le lycée en touchant l'allocation de rentrée versée pour les gosses qu'il aurait bientôt. Mourad filant sur ses vingt ans, l'administration scolaire l'autorisait à tutoyer les professeurs.

— C'est quoi ce facteur en carton-pâte ! pesta Tarik à la fin des salutations d'usage. Ma daronne a reçu mes dernières absences.

— C'est un test, répondis-je. René veut voir comment tu vas réagir. S'il y a moyen de te faire confiance.

— Ah ! Il n'est pas con c'te poivrot. Elle était bien, votre fête, au fait. Je me suis bien amusé, ajouta le bellâtre avec un petit sourire en coin.

— Ça se fait pas, ce que t'as fait, reprochai-je. T'as niqué un couple.

— Sur la tête de ma mère je ne savais pas qu'elle était maquée. Je ne suis pas un iench !

J'avais l'élue de mon cœur à chercher. Il me tardait de quitter cette joyeuse compagnie, qui faisait quand même des tronches à préparer un sale coup, mais Tarik me pria de rester un peu avec eux.

— On a besoin de toi.

Il fit un signe de tête à un de ses collègues. Celui-ci sortit un long bâton rouge de son sac et tira sur l'un des bouts avant de le jeter par terre. Tout le monde s'égailla comme un vol d'étourneaux, et le feu jaillit à mes pieds de cet énorme fumigène.

Les bâtards. Ils m'utilisaient comme tête à chapeau. C'était malin. Le frère de Kamel sur les lieux du crime, il n'y avait pas de plus beau pigeon qui volait au-dessus de la cour. Je m'éloignai de la fumée, des flammes et des cris de centaines d'élèves qui explosaient dans la récré. J'emmenai Samy avec moi pour rejoindre les discriminants du trinôme en classe de maths.

La vie suivait son cours en 1re S1, un jour après l'autre. Quelques profs cassèrent notre binôme parce que Samy Abbas ne savait pas chuchoter avec sa grosse voix. Atika et ses jolies copines, Siham, Alix et Lahna, faisaient bande à part, frappées, comme nous autres, d'un déni de caste. Les quatre filles jouaient aux lointaines pour montrer qu'elles rejetaient en bloc la communauté scientifique. L'image peu reluisante, surtout, que nos camarades projetaient dans la cour. Amir, toujours assis à côté de Zhou, infiniment plus discret que lui, faisait aussi sa mijaurée. Le beau gosse, qui venait d'emménager dans un pavillon à l'ombre des cités de Bondy Nord, jetait des marrons en classe sur les têtes des élèves les plus studieux. Mes pauvres condisciples en recevaient bien assez à la récré, je décidai donc de remettre mon armure de chevalier de la Mare à la Veuve. En plein milieu d'un cours de français, alors qu'Amir venait de faire mouche sur la chevelure de Maxime, je préparai une réplique sous ma table, avec trente feuilles à carreaux, format A4, et un rouleau de scotch. L'énorme boule de papier, de la taille d'un boulet de canon, atterrit dans un grand bruit quand elle percuta une fenêtre, un pied au-dessus de la tronche toute mignonnette d'Amir. Il en fut fort surpris, comme tout le reste de la classe plongé dans la lecture de Rousseau. Ceux qui virent le volume de ma boulette partirent en éclats de rire. Amir, beau visage mais aussi beau joueur, riait avec les autres.

Je me chargeai également de punir les excès de zèle et de fayoterie. Avec bienveillance. Quand un élève affichait trop de fierté après avoir balancé une bonne réponse, Samy et moi célébrions l'événement en amorçant une ola, que l'on commençait à voir dans tous les stades de foot de la planète. Au début, seuls Guillaume, Amir et Zhou suivaient le mouvement. Atika et sa bande nous rejoignirent bientôt, tout comme Laura, une fort jolie blonde, et son petit groupe d'amies, des renégates de Pavillons-sous-Bois. À la troisième semaine de cours, c'était tout le monde ou presque qui donnait à la classe ce beau mouvement de vague. Nous nous levions pour immédiatement nous asseoir, au rythme d'un doux ressac humain, dès qu'un camarade résolvait, au tableau, les horribles équations de Simoneau.

Un climat de joyeuseté s'installait doucement dans la classe, mais on nous espionnait. J'avais repéré depuis les premiers jours d'octobre un grand Asiatique qui montrait régulièrement sa tête dans la classe au début des cours. Notre professeur de mathématiques nous le présenta un beau jour comme notre nouveau camarade. Chen fut mal accueilli.

— Abusez pas, monsieur, lança Samy. Nous sommes déjà en surpopulation. Il y a plus assez de chaises !

Mon voisin de table montra Victor, Guillaume et Philippe qui partageaient effectivement deux sièges pour leurs trois popotins.

Simoneau envoya le nouveau chercher des chaises. Celui-ci s'installa dans le coin de la salle le moins densément peuplé.

Chen, à ses débuts parmi nous, s'asseyait toujours devant. Nous le prîmes donc pour un gros fayot. Je l'appelais Chen le Zèle. Quand mes camarades demandèrent au nouveau pourquoi il avait changé de classe, il leur répondit :

— Je voulais être dans la classe de mon pote Idir. Un ami d'enfance.

J'en fus très flatté, mais il y avait poisson-chat géant du Mékong sous galet. Je ne connaissais ce type ni d'Adam, ni d'Ève, ni de Goldorak. Il nous avait épiés toute la semaine et désormais il mentait. Je réactivai l'ancien réseau de mon frère, la Force berbère d'intervention, pour prendre mes renseignements. Chen était un transfuge de la 1re S3, une classe qui jouissait d'une meilleure image que la nôtre parmi l'opinion publique du lycée. Il n'y avait aucun ancien de Pierre-Curie dans ses rangs, et elle était menée par un type à la grande bouche, proche de Tarik, le seigneur incontesté de la cour. Il avait les moyens de se la péter. De mémoire de Bondynois, Naïm et son grand frère étaient les seuls élèves sortis du collège Jean-Zay à avoir réussi à intégrer l'élite des classes scientifiques.

Tout comme Samy, Chen allait au turbin. Il aidait ses parents à la plonge. Les Tseu tenaient le seul restaurant chinois de la ville, à deux pas du lycée. C'était grâce à l'excellence de sa table que mon pote de toujours obtint son transfert, en soudoyant la secrétaire du principal avec un menu B à l'œil. Il vendait sous le manteau des jeux PlayStation gravés sur CD, 80 francs la pièce. Il avait redoublé sa 2de, possédait le permis accompagné, et sa réputation de bon bagarreur n'était plus à faire. Chen pratiquait le wing chun depuis deux ans, la boxe chinoise qui avait fait la gloire de Bruce Lee dans *La Fureur du dragon*. Un de mes films de chevet.

Ses compétences en arts martiaux ne nous empêchaient pas de le taquiner un peu, tant notre nouvel ami semblait avoir pris souche aux premiers rangs. Haleine de caca, suceur de zguégue (appareil reproducteur mâle) étaient des invectives que nous lui balancions du fond de la classe, tant son comportement semblait obséquieux. Je sentais que Chen prenait sur lui. Il risquait d'avoir une explication avec Samy, ou bien Amir, les plus virulents de ses détracteurs. Je décidai de crever l'abcès un jour, à l'intercours, où ce Chinois et moi traînions la patte pour nous rendre en TP de chimie.

— Chen, lui dis-je. J'aurais adoré me souvenir de cette autre vie où nous étions les meilleurs amis du monde, mais, dans celle-ci, pourquoi t'es venu dans notre classe ?

— Pour les gonzesses, avoua-t-il. C'est un gisement, ici !

J'en eus le tournis.

— Ah ! C'est pour ça que tu te mets devant en cours !

Je comprenais tellement. Sa quête était la mienne.

— Tu cherches l'amour, l'ami ? dis-je, transporté, à ce noble cœur.

— Je cherche à ken des meufs surtout ! Il y a dix-huit raclis dans la classe. Dix d'entre elles ont plus d'un 85 C de tour de tchou tchou, douze ont un bon petit boule, huit ont tout ce qu'il faut là où il faut.

— Le compte est bon, dit Samy qui nous avait rejoints. T'es un vrai diksa, Chen !

Dans la bouche de mon meilleur ami, c'était un très beau compliment. Ces deux-là allaient bien s'entendre. On laissa Chen se rincer l'œil au premier rang sans plus l'embêter. Il avait révélé des vocations et des sensibilités. Les amateurs de beaux paysages suivirent son exemple, aux endroits où la vue était la plus dégagée, là où il y avait du monde au balcon. Ces choses se comprenaient, à nos âges.

Quand Mme Sklodowska vit débarquer notre nouveau camarade dans son cours d'anglais, elle fit une tronche qui disait : « C'est trop. J'en peux plus. » Cette quadragénaire, qui se distinguait par ses deux énormes mollets, commença son cours ainsi :

— Excusez-moi, mais je n'arrive ni à vous différencier les uns des autres ni à retenir vos noms. Les Chinois de la classe peuvent-ils m'épeler leur prénom que j'essaye de les identifier pour de bon ?

— Encore ?! Elle couche avec Simoneau ou bien ? demandai-je à Samy. Ils ont quoi, avec les métèques, cette année ?

Zhou semblait dire un truc du genre à Chen, en chinois, avec un accent prononcé de Wenzhou. Je profitai de leur échange pour balancer un bon mot :

— Elle a raison, la Polack, on n'est plus chez nous. C'est la France, ici ! Parlez en arabe.

Tout le monde rit de grand cœur. J'étais content. J'étais rigolo.

Sans rebondir sur ma vanne, Sklodowska, qui prenait nos camarades asiatiques pour une armée de Playmobil, poursuivit son délire.

— Vous, jeune homme, votre nom et votre prénom, s'il vous plaît ? demanda-t-elle.

— Nique ta mère ! répondit Chen sans y mettre trop de coffre.

— Vous pouvez répéter ?

— Tseu Chen, finit par dire, bougon, l'intéressé.

— Tsééu Chèneu, articula la prof d'anglais en écrivant sur une feuille. Et vous là-bas ?

— 我咒你生孩子没屁眼, répondit Zhou sous les éclats de rire de Chen.

— Faites pas les chiens que vous mangez, faites croquer la vanne, exigea Samy.

— « Que ta putain de descendance naisse sans anus », traduisit M. Tseu, provoquant un autre joyeux bidonnage.

— Il va falloir me dire ça plus lentement, demanda la prof, trop concentrée pour calculer nos éclats de rire.

— Zhou Lao, s'exécuta finalement notre ami.

— Laaaoo Zou. C'est noté. Et vous, jeune fille ?

— Chou Lei, dit la voix timide de la seule fille asiatique de la classe.

— Vous pouvez parler plus fort ?

— Chou Lei !

— C'est Laid ou Chou votre prénom ?

— Lei…

— Chou Laid. Bien. Et le dernier au fond. Nom et prénom ?

— Chaud GUILLAUME !

Oh le fourbe ! Nous étions plongés depuis un bon moment dans la Chine des Han et des Ming, l'effet de surprise fut donc total quand mon voisin fit réatterrir tout le monde, sans parachute, au beau milieu d'un champ lexical bien de chez nous. Des larmes coulèrent des yeux d'Amir et de Laura. L'un et l'autre avaient leurs avenants visages déformés par le fou rire. Atika dut sortir de la classe parce qu'elle s'étouffait à force de s'esclaffer. Elle explosa le compteur de décibels dans le couloir. Kévin se roulait par terre sans arriver non plus à reprendre son souffle. Le « Ahhhhhhhhhhhhhhhhhhh » hilare et sans fin de Samy résonna dans tout le lycée. Pas un élève qu'on ne pourrait mettre dans la poche du Géant vert : nous étions tous pliés en quatre.

Le temps béni de l'école, de la franche camaraderie où un rien suffisait à déclencher un furieux délire. Dans le monde des adultes, il fallait payer le prix pour retrouver toute cette joie dans une salle de spectacle. Un humoriste avec de la bouteille devait bûcher mille minutes sur un texte pour dérider son public une minute. Le Chow n'avait eu qu'à dire son prénom, d'un ton de Droopy, pour obtenir un résultat bien plus puissant. Avec une audience peu portée sur le rire qui plus est, une classe de S, dont la majorité des membres étaient frappés d'atrophie sociale. Désormais, ils se tapaient tous le cul par terre.

En 1re S1, quand la Chine s'éveille, le monde tremble aussi.

17

— Aujourd'hui vous élisez vos délégués de classe. Qui se présente ? annonça Simoneau.

Polo, un Portugais qui n'avait pas assez pris le soleil de l'Algarve durant l'été tant il était blanc comme un cul, leva la main. Le parti des joueurs de jeu de rôle avait son représentant. Ce dernier possédait de bonnes chances d'être élu malgré sa passion coupable. Son coup de crayon était admirable. Il faisait marrer toute la classe avec les caricatures des profs qu'on faisait tourner sous le veston.

Marion prétendit également à la fonction suprême. Elle avait un charme fou avec ses beaux cheveux noirs ondulés et un je-ne-sais-quoi de Julia Roberts dans les traits. Elle avait surtout un grand respect pour le processus démocratique, la seule, après Polo, à avoir accepté que Simoneau note son prénom au tableau.

— Personne d'autre ? demanda le prof de maths.

Je m'activais dans mon coin. Avec seulement deux candidats, l'élection passerait à la trappe. Au lieu de voter pour élire nos délégués, tout le monde retournerait bûcher deux heures sur les factorisations et les racines du trinôme. J'entamai des pourparlers avec Kulan, assis au milieu du deuxième rang. Il portait la seule moustache du lycée, avait déjà dix-huit ans et paraissait plus vieux que nos profs. C'était un élève sérieux. Sa famille n'avait pas quitté un Sri Lanka en guerre pour rigoler aux blagues de Jean Roucas.

C'était aussi le bon gars. Notre camarade céda à mes avances électorales, et le prof traça les lettres Kulan au tableau.

— Minute, Bébert ! m'emportai-je.

— Un peu de respect ! On n'est pas cousins ! s'énerva Robert Simoneau.

— Montrez l'exemple, alors. Un candidat officiel à la fonction aussi prestigieuse de délégué de classe mérite de voir son prénom complet inscrit au tableau. On ne tourne pas un clip de rap.

Ma demande était parfaitement légitime. Un prof principal devait assumer son rôle, faire en sorte que l'élection ne se déroule pas anticonstitutionnellement (il fallait que je le place).

Il y avait un peu de fourberie dans ma requête. Simoneau poussa un soupir à faire voguer la *Santa Maria* sur les flots jusqu'au Nouveau Monde. Il prit son cahier d'appel et son stabilo bleu. Sa main nota laborieusement au tableau, en faisant plusieurs pauses, le prénom tamoul de notre camarade : Kulandhaïsamiaramunaivan.

Le candidat sus-inscrit leva la main.

— Tant pis s'il y a un « a » en trop ! Je suis prof de maths, pas l'animateur des *Chiffres et des lettres*, lança le pauvre scribe.

On rit tellement de bon cœur à sa vanne que Simoneau se détendit. Tous les enseignants aiment faire le show.

Les bulletins furent promptement dépouillés. Végéta et Scoubidou arrivèrent en tête de l'élection, suivis de l'ours Soupline, de Marion, notre Julia Roberts locale, de Bioman Vert et de « Mme Simoneau en jupe un jour de grand vent ».

Polo refusa la fonction, sous les rires de tous les inscrits au suffrage.

— Abusez pas, monsieur ! Bibifoc a eu plus de voix que moi. Ma candidature est caduque.

Kulan ne prit pas le poste laissé vacant. Il ne se sentait plus de représenter des camarades indignes de profiter des bienfaits de la démocratie. Un peu comme les Français en 1848 avec Napoléon III, nous venions d'élire pour chef le prince Végéta de *Dragon Ball Z*, l'héritier d'une monarchie. Extraterrestre, qui plus est.

Simoneau nous tapa une belle gueulante, et on repassa aux urnes pour élire le deuxième délégué. J'avais demandé à mes camarades de faire la chose sérieusement. Les meilleures blagues étaient les plus courtes, et on avait déjà boulotté une demi-heure de cours. Même si personne ne voulut candidater, nous promîmes que l'élève plébiscité par la communauté accepterait la charge. À la fin du deuxième dépouillement, j'eus le deuxième choc émotionnel de l'année. Sans me présenter, j'arrivai en tête de l'élection. Avec trente-sept voix sur trente-six.

Une vieille blessure narcissique venait de se refermer. Jadis, j'avais candidaté à l'élection des délégués de classe en 5e A, avec un programme basé sur l'obtention de casiers pour mettre nos affaires, comme le font tous les adolescents américains à la télé. J'avais une réelle envie de représenter mes camarades et de servir la communauté. Je n'obtins qu'une voix, celle de Stéphanie, qui m'avoua qu'elle m'avait confondu avec Idriss, l'autre rebeu de la classe. J'avais été rejeté en bloc. J'en fus aussi meurtri qu'en maternelle.

Laure, Victor et Kévin m'avaient donné leur voix en 1re, là où ils me l'avaient refusée en 5e à Pierre-Curie. Je fis tout pour le cacher, mais j'étais très ému. Je n'avais jamais été populaire. À la fin du collège, on me respectait parce qu'on craignait Haroun, mon grand. Émeric, Ibrahima, David et Angelo avaient ma reconnaissance éternelle pour m'avoir donné un semblant de vie sociale, l'année de mon redoublement. Même en 2de, où je gagnai un peu en confiance, on me connaissait surtout comme Idir le frère de Kamel, ou Idir comme le chanteur. Aujourd'hui, on plébiscitait mon amitié. C'était très beau dans mon cœur. L'amour pour mon petit peuple de scientifiques binoclards était aussi fort que celui pour la lumineuse Noria.

On refit un dernier vote parce que Samy, nullement pressé de planter des racines carrées dans son cahier, avait faussé l'élection en glissant deux bulletins au lieu d'un dans l'urne. L'idée de mettre au service de la classe ses dons de négociateur du marché, et sa grande bouche, lui vint soudain pour ce troisième tour d'élection. Il sollicita mon soutien à voix basse pour que tous votent pour lui. En avais-je le pouvoir ? Oui. Il fut élu aux côtés de notre Julia Roberts avec un score de président algérien.

Je pensais que Chen disait des conneries quand il m'assurait que tout le monde me kiffait dans la classe. Mon ami m'avoua aussi qu'il m'enviait parce que les filles venaient souvent papoter avec moi sans façon.

À son arrivée, il m'avait désigné comme la personne avec qui se mettre bien en racontant à tous sa fable sur notre longue amitié.

Chen n'était pas le seul à avoir mis le doigt sur mon poids dans la classe. Audrey, à côté de qui j'étais assis à l'occasion d'un cours où l'on m'avait séparé de Samy, soumit une requête qui me fendit le cœur. Elle me demanda d'user de mon influence auprès de mes camarades. On commençait à se lâcher sur les surnoms, et j'étais sans conteste un des plus doués. Ma voisine de table me supplia de ne jamais la vanner sur son absence de poitrine et d'empêcher les autres de le faire. Je jurai, sur la tombe de mon grand-père, que l'expression planche à pain ne serait prononcée en 1re S1 que dans le cadre de conversations exclusivement consacrées aux arts de la table. La promesse fut tenue.

Élu par le peuple, j'eus une pensée fort peu républicaine quand Audrey m'exprima sa reconnaissance. Le roi de France ne venge pas les injures faites au duc d'Orléans, celui que Louis XII avait été, en prison, avant un sacre en bonne et due forme à Reims.

Son mépris m'avait poursuivi dans deux cours de récré. Sa jolie voix chantait, à l'école élémentaire, que j'étais sale et laid. Les railleries de la fille populaire continuèrent au collège, avec pour cible mon appareil dentaire qui mettait ma bouche au supplice. Elle disait en cours de géographie que j'étais un physique sous-développé. Audrey oubliait également toutes les moqueries qu'elle m'avait balancées à Pierre-Curie sur mes habits du marché. J'oubliais aussi.

18

La famille s'était remise au rythme d'une vie dans un pays de l'OCDE. Papa passait ses journées dans son taxi pour combler le manque à gagner d'un été sans revenus. Il laissait maman s'occuper de ses gosses et de ceux des autres. Le travail de la mère se ressentait sur sa fatigue et sur la qualité de sa cuisine. Le sandwich au fromage redevint notre plat national. Un soir, maman dressa sur la table en guise de dîner une assiette avec la sauce du poulet aux olives de la veille, agrémentée de six morceaux de pain. Elle nous avait habitués à infiniment mieux, alors que notre croissance n'était pas finie.

Kamel et moi avions ouvert les fenêtres, donnant sur l'avenue Carnot, pour exprimer notre mécontentement. Nous hurlions dans la rue :

— On a faim !!!

Nos cris eurent pour résultat des projetés de claquettes, les coups de ceinturon du daron qui fendait l'air sans trouver prise et notre voisine qui apporta un énorme plat de fricassée thon-olives, trésor de la cuisine du Constantinois.

Son mari et elle tenaient une boutique de vêtements à la sortie de la gare. Nous fîmes leur connaissance dès notre arrivée dans le pavillon. Ils furent ravis qu'une autre famille algérienne s'installe dans la rue. La daronne n'avait jamais osé solliciter les autres voisins pour shabbat. Maman envoyait régulièrement Kamel chez les Bedoucha éteindre la machine à laver le vendredi, après la tombée de la nuit.

Je passais mon temps libre entre la télé et les devoirs. Je me marrais bien en classe, mais continuais de maintenir le cap des bonnes résolutions de septembre. J'aidais également Linda à percer les secrets des mathématiques. Elle mettait beaucoup trop de cœur et de stress dans l'étude de ses leçons, mais son intégration au lycée se passait bien, d'après mes sources.

Kamel vivait la vie de rêve des étudiants d'université. Il était doté d'une bourse échelon 4 de 1 500 francs par mois pour suivre les cours de son DEUG d'économie, à Nanterre. Il me racontait le campus, son parc verdoyant, les fraternités aux noms de lettres grecques et les fêtes, la nuit, dans les dortoirs. Il me prenait pour un lapin de cinq semaines…

Le frère était toujours le premier pourvoyeur de disputes. Il monopolisait la télécommande et gâchait tout le plaisir parce que c'était un zappeur compulsif. Linda s'était rebellée une fois, et la querelle avait réveillé mon père qui faisait la sieste dans sa chambre. Papa avait dû rêver d'un énorme embouteillage où il insultait les autres automobilistes parce qu'il hurla :

— Enculé, va !!!!

C'était drôle et inattendu. Nous n'avions même pas le droit de prononcer le mot Albator à la maison, trop proche de l'insulte « ah le bâtard ! ».

Un jour, maman perturba les habitudes de la famille. M. Constant, notre ancien prof de musique, avait initié au solfège les CE2 B, lors d'un cours dans l'école élémentaire de mon enfance. Sonia avait tellement fait sa fayotte durant l'exercice qu'elle revint à la maison avec six places pour un concert de musique classique, à la salle Pleyel. Notre mère ne laissa le choix à personne, et nous partîmes à Paris écouter Mozart.

Il y avait des collégiens et des primaires du groupe scolaire Curie dans notre rang, accompagnés de leurs parents. Des enseignants de mon ancienne vie, avant le lycée, assistaient également au concert. En plein milieu de la symphonie n° 35, dans une salle hypnotisée par la magie des bois et des cuivres, mon père s'extasia :

— Eh ben… C'est ça, César !

Piquée par les rires étouffés de la bonne société du Parc, maman rattrapa fort heureusement le coup :

— Paysan ! dit-elle à son mari. Ce n'est pas César. C'est Ronsard !

— Sois solidaire, rigole pas, me souffla Kamel.

Il mit une paire de taquets à deux collégiens assis devant lui, avec le bon angle et assez habilement pour provoquer un début de brouille entre voisins, suivi d'une bonne engueulade de leur prof.

— J'ai juré, on ne sera pas les seuls à s'afficher, chuchota mon frère.

— Bon, finit par dire le padré, à bout, en se levant de son siège sans attendre l'entracte. Soit vous rentrez avec moi, soit vous rentrez en métro !

— Chuuut !! Assis !! dirent des spectateurs en costume trois-pièces dans la foule.

— Assieds-toi, sauvage ! hurla maman. C'est pour ta fille qu'on est là !

Suivit une dispute en kabyle qui donna un joli effet sous l'acoustique de la salle Pleyel. Mon père céda, croisant les bras sur son siège. Un daron vietnamien assis à côté de lui, doté de la même oreille musicale, et de la même femme à poigne, lui glissa :

— Ils ne savent pas faire de musique. C'est que du bruit. Comment ils ont fait pour nous coloniser ?

M. Patel, mon ancien prof d'histoire, qui siégeait avec ses élèves et leurs parents, un rang devant, se retourna pour dire :

— Ah non ! Ça, c'est de la musique de boche. C'est nous qu'ils ont colonisés.

Les trois bonshommes partirent dans un grand éclat de rire, sous l'ire d'un bon quart de la salle, au comble de l'indignation. Le professeur que j'avais le plus apprécié dans ma scolarité abandonna ses élèves à leurs parents au moment de l'entracte. Papa fit de même avec sa famille, tout comme le Vietnamien avec sa rombière. On ne revit ces trois-là qu'à la fin du concert, sortant très joyeux d'un bistrot en coin de rue. « Les Bondynois à l'opéra », aurait pu titrer *Le Parisien* pour rendre compte de la soirée.

Sonia continua de tout faire pour que les parents nous affichent. Elle mobilisa encore toute la famille, un samedi après-midi, pour sa compétition de natation. On allait savoir si la petite dernière suivrait les pas de Kamel et de papa, excellents sportifs, ou de Linda, maman et moi, bons à rien institutionnalisés des efforts physiques.

Nous nous rendîmes à la piscine Tournesol, l'endroit où tous les Bondynois du Sud avaient appris à nager. Quant à nous, les enfants Hocini, nous fument formés à la méthode algérienne à Tichy, une plage de la ville côtière de Bejaia, de l'autre côté de la Méditerranée. Mon père m'avait balancé au milieu des vagues, une après-midi d'été, assez loin dans la mer pour que je n'eusse pas pied. Il y avait un drapeau orange, au loin, sur la terre ferme, qui flottait à côté du centre de secours. Mon daron m'encourageait pendant que je luttais contre le courant :

— Nage ou crève !

J'ai nagé.

Sonia tenait de sa mère. Au départ du 100 mètres nage libre, elle plongea dans l'eau. On ne la revit émerger qu'à l'autre bout du bassin. Elle pensait sans doute que l'épreuve était une course d'apnée. Elle fit l'erreur de sortir de la piscine, toute haletante. Ma mère quitta les gradins, occupés par les familles des autres compétitrices, pour motiver le fruit de ses entrailles :

— Retournes-y ! Fille de ton père (en kabyle) ! Je m'en fous que tu sois la dernière des dernières ! Tu finis la course ! Ce qui compte dans la vie, c'est de ne jamais abandonner !

— J'arrive plus à respirer !!! répondit Sonia.

Maman la poussa à coups de pied dans l'eau. Papa avait honte d'avoir engendré un troisième bras cassé. Kamel était mort de rire. Linda et moi nous nous regardâmes, des souvenirs plein les yeux.

1991. Foulées bondynoises. Une course annuelle de 1 800 mètres qui voyait tous les gamins de la ville cavaler dans les rues de Bondy Centre. Linda arriva dernière du parcours, maman sur les talons lui hurlant dessus, pour s'assurer que sa fille franchisse bien la ligne d'arrivée. Elle le fit, plus morte que vive.

Deux ans plus tard, pendant les interclasses au collège, ma sœur se cassa un bras durant un match de volley. À sa décharge, le ballon était beaucoup trop gonflé, dur comme la pierre. Une vieille habitude de nos professeurs de sport.

J'eus largement ma part de défaites mémorables. Le padré avait inscrit ses fils au judo quand nous vivions à la cité. En cinq ans de pratique, j'avais beaucoup progressé dans la discipline. On m'inscrivit donc à ma première compétition, malgré ma ceinture jaune, gagnée de haute lutte par dix milliers de chutes brutales sur un sol matelassé. Jaune en judo, c'était l'équivalent du CE1, le niveau 2. Kamel, qui commença les arts martiaux en même temps que bibi, avait déjà sa ceinture bleue, deux grades en dessous du bac : la noire.

Patrick, notre sensei à la belle moustache, me motivait toujours sur le tatami. Mon maître me dit avant le début du tournoi :

— Un de mes grands plaisirs au moment de la rentrée au dojo, c'est de te voir arriver avec ton dossier d'inscription. T'es pas le plus doué de mes disciples. Loin de là ! La nature t'a pas gâté, niveau force et adresse. Mais tu ne lâches jamais rien. Alors aujourd'hui fais juste de ton mieux et je serai content de toi.

Kamel vint me prodiguer ses conseils. Il avait déjà gagné plusieurs médailles, et je l'écoutai avec une grande attention.

— Ce qui compte, c'est de prendre des forces avant les combats. Mange bien, surtout.

Je fis ce qu'il me dit et dévorai mon énorme sandwich à l'omelette que maman m'avait préparé, ainsi que mon paquet de chips d'un demi-kilo. Je fis passer le tout avec un bon litre d'eau. Mon casse-dalle fut avalé avant la pesée. On me surclassa une catégorie de poids au-dessus. Du coup, pas de mystère face à des garçons pesant 7 kilos de plus que moi : *ippon* sur les deux premiers combats. L'équivalent d'un K-O au judo.

Les organisateurs du tournoi vinrent me demander si j'acceptais de rencontrer sur le tatami mon dernier adversaire, une ceinture verte. Les autres concurrents, déjà qualifiés au tour suivant sur mon dos meurtri, avaient refusé de l'affronter. J'hésitai. Ma discipline pouvait être salie par un combat qui tournerait à la mascarade, tant la différence de niveau était grande. Je n'avais aucune chance de gagner. Seiya, tout de bronze vêtu, luttait au même moment contre les douze Chevaliers d'or du Zodiaque dans l'émission *Youpi ! L'école est finie*. Je ne pus qu'accepter le défi.

La combattante s'essuya les pieds sur moi. J'avais l'impression d'être une poupée de chiffon entre ses mains si fines. Mon visage prit les marques du tatami central à force de percuter le sol. Dans les gradins, toute une foule hilare se payait ma tronche. Je me faisais rosser par une fille, et méchamment même. Kamel m'encourageait en m'appelant la grosse chochotte. Pourtant, je donnais tout ce que j'avais, me relevant à chaque *o-soto-gari* encaissé. J'avais honte. Ma prestation était indigne d'une telle athlète. À la fin du combat, après le salut japonais, je tendis la main à ma valeureuse adversaire, comblée de joie d'avoir battu un garçon. Mon bras leva le sien, haut dans le ciel, pour célébrer sa victoire sans appel.

Patrick me fit un énorme sourire, et la fierté du maître pour son élève brillait dans ses yeux. Tout le monde dans les tribunes m'applaudit longuement. Bande de girouettes ! J'avais tellement l'impression de voler une gloire que seule la gagnante avait méritée. Je rentrai à la maison avec une médaille pour fair-play et un début de conscience de l'effet Matilda. Un comble pour un élève de Marie-Curie, la première femme à avoir eu un prix Nobel quand d'autres virent leurs travaux volés par un autre parce qu'elles ne pouvaient pas écrire leur prénom dans la neige.

Après sa compétition de natation, Sonia n'apprit jamais que la défaite pouvait être belle ou symbole du patriarcat. En revanche, Kamel joua des années avec elle à son jeu favori. Il appuyait un coussin sur son visage quand elle était couchée sur le canapé ou dans son lit, loin du regard des parents.

— Dis-le ! Je veux l'entendre ! Dis-le ! hurlait mon frère pendant que la petite sœur étouffait.

À la grande joie du sadique, elle finissait toujours par crier pour qu'on la libère :

— J'arrive plus à respirer !!!

19

Le problème était insoluble. Même dans l'acide. Il y avait une baignoire dessinée sur ma feuille de contrôle avec une pyramide posée en son centre. Seule la hauteur du sommet qui dépassait de l'eau était connue. À nous de trouver le volume de la baignoire, celui à la moitié de son remplissage et la hauteur totale de la pyramide. La valeur de sa surface était également exigée, ainsi que les décimètres cubes de flotte qu'il fallait verser pour remplacer l'espace occupé si un pharaon réclamait son dû. On aurait pu me demander la couleur du slip du plombier qui avait branché la salle de bains au tout-à-l'égout, et le prénom de sa marraine, c'était pareil !

Les petits dessins de Simoneau, imprimés en marge de la photocopie, n'arrangeaient rien. Le visage crayonné d'une femme disait dans sa bulle : « Vous n'y arriverez jamais ! Signé Mme Simoneau. » Quel revanchard.

Lunaire, ce contrôle. Le cosmos. Résultats : des notes de merde pour à peu près tout le monde. Je me tapai un 6 sur 20. J'avais fini ma seconde avec 17 de moyenne en maths. Samy décrocha un 3, le Chow pointa à 1,5 et même Grégory, excellent élève depuis le cours élémentaire, obtint la même note que moi.

La 1re S, ce n'était pas un pique-nique.

Samy exprima la pensée de tous avec sa voix de grizzly :

— On révise, on a 3 sur 20. Autant rien foutre et avoir 2 !

Mardi soir. Dernier cours de notre journée d'ouvriers chinois du bâtiment. On se jetait des gommes, des boulettes de papier et des cartables, au fond de la classe, quand la prof d'anglais nous annonça un contrôle pour la semaine suivante.

— Pas question d'avoir 3, cette fois-ci ! s'exclama Samy.

— T'inquiète, répondis-je, j'ai un plan.

Je crois qu'à ce moment-là je mis un bâton de colle dans ma bouche pour faire comme Hannibal Smith et son cigare, dans *L'Agence tous risques*.

Le jour du contrôle, j'avançai mes arguments auprès de Tong Po, le surnom de Mme Sklodowska, parce qu'elle avait d'aussi gros mollets que le méchant dans *Kickboxer*. Nous finissions notre plus long jour, le mardi, sans une seconde de récréation. Il était 17 heures passées, nous étions au bout du rouleau, incapables de nous concentrer sur le prétérit et les verbes irréguliers. Je mis du cœur dans cette disquette. Chen mit le sien. Il lança, pour conclure mon argumentaire :

— Allez, madame, fais pas ta pute !

— Zhou ! Un minimum de respect ! tonna Tong Po. Je vous vouvoie. Vouvoyez-moi aussi.

— *Sorry*, dit Chen, qui laissa volontiers la prof le confondre avec un autre.

— On est épuisés, rebondit Samy. C'est pour ça on oublie la politerie et les bons manières. Je n'arrive même pas à parler français droit, tant cette journée m'a cassé en miettes de pain de mie. On n'est pas des bestiaux. Un peu de cœur, madame.

C'est peut-être le bagou de notre délégué qui fit pencher la balance. Le contrôle fut reporté au jeudi suivant. Convaincre celle qui avait les tibias de l'antagoniste de Van Damme dans son meilleur film était la partie la plus difficile de mon plan. La suite demandait juste un peu de coordination. Amir et Samy allèrent poser des questions à la prof, en toute fin de cours. Pendant que la Polack était occupée, dans ma tête, une musique. Elle résonnait en moi à chaque fois que je faisais un gros coup, les notes qui rythmaient les meilleures scènes du film *Si c'était demain*. L'histoire de Tracy Whitney, une voleuse de diamants qui n'avait rien à envier à Arsène Lupin. Je m'approchai de l'attaché-case de Sklodowska, l'ouvrit en furet, et pris une copie du contrôle. Sans me faire gauler.

Chen, qui était le moins mauvais de la bande en anglais, fut chargé de bûcher sur le contrôle. Je lui demandai de ne pas trop forcer son talent, rien n'attire plus la méfiance d'un prof que trop de 20 sur 20 dans une classe. Il fit six photocopies du contrôle au Monoprix. Un exemplaire fut donné à chacun de mes complices. Par camaraderie, Zhou et le Chow eurent aussi le leur.

Je voulais faire profiter toute la classe du bénéfice de notre entreprise, mais Samy m'en dissuada. Grand philosophe, et cinéphile à ses heures perdues, il me cita M. Gabin, dans *Le cave se rebiffe* :

— Depuis Adam se laissant enlever une côte et jusqu'à Napoléon attendant Grouchy, toutes les grandes affaires qui ont raté étaient basées sur la confiance.

Nous eûmes de très bonnes notes. Laura, qui n'était pourtant pas dans le coup, eut 20 sur 20, me fit remarquer Chen.

— Ça sent le canard laquais, me dit-il, dans les couloirs, sur le chemin du cours de maths et sur le ton de la confidence.

Être un canard, c'est-à-dire donner toute son âme, sa vie et l'entièreté du romantisme du monde à une fille, était presque aussi mal vu à Bondy que sortir avec la sœur de son meilleur ami. Un de nous avait mis au parfum la belle blonde au petit air de Dorothée.

— Je trouverai le canard W-C qui a profité du fruit de notre labeur pour faire le fayot des meufs, promit Chen.

Il ne m'en fallut pas plus pour dégoter le sobriquet qui collerait le mieux à la peau du fils Tseu : Muscle. C'était aussi Jackie Chan dans *Le Flic de Hong Kong*, mon nem aux crevettes de Proust. Il cherchait, Samy trouva.

Pas le pigeonneau de Laura, mais un truc infaillible pour tricher en histoire. Au premier contrôle, il avait remarqué que Touati ne bougeait pratiquement pas le cul de sa chaise. Il jetait bien un œil, de temps en temps, sur sa classe, mais les places du fond étaient protégées de son regard indiscret par une forêt de trente élèves. Nous fîmes l'expérience au moment de la deuxième interrogation. Chen, Samy, le Chow, Zhou, Amir et moi avions nos cahiers d'histoire sur la table. Pas un de nous n'eut en dessous de 16 sur 20.

L'information se répandit dans la classe comme les lapins en Australie. Pour les jours d'examen, avant les deux heures d'histoire-géo du mercredi, les trente-six élèves de la 1re S1 établirent un rituel immuable. Le cours de physique-chimie qui précédait celui de Touati se déroulait toujours de la même manière. Tout le monde était debout, monté sur ressort, veste sur le dos et affaires rangées, quinze minutes avant la fin de la leçon. Mme Desforges avait beau menacer ou hurler, rien n'y faisait. Dès qu'elle nous tournait le dos pour faire face au tableau, les culs se levaient de leurs chaises comme si elles brûlaient la peau. À la sonnerie et les quelques fois où, à bout, la prof avait beuglé : « Barrez-vous de ma classe, bande de tarés !!! », la plus folle des courses était lancée.

Trente-six sauvageons filaient en boulets de canon dans les couloirs. Ceux qui chutaient étaient piétinés sans la moindre pitié. Les obstacles sur notre chemin étaient renversés comme dans un jeu de quilles. Surveillants et profs compris.

Il fallait descendre les trois étages du bâtiment B, remonter tous ceux du D consacrés aux matières littéraires, après avoir traversé la cour de récréation. La belle fraternité que nous avions si vite réussi à créer dans la classe, à coups de grands moments de rigolade, n'existait plus le temps du trajet. Aucun croche-pied ne fut perdu. Chaque côte reçut sa patate. Pas une chevelure qui n'eût été empoignée, tirée à l'arrière des têtes sans la moindre humanité. Tout ce qui nous tombait sous la main était bon à balancer pour ralentir les autres. Sacs à dos, clefs de la maison, compas transformé en shuriken et même les corps des personnes les plus menues. Le grand truc de Chen, c'était de me balancer la petite Lei sur le buffet à vitesse de croisière. Plus de compatriote, aucun ami, la froide Russie des tsars : pas de camarade ! Une course qui se déroulait comme si le curé de *L'Exorciste* y avait conjuré à tout jamais l'esprit Coubertin.

On cassait tout sur le chemin, on renversait les poubelles de la cour, on mettait des coups de pied dans les portes des salles de classe, comme ça, pour ajouter à l'ambiance de charge d'un troupeau d'éléphants. Le sol tremblait sous nos pas, et les murs vibraient de nos hurlements de bêtes déchaînées du *Jurassic Park*.

Lorsqu'enfin nous arrivions devant la salle D306, toujours avant la sortie des terminales ES4 qui finissaient leur cours d'histoire, une mêlée monstre se formait devant la porte de M. Touati. Les autres voulaient sortir. Une horde de fous furieux poussait sur eux pour entrer. Nous étions l'Armée rouge après avoir reçu l'ordre 227 : plus un pas en arrière. On griffait, on mordait, Samy était un « animaux » à lui tout seul. Atika, tel un empereur romain au Colisée, distribuait des pains à toute une foule compressée devant la porte. Les plus souples demoiselles gagnaient un peu de terrain en se glissant, telles des anguilles, dans les interstices de l'amas de corps que nous formions.

Les terminales du cours précédent qui osaient caresser l'espoir de quitter la salle étaient renversées par une marée humaine, écrasées au sol et traumatisées, au seuil d'un couloir dévasté. On aurait effrayé un banc de piranhas. Les All Blacks alliés aux cinq nations n'auraient pu arrêter notre mêlée.

Au bout de dix minutes à jouer des crocs et des griffes, la sélection naturelle avait fait son tri. Les plus forts, les plus fourbes, les rats d'égout les mieux adaptés à la vie dans notre cité de roublards entraient dans la salle et se précipitaient sur les places du fond, où la solidarité entre camarades estimés, enfin, reprenait ses droits. Nous étions souvent trois par chaise.

On commençait à se demander, dans tout le lycée, quel était ce cataclysme, ces Huns en campagne, un ou deux mercredis par mois. La quatrième classe de terminale ES parlait de nous avec crainte, espérant survivre à nos mêlées, au moins jusqu'aux épreuves du bac blanc.

Inacceptable.

Les anciens de Pierre-Curie devaient rester à leur place de victimes. Ils couraient dans les couloirs pour de l'histoire. On allait la leur rappeler avec les leçons de l'Amérique. Ici aussi le Nord triomphe du Sud.

Ce n'était pas des yourtes de guerriers mongols qui étaient dressées autour des pâturages du parc de la Mare à la Veuve, mais des pavillons pour enfants dorlotés. Or les tours de béton s'élèveraient toujours haut dans le ciel du 9-3, et les caïds des grandes cités continueraient de dominer, jusqu'à la sortie de l'adolescence, les bouffons des petites maisons dans la prairie. Kamel, et non le bienveillant Gandalf ou la noble compagnie de Thorin, pillait les garde-mangers de notre Comté. Son grand œil voyait tout. Ici, la puissance du Mordor n'avait que le canal de l'Ourcq à traverser pour s'abattre sur nous.

La cité Blanqui rejoignit l'expédition punitive. Menées par un des capitaines de l'Équipe nationale, la 2de 13 et ses affiliées, toutes les classes techniques, firent payer à la 1re S1 ses audacieuses chevauchées.

Les jets de marrons se firent plus nombreux sur nos têtes. Un plus grand nombre de mes camarades venaient en classe de la poussière sur les vêtements après s'être faits mêler dans la cour. On mit même Olivier, le plus doux des adolescents, dans une grande poubelle, à l'abri de l'arrière-cour de la cantine. On avait dessiné des zizis et des couilles poilues sur les cartes Magic, édition rare, à 50 francs, que Polo était si fier de montrer à ses copines. Les quatre élèves de 1re S1 qui avaient sauté une classe étaient pourchassés dans la cour. Ils avaient un avenir, ils devaient donc payer leur tournée de café et de pains au chocolat à la cafétéria. Un rade pour pirates où mes camarades de classe, contraints et forcés, poussèrent la chansonnette avec les élèves de la 2de 13. Ils avaient déjà composé leur grand tube de l'automne, pompé sur celui de Michel Polnareff : « On ira tous en BEP ! »

Nous n'avions pas seulement bousculé des gens mais aussi l'ordre établi. Depuis au moins 335 avant Jésus-Christ et le premier lycée d'Aristote à Athènes, les puissants et les faibles étudiaient ensemble.

Les moments d'euphorie en classe nous avaient fait oublier les bases. Elle se jouait dans tous les établissements de la planète, la lutte des classes. Le plafond de verre venait de nous tomber brutalement sur la face, comme une géante paire de semelles compensées.

De tout temps, à Bondy, les 1er S étaient les paillassons de la cour de récré.

20

Chen tenait absolument à prouver que les clichés sur les Asiatiques étaient faux :

— J'ai une grosse bite, t'as vu.

J'avais envie de finir mon affaire tranquille. Je confirmai sans vraiment regarder. Lui, par contre, ne se gênait pas.

— Putain ! T'as la même teub que Guillaume, s'extasia Muscle.

C'était un compliment, mais je m'emportai :

— Vas-y Chen ! Laisse-moi pisser tranquille !

— Ben quoi ! Il n'y a pas de honte à être au clair avec certaines choses.

Pendant qu'on était tous les deux en train de faire pleurer le monstre, alignés devant les urinoirs, nous entendîmes les bribes d'une conversation sortir d'une cabine des chiottes, celle réservée aux élèves en situation de handicap, la plus spacieuse. Je captai une infime partie du propos :

— Et il goba tout rond la boule de papier.

Ça alors ! On parlait de moi et du dernier cours de français. Au lieu de lire du texte, Polo avait passé la première demi-heure à dessiner une caricature du prof. Très réussie. Le visage de M. Mizon était admirablement bien gribouillé sur une feuille à carreaux. Son avatar, né d'un crayon HB, sifflait des cubis de vin à la chaîne. On avait souvent vu l'amoureux des belles lettres sortir du Blues Bar, un petit bistrot sur le chemin de l'école.

Le prof voulait, à son tour, admirer le chef-d'œuvre, mais mes camarades se firent passer le dessin, transformé en boule de papier. M. Mizon courait depuis un moment d'un bout à l'autre de la classe pour attraper la baballe, quand la chose atterrit dans mes mains. Ne voulant ni humilier le prof ni mettre Polo dans l'embarras, j'avalai le portrait.

Mizon n'était pas con. Le bonhomme comprit que je lui sauvais la face. Il reprit son cours, un léger sourire de gratitude en coin.

Nous frappâmes à la porte de la cabine. On ouvrit. Polo, Charles et un élève d'une classe inconnue étaient accroupis autour de la lunette baissée. Il y avait des dés à vingt faces, trois criteriums et du papier noirci posés sur les chiottes. La honte. Ils jouaient à un jeu de rôle.

— Pourquoi il y a mon nom sur cette feuille ? demanda Chen en désignant la « table ».

— C'est une feuille de personnages, répondit, gêné, Polo.

Ils avaient, semblait-il, inventé un jeu sur les aventures de la 1re S1. Je pris la fiche qui m'était consacrée.

— 1 en Charisme, 2 en Agilité, 3 en Force, lus-je. C'est bien moi ! 17 en Sagesse, c'est flatteur mais un peu abusé.

Les valeurs maximales étaient limitées à 18 dans la deuxième édition de *Donjons & Dragons*. Seuls les objets au pouvoir magique pouvaient faire péter les plafonds. Je gardai ces pensées pour moi. Je n'assumais pas du tout mes connaissances dans le domaine.

— C'est l'Élu ? demanda, empli de respect, le compagnon de jeu que je découvrais au milieu de mes camarades de classe.

Charles et Polo opinèrent du chef. On m'appelait l'Élu en classe depuis le plébiscite à l'élection des délégués.

— C'est un grand honneur, me dit le rôliste.

— Je ne sais pas qui de nous deux a la plus grosse, glissa Chen à mon oreille, mais je sais qui a la plus nettoyée.

Muscle était venu dans notre classe par amour pour les femmes. Il avait aussi fini par apprécier les hommes. Notre ami ordonna à tout le monde de quitter les chiottes :

— On a un trou de deux heures, vous n'allez pas les passer autour de celui-ci. Allez jouer à la cafèt. Il ne vous arrivera rien. On vient avec vous.

Il allait forcément leur arriver un truc, mais j'acquiesçai. Le petit blondinet joufflu, qui s'amusait avec Charles et Polo, partit alors en orbite dans son délire.

— L'Élu nous commande de sortir en plein jour !! cria-t-il.

Louis, le gamin, quitta alors les toilettes aussi vite que la lumière. Normal pour un illuminé.

— Il va où ? demandai-je, très inquiet, à Charles.

— Il va chercher les autres, affirma ce dernier.

— Les autres ? dit Chen.

— Oui, les autres, cachés un peu partout dans le lycée, répondit Polo.

— T'es vraiment un super maître du jeu. Louis est trop bien rentré dans l'histoire, complimenta Charles en tapant l'épaule de son binôme.

— Vous lui avez raconté quoi ? questionna Chen.

— Qu'on se marrait bien en classe, dit Polo. Que personne n'était humilié. Qu'on riait avec nous. Pas de nous. C'est pour ça, le 17 en Sagesse…

Un très beau rototo répondit à son compliment. Je digérais mal le papier. Les louanges aussi.

Nous sortîmes des cabinets. Ils venaient de tous les petits coins sombres du lycée : du fond du CDI, des derniers rangs de la salle de permanence, de chaque cuvette de chiottes, deux par étage, disséminées dans les deux bâtiments de classes. La cour des miracles des bouffons de l'établissement, réunie avec celle de tous ceux qui les regardaient de haut. De bons élèves, des gothiques, des fans de Metallica et les rôlistes, bien sûr, le plus gros contingent de la troupe.

Louis était à leur tête. Il nous sortit une harangue pas du tout piquée des hannetons.

— Mes frères ! Révélez-vous ! Émergez de l'ombre ! Écoutez votre musique à la lumière, ne cachez plus vos figurines Warhammer de trolls des cavernes. L'Élu et son fier général sont parmi nous ! Tous à la Bastille !

— La Bastille ? demandai-je à Chen.

— La cafèt, je suppose, répondit l'instigateur de tout ce boxon.

— Tu nous as foutus dans le sable ! Je t'ai dit : quand on pisse on ne raconte pas sa vie !

Chen haussa les épaules. Il était courageux. Moi pas tant que ça. La populace la plus honnie du lycée fit corps autour des quatre élèves de la 1re S1, classe où, visiblement, les bouffons menaient une vie de rêve. Nous étions une vingtaine à marcher dans la cour vers la cafétéria. Elle était située au rez-de-chaussée du bâtiment B, à l'exact opposé du lieu où nous avions fait pipi.

Soudain, j'entendis un mec crier au loin :

— C'est marée basse ! Un banc de poissons frais ! Tous à vos marrons !!

La cour de récréation était moins qu'à moitié remplie d'élèves, mais son appel fut largement entendu. Les projectiles pleuvaient sur la marche de tous les déclassés du lycée. Louis était totalement habité par son rôle.

— Faites obstacle de votre corps ! hurla-t-il. Protégez l'Élu !!

Ils le firent, et bien avec ça. Les impacts de projectiles sur leurs crânes me rappelèrent la dernière pluie de grêlons contre les tuiles. Au milieu de ce lynchage, j'étais aussi bien planqué que sous le toit de ma maison.

— Allez vers les tables de ping-pong, bande de cons ! hurla Chen, pressé de toutes parts par la foule. Ils n'oseront pas jeter des trucs sur Tarik et sa bande.

Je m'en voulais de ne pas avoir eu l'idée. Amir, Samy et le Chow, superbes de solidarité, nous rejoignirent en chemin, leurs sacs à dos levés bien haut pour protéger leurs têtes de l'averse de châtaignes.

— Un Louis qui fait la révolution, c'est cocasse, lança un Guillaume rayonnant de flegme même sous une pluie d'obus.

Tout le monde releva la tête quand la troupe fit face à la 2de 13 presque au complet, leurs culs de plomb posés sur les tables de pierre. Tout laissait à penser qu'ils allaient nous sécher au sol comme ils étaient en train de sécher les cours. Les lanceurs de marrons qui nous pourchassaient cessèrent leur activité, à bonne distance, pour assister à l'hallali.

— Barrez-vous de là, les blaireaux, exigea Tarik. Et laissez-nous Louis d'or, qu'on lui explique un peu la vie.

— Liberté ! cria le meneur du mouvement.

— Ta gueule ! lui intima Chen.

Après ce joli coup de pression, notre camarade put entamer, avec un minimum de calme, des pourparlers avec nos ennemis de classe.

— Laissez les petits jouer tranquille dans la cour et arrêtez de faire chier tout le monde. C'est le lycée ici, pas une prison de Bogota.

— Et sinon ? Tu vas faire quoi, Jackie Chan ? lança un des sbires de Tarik, habillé du sempiternel duo casquette-jogging, l'uniforme des cailleras.

— Ben je vais te défoncer ta gueule d'inspecteur, Tahar.

Le butor se leva et avança d'un pas. Chen enleva sa veste Lacoste et la tendit à Amir. Le cercle des badauds se resserra sur notre groupe, majoritairement puceaux de la baston. Dès que Muscle gagnerait son duel, les autres *street figthers* vengeraient leur pote. Combattants de rue aguerris contre ceinture jaune, métalleux, elfes, lutins et magiciens niveau 5 qui n'avaient de pouvoir que sur le papier. Nous n'étions pas de taille, au propre comme au figuré. Sans compter l'avantage du nombre, qui était pour ceux d'en face, et l'opinion publique du lycée hostile aux rôlistes ou à la moindre personne qui sortait la tête du troupeau. On allait tous passer au fumoir.

À l'affût de la plus petite branche pour m'accrocher à une sortie de crise, je vis du coin de l'œil Atika arriver. Il était temps de prendre mon courage à deux mains. J'étais l'Élu, après tout, à moi de sortir tout le monde du marais.

— Atika ! Tarik et ses copains nous embêtent ! caftai-je.

Elle m'aurait certainement dit d'aller me faire mettre ou de prendre mes roustons à pleines mains comme un bonhomme mais… Il y avait Amir avec nous. Si l'amour rend aveugle, la jalousie est un télescope. J'avais remarqué que la terrible Valkyrie en pinçait un tantinet pour le petit métis de la classe. Samy et les autres aussi devinaient l'idylle naissante.

— Personne ne se bat, ici. À part moi. Qui est intéressé ? demanda Atika en approchant, menaçante, de la scène.

Tous les gros bras du périmètre regardaient *Xena la guerrière* à la télé. Les bouffons, ancêtres des geeks des années 2000, également. Ils savaient ce qui les attendait. Personne ne voulait se faire rosser par madame. Chen remit sa veste. Son adversaire retourna s'asseoir, et Tarik calma les esprits :

— Tranquille, Atika, on rigole entre nous, rien de méchant.

— C'est ça, répondit Chen, jouant le jeu.

Les grands discutaient à la table des puissants. Agglutinés derrière, les petits bouffons se demandaient à quelle sauce de kebab ils allaient être boulottés. Faisant caca sur toute cette hiérarchie, les rats du caniveau s'activaient dans leur coin.

— Va papoter avec Atika, chuchotai-je à l'intention d'Amir. Tortille du boule, faut qu'elle reste dans le coin.

— Ouais, va faire ta pute, lui souffla Samy.

— Pourquoi moi ?! dit Amir, outré.

— Parce que c'est toi la plus bonnasse, le flatta le Chow. Ça t'apprendra à mettre des jeans garrots qui te serrent les parties.

— Vas-y ! insistai-je.

— Et laisse-la tâter la marchandise, surtout, conseilla Samy, soit un peu crédible.

Amir, par amitié ou instinct de survie, fila faire son allumeuse. Sans grande volonté d'ailleurs et avec une légère pointe d'appréhension. Atikaillera était belle mais très impressionnante. Elle dominait notre ami d'une tête au moins mais était ravie d'avoir les faveurs de son petit Crunch. Le *girl power* incarné resta batifoler dans les parages. Nous aussi on resta, avec tous les saltimbanques de la cour de récré sur les bras. L'Élu ne sortit personne de la mouise, il mit tout le monde dans une impasse.

— On règle ça entre gens civilisés, à la forestière, zit ? proposai-je pour en finir.

— Vas-y. Tu penses à quoi ? demanda le magnanime Tarik.

— C'est toi qui es provoqué. À toi le choix des armes.

On ne la faisait pas à un des capitaines de l'Équipe nationale. Il quitta un terrain où il avait déjà l'avantage pour un autre où sa domination serait totale. Tarik se décida tout de suite :

— Va pour un duel judiciaire.

Et merde. On ne faisait déjà pas le poids dans la cour de récré. Alors à table…

21

On ne valorisait pas l'usage de la violence, à Bondy. Ni en Seine-Saint-Denis, d'ailleurs. Les règlements de comptes entre gangsters existaient déjà en 1997, et des jeunes vies avaient été prises pour des conneries, comme l'argent ou une simple montre, mais les vrais truands n'avaient aucune autorité morale dans nos quartiers. Ils le savaient et faisaient plutôt profil bas. On se doutait bien qu'Untel était en prison ou avait fait la bêtise du siècle quand sa mère racontait au marché, depuis six mois, qu'il était en vacances au bled.

Dans le pays du ramadan américain et de la crevette casher, l'autorité religieuse avait, et c'était étonnant, infiniment plus de poids. Le diocèse de Saint-Denis le constata, quelque part dans les années 1980, quand l'évêque ou un de ses diacres émit l'idée de faire de notre curé un prêtre itinérant. Il ne rentrait pas assez de blé. Le pape n'aurait même pas pu s'acheter un grec avec la quête récoltée, après la messe du dimanche, sur les bancs désertés de notre église. Partager son curé ? Un représentant du saint homme qui avait sorti du paganisme nos ancêtres de la forêt ! Tous les Bondynois descendaient d'un grand-père qui plantait des carottes ou du manioc, élevait ses chèvres dans les montagnes de l'Atlas marocain ou dans les Pyrénées. Ils nous avaient transmis à tous un fort esprit bien du terroir. Même si moins de la moitié de la ville croyait que Dieu avait un fils, tout le monde tenait à son curé. Un homme de foi, ça ne se fait pas tourner comme un slip ! Une église sans son prêtre, c'est comme du pain sans son fromage.

On m'avait raconté la manifestation devant l'esplanade, à l'ombre de la croix, peu après ma naissance. Les daronnes voilées qui hurlaient : « Allah tout-puissant ! On n'a déjà pas d'imam, laisse-nous notre curé ! » Les Gitans, protestants pour la plupart, qui chantaient l'*Ave Maria* en entier tout en pensant que la mère du Christ avait déjà vu le loup. Les caïds de la cité Delattre qui se proposèrent pour un semi-kidnapping. On entreposerait le curé la semaine dans une cave, on ne le sortirait que le dimanche. Le récit était sans doute exagéré, voire fictionnel, mais le prêtre de l'époque était très impliqué dans la vie des Bondynois, peu importait leur confession. Ses successeurs se paraient de la même conscience professionnelle. Même s'il avait été le dernier des connards, on aurait tout fait pour garder notre cul-bénit rien qu'à nous. La cité, c'est avant tout un village.

Le sacré, c'était sérieux, à Bondy, et il n'existait pas grand-chose de plus sacré, chez nous, qu'un duel judiciaire. Il permettait de canaliser les flux de sang chaud pour les orienter vers un domaine où la violence pourrait être domptée par nos lois ancestrales. Il n'y avait pas de coups de poing dans la pratique du rattatac, l'art martial bondynois. Il y avait surtout des coups de fourchette.

Tarik troqua donc volontiers une empoignade de chiffonniers au milieu de la cour contre la noblesse d'une lutte à la briffe. Celui qui ingurgiterait le plus de nourriture, le temps d'un repas à la Gargantua, remporterait la partie sur l'adversaire. Le vrai duel à la française. Nous en avions repris les traditions, ajoutées à celles du concours de graille au supermarché qui opposaient les Bundy et les d'Arcy dans le verset 21, chapitre 5, de notre Évangile : *Mariés, deux enfants*.

Le leader de la 2de 13 me fit parvenir ses conditions. Chacun de nous constituerait une équipe de six personnes, piochées dans les effectifs de nos classes respectives. Mixité oblige, une fille devait être intégrée à chacun de nos contingents. La rencontre aurait lieu le samedi suivant, au Flunch de Rosny 2, le seul buffet à volonté du canton. Très bon choix. Le tribunal administratif de Bobigny venait de définitivement condamner, pour mesures discriminatoires, l'un des managers du restaurant. Il avait interdit l'entrée aux habitants de Bondy, dont la voracité faisait de la formule à volonté un gouffre financier sans fond.

En tant qu'instigateur du duel, je dus en accepter toutes les clauses. Pour commencer, il me fallait constituer une équipe autour d'un noyau qui avait largement prouvé sa valeur. Samy et moi avions fait l'école primaire à la table des porcs. Nous savions lutter couverts à la main, et notre amour du gras n'était un secret pour personne. Une journée sans kebab nous plongeait dans un début de déprime. Mon appétit, au service de la dernière ligne droite d'une croissance menée tambour battant, était si grand que chaque nuit j'allais voler la clef de la cuisine sous le coussin de ma mère. Une fois, je rentrai bredouille de mon expédition et je m'endormis sur ma faim. La daronne était finaude et un brin taquine. Le matin, je retrouvai la clef sous mon oreiller.

Chen m'assura qu'il se débrouillait bien serviette dépliée. Il avait plusieurs mariages chinois à son actif. On y servait douze plats à la chaîne. Le Chow coucha sur son CV toutes ses fondues savoyardes, l'hiver après le ski. Amir se porta candidat, mais nous émîmes des réserves. Il n'avait pas le corps d'un gros mangeur.

— Elle est riche, la nourriture des Antilles ? demanda Chen, suspicieux, pendant le cours de français.

Ce dernier avait commencé depuis un moment déjà, mais nous étions toujours assis sur un des bancs de la cour de récré.

— Pas mal riche, ouais, répondit Amir. Ma mère est algérienne aussi. Le couscous, le tagine, les gâteaux avec plus de miel que de farine, j'en ai bouffé plus que ma part.

— T'es pas métis, alors, dit Samy. Arabe et Noir c'est pareil, c'est la même bougnoulerie.

Le sang algérien, c'est comme le Paic citron : une goutte suffit.

Amir convainquit l'équipe. Il ne restait que la fille à recruter. Atika valait deux hommes en baston, elle les valait sûrement à table, vu son gabarit. On abandonna l'idée. Personne n'aurait le courage de lui demander de se joindre à notre groupe de crève-la-dalle. Elle risquait de mal prendre le fait qu'on la distingue parce qu'elle ferait sensation dans une soirée raclette. On resta à réfléchir un moment dans la cour au problème, quand M. Mizon nous héla de la fenêtre de sa salle :

— Vous allez bouger vos miches de là !!! Je vous rappelle qu'il y a contrôle et qu'il est commencé depuis dix minutes !

On partit tous plancher sur une étude de texte, chacun se demandant pendant l'examen qui était dans la classe la plus grosse avaleuse de calories.

On recruta finalement Laura. Elle me fournit les meilleures références en cours d'anglais. Elle lâcha un vent à faire décoller sa maison vers le pays du magicien d'Oz. Ce n'était pas pour rien qu'on l'appelait Dorothée. Elle manquait de pratique, la jolie. Le silencieux, c'était une technique, ça demandait de l'expérience et un niveau peu accessible à la première souffleuse de trompette venue. Je n'étais pas loin du sinistre, je pris sur moi. Cadeau. Par reconnaissance sans doute, notre belle camarade, qui digérait mal la soupe au pistou de la cantine, accepta de s'empiffrer avec nous samedi. Je pensais avoir déniché une bonne recrue. Ce n'était pas avec du céleri et de la coriandre qu'elle avait alimenté son usine à gaz. On avait vraiment senti le mistral tourner. Les Milky Way qu'elle bouffait en classe avaient dû tourner aussi.

Notre équipe au complet se retrouva au Flunch le soir du duel. On avait écouté les conseils de Chen. Faire bouffer les gens au Dragon d'Argent, la gargote de ses parents, était presque déjà son métier.

— Ne faites pas les débilos, nous dit-il. Mangez à midi. Léger mais mangez. Prenez un petit goûter, aussi. Sans quoi, votre estomac va rétrécir et vous n'avalerez rien le soir du combat.

Tarik et sa sélection nous rejoignirent peu après notre arrivée devant le restaurant. La troupe faisait très quartier Nord, seuls leur chef et la fille portaient un jean. Vu de l'extérieur, personne n'aurait dit que nous venions du même lycée. Mon groupe apparaissait comme moins rebelle à l'autorité, moins relevé à la sauce samouraï du ghetto. Il était un poil plus représentatif de la diversité du peuple bondynois. Moitié pavillon, moitié cité, moitié chinois, moitié renoi : comme un arc-en-ciel courageux.

— Wesh les Bioman, nous dit Tarik en arrivant. J'espère que vous aimez le riz et la défaite. Vous allez en bouffer jusqu'à plus soif ce soir.

Nous comprenions sa confiance. Il y en avait trois dans son tas de gars qui avaient l'air d'avoir boulotté Papa Ours et son grand lit. On était sur du bestiau de foire, du quintal à la pesée. Ça devait avaler une bonne partie du budget de la famille au goûter, des engins pareils. Comment faire cours et imposer son autorité à ces taureaux de corrida ? J'espérais, pour leurs mamans, qu'ils étaient nés prématurés.

Un autre tout fin semblait prêt à finir le reste de la famille Ours en salade. Avec ce type-là, c'étaient les nerfs qui mangeaient, pas le ventre. Les pires. C'était sec et petit aussi, au début, la Prusse.

La balance penchait en notre faveur sur au moins un point. Laura semblait avoir l'avantage sur la demoiselle d'en face, une petite Asiatique toute mignonnette qui tenait Tarik par le bras. Sans doute une feinte : elle devait avoir une famille recomposée de ténias dans le ventre. C'était Danielle Tran, l'atout charme de la 2de 13. Le seul dans cette classe de butors aux pieds plats, diraient les mauvaises langues. Son petit ami, que nous allions affronter à la tête de sa bande, l'appelait affectueusement Shunrei, la Chinoise des pics de Rozan complètement accro à Shiryû dans *Les Chevaliers du Zodiaque*. Tarik, si bien entouré, se conduisait déjà en maître de cérémonie.

— Je rappelle les enjeux du *fight*. Déjà, ceux qui perdent remboursent la note des gagnants. Normal. Si l'on remporte la partie, vous ferez les contrôles de maths de ma classe jusqu'à la fin du trimestre. Je vous expliquerai comment.

— Pas la peine, dis-je, c'est Kamel qui a mis en place la combine et son protocole d'action.

Un élève dit qu'il n'a pas reçu sa copie en début d'examen. Il fait passer le premier exemplaire sous la porte. Un matheux d'une autre classe la récupère. En quinze minutes, ce dernier torche le contrôle à la cafèt. Il remet la copie avec les problèmes résolus en la glissant par la fente d'où elle était sortie vierge. À celui qui hérite de la feuille de partager les réponses avec ses camarades ou de faire le chacalito dans son coin.

J'avais fait le coup pas plus tard que la semaine précédant le duel, pour Hamid et sa classe de 1re STT.

— Si vous gagnez, continua Tarik, pouffant de rire avec ses potes pour se foutre de notre gueule, plus de marrons et plus de mêlassions dans le lycée pour vos bouffons, jusqu'à la fin de l'année. Ils pourront faire leurs simagrées, leurs jeux de cartes ou les autres trucs sataniques partout où ils veulent. Je parle au nom des classes techniques, évidemment. Je ne suis pas le pape. Mais, au besoin, je m'engage à jouer de ma petite influence pour que le plus de monde possible joue le jeu.

Le diable se cachait forcément dans les détails, mais je ne dis rien. On avait de fortes chances de perdre. Si je chicanais sur les mots, ça pouvait faire monter les enchères de leur côté. On risquait de bûcher sur les contrôles de la 2de 13 jusqu'à juin.

— On est d'accord ? Prêts à vous faire démonter le fion ? conclut le chef de l'équipe adversaire.

Nous n'étions pas bien chauds pour les trucs sexuels, mais le reste résumait assez bien la galère dans laquelle on avait foutu les petons.

Nos équipes se posèrent sur une longue table, chacun avec dans les mains sa première assiette. Il y avait juste ce qu'il fallait de monde dans le restaurant pour mettre un peu d'animation familiale autour du duel. Le chef de rang tira la tronche en nous installant devant nos couverts. Les deux groupes se faisaient face. L'ambiance était plutôt détendue, et les vannes sur ma silhouette d'allumette me firent même sourire. Nous étions tous assis, hormis Shunrei.

— Attends-moi ici, lui dit Tarik en désignant une table pour deux, ça ne sera pas long.

Dans mon équipe, seule Laura avait déjà mis les pieds au théâtre. N'empêche, un coup pareil, nous aurions dû le voir venir. Les premières bouchées furent un peu tièdes. Tout le monde dut attendre Faroudja, notre sixième adversaire, qui arriva en retard à cause de son entraînement de rugby, à Bobigny. Elle salua Laura dès qu'elle rejoignit notre tablée.

— Je vais te plier en quatre et te foutre dans mon trou de balle ! lui lança l'Amazone.

L'Amazonie plutôt, tant son corps était vaste. Laura déglutit un incompréhensible : « Bonsoir madame. »

— J'ai peur, confia-t-elle à Amir, assis à sa droite.

— Nous aussi, ne pus-je m'empêcher de murmurer.

— Putain, mais qu'est-ce qu'ils mettent dans les kebabs, de nos jours, lâcha le Chow.

— Des hormones de croissance, sans doute, dit Chen assez discrètement pour que seule notre équipe capte la vanne.

Les autres étaient occupés à faire une place à leur camarade de classe. Ils lui firent plutôt une piste d'atterrissage, tant ses épaules rivalisaient avec l'envergure d'un gros-porteur. La beauté de Faroudja avait déjà été louée dans maintes chansons. C'était une montagne à aimer. Son bas Tacchini, toujours à la mode, moulait admirablement les formes généreuses de son corps. Le blanc habillait à la perfection le mouvement hypnotique de son prodigieux déhanché. Elle n'aurait pas besoin de plier Laura en quatre pour pousser plus loin dans l'intimité. Elle n'était pas grosse. Ni énorme. Juste massive. Oh, il y avait de la graisse sous la peau, et pas qu'un peu, mais il y avait surtout du muscle. C'était ce qui bouffait le plus de calories dans un corps.

— Elle doit mettre du diesel dans son café pour démarrer la journée. C'est un camion, la meuf, me dit Samy, tout bas pour une fois.

Même ce grizzly n'en avait plus de voix. Notre combat était perdu d'avance. David le gnome contre Goliath. On se jeta néanmoins dans la bataille, pour l'honneur de tous les bouffons de la terre.

Les plats défilèrent comme les petits soldats à la parade. Riz, frites, pommes sautées, boulgour, spaghettis, une assiette de haricots verts après tout ça pour boucler un cycle, on y mettait du cœur. Une forme de respect s'installait entre nous. L'ennemi voyait qu'il existait des matheux qui savaient se tenir à table. Nous faisions les grands seigneurs, multipliant les largesses. Tarik comptabilisa une assiette à moitié remplie de riz sur le compte du Chow pour « bonus racial ». De notre côté, on fermait les yeux sur les deux plats de verdure, à la suite, que s'enfila Vincent, un des trois bœufs de concours qui labouraient le buffet pour la gloire de la 2de 13.

Nous papotions, et même assez joyeusement. Il n'était plus question de mettre quiconque dans le fondement de l'autre, Laura et Faroudja devenaient tout doucement deux bonnes copines. Elles parlaient chiffons et Angel dans *Buffy contre les vampires.* Technicos et scientifiques unis autour des plaisirs de la bonne chère. C'était l'effet de groupe, au lycée, qui faisait les oppresseurs et les opprimés. À table, nous étions tous bondynois.

Laura cala la première à la fin de sa troisième assiette. On essaya de la pousser un peu, mais elle nous rétorqua :

— Je ne suis pas la vachette d'Intervilles.

C'était ça, accorder sa confiance aux traîtres de Pavillons-sous-Bois. La renégate quitta la table pour aller se repoudrer le nez. Faroudja la suivit.

— Regarde si elle ne vomit pas, surtout, lui dit Tarik.

La sueur commençait à perler sur mon front au bout de la sixième assiette. En face, ils gardaient le rythme et redevenaient bravaches.

— Vous allez charbonner dur pour nous, persifla Sofiane, le mec tout sec.

Il parla et mangea trop vite. Il commença à tourner de l'œil à la cinquième assiette et se retira du concours sur le sixième plat.

L'espoir s'embrasa au retour des filles. Faroudja prit ses affaires et salua tout le monde, à la grande consternation de son équipe. Elle expliqua à ses camarades qu'elle avait un match à jouer le lendemain matin. Pendant qu'ils essayaient de la retenir, Chen demanda à Laura :

— Il s'est passé quoi, aux chiottes ?

— Rien, répondit la petite beauté. On a juste tapé la causette. Je lui ai dit qu'il y avait de bien meilleures façons de se faire remarquer par un garçon que de s'empaffer comme un goret.

— Intelligent, dit Samy avec l'accent kabyle.

— Oh je ne l'ai pas dit pour ça, va, jura Laura.

— Le succès de Tarik auprès des dames se retourne contre lui, à ce qu'on dirait, philosopha le Chow.

Faroudja clôtura la soirée après avoir englouti cinq assiettes. Sa défection ne nous motiva pas longtemps. Il y eut même du relâchement. Le Chow abandonna à six, Amir pareil, et Chen poussa jusqu'à sept avant de desserrer sa ceinture pour de bon. Mahir et Reda, les deux autres taureaux de foire, abandonnèrent sur le même score. Il ne restait que Vincent, Tarik, Samy et moi. Les nôtres avaient quitté la table des réjouissances en comptabilisant vingt-deux points. Les déserteurs d'en face avaient bouffé vingt-cinq assiettes.

Samy avait les dents du fond qui baignaient après sa neuvième tournée. Il arrêta là les frais, la mort dans l'âme. Vince se leva alors, lui serra la main en signe de respect, et quitta la partie à son septième tour de chauffe.

Nous n'étions plus que deux mangeurs. J'étais sur ma dixième assiette. Il restait deux coups de fourchette pour lui régler définitivement son compte, mais le riz que j'avais déjà dans la bouche ne passait plus. Tarik, serein, finissait avec le plus grand calme son plat de patates. On aurait dit qu'il bouffait des nuages. Le finaliste était à une pomme sautée de pointer à neuf. À ce niveau de la partie, c'était plié, la 2de 13 nous avait battus 41 à 40.

Mon adversaire en avait encore sous les crocs, et pas qu'un peu. C'était un combat entre deux purs natifs de Bondy, mais nos destins avaient pris des chemins diamétralement opposés dès la sortie de la maternité. Un peu comme les manchots du pôle Sud et les pingouins du Nord. Ils se ressemblent beaucoup, mais les premiers ne savent plus voler.

Tarik, avant de migrer à la cité Blanqui, avait appris à lire sur les bancs de l'école Albert-Camus, au cœur du Mordor, l'établissement qui fournissait, à chaque rentrée scolaire, le collège Jean-Zay en élèves de 6e. Leur table des cochonous était la plus réputée de la ville, le Massachusetts Institute of Technology des pique-assiettes. Le réfectoire de cette cantine pour louveteaux-garous avait bien un établi pour marcassins, comme partout ailleurs dans Bondy. Mais, pour l'intégrer, il fallait avoir gravi les marches d'un véritable *cursus honorum*, être d'abord sélectionné pour rejoindre les rangs d'une salle entière consacrée aux infréquentables des plaisirs de la graille. En son sein, seuls les meilleurs du pire étaient alors promus au sein d'une élite, isolés du reste de la meute sur des bancs sans pieds. Ils tenaient avec des parpaings dans le réduit d'une chaufferie qui sentait le fioul. On y mangeait au grappin. Une fourchette, attachée au bout d'un lacet de chaussure, était l'équivalent du missile intercontinental pour les steaks hachés des voisins les plus éloignés. Le midi, là-bas, c'était la guerre tiède. Les employés mis au service des petits crocodiles étaient aussi triés avec le plus grand soin. Des voleurs de poule, les dames de service qui tapaient dans les stocks, du flagrant délit cadre C de la fonction publique que la mairie ne pouvait pas licencier. Leur hiérarchie les avait mis dans l'école la plus emblématique du Grand Nord parce qu'on ne pouvait rien en faire d'autre. Ils y avaient gardé leur appétence pour la rapine et pour le prélèvement de calories à la source, volées à de pauvres gamins qui rentraient affamés de l'école. Les pénuries et les rationnements de nourriture le midi avaient transformé les plus habiles demi-pensionnaires d'Albert-Camus en chasseurs-cueilleurs du paléolithique. Comme au Canada, ils comptaient leurs années scolaires en nombre d'hivers où ils avaient survécu à des convives transformés en loups. L'homme de Neandertal n'eut pas cette chance.

J'avais quitté l'école Marie-Curie et sa table pour Porcinet avec tous mes doigts et des souvenirs de petits-suisses à la fraise. Une vie de privilégié de gamin du Sud bondynois, inimaginable pour Tarik, qui perdit trop tôt ses incisives de lait. J'étais un rat des champs qui combattait un tigre à dents de sabre.

— Je t'ai laissé une petite assiette d'avance, plastronna l'adversaire. Ça nourrit son homme et ça prend de la place dans le bide, l'espoir.

Pas faux. J'avais l'impression d'avoir un placenta. Par un effort de volonté suprême, j'engloutis la becquée qui commençait à se digérer toute seule dans ma bouche, puis je m'effondrai sur la table, ivre de nutrition. La tête qui tournait, l'estomac aux abois, j'essayai de redresser le torse. Ma main tâtonna en aveugle sur la table à la recherche d'une fourchette. Je pouvais finir ce qui restait dans mon assiette en deux bouchées et ainsi revenir au score, mais j'étais plein comme un œuf fécondé. Toute l'énergie de mon corps passait dans une épuisante digestion. Ma pensée se concentrait sur l'injonction de retenir tout ce qui gargouillait en moi. J'avais l'impression d'être le barrage des Trois-Gorges. Rester assis me paraissait un supplice, mais j'essayai de décoller ma tête de la table.

— Te relève pas ! Te relève pas ! supplia Laura.

— Bon ben on vous a bien baisés. Je vais aller prendre un dessert ou deux, si ça vous dérange pas, avant de rejoindre ma blonde pour une deuxième collation, pavoisa Tarik en avalant sa dernière pomme sautée comme si c'était la première.

Le vainqueur ne put savourer longtemps son triomphe. Son visage devint soudain rouge harissa, et il se mit à tousser très fort. Sa respiration émit un son de tuyauterie bouchée. Une sortie de route. Shunrei, qui patientait à la table d'à côté, se précipita. Elle leva Tarik de sa chaise et lui tapa dans le dos, mais rien n'y fit. Son petit copain s'étouffait. Ses potes et les miens essayèrent de lui venir en aide, mais ce fut comme si toute notre assemblée avait du plomb dans le bide. Nos mouvements et les pensées de notre cerveau s'effectuaient au ralenti.

— Vite ! hurla Shunrei, attirant les regards de tout le restaurant sur nous. Si l'oxygène n'irrigue pas son cerveau d'ici quatre minutes, alors la mort est inévitable.

Mon corps bascula de ma chaise. La vision trouble et une envie de gerber aux tripes, j'avançai en titubant vers l'ennemi. Il m'avait poussé au duel sur son propre terrain, mais nous avions aussi partagé le pain et bu le vin blanc ensemble. Le Canada Dry, plutôt, mais c'était kif-kif. Ma pensée manquait de clarté. Laura, même en panique, ressemblait trop à Dorothée. Il y avait Danielle, aussi, enfin Shunrei, qui pleurait. J'étais à demi-conscient, dans le cosmos. Descendue du Zodiaque, une énergie, soudain, une inspiration : sauver cet homme serait un jeu d'enfant. Combien de fois Kamel me l'avait mise, celle-là, répétant sans cesse la meilleure scène de son dessin animé préféré ?

— Chevalier ! Tu ne mourras pas !!! criai-je en flanquant une grosse beigne entre les omoplates de Tarik.

Ma patate fit sortir la sienne de son gosier. Il reprit doucement son souffle. Galvanisé par une énergie nouvelle, je retournai m'attabler, histoire d'en finir pour de bon avec mon plat de riz. J'avais la tête dans l'assiette et j'étais au bout du rouleau ; la dernière bouchée glissa comme un hérisson. Elle passa tout de même. Je comprenais les poissons rouges qui crevaient d'avoir trop mangé. Comme il y avait eu régurgitation, ce qui le sortait du jeu, une assiette fut décomptée du score de Tarik, alors qu'une autre s'ajoutait au mien.

Même si je sentais autre chose remonter du fond de ma gorge, j'avais l'impression d'avoir du miel dans la bouche. Une douce chaleur inondait mon âme. C'était une sensation nouvelle et agréable. J'avais fait l'expérience de la compétition au judo et durant les interclasses au collège. Ça ne faisait pas du tout ça, d'habitude, un duel, un combat ou une confrontation sportive. Où était cette impression d'avoir servi de truc jetable ? Pourquoi n'avais-je pas envie de pleurer ? Je ne ressentais pas cette sourde douleur au fond du cœur. Elle était partie, ma compagne de toujours. Elle laissa une très belle chose avant de me quitter, et je compris, ce soir-là, le bonheur des parents. La défaite est mère de la victoire.

22

— Quand j'ai eu fini mon affaire, j'hésitais à lui donner un nom, raconta Samy. J'ai cru que j'étais papa. Un bébé de 4 kilos au moins. J'aurais dû m'installer avec la péridurale et tous les *Tintin*. J'ai bouché les chiottes.

Nous étions retombés au niveau pipi-caca de la maternelle. Avec tout ce que mes amis et moi avions bouffé au restaurant, chacun se ramena lundi en classe avec son gros moment du week-end à partager. On entraînait, du fond de la classe, une grande partie de la 1re S1 dans les bas-fonds de notre humour petite enfance. Les élèves étaient plus attentifs aux récits de nos délivrances qu'aux équations de réaction de la prof de physique-chimie. Nous retardions d'au moins une demi-heure la marche inexorable de ces adolescents vers l'âge adulte. Comme tous les compagnons avec qui j'avais fait bombance, la prude Laura exceptée — les filles pètent des paillettes mais ne font pas caca –, je racontai la mienne, évidemment. Mon ami Ibrahima fut mis à contribution avec un mot de sagesse ivoirienne que je lui empruntai. Il avait invoqué l'expression, en usage sur le plateau d'Abidjan, deux ou trois fois durant nos années collège.

— Qui avale tout rond une noix de coco fait confiance à son anus, répétai-je à mes camarades.

Les rires de trop.

— Ça fait une demi-heure que je fais abstraction de votre débilité sans fond, sermonna Mme Desforges. Plus par gêne pour vous que pour moi, je ne voulais pas intervenir sur le sujet, même pour ramener le silence dans mon cours. Mais je vous jure devant Dieu, et son fils le boson de Higgs, que si j'entends encore l'un d'entre vous disserter sur le car de touristes allemands qu'il a déposé à la piscine, je convoque ses parents ! La chose sera infiniment plus ridicule pour lui que pour moi !

Elle nous calma direct. Je me souviens de Jérôme Ponciard en 4e, qui reçut une retenue parce qu'il riait trop fort de ses propres pets en classe. Deux heures de colle et un mot à faire signer par sa mère. Qui n'avait pas payé sa dette à la société scolaire pour une bagarre ou de la triche à un contrôle ? Des crimes d'honneur que les parents finissaient toujours par pardonner. Mais plonger au ballon pour un truc aussi charlot qu'un pétou… Comme le Doliprane, trop de ridicule tue aussi. Les Ponciard déménagèrent au Brésil à la fin du trimestre. Simple coïncidence ? Je ne pense pas.

Aucun de nous ne voulait voir ses vieux passer sous les fourches caudines de l'autorité scolaire. Mes parents ne survivraient pas à une convocation ayant pour objet le rocher Suchard qui avait mis les veines de mon cou au supplice en sortant de mon moi profond. C'était l'assurance de les voir mourir d'un cancer de la honte.

Le reste du cours se passa donc sans qu'on entende une mouche loufer. Nous rejoignîmes ensuite Tarik et sa bande à l'heure de la récré. La tradition du duel au premier sang voulait que le vainqueur trouve le vaincu pour lui serrer la main en public. Je le fis de bon cœur. Il y avait quelque chose dans la tension de ses doigts, et dans son sourire faux de bon perdant, qui mit mon sixième sens en alerte. Rien ne montrait pourtant que mon adversaire d'un soir, défait avant tout par un morceau de pomme de terre, l'avait mauvaise. Il tendit des billets de 20 francs à Samy. Ce dernier avait avancé les frais du duel mais refusa le remboursement.

— C'est pour moi, déclara le plus généreux des hommes. Vous vous êtes bien battus.

Les changements dans la vie du lycée furent lents à venir. Les parias avaient trop pris l'habitude de raser les murs des toilettes. Mais, un jour, on entendit Louis d'or annoncer haut et fort dans la cour qu'il voulait, désormais, qu'on l'appelle par son nom elfique, suivi de tous ses titres : Cyndorel, prêtre de Sylvanus niveau 16. Il ne reçut aucune gifle ou marron. La proviseure adjointe le convoqua néanmoins dans son bureau pour lui signifier les deux ou trois principes qui régissent le vivre-ensemble au sein d'un établissement d'enseignement public, suivis d'un rappel à la loi sur la laïcité et le prosélytisme religieux.

Nous laissions les rôlistes nous appeler l'Élu de la prophétie, les Juges de l'apocalypse ou les Libérateurs, galvanisés qu'ils étaient par Charles et Polo qui chantaient les louanges de la merveilleuse ambiance dans notre classe. Mes camarades et moi commencions à rouler un peu trop des mécaniques. Il était beaucoup trop tentant de se prendre au jeu. Des pics à trente heures d'antenne par semaine, sur la première chaîne d'Europe, pendant les dix meilleures années de notre enfance : seul Kim Il-sung, diffusé en boucle sur la Télévision centrale coréenne, avait fait mieux que Dorothée et son club, en ce bas monde. Elle avait laissé plus que des traces de pneu en partant vers l'inconnu, à la fin de l'été. Il était naturel de vouloir jouer aux héros introduits avec autant de talent dans nos imaginaires.

Ces programmes ne nous avaient malheureusement pas appris l'humilité, dont était faite l'étoffe qui habillait les vrais géants de l'humanité. Les petits gars de la 1re S1 débarquaient à la cafèt en riant beaucoup trop fort. Les vannes que Samy balançait aux meilleurs bretteurs de la cour manquaient de finesse et de bienveillance, tout comme la technique de drague de Chen. Je rêvais de retrouver enfin Noria pour lui raconter que j'avais sauvé la vie d'un homme. M. Patel fut un bon maître, je compris très vite qu'il nous arrivait un truc un peu plus sérieux que la vanité : la maladie de la victoire. Prendre une manche à un adversaire plus fort, doté de plus de ressources, mais toujours debout pour un prochain round, c'était l'assurance de finir le conflit les pieds devant. Le gringalet qui se reposait sur une petite réussite en début de combat était condamné, *in fine*, à boire le bouillon de son propre sang. Surtout, aucune victoire n'est définitive. On peut gagner contre Mike Tyson comme on peut gagner au loto. Mais lui consentir une revanche était aussi stupide que de jouer tous vos gains de la loterie à la roulette sur le numéro sorti au dernier lancer. Quand on a battu l'Allemagne, avec la Russie et les États-Unis qui lui tiennent les mains dans le dos, il ne faut surtout pas remettre ça, vingt ans après, en tête à tête.

Le mal de la victoire nous faisait tressauter de contentement comme des paons qui avaient découvert la roue pour pécho. Mais qu'est-ce que la 1re S1 avait gagné ? Le droit de ne pas faire les contrôles de maths des 2de 13. Un duel à la graille, ce n'était pas la Coupe du monde. Seuls quelques natifs, maîtres de la tradition, vinrent me taper dans le dos à la récré. Notre prestige était avant tout limité au peuple des bouffons. On allait à la pêche aux emmerdements, et je pressentais qu'ils allaient arriver très vite. Tarik avait dit plus de marrons et aucune bastonnade jusqu'à la fin de l'année. Il respecterait ses engagements. Au mot près.

On ne me la faisait plus, à moi. Maman avait promis en 5e qu'elle m'achèterait un jeu Super Nintendo si j'avais 14 sur 20 de moyenne. Ce fut mon meilleur trimestre : 14,1. Un dixième de point de trop. Je n'eus rien, que mes yeux pour pleurer. Kamel aussi savait jouer avec la langue et il m'avait bien formé aux coups de vices du Bescherelle. Alors Tarik et son « jusqu'à la fin de l'année » qui pouvait être fiscale, grégorienne ou scolaire…

Il fallait préparer les miens pour ce qui allait leur tomber dessus en janvier. Le leader de la 2de 13 s'était engagé dans un processus de paix sociale uniquement au nom des sections techniques. Il nous fit bientôt passer un message on ne peut plus clair : vous êtes les victimes de Bondy Sud qui avez vendu vos mères aux traîtres de Pavillons-sous-Bois.

Tarik mobilisa un de ses bannerets, Naïm, la grande gueule de la 1re S3, classe vassale de la 2de 13, pour nous faire payer notre victoire. Une coalition d'élèves se forma entre sa classe et la 1re S2. Ils tabassèrent une partie de nos camarades à la sortie d'un TP de demi-groupe. Ils avaient bien choisi leur moment, ni Atikattack ni Muscle n'étaient présents. C'était notre condition qui était visée. Mes camarades furent balayés avec leurs blouses blanches sur le dos. Un combat de têtes d'ampoule visant à nous ridiculiser. Nous n'arrivions même pas à nous imposer dans notre caste d'intellos, où l'on se battait avec des bras tout maigres de végétariens.

Se faire tanner par des élèves de la 1re S2 était une vraie humiliation. Ils crachaient sur de Gaulle et Vercingétorix. Pour eux, la France était une province romaine et Paris, la capitale d'une féodalité germanique. Une classe patiemment distillée, filtrée goutte à goutte, année après année. Elle réunissait tous les Bondynois, venus de chaque coin pavillonnaire, qui avaient pris allemand et latin à l'heure du grand choix. Stratégie parentale terriblement efficace pour garantir aux rejetons d'atterrir dans les meilleures classes. Nourris avec des locutions latines aux tétées de la grande louve, triés au tamis par les mains de la grosse Bertha, tous les fanfarons du pays ne se retrouvaient pas en L ou en STT. Avec un diplôme scientifique et la langue de Goethe dans la poche, un avenir radieux leur était assuré en toutes circonstances. Les années 2000 étaient pour bientôt. Une fois ou deux par siècle : les boches avaient pris le pli. Pour eux, depuis 1870, à l'ouest rien de nouveau. À la prochaine déculottée, ce ne serait pas en espagnol LV2 qu'il faudrait raconter aux cousins germains que la petite dernière se tapait un aviateur anglais dans le cellier.

Et si les Teutons pensaient qu'ils pourraient faire mieux que Napoléon, cette fois-là encore, il y aurait toujours la NASA pour effacer les plus grosses ardoises quand les Russes danseraient la *Kalinka* dans Berlin. Les Ricains avaient déjà recyclé tous les scientifiques allemands en 1945 avec l'opération Paperclip.

Trente mois après le cinquantenaire de la fin de la Seconde Guerre mondiale, il était facile d'atteindre le point Godwin. La 1re S2 n'avait rien d'un lebensborn, évidemment, la pouponnière du IIIe Reich pour enfants aryens. Mais elle était le résultat d'une séparation du grain et de l'ivraie depuis la première année du collège. On y étudiait encore les humanités classiques avec les méthodes de la vieille école. La crème de la crème de Pierre-Curie était là-bas. Dans les familles de ces élèves, on parlait Mines et Ponts, Polytechnique et Saint-Cyr depuis la plus lointaine enfance. Chez tous les autres Dyonisiens, le mont Everest, c'était le bac, et la lune, médecine ou droit. Au-delà, nous écoutions le silence éternel des conseillers d'orientation sur les espaces infinis.

Notre position dans le lycée était devenue encore plus précaire après le glorieux festin de la victoire au restaurant. Les derniers des derniers. Ma classe, désormais, pointait dans la hiérarchie de la cour de récré en dessous des péteux et des gros fayots d'une 1re S2 inféodée à cette saucisse de Naïm. Dans trois mois, assurément, Tarik lancerait sa vendetta sur un groupe démoralisé, sans forces ni alliés, au statut social dépassé par un plat de cassoulet.

23

Je prenais très à cœur mon rôle de chef de classe, élu à l'unanimité plus un. Les miens m'avaient fait le plus grand des honneurs. Une ode à la joie pour un cœur qui n'avait souffert qu'un seul malheur dans sa vie : le rejet de ses premiers camarades.

Quel coup douloureux ce serait pour mon âme, et pour tout le monde scolaire, si Kévin et Maxime ne pouvaient plus écouter pépère leur musique du diable ou si Charles et Polo devaient retourner lancer des dés gravés en runes elfiques cachés dans les cabinets.

Les bonshommes des sections techniques ne se couchaient certainement pas la nuit en réfléchissant aux mille et une façons d'humilier un bouffon des pavillons. Moi, en revanche, je m'endormais chaque soir les pensées tournées vers le problème inverse. Comment préserver mes camarades de la cruauté des puissants ? Nous avions commencé à étrangler le chat. Il fallait le finir tant qu'on pouvait un peu respirer.

Nos originaux remplissaient leurs poumons du bon air de la liberté. Ils vivaient au grand jour des passions coupables de rien. Leur bonheur faisait bien trop plaisir à voir. La propagande de Charles et Polo était efficace. Notre classe renvoyait l'image d'un havre de paix à toutes les petites gens. Louis d'or et les autres nous cherchaient dans la cour pour nous serrer la main. Je voulais me montrer digne de cette grande marque de respect.

Nous étions loin de la mériter. La 1re S1 n'était pas le paradis des études secondaires. Des dissensions apparaissaient déjà, et des groupes, parfois rivaux, se formaient au fil des jours. La nécessité de fonder une société d'égaux en classe n'empêchait personne d'autre que moi de dormir. Être avec les faibles, c'est être fort. Sauf que la force ne se fait pas sans union. La lutte éternelle des classes, saupoudrée de la géopolitique bondynoise, menaçait de tous nous balayer dans la cour. J'étais le seul à prendre la chose au sérieux. Le danger n'existait alors que dans ma tête. Les grands moments de rire ne suffisaient plus à maintenir une bonne cohésion dans la classe. On recommençait à regarder les gens de haut au sein même de mon ordre. Il y avait pourtant écrit des choses, à l'entrée du lycée. Quitte à en dévisser l'inscription lettre par lettre, je comptais ramener la fraternité en 1re S1.

S'occuper d'Atika et de ses copines était la grande priorité de mon mandat du ciel. Elles faisaient bande à part. Lahna exceptée, les quatre beautés se montraient trop souvent hautaines. J'avais des scrupules. La plantureuse au fort caractère me plaisait bien. Comme je snobais les agendas hors de prix, elle m'avait écrit, sur mon cahier de textes à spirale juste assez bon pour les CE1, un mot très sympa à l'orthographe impeccable :

Très cher Idir,

Voilà deux ans que l'on est dans la même classe et bien que tu agisses comme un fou, je sais très bien qu'au fond tu es très intelligent et très gentil. Si tu crois que c'est une déclaration d'amour viens me voir à la fin du cours. Tu en recevras deux sur chaque joue. Ça ne sera pas des bises !

PS : quand je vanne la Kabylie. Je rigole. :)

J'étais vraiment une poule. La plus petite manifestation de gentillesse suffisait à acheter mon amitié. Mais, pour l'heure, le devoir passait avant les sentiments. Atika avait gardé de notre année de 2de la vieille habitude de remettre en place les gens pour un rien.

Je jouais une partie d'échecs à la Arthur Pendragon. Un roi élu qui devait, non pas sacrifier ses pions, mais les protéger jusqu'à ce qu'ils soient promus à un avenir meilleur sur l'échiquier de la cour de récré. Il fallait aussi composer avec l'irascibilité de la plus puissante des pièces, une reine qui pouvait manger tout le monde, peu importait le camp. Atika s'en grattait l'épaule, de notre rivalité avec les 2de 13. Pourtant, elle nous faisait profiter de sa loi du plus fort. Sa seule présence à nos côtés nous épargnerait une annihilation complète quand la trêve imposée à Tarik par les lois sacrées du duel prendrait fin.

Faire rentrer Atikaillera dans le rang, sans la braquer et sans me faire taper dessus, exigeait une stratégie que je n'avais vue dans aucun dessin animé ni aucune série pour adolescents. J'allai donc puiser mon inspiration ailleurs, dans les nuits d'Algérie quand, privé de courant et de télé, j'écoutais Mamaino, entourée de tous ses petits-enfants, psalmodier d'une voix profonde :

— Tamaaaachahuuuute.

C'est ainsi que l'on annonçait aux plus jeunes bambins l'heure du conte, l'heure de tamachahut. À la lumière des bougies, dans la cour d'une antique maison en terre cuite, sous un ciel aux millions d'étoiles, mon imagination s'embrasait. Grand-mère puisait des histoires au tréfonds de sa mémoire et dans les âges les plus lointains. Son éloquence était le produit d'une culture orale parmi les plus anciennes de l'humanité. Les signes géométriques, dessinés sur les poteries de sa cuisine, étaient identiques aux peintures préhistoriques du Tassili. Quand les Romains luttaient dans leur plaine du Pô contre Hannibal et sa cavalerie numide venue d'Afrique, on écoutait déjà, dans les montagnes de Kabylie, les contes que Mamaino nous racontait.

Ma fable préférée était probablement tirée de l'épopée du général de Carthage en Italie, à dos d'éléphant. Elle narrait l'histoire d'un monarque connu de ses sujets pour couper des têtes à la moindre peccadille. Le tyran cruel possédait un pachyderme qu'il adorait. Il le laissait libre de ses allées et venues. L'éléphant de guerre avait pris ses habitudes dans les terres d'un village proche de la capitale. Il faisait de tels ravages dans les champs que les paysans réunirent une assemblée pour tenter de régler le problème. Il fut décidé d'envoyer une grande ambassade de villageois. Chaque plénipotentiaire devait formuler une partie de la requête au sultan. Celui-ci n'hésiterait pas à couper une tête mais répugnerait sans doute à massacrer vingt personnes. Les habitants du hameau furent reçus en audience à la cour. Le premier paysan entama les négociations :

— Noble sultan. Ton éléphant…

Il s'arrêta de parler, laissant la parole à la personne qui devait prendre le relais. Sauf que nul autre que lui n'osa dire un mot. Laissé seul face à la cruauté du monarque, lâchement abandonné par ses frères, le courageux villageois décida tout de même de continuer ce qu'il avait commencé. Il fut très éloquent :

— Pardonne mon trouble, seigneur. Je disais donc : ton éléphant vit dans notre village. Il est seul et il s'ennuie. Il serait judicieux qu'une femelle lui tienne compagnie.

Le sultan trouva l'idée très bonne, évidemment. Deux éléphants ravageaient désormais le hameau au lieu d'un seul, avec un gros risque que les tourtereaux fassent des petits. Les fins heureuses sont rares, dans les contes kabyles.

Personne dans la classe n'osait dire ses quatre vérités à Atika. Des valeureux lui en diraient chacun une.

On tira au sort parmi les meneurs de la classe : Chen, Zhou, Amir, Samy, le Chow et moi, bien sûr. Durant une récréation, notre délégué mit des petits papiers avec nos noms dans sa trousse, déjà presque vide après un mois de cours. J'avais assez joué au Monopoly avec les gredins de cette ville. Samy ne serait jamais tiré du chapeau. À Bondy, nulle loi n'interdisait de tricher. Se faire attraper, oui, ça, c'était mal.

Je fus désigné par mes pairs comme la main du destin qui enverrait quatre de ses camarades au casse-dents. Ma gauche tira Amir en premier. J'annonçai que le sort m'avait désigné. Ce n'était pas un beau geste, encore moins la manifestation d'un esprit chevaleresque. Je comptais leur faire le coup du deuxième éléphant en cas de trahison. De plus, il ne fallait pas mêler le beau gosse à cette mesure coercitive. J'avais espoir que, par amour, Atika rejoindrait un jour notre cause.

Comme Samy n'avait pas mis son nom dans la trousse, ni le mien d'ailleurs, les trois Chinois m'accompagnèrent dans cette périlleuse mission. Dispersés aux quatre coins de la salle de M. Touati, mes camarades furent infiniment plus solidaires avec leur confrère kabyle que les villageois du conte. Notre acte de courage haché se déroula en une seule scène :

IDIR

— Atika

GUILLAUME

— tu es

ZHOU

— une grosse

CHEN

— relou.

IDIR

— Pardon…

La synchronisation avait été parfaite. La phrase, découpée comme un gigot du dimanche, fut balancée au moment où tout le monde grattait du papier, dans l'absolu silence d'une classe terrassée par l'ennui d'un cours sur la révolution de Juillet. Elle fit mouche. Je vis, du coin de l'œil, Atika tourner en tous sens sa jolie tête. Elle cherchait à accrocher un regard, peu importe le proprio pourvu qu'il reçoive son terrible courroux sur la tronche. Le devoir accompli, mes yeux avaient plongé dans mon cahier, comme Jacques-Yves Cousteau en scaphandre sous la grande bleue. J'attendais que cessent les rires étouffés de mes camarades pour relever la tête. M. Touati me souriait. À la fin du cours, il vint me voir.

— Ma grand-mère aussi me racontait l'histoire de l'éléphant du sultan, dit-il, empli de nostalgie.

La famille de mon professeur était française depuis 1870 et le décret Crémieux qui naturalisa les trente-cinq mille Juifs indigènes d'Algérie. L'histoire passe. Celles des grands-mères restent.

Atika et sa petite bande répliquèrent vite à notre attaque coordonnée. Elles eurent la délicatesse de le faire en dehors d'un ring de boxe. C'était principalement des vannes sur la composition de notre groupe de meneurs. Elles plagiaient Tarik, qui nous appelait les Bioman parce qu'il y avait trois Asiatiques dans la bande. Nous n'étions pas des saints non plus. Siham, très belle femme au demeurant, fut rebaptisée Mamadou. Elle avait des lèvres de la taille de l'URSS qui aurait envahi la Chine et l'Inde. C'était raciste, même dans les années 1990.

À la suite d'un vote non officiel des garçons de la 1re S1, Alix était considérée comme la plus charmante fille de la classe. Cette beauté n'avait pas de dents. Les dents, c'était ces trucs un peu jaunes avec du plomb dedans qu'on voyait le matin dans le miroir. Alix mangeait et elle souriait avec des perles brillantes dans la bouche. Par contre, elle ne disait jamais un mot à personne, les copines de sa bande exceptées. On la rebaptisa donc Bernardo, le majordome sourd-muet de don Diego de la Vega, dans *Zorro*. Samy et Amir ne lui parlaient qu'en langage des signes.

Restait la dernière fille du groupe, la douce Lahna : on ne touchait pas à une Sebiane, une dynastie locale de chevillards. Nos parents avaient grandi dans un monde où la viande était du caviar. Ils élevaient leurs enfants dans le respect dû à la fille du boucher. C'était toujours un bon parti qui méritait tous les égards. Lahna, surtout, n'abusait pas de son statut, ni du pouvoir sur les hommes que lui conférait sa grande beauté de Méditerranéenne. Elle était gentille comme une moche, disait Chen.

Ce n'était pas encore la guerre civile dans la classe, mais il y avait souvent une touche de harissa dans les propos échangés. Au moins, désormais, Atika jouait le jeu. Elle ne s'en prenait qu'à des personnes qui avaient du retour de vanne. Fille de Blanqui, presque une femme, belle, forte et intelligente, elle répugnait forcément à se sentir solidaire d'une classe de craintifs de la vie sociale dont les membres se balançaient des bons mots incompréhensibles en dehors des sections scientifiques. « Tu oses saccharose. » « Espèces de mitochondrie. » Certes, les calembours ne rendaient pas hommage aux plus grands tribuns de la plèbe des cités, mais l'effort de ces intellos timides pour communiquer avec nos codes était plus que louable. Même Grégory commençait à faire des phrases. Nous voulions tous qu'Alix suive ses progrès. Elle ne pouvait même pas mettre un râteau à quelqu'un. Elle allait faire quoi ? Secouer la tête pour dire non ?

Dans cette opération de maintien de l'ordre, on m'exonéra de la responsabilité des troubles. Un peu comme les rois de France. La famine, les taxes, la guerre, tout était la faute des mauvais ministres. Les filles me soutenaient au sein même de la rébellion. Siham et Alix me le firent savoir. Il n'y avait pas de SMS en ce temps-là, nous communiquions par des mots sur des petits papiers ou sur les agendas, quand le sujet était important. Leur message disait :

Cher Idir,

Alix et moi on a voulu t'écrire un gentil mot sur ton beau cahier de textes de maternelle parce qu'à chaque fois que nous avons le dos tourné tes copains chinois trouvent le moyen de prendre nos agendas pour les lire ou pour écrire qu'ils nous aiment. C'est sûrement à cause de leurs nobles sentiments qu'ils nous vannent toute la journée...

Nous ne leur en voulons pas. Nous sommes trop canon pour laisser les hommes indifférents. Humour ☺

Tu es un peu fou avec ta bande mais nous t'aimons bien quand même.

Bernardo et Mamadou

J'avais très envie de me dévouer corps et âme à des filles qui pouvaient se montrer aussi adorables. Et puis, partout sur cette terre, c'était toujours du prestige d'être bien vu par les dames. Mais, pour le moment, c'était le quart d'heure boulot qui primait. Tous les mal dans leur peau de l'établissement avaient fait de notre classe leur porte-drapeau. Il fallait mettre définitivement fin aux dissensions en 1re S1. Atika, que j'adorais pourtant, devait être correcte avec tous ses camarades. Si elle persistait dans sa volonté d'écraser les masses laborieuses qui fournissaient les cancres en stylos rouges et autres cartouches d'encre, elle devrait en subir les conséquences.

Notre petit coup avait fait passer le message. Il ne suffit pas à adoucir le caractère de Xena la guerrière. À peine consentait-elle à discuter avec nous autres, les Bioman, certainement par attrait pour Amir, Force noir devant, marron derrière, pour plagier les Inconnus. Une conversation franche avec Atika serait inutile. Une minute d'échanges en tête à tête, et la sublime comprendrait qu'elle pouvait me faire manger dans sa main.

Un événement détourna l'opinion publique de la peur de se prendre une avoinée par madame. Kévin donna l'alerte. Nous sortions tous du cours de français. Il entraîna les Bioman vers les toilettes mixtes attenantes à la salle B113. Une horreur. Quelqu'un avait dû exploser en se délivrant. La pêche posée venait de Tchernobyl. Il y en avait partout sur les murs.

Le Chow me regarda droit dans les yeux. Il était temps de reprendre une enquête vieille de cinq ans. Du temps de Pierre-Curie, j'avais eu la petite envie, à l'occasion d'une récréation. En entrant dans les toilettes, j'avais vu Guillaume, seul, complètement choqué, hypnotisé par la vision du merdier le plus formidablement abouti depuis qu'Adam avait compris, à la fin de sa première journée sur Terre, qu'il allait désormais en chier tous les jours. Il y avait un Léviathan qui dépassait d'une cuvette des chiottes. Ce récit possède évidemment un zeste de romancé, mais là, sur la tête de ma mère, le fait est garanti 100 % sans remix. Impossible que la chose fût sortie d'un homme. Les autres cabinets étaient dans le même état. La bête avait fait son affaire en plusieurs fois. C'était soit Gargantua, délivré après une grosse constipation, qui avait fait le coup, soit le Géant vert le jour où il avait découvert qu'il n'y avait pas que le maïs dans la vie.

Des années après, nous reconnûmes tous les deux le *modus operandi*. Mêmes traces de mains sur les murs, mêmes souillures au plafond, et l'odeur je n'en parle pas. Le destructeur de monde venait encore de frapper, avec une immondice qui aurait fait l'admiration d'une baleine à bosse. À Pierre-Curie, ils avaient fermé les toilettes trois jours, le temps d'éponger le sinistre. La personne à qui incomberait cette tâche au lycée mériterait, sans ironie aucune, le titre de meilleur ouvrier de France.

Le Chow et moi savions que c'était un gars de chez nous qui avait accouché l'antéchrist de l'étron, forcément un ancien de Pierre-Curie. Kévin fut immédiatement innocenté. Il n'avait pas pu livrer une ruine pareille tout de suite après la sortie des classes. Rome ne s'était pas faite en un jour.

Avec Guillaume, nous nous posions mille questions en cheminant vers le cours de biologie. Qui avait demandé une pause à M. Mizon ? Qui était parti se repoudrer le nez assez longtemps pour visiter la Colombie ? Qui avait essuyé son derrière avec le cours d'anglais qui collait désormais sur le sol ? Lequel de nos camarades était con comme la pluie sur le lac ?

C'était pourtant la règle la plus élémentaire de la vie dans un établissement secondaire. On ne fait pas caca au lycée ! Tu ne chies pas où tu veux pécho. Parler de notre digestion, après le Flunch, pouvait déjà être considéré comme un humour superbement con mais surtout très osé. C'était un monde d'apparences, plus tolérant au sujet des habits du marché qu'au collège, mais sans la moindre pitié sur les convenances de base. Est-ce que Sue Ellen Ewing allait au petit coin dans *Dallas* ? Dylan McKay avait-il déjà foutu les pieds aux chiottes à *Beverly Hills* ? Et Drazic, dans *Hartley, cœurs à vif* ? Caca et charisme sont des antinomies. Même les profs avaient la décence de se soulager aux Délices de Marmara. Ils prirent cette habitude du temps de Kamel, le seul qui pouvait s'arroger le droit de faire son affaire sur place. Il avait un double des clefs des toilettes des enseignants, grand luxe, aux odeurs de lavande. Le chieur fantôme, qu'on l'appelait, jamais les autorités ne lui mirent la main dessus. Le lieu, désormais profané, fut définitivement abandonné par ses fidèles certifiés ou agrégés.

Pour les femmes et hommes de troupe, les élèves, le chiendent, la grosse commission, c'était pour la maison. Les approvisionnements en papier toilette étaient trop aléatoires, à Jean-Renoir. L'État n'était pas notre môman. Il s'était engagé à cracher les biffetons principalement pour qu'on puisse un jour rendre l'argent de notre éducation en pôtpôt et autres taxes. Former un futur citoyen pour qu'il ne mette pas le premier charlot venu sur le trône républicain, à l'âge de voter, relevait du petit truc en plus. Le chauffage et le PQ n'étaient pas dans le contrat social.

L'enquête fut vite expédiée. Même les Dupont et Dupond auraient eu tôt fait de la conclure. Atika et Samy avaient été les seules personnes à avoir quitté le cours de français assez longtemps pour bombarder

Londres. Notre délégué s'était même fait virer, une habitude, M. Mizon n'étant pas très patient avec les forts en gueule. Xena ne posa jamais le popotin à Pierre-Curie. Samy, lui, avait fait un rapport assez détaillé de sa fin de soirée après le Flunch pour se désigner lui-même comme le seul capable d'un tel cataclysme.

— C'était donc notre ami le drôle d'oiseau, le cacatoès, qui m'a donné des cauchemars toutes ces années ? me dit le Chow en classe de bio.

— Moins fort, t'es ouf ou quoi ? répondis-je.

— Tout va bien, les enfants ? demanda von Schöning.

— Toujours dans votre cours, madame, fayotai-je.

Petite, aussi impressionnante qu'un hamster dans sa roue, la prof nous avait dressés grâce à une force quasi mystique.

Nous reprîmes la conversation au pays, avenue Carnot, quand Grégory et Samy nous saluèrent à la fin de la journée pour rentrer aux Cottages. L'amitié nous commanda, malgré l'Armageddon qu'il avait provoqué tantôt, de serrer la main du délégué.

— Tu sais comment notre histoire du duel les a tous passionnés, affirma Guillaume, pressé de rentrer chez lui prendre une douche.

— Surtout nos histoires de caca, déplorai-je.

— C'est ça, les tabous : quand on les fait péter, sans mauvais jeu de mots, les gens en redemandent. Plus c'est con, plus c'est bon. On a balancé une côtelette à des végétariens. Jamais plus ils ne retourneront bouffer du tofu.

Le Chow était un sage. Il n'y avait aucune chance que Samy assume sa merde. Aucune non plus que ses deux amis le jettent aux lions. Comme deux gros bâtards, et pour le bien du plus grand nombre, on chargea l'innocente afin de satisfaire la populace. Je me rêvais en roi Arthur, assis parmi les égaux de la Table ronde. Je devins Ponce Pilate épargnant Barabbas pour faire d'une passionaria une candidate au martyre.

Désormais, dès que la Valkyrie entrait en cours, la classe entière poussait le râle du monarque dans l'effort. Tout le monde est un peu le roi, dans l'intimité du trône. Maxime osa même envoyer un direct du fion après s'être fait embrouiller par Atikaka en cours de français :

— J'ai peut-être de longs cheveux de gonzesse, comme tu dis. Mais moi, au moins, je n'embaume pas tout le couloir.

Ce métalleux en avait au fond de son slip kangourou. Poussé par les hourras de la classe, et les dents qu'il avait toujours en place à la suite de son échange houleux avec la casseuse de bouche, il enchaîna le prof de français dans la foulée.

— C'est bien pratique d'avoir de longs cheveux. Comme ça je ne vois pas si vous discutez ou travaillez, lança, peu de temps après, Mizon à Émilie et à sa voisine, Laure, affalées sur leur table.

— C'est bien d'avoir des cheveux tout court, répliqua Maxime.

Notre prof de français était chauve. Ce fut après ces faits d'armes que notre camarade eut sa feuille de personnage, de celles qui faisaient notre réclame dans la population rôliste. Un des proscrits du lycée, un renégat de Pavillons-sous-Bois, avait tenu tête et calmé la toute-puissante Atika. Elle avait respecté les usages, même si la passe d'armes s'était réglée par l'énoncé d'un faux dossier. On ne frappait pas la personne qui vous avait loyalement terrassé par une réponse bien sentie à votre première pique. Je n'en appréciais Atika que davantage, dirait-on du côté d'Aubagne.

La matrone perdit une partie de son charisme, basé sur la peur, mais gagna l'estime de tous ses camarades quand elle leva le pied sur les coups de pression. Ils oublièrent bien vite l'histoire des toilettes ravagées. C'était une section scientifique, on n'y était pas si bêtes. Samy en faisait trop sur l'affaire, bien content d'avoir trouvé une tête à chapeau. Il se dénonçait pratiquement lui-même.

D'une pierre, deux coups. Les hardos et les hautaines cessèrent d'agir en clans autonomes. Maxime et Kévin furent promus au rang de leaders de la classe. Ils avaient tous les deux ramené la paix et la fin de la terreur en 1re S1, même s'ils le firent sans finesse. Pas mal de temps fut nécessaire pour que le niveau d'humour général décolle du bac à sable.

Laura avait déjà gagné sa place dans notre collège de représentants. Une petite pavillonnaise qui s'était battue comme une vraie native, les doigts agrippés à sa fourchette, face aux terribles 2de 13. La parité des vraies soirées bondynoises était ainsi respectée : huit gars, une fille. Avec Dorothée et les hard rockeurs, notre Table ronde devint vraiment représentative de tout le pays. Aimé Jacquet, qui entraînait les Bleus pour la Coupe du monde, mal selon les médias, aurait été fier de notre équipe, black-blanc-beur-meuf-jaune.

La diversité sociale des habitants, dont les parents venaient de partout dans le monde, fut longtemps la très grande force de Bondy.

Vingt ans après la 1re S1, le Chow aurait comme voisin les Mbappé.

24

Je suis allé une seule fois à la chasse. Un jour extrêmement frustrant. La traque du gibier se déroula au bled, quelque part au début des années 1990. Nous avions pourtant un bien meilleur loisir sous la main. Papa avait enfin installé une parabole sur la terrasse. On pouvait, magie de l'homme blanc, capter les chaînes françaises. La télévision algérienne ne commençait qu'à 13 heures, et les programmes n'étaient pas fous fous. Quand un film américain était diffusé, les scènes chaudes censurées, même une bise, rendaient la compréhension de l'intrigue difficile.

Je reconnaissais tout de même à notre unique chaîne nationale l'excellence de ses reportages animaliers. Elle avait aussi le mérite d'avoir sensibilisé tout le pays aux horreurs indicibles de l'esclavage avec le plus grand succès de son histoire, la série *Racines*. Kunta Kinté devint une icône aussi révérée que Bruce Lee dans tout le pays. L'Algérie soutenait le combat de l'African National Congress et rappelait à qui voulait l'entendre que Nelson Mandela avait reçu sa première formation militaire auprès du Front de libération national. C'était bien. Étape suivante : les cousines ne devraient plus être obligées de raconter que leur futur mari antillais avait un grand-père kabyle.

La télévision locale n'avait plus le monopole au village. Je pouvais enfin regarder le *Club Dorothée* au pays des ancêtres. Ce jour-là, avec mon frère, nous subîmes la vision de la plus grande humiliation algérienne de l'histoire, devant mon dessin animé préféré. Jabu, Chevalier de la Licorne, un compatriote d'Oran, se mangeait la raclée du siècle face à un guerrier tout de rose vêtu, armé d'une sorte de chaîne de vélo. S'il fallait en passer par là… Bientôt, l'épisode le plus important de toute l'animation japonaise allait commencer. La pub pour le Tang en poudre et celle où le fils d'un émir du désert vantait les qualités d'une Clio, malheureusement pas assez chère pour son père, s'enchaînaient, suivies d'autres réclames moins inspirées. L'événement médiatique menaçait de marquer pour toujours nos écrans. Il avait le don de se faire attendre.

C'était aussi important pour le monde des ados que la chute du mur de Berlin pour les adultes. Je vis d'ailleurs le dernier acte de la guerre froide à la télé, en direct. Enfin le dernier… La Première Guerre mondiale aussi était la der des ders. Le petit écran allait de nouveau montrer la fin d'un monde. Son Goku allait se transformer en super guerrier de l'espace. Il combattait Freezer, destructeur de sa planète natale, depuis je ne savais combien d'épisodes de *Dragon Ball Z*.

Trois ans déjà que ce monument de la pop culture nous passait sous le nez. La première fois, encore en Algérie, chez les cousins, une coupure d'électricité m'avait privé du grand moment. Les camarades en parlaient à l'école comme s'ils avaient fait Woodstock. On nous avait rebranché le courant trop tard. Tristan des Bee Hive chantait désormais « On va faire un tour sur l'autoroute » dans *Lucile, amour et rock'n'roll.*

La deuxième occasion mit une année au moins à se présenter. Nous suivions *DBZ*, assidûment, depuis des mois. La série recommença de zéro, sans prévenir, comme une envie de pisser, juste avant l'épisode de nos fantasmes, une mauvaise habitude du club. À raison d'une seule diffusion par mercredi, nous ne revîmes la planète Namek que l'été suivant. Le jour le plus attendu de notre vie, chez tonton Salah, Mamaino nous envoya traire une vache. Elle considérait la télé comme un poil plus utile dans la vie de deux enfants qu'un sachet de cocaïne.

Nous avions assez payé notre tribut au suspense. Cette fois, c'était la bonne. Il n'y avait pas eu de coupure d'électricité depuis le début des vacances. Papa était dans le salon mais ni *Téléfoot*, ni *Stade 2*, ni le JT ne nous gâchaient la vie. Mamaino était chez elle. Nous allions enfin voir Son Goku libérer tout son potentiel – illumination par la haine – qui allait le transformer en blond aux yeux verts. Akira Toriyama n'était pas sensible aux thèses raciales nazies. L'affaire fit débat pour rien, à l'époque. Colorier les cheveux du héros de son manga en noir prenait juste beaucoup trop de temps.

Le générique de *DBZ* commença. Je n'avais pas été aussi fou d'excitation depuis la première fois où j'avais vu *Rocky II* ou *Retour vers le futur*, à un âge béni où la magie du cinéma et des retournements de situation opérait à tous les coups. Kamel aussi était captivé. Freezer venait de tuer Krilin, le meilleur ami du héros.

Son Goku allait enfin faire payer au méchant à la fois ses crimes et le génocide de son peuple. Quinze secondes après la fin du récapitulatif de l'épisode précédent, un autre guerrier entra dans le salon.

— Vous deux, les émigrés, vous avez passé toutes les vacances devant la télé, sermonna l'oncle de papa. Levez-vous. Je vous emmène à la chasse.

— Non !!!!!! hurlai-je.

— Calme-toi tout de suite avant que je m'y mette de bon cœur, avertit mon père, assis sur un des canapés.

— On peut attendre la fin de *Dragon Ball* ? suppliai-je.

Pour toute réponse, la claquette du padré atterrit droit sur ma tête. C'était ce tireur d'élite qui devrait partir à la chasse, pas moi.

— Il y a des terroristes dans les montagnes, non ? essaya mon frère.

— Barrez-vous, ordonna papa. Personne ne vous prendra en otage. Vous avez rejoint le territoire de votre deuxième nationalité. Le seul doigt que la France bougera pour vous, ça sera le plus long. Pendant deux mois, vous n'êtes pas son problème. Vous ne valez pas un dinar.

Mon père savait rassurer ses enfants, les persuader de leur valeur dans ce monde. Débarrassés des tracas qu'on aurait pu causer à l'ambassade d'un pays qui avait filé son droit de garde à une autre mère patrie, on suivit l'oncle dans le maquis, extrêmement frustrés par la vie. Nous ne croisâmes aucun terroriste. Juste un chasseur sur le retour qui nous salua, un sanglier mort sur les épaules. En pleine guerre contre le Groupe islamiste armé, les interdits religieux n'étaient pas le problème du bonhomme, aussi peu que la priorité sur les voies romaines le fut pour ses ancêtres. Peur de rien, les Kabyles. Même pas que le ciel leur tombe sur la tête.

Il n'avait plus d'aussi bons yeux, le vétéran de toutes ces guerres. Le grand-oncle rata deux perdrix et un lièvre durant la matinée. L'expédition présentait plus de danger pour les neveux que pour les oiseaux. Suivant les instructions du chasseur, nous rabattions le gibier vers son champ de vision. Il tirait parfois sa cible à 30 centimètres de nos pieds tendres. Je rentrai à la baraque avec un peu de chevrotine sous les semelles de mes sandalettes.

On cassa la croûte peu avant midi, à l'ombre d'un grand cèdre qui poussait sur le sommet d'une crête. Ça sentait bon la vie et les fleurs sauvages, les montagnes. La vue sur la vallée de la Soummam était grandiose ; la vallée pourrie, disaient les paras de Massu. Les cimes sauvages reprenaient vie et couleurs pendant la décennie noire, parce que les richards d'Alger et les émigrés, insupportables de suffisance et premiers pourvoyeurs de feux de forêt, avaient abandonné les excursions du week-end. Le repas sorti du carnier fut frugal mais goûtu : deux beaux oignons rouges dans une salade de pommes de terre aux olives, des œufs durs, la galette et des tomates, chaque part saupoudrée de gros sel. La collation fut complétée par un ersatz algérien de Vache qui rit pour les deux enfants de beurgeois. Nous bûmes tous à la même gourde en métal, longuement, tant il faisait chaud. Kamel taquina le patriarche après sa grosse lampée :

— T'as pas touché une bête. T'es sûr que tu as tué beaucoup de boches ?

L'oncle ne dit rien et mangea. À la fin du casse-dalle, il ordonna à chacun des enfants de son neveu de lancer une pierre, aussi haut dans le ciel que le pourraient nos petits bras. Il les fit exploser toutes les deux avec les cartouches de son fusil, dans un bruit assourdissant, avant qu'elles touchent le sol. Le coup double des bartavelles !

La gloire de mon grand-oncle, désormais, était qu'il ne tuait plus jamais rien. Son dindon, superbe et énorme, mourrait de vieillesse dans sa basse-cour.

Je pensais à ce jour de battue, en Algérie, il y avait des années de cela. J'étais à présent au lycée, en France, à une semaine des vacances de la Toussaint. Je traquais Noria comme un cerf depuis plus d'un mois déjà. C'était ce que l'amour avait fait de moi. Quand mon cœur flaire le bonheur, je chasse, mon frère, je chasse tous les jours. La nuit, même. Elle commençait à tomber de plus en plus tôt, et l'été me manquait déjà.

J'avais, par un travail de renseignement patient, reconstitué tous les emplois du temps des classes littéraires. J'essayai tous les horaires de sortie possibles, intégrant l'éventualité d'une dernière heure séchée. Introuvable. Même à la cantine ou à la cafèt, que la Lumière semblait éviter. Avec toutes les récréations qui sautaient en 1re S1, les occasions de rencontrer Noria dans la cour furent trop rares. Sans compter que j'avais à cœur de cacher au monde entier mon premier vrai secret d'amour. J'agissais très discrètement, ce qui jouait sur l'efficacité de la traque.

Les dessins animés de mon enfance sont une source inépuisable de références. Avec Chen, nous en avions dénombré cent quarante-deux, couchées sur une liste réalisée au fond d'un cours de maths. Repose en paix, la 5. Si tu cherches, si tu cherches, tu la trouveras, disait le générique de *Lydie et la fleur aux sept couleurs.*

Enfin, un soir, à la sortie des classes, c'était un jeudi, je revis Noria. Un grand bonheur et un vrai soulagement. Je n'avais pas rêvé cette femme. Elle portait une longue veste couleur de lionne et des Caterpillar tout aussi clairs aux pieds. Le tout était parfaitement assorti à ses cheveux blonds. Un col roulé noir du plus bel effet lui entourait le cou. Noria savait s'habiller chic et distingué, tout comme moi, dans un univers parallèle, où la glace brûlait l'hiver au pôle Nord.

Victor Hugo écrit que l'amour rend audacieuses les jeunes filles timides et transforme les hommes braves en poltrons. J'étais terrorisé à la simple idée d'aller lui parler. Elle était seule. Moi aussi. La 1re S1 avait quitté le lycée depuis une heure.

Mon côté féminin prit finalement le dessus. Ce fut les plus courageuses salutations depuis la rencontre entre le 5e d'infanterie de ligne et l'ennemi qu'il était venu mitrailler : Napoléon, de retour de l'île d'Elbe.

— Soldats, s'il en est un parmi vous qui veuille tuer son empereur, me voilà.

Pour toute réponse, les hommes de troupe rebroussèrent chemin vers Paris avec leur usurpateur bien-aimé à poser sur le trône. Je n'étais pas allé jusqu'à Moscou, mais j'avais quand même mangé dix assiettes au Flunch.

— Bonjour, lançai-je à brûle-pourpoint.

Noria ne se souvenait pas de moi. C'était écrit sur son visage comme le Port-Salut sur sa tomme. J'aurais dû enlever mes lunettes. Elle répondit avec politesse et bienveillance à mon approche, ce qui m'encouragea à continuer.

— Je suis un ami de Nadia. Nous avions échangé quelques mots, le jour de la rentrée, osai-je rappeler.

Elle fit très bien semblant de se souvenir de notre rencontre. Toujours est-il que mes références furent suffisantes pour amorcer un dialogue. Nous parlâmes longuement, comme de bons amis, et la crainte de paraître importun ou ridicule reflua de mon cœur. Je fis comme si nous habitions au même endroit et cheminai avec elle jusqu'à la cité Blanqui. Elle parla de tout et de rien, avec aisance et une grande joie de vivre. Seul le fond de ses yeux bleus, que j'osais à peine contempler, conservait quelque chose de chagrin et poignant. J'écoutais, buvais façon petit-lait plutôt, tout ce qu'elle racontait. Le courage paye, pensais-je.

Le lendemain, ce fut elle qui vint me trouver dans la cour. Il n'était pas possible qu'un si grand bonheur m'arrive. Nous papotâmes encore un très bon moment. Elle était blonde et se disait arabe. J'étais noiraud et kabyle. Le sang pur, ça n'existe pas. Son rire aurait dû arriver en tête du top 50. Sa voix était digne de tous les grands noms de la salle Pleyel. Sa seule présence transformait l'espace et le temps. J'étais au printemps, dans une vallée arborée de Nouvelle-Zélande, en compagnie d'une princesse des *Mille et Une Nuits*. Il ne manquait que le sable et la mer. Si Bondi Beach existait, le paradis des Bondynois, j'y étais.

Je remerciais les grèves d'avoir mis tous les élèves de Jean-Renoir dans la cour. Mes camarades de classe passaient la matinée chez l'ami Philippe. La maison, à un jet de pierre du lycée, fut souvent aménagée en base arrière de la 1re S1. Les 2de 13 faisaient du barouf et projetaient leur leader dans les airs, comme si Tarik venait de gagner la Coupe Davis. Ils venaient de forcer la serrure de la cafèt et fêtaient la réalisation de leur gros coup, ivres de gloire, de sodas et de pains au chocolat. Kamel avait fait mieux, toujours. Il possédait un trousseau de tous les lieux stratégiques du lycée et refusait de le vendre aux enchères aux patrons du S. Comme moi, il était sensible aux souvenirs du passé.

Je dus abandonner Noria, à regret, sur son banc parce que les miens avaient aussi besoin de leur chef. Chen draguait les filles des autres bahuts. Celles du lycée Schweitzer, au Raincy, commune considérée comme le Neuilly du 9-3, semblaient avoir sa préférence – l'établissement avait la réputation de scolariser des mannequins haute couture. Elles achevaient un tour des lycées les plus frustes de la région afin de mobiliser la jeunesse du peuple contre Claude Allègre, ministre de l'Éducation nationale. Dégraisser le mammouth, sous le gouvernement Jospin, était, selon ses propres dires, sa souveraine ambition.

Muscle, imitant à la perfection le lycéen engagé, entraînait ses conquêtes potentielles sous les fenêtres des toilettes du bâtiment D, pour poursuivre un débat animé, assis en bonne compagnie sur un muret. Les vitres du petit coin donnaient aussi sur la rue Fremin et l'allée qui filait vers le parking des profs. Nous étions, là-haut, chargés d'éloigner la concurrence. Dès que les gars des autres bahuts venaient marcher sur les platebandes de Chen, mes camarades leur balançaient un seau d'eau. La technique d'éloignement était tellement efficace que nous risquions de passer la journée dans les chiottes. Amir, qui n'avait jamais eu besoin d'une organisation pour ces choses-là, mit fin à la mission. Il arrosa le dernier groupe de filles courtisées. Je me promis, à l'avenir, de faire très attention à cet effet de groupe. Il venait de nous transformer en oppresseurs de l'étranger.

Je parlais avec Noria les jours de grève, ainsi que les mardis et jeudis, sur le chemin de sa cité. Elle m'offrit un jour un Malabar, en sortant de la boulangerie. Je l'aurais toujours si Kamel ne l'avait pas mangé après avoir fouillé ma chambre. J'étais plus amoureux chaque matin. Je me rendais compte que je pouvais parler à la femme de ma vie sans trop bégayer. Mon instinct me soufflait qu'il valait mieux garder les blagues potaches et les clowneries pour les copains. Inutile également de discourir sur mes rêves de bâtir un monde meilleur pour toutes les victimes du lycée. Trop mégalo, même pour un scénario de science-fiction. Et puis madame ne comprendrait pas, elle appartenait à la haute.

Les vacances de la Toussaint arrivèrent bien vite. Je n'avais jamais été aussi heureux. Mes jours s'écoulaient, intenses et grisants. Amoureux, entouré d'amis merveilleux et animé par une cause juste, je quittais doucement cette prison d'angoisses intérieures. Elle enfermait mon âme depuis toujours.

Je sortais enfin des tendres années de l'enfance, ne tirant du passé que la nostalgie du quatre-heures devant les dessins animés et les heureux souvenirs de la cité, quand Michael Jackson était noir, beau comme jamais plus. Mes blessures morales se refermaient toutes.

25

J'étais rentré du bled avec un lourd secret. Désormais, je priais. Cinq fois par jour. Enfin, je rattrapais le soir toutes les *salat* que je manquais au lycée. Je craignais que mes parents ne comprennent pas mon intérêt pour la religion. Peur justifiée.

Ils étaient musulmans et faisaient le ramadan, le vrai, pas le californien. Mais on égorgeait des gens au nom de l'islam en Algérie. Des histoires circulaient sur des simples d'esprit enrôlés par des prédicateurs de la haine et conduits à commettre les crimes les plus horribles après un lavage de cerveau. Tout le monde au pays craignait les bombes humaines, les jours de marché. Je savais ce que mes parents pensaient : pour eux, j'étais faible et influençable.

Peut-être un peu à cause du GIA, mon père ne tuait plus le mouton à la maison. C'était surtout ma faute. En 1991, les parents avaient ramené la bête cinq jours avant le sacrifice de l'aïd, pour qu'il s'engraisse avec l'herbe du jardin. Nous fîmes bien connaissance, tous les deux. On se racontait notre vie. J'avais lu *Mon bel oranger*, et cet ami-là fut infiniment plus loquace que l'arbre de Zézé. Il répondait par des bêlements tout à fait compréhensibles. Le jour de se dire adieu pour la marmite, forcément, je le libérai dans la rue.

Je l'adorais, ce mouton, mais il était beaucoup trop con pour la liberté.

— Cours, William, que je lui disais, et ne te retourne pas ! Je t'aime, mon Willy ! Pas par là, *arioul* d'âne bâté ! Va chez les Français de Bondy Sud, l'herbe est verte et ils mangent du soja !

Comme le petit Will, je cavalais moi aussi sur l'avenue. Mon père n'était pas très loin derrière. De la fumée lui sortait du nez. Il déboucla sa ceinture en pleine course et gagnait inexorablement du terrain. Tellement en colère qu'il souriait. Le fameux sourire kabyle.

— Viens là, mon fils ! C'est pour rire, assura papa entre deux souffles. *Oud el Haram* (fils du péché) ! On va refaire l'épisode d'Abraham. Avec un peu de chance, Dieu m'enverra le mouton à 8 000 francs que tu as libéré juste avant que je te tue !

Le Tout-Puissant n'envoya rien du tout, ni l'archange Gabriel ni de bélier bien gras. Certainement pour m'apprendre qu'on ne disait pas à l'imam de son village que la lumière divine émanait du coran électrique. Pour punir aussi, sans doute, mon antisémitisme teinté de révisionnisme : pour moi, David n'avait pas pu battre le géant Goldorak.

Mon créateur céleste me laissa donc m'expliquer seul avec mon créateur terrestre, armé du kabylator 2000, sa ceinture en cuir de Cordoue.

Tout ça pour wallou. Après avoir causé un embouteillage monstre, Willy s'était fait rattraper bêtement par mon père, cow-boy dans une autre vie. Tenir un pantalon, éduquer ses enfants, attraper un mouton… C'est fou tout ce que peut faire un papa algérien un peu débrouillard avec son ceinturon.

Les parents ne verraient pas le coup de la prière venir. Trop flippant dans le contexte de la guerre civile en Algérie. Maman prendrait ma liberté de culte, la plierait en quatre pour la mettre dans la poche arrière de son pantalon, puis elle s'assiérait dessus dans un grand boum. Du coup, je priais en cachette. Comme tout se passait à peu près bien au lycée, j'interprétais mon bonheur dans la vie comme un cadeau du ciel, un signe que Dieu encourageait ma pieuse conduite.

Il avait toujours été d'une aide précieuse pour moi. Mon créateur m'avait libéré de beaucoup de mes peurs, de l'angoisse surtout d'être né dans un univers incompréhensible pour l'homme, dans l'état actuel des avancées de la science. L'un de mes meilleurs amis n'arrivait pas à me faire comprendre que le temps et l'espace, c'était kif-kif. Il avait sauté une classe, était abonné à *Science et Vie* et tenait tête aux plus grosses tronches de sa classe, la 1re S2. Un peu de science éloigne de Dieu, beaucoup en rapproche, disait Albert Einstein.

J'avais découvert l'amour. C'était peut-être un résultat naturel de la chimie du vivant, à la portée du premier cochon ou mammifère venu. Reste qu'il y avait quelque chose de transcendant dans cette volonté de se lier à une autre âme pour toujours. L'amour, c'était aussi un peu de la foi.

Je pratiquais désormais ma religion à la Montesquieu. Charité et prière, c'était ainsi que le grand philosophe résumait l'islam. Hamid vint sonner à la maison le premier vendredi des vacances. Après m'avoir balancé un marron en 2de, il allait me ramener sur les terres de ma naissance. Pour la première fois, depuis la sortie de la maternité, je retournais au Mordor, où se trouvait la mosquée de la ville.

C'était comme on le racontait autour des vallons de la Comté. Il y avait des cités à perte de vue, hautes et menaçantes pour les profanes étrangers à cette terre. C'était aussi le cœur religieux de notre ville, avec la synagogue, la salle de prière et une succursale de l'église Saint-Pierre. Al Bundy devait également y céder un peu du culte des ancêtres qui lui était rendu en Terre du Milieu. Ici, Tuco faisait sa loi, son hors-la-loi plutôt. Une représentation parfaite, imaginée par le grand Sergio Leone, des premiers habitants de Bondy, bandits de grands chemins de leur état.

La mosquée fut une profonde déception. Elle n'avait ni coupole ni minaret. C'était un hall d'immeuble bondé de monde, au rez-de-chaussée d'un bâtiment du Carré, la plus terrible cité du coin. Beaucoup de fidèles attendaient la fin du prêche, en arabe littéraire, assis dans les escaliers. Il y en a un qui voulut s'élever vers Dieu plus rapidement que les autres. Au moment de commencer la prière, par manque de place, il prit la sienne dans la cage d'ascenseur. Forcément, il arriva ce qui devait arriver. Nous étions à Bondy, après tout.

On dut tout recommencer pour attendre le retour de notre coreligionnaire, bloqué au septième étage. La prière collective était de toute façon à refaire, tout le monde avait rigolé bien trop fort pendant l'acte de foi.

Je vis, ce jour-là, que les jeunes qui priaient étaient assez nombreux. Certains étaient des connaissances du lycée. Ils n'en faisaient pas du tout une histoire. Des adolescents aussi communs qu'à Paris, ouverts d'esprit, pas du tout des illuminés. Même les convertis, qui avaient la foi des premiers jours, se calmaient après un moment et continuaient leur vie pépère, sans plus importuner personne avec leurs pudibonderies. Je rencontrai aussi Quentin, qui n'était plus juif, un jour, à la sortie de la mosquée. Oh, il avait raison. Un vendredi sur deux, le couscous était servi à l'œil.

— T'es dégueulasse ! Tu bouffes avec les doigts ! Mais rote pas non plus ! l'avait repris un jour l'imam.

Il savait avec quel loustic il devait traiter mais était soumis aux commandements de sa religion. Le manger, c'était pour partager avec toutes les créatures de Dieu. Mytho compris.

La nourriture posait désormais problème à la maison. Même en dehors, d'ailleurs. La famille fut invitée à un mariage marocain, peu avant les premières vacances de l'année. Nous étions attablés avec les darons, Kamel et moi. Le nôtre répondait, comme à son habitude, au hasard, aux questions qu'on lui posait.

— Idir ? Ah lui ! Je crois qu'il a quatorze ans, un truc comme ça. T'es au collège, non ? On ne dirait pas mais, oui, c'est aussi mon fils.

Quand le repas fut servi, les commentaires allèrent bon train sur la qualité de la viande, et tous ces messieurs se lancèrent dans une conversation animée sur les prix. Un tel prenait son kilo au marché de Clignancourt, un autre à celui de Sevran. Le mec en béret à côté de papa assurait avoir les meilleurs tarifs chez son boucher, un Sebiane, et les prix des côtelettes de mouton firent fantasmer la meute de tous ces carnivores.

— Vous êtes bêtes ! lança mon père. Je touche mon gigot 30 % moins cher.

— Où ?! crièrent la plupart des convives.

— Dis-nous ?!

— S'il te plaît ?! suppliait-on encore.

M. Hocini maîtrisait parfaitement la montée du suspense. Il finissait tranquillement son couscous sans dire mot. Le stress de l'attente était palpable dans toute la pièce. Padré *mio* captait l'attention générale, chacun était suspendu aux mouvements de sa mastication, sadiquement lente. Les Hébreux attendant Moïse depuis quarante jours au pied du mont Sinaï n'auraient pu générer une telle tension. Mon père libérerait bientôt le peuple des darons de tous ces veaux à prix d'or. Kamel était si fier de papa. Et moi donc. Notre tablée épuisa vite sa capacité de patience. On se remit à le presser de toute part. Il céda, enfin, à tant de suppliques :

— Bon. Si vous insistez. Moi, la viande, je l'achète à Carrefour.

Silence de plomb dans la salle. Un daron osa dire tout haut ce que les autres pensaient tout bas :

— Mais… à Carrefour… la viande n'est pas halal.

— Pfffff ! répondit papa en se servant une autre assiettée.

La honte. Mon père nous avait identifiés, aux yeux de tous, comme une famille de gros mécréants. Le pur cliché kabyle. Je respectais son honnêteté, mais je voulais moi aussi manger halal ou casher. Les musulmans peuvent se nourrir d'un animal sacrifié selon le rituel juif. Windows 95 ou Windows 97, ça ne changeait pas grand-chose. Les Français et les Allemands n'avaient pas inventé les coups de surin entre cousins germains.

On leur avait un peu tout piqué, aux Juifs, jusqu'à la bistouquette coupée.

J'annonçai la chose, face à toute la famille, devant un steak coquillettes.

— Est-ce que la viande est halal ? demandai-je.

— C'est pas ton problème, taliban, répondit maman.

— C'est pas halal, c'est Charal, plaisanta mon père.

— Ben je ne mange pas, alors, déclarai-je, me rappelant que le courage payait.

Il en fallait. Et pas qu'un peu. Les hommes avaient pris à ma mère un père et tous ses rêves d'enfant privée d'école. Le mâle et son pouvoir de dicter, de détruire, c'était le mal pour cette femme. Kamel le lui avait prouvé tous les jours de sa scolarité.

Maman s'était construit un monde où son autorité n'était contestée que deux mois dans l'année, parce qu'elle avait épousé le Panzer Berber, le surnom de papa dans la communauté des taxis parisiens. Rien ne semblait pouvoir arrêter sa 405 quand il se lançait dans une course, pas même l'armée française défilant le 14 juillet 1989, racontaient les légendes du métier. Hors de question que je mange halal, parce que ce n'était certainement pas à moi de dicter le menu des repas. Surtout, elle préférerait me tuer de ses propres mains plutôt que de nourrir un futur terroriste.

J'essayai, de toute la force de mon âme, de faire comprendre à mes parents que rien n'est plus éloigné de l'islam que le meurtre d'innocents. J'affirmais que j'étais tout, sauf hostile aux autres religions. Je leur disais que Zhou, un de mes très bons amis, vénérait le dieu des pastèques. En tout cas, il y avait une cucurbitacée posée sur un autel, avec des offrandes, au milieu de son salon.

Je fis surtout l'erreur d'invoquer le souvenir de grand-père, un moudjahid, martyr de l'islam. Il en résulta une des plus terribles colères de la mère.

— Mon père est mort pour que tu puisses aller à l'école, pour que personne sur cette terre ne nous regarde de haut ! Pour rien d'autre !! hurla la fille de Salah.

Guerre entre deux nations, guerre civile, guerre de religion, guerre révolutionnaire, la guerre d'Algérie fut un cas unique dans les annales du monde. Comme si la France avait rejoué, une dernière fois, tous les conflits de son histoire, avant de passer à la Ve République.

On me faisait encore payer la facture pour tous ceux qui avaient eu vingt ans dans les Aurès, soit une classe d'âge entière. Je voulais manger halal ? Alors je ne mangeais plus que des chips et de la salade. Je devais attendre la nuit, que mes parents dorment, pour faire mes prières. Sans quoi ma mère me donnait des coups de pied quand elle me surprenait le front contre le sol.

Elle me déçut énormément. Je la trouvais butée, renégate à sa propre foi et hypocrite. Quand les tatas de la cité venaient à la maison, elle leur annonçait fièrement que je faisais la prière. Là non plus, maman n'avait rien inventé. Il n'y avait pas si longtemps encore, c'était toujours du prestige, un fiston curé dans une fratrie. En Algérie, nous étions considérés comme une famille maraboutique, la noblesse religieuse, une tribu de *chorfa*, descendante du prophète. Si jamais le fait était vérifié, Dieu, dans son immense sagesse, comment dire, eh bien, il est probable que, je cherche mes mots, Il n'en aurait… Il n'en ait rien à secouer. L'être suprême devait trouver suprêmement con le tas d'atomes qu'il avait créé. Si c'était à refaire, il donnerait sûrement le monde aux koalas juifs. « Si vous adorez Mohamed, sachez qu'il est mort. Si vous adorez Dieu, sachez qu'il est vivant », annonça le calife Abu Bakr pour signifier à tous que le prophète de l'islam n'était qu'un homme. Les seuls avantages que donnait cette ascendance pompeuse, c'était de regarder de haut les Kabyles et les Arabes de naissance commune. Pas méprisante pour un sou, ma mère tenait à son rang mais rejetait la religion, du moins sa pratique. Une foi qui l'avait élevée, au bled, dans une société hiérarchique digne de l'Ancien Régime. Même quand tout le monde plantait des carottes, certains se considéraient comme moins pécores que les autres.

Maman allait beaucoup trop loin dans ses persécutions religieuses. Une fois, surtout, où je dus faire obstacle de mon corps pour éviter un grand sacrilège à notre famille. Ma mère me surprit en train de lire le saint Coran dans ma chambre. Elle me l'arracha des mains et le jeta par terre. Hassina projetait d'en fouler les pages, mais ce furent mes vertèbres qui prirent les coups de pied. Elle péta une durite chaque jour des vacances, qu'elle transforma en inquisition. Une folle prête à absolument tout pour plier son fils à sa volonté. Cette femme voulait un enfant comme Samy, gentil, respectueux de sa maman – mon ami considérait la sienne comme une sainte –, un rejeton besogneux qui bossait au marché, lui faisait des prix et rentrait tard le soir après une virée à Paris avec Kamel. Un enfant qui pensait à la vie. Pas à la mort.

J'y songeais, au paradis. Pour moi il était aussi sur terre, et c'était dix minutes sur un banc avec Noria. Je faisais des tours dans les rues de Bondy durant tous les derniers jours d'octobre, dans l'espoir de croiser celle qui avait pris mon cœur dans le creux de sa main. Elle l'avait emporté, et je dédiais ma vie à le rattraper.

Je pensais que Dieu avait donné trop de pouvoir à nos mamans. La rédemption est sous le pied d'une mère, disait-on dans ma religion. Toutes mes prières étaient pour elle. Je demandais à Dieu de lui pardonner les brimades que je subissais pour obéir à la foi. Ma piété religieuse m'imposait la piété filiale.

Chaque midi, c'était la Saint-Barthélemy. J'excitais sa colère par des phrases tout en drama. Du genre de celle-là :

— Mon corps est sorti du tien, je t'obéirai pour tout le reste. Mais pour ce qui est de mon âme tu n'as pas voix au chapitre.

— Tiens ! Celle-là aussi, elle vient de mon corps, avait-elle hurlé en m'assenant une terrible gifle.

Facile à esquiver, je la reçus pourtant en pleine face. Je prenais goût au martyre. Il renforçait ma foi. C'était bien par les persécutions que Rome était devenue chrétienne et toute l'Europe avec elle.

Mon père était plus ouvert au débat théologique. Ses arguments faisaient souvent mouche.

— Toi tu pries. Moi je me réveille à une heure du matin pour nourrir quatre enfants. Tu crois que c'est qui, le plus méritant aux yeux de Dieu ? me cloua-t-il le bec, un jour.

Dix longues journées à me harceler pour que j'arrête de prier, de manger halal, pour que je trouve une petite amie. Pour Hassina, visiblement, comme pour tous les amateurs de clichetons, un bon Kabyle était un mauvais musulman. Je dus transférer les fonds cachés de Samy chez Kamel parce que ma mère passait ma chambre au peigne fin. Elle cherchait le moindre signe de propagande fondamentaliste. Des liasses de billets dissimulées dans un coussin auraient été la preuve que je finançais le terrorisme international. J'aurais pu économiser pour mon pèlerinage à La Mecque. J'étais fiché S avant que le concept existe.

Ma pratique religieuse fut combattue en pure perte.

J'avais la chance d'avoir deux modes d'emploi dans la vie. Le Coran et la Déclaration des droits de l'homme. J'y tenais comme à la prunelle de mes yeux. « Tous les hommes naissent libres et égaux », « Ne sois ni oppresseur ni oppressé », c'était peut-être ces mots, autant que grand-père, qui avaient libéré l'Algérie. Je comprenais la peur de ma mère, je dormais toutes les nuits d'été sur la terrasse pour voir venir les terroristes. Je comprenais, mais elle me fit beaucoup de mal. Par son absence totale de confiance en ma capacité de discernement, maman me blessa énormément.

Ce ne fut pas seulement mon cœur qui prit gros tarif. Un matin où Hassina épluchait des navets, munie d'un grand couteau, je fis l'erreur d'en prendre un à la volée, comme ça, pour goûter du légume, en passant dans la cuisine. Elle m'assena un coup, tout en nerfs, avec sa lame.

— Voilà comment on traite les voleurs dans ta religion ! cria-t-elle, le visage hideux de colère.

La blessure était profonde. On voyait l'os et ça pissait le sang. J'allai trouver mon toubib, la main pressée dans un torchon.

— File à l'hosto. Ce n'est pas avec du baume du tigre ou du gingembre pilé que je vais te réparer ça, diagnostiqua le Chow.

Mes parents me rejoignirent à l'hôpital Jean-Verdier. Le médecin de famille, le vrai, le docteur Baragnac, leur passa un savon d'Alep jumelée à Marseille.

— Combien de fois je vais vous le dire ! Envoyez le plus grand en maison de redressement ou à la Légion. Il va finir par tuer son frère. Ça fait dix-sept ans que je le recouds ! C'est notre meilleur client !

On laissa parler sans moufter. Ce qui se passe à Vegas reste à Vegas.

Je fus opéré pour un tendon coupé. Trois jours d'hôpital, un mois dans le plâtre, le double en rééducation. Maman pleura toutes les larmes de son corps. Mon père menaça son épouse pour la première fois : une autre dinguerie du genre, et c'était la répudiation civile et religieuse.

Depuis ce doigt sectionné, à la maison, on mangeait halal. Et tout le monde pouvait prier le dieu qu'il voulait. Hassina comprit qu'elle avait été la seule extrémiste dans l'histoire.

Elle me présenta ses plus sincères excuses, les seules qu'elle fît jamais à un homme. Il n'y avait rien à pardonner. C'étaient les terroristes qui m'avaient touché. Leur arme la plus terrible avait porté le coup : la peur. La peur panique dans le cœur de ma mère de me voir devenir un des leurs.

26

Les saisons étaient déjà déréglées, à la fin du siècle dernier, mais le froid de novembre avait encore des dents en 1997. Après la Toussaint, l'excitation de la rentrée et les beaux jours avaient laissé place à une frileuse routine à Jean-Renoir. Chaque classe semblait prendre ses quartiers d'hiver dans son coin. La dureté du climat reléguait la cour de récré à un lieu de sociabilité très secondaire. La cafèt, braquée par la 2de 13 et sans chauffage, servait principalement aux rôlistes emmitouflés et à des littéraires qui buvaient leur panaché par terre, habillés comme des punks à chien.

La 1re S1 bivouaquait dans les couloirs du premier étage du bâtiment B, entre la classe B113, celle du professeur principal, et le bureau de notre CPE. Les cabinets y étaient régulièrement nettoyés, le chauffage fonctionnel et les itinéraires de fuite nombreux et labyrinthiques. Chacun des trois étages avait deux accès vers la cour de récréation. On pouvait semer un surveillant au trot à chaque montée ou descente de niveau. Il y avait six pions dans le lycée, Samy rappela à deux d'entre eux que le FBI savait tout de leurs amourettes avec des terminales. Il les informa que nous voulions la paix jusqu'au printemps. On passerait nos journées d'hiver au chaud grâce à ces gros cochons.

À la pause du midi, généralement, le lieu était déserté par les adultes. On aurait presque pu voir la boule d'herbes séchées, charriée par le vent, qui roulait dans les ruelles poussiéreuses des westerns de darons. Pour occuper les miens durant la mauvaise saison, j'inventai un jeu : le foot bras cassé, une référence à ma mésaventure des vacances. Le sport fut rebaptisé ratball par les rares anglophones de la classe. Une partie se jouait avec deux équipes de trois. Chacune d'elles possédait un bras cassé. Ce joueur devait avoir une patte dans le plâtre ou être pieds nus et sans pull, ou encore privé de lunettes malgré une myopie sévère. Les autres pouvaient toucher la balle avec les mains et les pieds, lui n'avait le droit qu'à ses chicots. La partie s'arrêtait quand une équipe avait marqué cinq points. Un bras cassé donnait immédiatement la victoire aux siens s'il réussissait à agripper le ballon avec les dents. C'était l'attrapeur avant l'heure. Je ne lirais pourtant les règles du quidditch dans Harry Potter que dix ans après le lycée.

Ce sport devint aussi populaire dans ma classe que la boule de pétanque au prisonnier dans tout Bondy. L'esprit Coubertin et celui Jules Rimet, très français, des fils Hocini. Nous avions établi un championnat où concouraient toutes les équipes de la 1re S1 : Chine réunifiée (Chen, le Chow, Zhou), Algérie (Amir, Samy, Idir), Royaume des morts (Kévin, Maxime, Dominique la Gothique), Sri Lanka elfique (Charles, Polo, Kulan).

Un match débutait généralement par une annonce de notre délégué. Du genre de celle-ci :

— Bon, mes saligauds ! Les gants du Chow, c'est le ballon. Les deux sacs à dos à côté de la salle de Simoneau, c'est vos buts, ceux à côté du bureau du CPE, les nôtres. N'oubliez pas la seule règle du jeu : il n'y a pas de règle du jeu. Aujourd'hui, c'est Algérie contre Chine. Guillaume, enlève ton pull et tes grolles.

Je m'en mangeais des semelles dans la gueule, à chaque midi, pour attraper la balle. Le sport, dans sa première phase de jeu, ressemblait plus au rugby qu'à autre chose. Mes deux coéquipiers allaient au contact avec les défenseurs d'en face pour me protéger, moi et ma main dans le plâtre. Avec l'autre bras cassé, la partie tournait souvent au combat entre deux chiens de la casse pour un os.

Nos camarades de classe hurlaient dans les couloirs pour encourager l'équipe la plus chère à leurs cœurs. L'Algérie, souvent, gagnait le match dans les gradins. Elle menait la saison, nous avions le meilleur jeu, le plus de mordant, et c'était l'équipe des deux chefs, officiel et officieux. À cause du raffut, la conseillère d'éducation nous donnait parfois la chasse, épaulée par les surveillants que nous ne faisions pas chanter avec une idylle honteuse ou parce que l'un d'eux avait acheté du shit à un élève.

On s'éparpillait alors dans le bâtiment B tel un essaim de sauterelles. Certains d'entre nous étaient pieds nus. Nous faisions encore plus de boucan dans les couloirs que durant les parties de ratball, agrandissant les trous dans le placoplatre des murs à gros coups de bottes balancés en pleine course. On délocalisa bientôt les activités sportives au troisième étage, à proximité des labos de chimie, en les agrémentant de combats de boxe quand Chen daignait apporter ses gants en cours. Muscle me mit K-O lors d'un combat pour le titre de coq de la classe. J'avais lutté, une main dans le plâtre, toujours. Pour le symbole. Malgré quelques personnalités qui sortaient du lot, nous étions la classe des bras cassés du lycée, les moins populaires. Il fallait montrer l'exemple. « L'échec n'est pas fatal, c'est le courage de continuer qui compte », disait Churchill.

La cohésion de groupe était excellente en cours, et les leaders de la 1re S1 mouillaient le maillot pour le bien commun et le rire de tous. Marion, l'autre déléguée, rejoignit bientôt les premiers de cordée. Elle aurait fait une très bonne avocate pour le diable, plaidant habilement l'inexpérience de l'apprenti auprès du maître, Mme Desforges, à la suite des recherches scientifiques de Samy. Il avait mélangé tous les produits de notre table dans un ballon en verre à fond rond durant des travaux pratiques en chimie. Une énorme fumée jaune s'était alors répandue dans toute la classe. Notre prof avait évacué le troisième étage, en panique, après avoir activé la hotte censée aspirer l'air vicié. Avant de tous nous pousser dehors à grands coups de pompe, elle avait hurlé, par précaution sans doute :

— Gaz moutarde !

Faisant fi de mes yeux qui piquaient, et d'un début de toux angoissant, j'encourageais le goût de Samy pour les sciences. Avec notre camarade, la 1re S1 avait désormais son département recherche et développement. J'en pressentais la nécessité, songeant toujours à Tarik, cette épée de Damoclès au-dessus de nos têtes. La 2de 13, à la pointe de la technologie militaire, était équipée de fumigènes volés à la SNCF et d'autres armes de destruction massive, comme les Bison 6 ou les mammouths, pétards aux proportions de dynamite qu'on ne trouvait plus que sous le manteau. Ils avaient déjà fait étalage de leur puissance de feu dans le cours de leur professeure d'espagnol, la craintive Mme Turenne, pour la punir d'un contrôle surprise. Trop émotive pour enseigner dans l'académie de Créteil, elle s'était évanouie en plein cours à la suite de multiples explosions à ses pieds. La jolie trentenaire se réveilla au bon moment, grâce au merveilleux instinct de conservation que développait tout professeur muté dans le 9-3. On commençait, dans le lot de bonshommes majeurs de la plus terrible classe du lycée, à former une équipe médicale, et elle s'organisait vite. Tel ferait du bouche-à-bouche, tel autre un massage cardiaque. Un dénommé Lotfi trafiquait déjà les fils d'une rallonge, qu'il ambitionnait de relier à une prise électrique, pour pallier l'absence de défibrillateur dans le lycée. Il prit, pour toute la 2de 13, cinq jours de renvoi après un conseil de discipline, le troisième dans cette classe depuis le début de l'année.

Ils n'avaient pas Marion, habile négociatrice, qui culpabilisait souvent l'administration du lycée pour le mardi sans récré. Son visage, resplendissant de beauté et d'innocence, mettait nos éducateurs au fond de sa très hypnotique poche arrière. Les adultes lui accordaient pour nous le bénéfice du doute, avec les dividendes et les intérêts. Un des pions, parmi ceux restés honnêtes, l'adorait. Malik, cœur tendre de vingt-deux ans, en pinçait un tantinet pour notre représentante de seize printemps. La loi des proportionnalités amoureuses existait pourtant déjà à Bondy, bien avant Barney Stinson. En plus des sœurs des copains, et de leurs ex-petites amies, il était interdit de fricoter avec une fille qui n'avait pas plus de la moitié de votre âge, plus sept. Malik, par exemple, ne pouvait faire sa cour qu'à une fille de dix-huit ans et un jour. Plus vieux ou plus jeunes, les femmes, elles, faisaient ce que bon leur semblait. Les professeures les plus canon s'en privaient, malheureusement.

Il était heureux de voir notre déléguée, célibataire, se tremper jusqu'au col roulé dans nos coups fourrés. Les Bioman n'étaient pas les Power Rangers ou un conseil d'administration d'hypocrites. Laura n'était désormais plus la seule fille du groupe des meneurs, celle des quotas.

Un autre beau visage de la classe fut adoubé à notre Table ronde, James Dean, mon sac à dos à l'effigie d'une immense icône de la jeunesse partie trop tôt. Il émergea en cours d'anglais, le mardi soir, à la dernière heure de notre journée de forçats des bagnes de Calédonie, Kabyles et communards des années 1870 unis dans leurs deux révoltes manquées. En exception qui confirmait la règle de la classe, j'écoutais M. Touati pendant son cours.

Une fois par semaine, Mme Sklodowska, la pauvre, était obligée de subir une classe surchargée et incapable de rester une minute de plus en place pour un cinq à six. Le final d'une journée de neuf heures sans l'ombre d'une récréation : l'Éducation nationale soviétique ! Même Alekseï Stakhanov devait tirer sur une clope entre deux wagons de charbon de temps en temps. Sans quoi il aurait retourné sa mine avant de passer à l'Ouest. La Polonaise ne devait pas être très sobre quand elle accepta son emploi du temps à la rentrée.

Nous faisions les délinquants juvéniles avec cette bonne dame aux gros mollets. Un soir, je la défiai à la boxe thaïe, debout en plein milieu du cours, le front entouré d'un bandeau improvisé avec ma chaussette.

— Donnez-moi Tong Po, je veux Tong Po ! criai-je en faisant claquer mes cuisses contre mes mains, tel Van Damme projetant ses jambes sur un ring.

— Nok Su Kao ! Nok Su Kao ! hurla toute la classe, comme la foule dans un des combats de *Kickboxer*.

— Est-ce qu'elle bouge comme ça, Tong Po ?! demanda Samy en remuant le haut de son corps pour refaire une scène culte du film.

Devant l'hilarité générale, Chen gratta aussi son moment de gloire. Il se leva pour défier Atika avec une autre réplique qui marque :

— Tu te couches comme Amir. Avec Amir, bonne baise !

Xena la guerrière rougit tel un fragile pétale tout juste sorti de son bouton de rose. Touchant à l'extrême.

Les études secondaires ressembleraient partout à ce cours dans un gouvernement d'anarchistes. Durant une heure, c'était la ménopause : il n'y avait plus de règles. Nous posions une chaise, bien en vue, sur une des tables du fond. Celui qui restait le plus longtemps dessus, sans bouger, malgré les remarques de la prof, gagnait le challenge. Je me distinguai encore une fois, mais Tong Po me changea de place pour récompenser l'établissement du record de la classe : deux minutes trente.

Je fus mis au ban de la société, tout devant, contre un mur, dans le rang de gauche. Seule une place vide me tenait lieu de voisin de table. Pour ne pas devenir schizophrène, durant cette interminable heure maudite, j'installai mon sac sur la chaise à côté de la mienne. Au début, nous papotions gentiment tous les deux. Puis à force de faire semblant, James Dean devint un vrai ami. Je lui racontais des secrets. Je le mettais chaque jour sur le dos, dès les premières heures du matin. En cours d'anglais, désormais, c'était sur le sien que je faisais porter mes écarts de conduite.

— Tu pousses le bouchon un peu trop loin, James, le repris-je le soir où sa table s'effondra, après qu'il en eut dévissé la moindre vis, en furet, avec mon compas.

Mister Dean s'habillait avec mon écharpe et mon manteau. Il portait mes lunettes, aussi. En contrôle je disposais une copie en face de ce très studieux voisin. Je trichais, jetant sur sa feuille de petits coups d'œil furtifs, le plus discrètement possible, à tel point que, évidemment, tout le monde remarqua mon manège. Le mime Marceau aurait apprécié la performance, je perturbais encore plus la classe devant avec un ami imaginaire que derrière avec les réels. Je devenais un homme de spectacle. Les timides, quand ils tombent le masque, en font dix mille fois trop, c'est connu. Tant mieux. J'aimais entendre les rires de mes camarades, les voir tous si heureux.

On se mit d'accord pour lever le pied sur les facéties et la gaudriole deux semaines avant le conseil de classe. Un bilan de trimestre complètement bâclé par l'institution. Samy Abbas monopolisa une heure de temps de parole pour défendre son gigot. Stratégie perso qui profita avant tout au collectif. À bout, épuisés par une négociation difficile avec le roi des camelots du marché de la gare de Bondy, les profs avaient montré beaucoup trop de clémence envers notre délégué, alors qu'approchait l'heure de coucher les petits. Ils durent aligner la même miséricorde envers tous les autres élèves. Très peu d'avertissements travail, aucun de conduite, à peine avait-il été dit que nous ne correspondions pas au profil d'élèves d'une classe de 1re S classique, c'est-à-dire des jeunes gens studieux, complexés, avec un avenir après le bac et un énorme baobab coincé dans le cul.

Pour ma part, les maths péchaient à cause de ce philistin de Simoneau : 7 de moyenne. Une contre-performance largement compensée par un 15 en physique-chimie et un 11 acceptable en sciences de la vie et de la terre. Nous étions des scientifiques, le reste des matières ne comptait pas.

Sklodowska n'aurait sa revanche que bien plus tard, quand ses élèves se retrouveraient à répondre : « *I'm from Dundee* » quand on leur demanderait : « *Do you speak English ?* »

Dans la vraie vie, c'est Tong Po qui a gagné le combat. Combien de recruteurs m'ont envoyé au tapis, après un entretien d'embauche, pour me punir de l'avoir tant de fois défiée en classe au lieu d'apprendre l'anglais ?

27

J'étais devenu la Cassandre de la 1re S1. Je prêchais dans le désert, comme si Apollon m'avait craché un gros glaviot dans la bouche. À quelques jours des vacances, personne ne prenait au sérieux mes prédictions pour la nouvelle année qui pointait. Tarik, enfin libéré de sa parole, allait nous mettre la misère dès les premiers jours de 1998. Les rôlistes retourneraient dans les cabinets, et les hardos redeviendraient les enfants du diable au lycée.

Comme tout le monde, j'aimais les scénarios où le faible doit en chier dur pour triompher du puissant méchant. Mais, dans notre cas précis, mon analyse de la situation n'était pas un fantasme de vieux fou biberonné aux mangas et aux plus épiques épisodes de l'histoire du monde. C'était de la sociologie de base.

Je n'ai jamais lu Bourdieu ou Durkheim, mais lançons-nous quand même. Trois personnes, c'est déjà un groupe. Dès lors, chacun joue un rôle. Plus imposé que choisi. Nous étions mille êtres humains à Jean-Renoir, adolescents de surcroît, rien qu'un gros bouillon d'hormones et d'émotions à fleur de peau.

Nous vivions un moment de notre vie où les gens devaient se cacher comme des criminels pour poser une bugne. Sale ou faux Arabe, Kabyle mangeur de sanglier, mec de cité, bouffon des pavillons, Bondynois du Sud, natif, fayot de scientifique, apprenti terroriste… Je savais ce que c'était d'être mis dans une case, de jouer le personnage que la société, polluée de préconçus, avait mis en scène pour vous.

Pendant un an, en 3e, j'avais été dans les cercles du pouvoir absolu d'Haroun et, avant cela, pratiquement au ras des pâquerettes de la communauté collégienne, sans parler de ma première journée d'école dans la peau d'un proscrit. Si les religions, le communisme, l'école républicaine et mon Algérie tant aimée avaient échoué à bâtir un monde d'égaux, ce n'était pas une bamboche au Flunch qui allait réaliser cette utopie. Il y avait un championnat des enfants, dans ma famille ! Elle n'était certainement pas la seule à fonctionner sur ce système.

Jean-Renoir, depuis la fin des conseils de classe, était devenu Walnut Grove, un dimanche à la messe de Noël. Une communauté où tout le monde semblait aimer son prochain, comme dans *La Petite Maison dans la prairie*. Noria rivalisait même avec la meilleure des femmes, Caroline Ingalls, la mère et l'épouse idéale. Stakhanov était une de ces feignasses au gros cul à côté. Emblaver un hectare de seigle, nourrir les bêtes, tenir la maison, élever les gosses et faire l'amour à son époux, elle devait lire dans les pensées à la fin de la journée. La brave femme accumulait une charge mentale digne des plus grands télépathes.

« Décembre trop beau, été dans l'eau », disait la mamie corrézienne de Louis d'or. La paix sociale ne pouvait pas durer au lycée. C'était malheureusement impossible. Notre planète aurait le vertige jusqu'à la fin des temps. C'étaient les cons qui faisaient tourner le monde, du moins ceux qui savaient parler à leur bêtise. Je pressentais que chacun reprendrait bientôt sa place. Tout le monde serait content de revoir les bouffons squatter le bas du tableau. Il fallait forcément un dernier. La populace du lycée avait un peu oublié les originaux depuis les premiers froids de l'automne. Les leaders de la 1re S1 s'endormaient sur leurs lauriers. Détachés du reste des intellos de la classe, nous étions plutôt bien vus, voire populaires. Les filles de la classe traînaient souvent avec les Bioman à la récré. Elles étaient plus rayonnantes chaque jour. Notre cote s'élevait avec la montée de leur capital beauté. Breloques inutiles et vaine vanité. J'avais charge d'âmes et j'étais kabyle : le bonheur à l'école, il serait pour tout le monde ou pour personne. J'étais français, aussi : on ne laisse personne derrière dans la Légion.

Louis d'or décrivait le pouvoir qu'exerçaient Tarik et les siens sur le lycée durant ses parties de *La Formidable Épopée de la 1re S1*, le jeu que les rôlistes avaient inventé pour narrer nos aventures. Il les appelait l'Empire technique. Nos moyens de faire face à cette superpuissance scolaire s'amenuisaient. Muscle rendit en effet les conclusions de son enquête : c'était Amir qui avait fait profiter Laura de notre larcin en cours d'anglais. Elle avait canardisé notre bon ami, et de haut vol avec ça, comme qui dirait. Trahir ses frères pour que sa meuf décroche un 20 sur 20… Ce Niels Holgersson et les oies sauvages était né avant la honte. Nous prîmes donc nos appeaux pour une battue au colvert, histoire d'être vraiment sûrs qu'Amir regardait bien deux œufs blancs au fond de ses chiottes, tous les matins, avant de tirer la chasse. Les faits furent confirmés lors d'une course-poursuite en bus où l'engin roula beaucoup trop loin dans Pavillons-sous-Bois. Nous vîmes, en filant sur la nationale 3, le bec d'Amir l'emplumé embrasser les lèvres purpurines de Laura, sur un bout de trottoir.

— La petite catin, insulta Chen, dans le 105, à l'adresse d'Amir.

— Ouais, c'est un coup bas. Il n'a toujours pas compris que, son taf dans la vie, c'est d'être le quatre-heures d'Atika. Ce n'est pas gratuit, la protection qu'elle nous offre dans la cour, radotai-je.

— T'es encore là-dessus ?! Non mais fais comme lui ! Trouve-toi une meuf, ça te détendra !

Chen promit tout de même de garder secrète notre découverte pour préserver notre atout charme. Il draguait Laura comme un gros charognard devant Amir, pour l'énerver, mais c'était de bonne guerre, et son rentre-dedans sans délicatesse pouvait endormir les possibles doutes d'Atika.

Les vacances arrivèrent enfin. Muscle, qui traînait auparavant avec les gros bras de la cité du S, ne pouvait plus se passer de ses copains de classe. Il m'invita, durant ces jours froids sans école, au Dragon d'Argent, me faisant réaliser un fantasme d'enfant. Petit, je rêvais de manger avec des baguettes comme tous les héros de mes dessins animés préférés. Je lui rendis la politesse en l'emmenant chez David, la meilleure table de la ville. Sa mère faisait salon tous les jours à l'heure du goûter. Elle nous nourrissait bien, et casher avec ça. Samy inscrivit également Chen au Country Club, le dimanche dans la maison de Thomas, un ami de Pierre-Curie qui poursuivait ses études à Gagny. C'était le Bondynois le plus formidablement équipé en consoles de jeux vidéo. Nombreux étaient les enfants de la Terre du Milieu à se réunir chez ce saint homme qui sauvait nos dimanches d'un ennui mortel. Les parties de *Bomberman* et de *Mario Kart* étaient d'une fourberie qui insultait l'image de marque de Nintendo, basée sur les joyeux moments en famille autour de ses machines, nullement sur les coups de Jarnac à la bondynoise.

Le natif de Wenzhou découvrit dans la foulée le parc de la Mare à la Veuve et la bande à Angelo, toujours aussi dynamique, deux rentrées après la 3e. Chen en fut émerveillé.

— Mais c'est Beverly Hills, ici ! s'extasia-t-il la première fois qu'il mit les pieds sur l'herbe verte de la Comté.

Mon ami appréciait beaucoup les connaissances que j'avais gardées du collège, en particulier les filles. Virginie était toujours aussi jolie, gentille et pas du tout amoureuse de moi. Ce dernier point n'avait plus d'importance, mais je gardais une affection particulière pour mon tout premier coup de cœur.

Aux Cottages, la patrie de Samy, Muscle passait ses journées comme s'il visitait Disneyland. Cette cité avait laissé la drogue et les combines de malfrats aux vrais ghettos. La grande spécialité locale, c'était le trafic de films de cul. Un savoir-faire à ne pas prendre à la légère, surtout à l'époque. On ne pouvait pas mettre dix mille vidéos coquinettes dans un fichier secret *C:/programs files/Windows/système32/Coccinelle*. Chaque film cochon tenait sur une cassette VHS, objet fort encombrant.

À cause des monstres de l'enfance, nos prudes mômans avaient gardé l'habitude de regarder sous le lit. Tous les amateurs de pornos, collectionneurs dans l'âme, ne possédaient pas les hangars nécessaires au stockage de tels volumes filmographiques. Quelques habitants des Cottages avaient investi dans la branche dépôt-vente de cette frivole industrie. Les techniques d'optimisation de l'espace qu'ils avaient développées constituaient leur plus grand secret d'État. Les collections privées qui s'accumulaient sur le territoire des Cottages, aux pavillons spacieux, en faisaient la bibliothèque d'Alexandrie de la puberté. Le cousin de Samy détenait soixante-trois cassettes. Il fallait aimer vivre dangereusement pour cacher tous ces kilomètres de bandes au sein d'une famille où l'on changeait de chaîne de télévision au moindre baiser. La technique d'enregistrement d'un film X au beau milieu d'un *Ghostbusters* avait ses limites. Franz faisait office de parrain de la cité : le jeune actif possédait trois cent soixante-six boulards entreposés dans les murs de sa maison. Personne ne sut jamais par quel procédé. Il en avait pour tous les goûts, des raretés et des pièces de musée ; même des films allemands de l'ex-RDA, avec un message politique jusqu'au milieu des partouzes. *Le Plan à trois quinquennal*, *Le Kolkhoze sans culotte*, *Tchernobite*, *La Guerre chaude*, *La Tsar Bomba II*, *Analstasia* furent les seuls pornos tournés dans le bloc de l'Est traduits par une obscure annexe des Jeunesses communistes françaises et destinés à l'origine aux magnétoscopes Betamax. J'en avais maté un bon, par goût pour l'histoire évidemment, bien sûr. Les acteurs portaient la moustache et des pulls qui grattaient avant de se désaper pour faire l'amour au boulot avec d'autres ouvrières, dans le fond d'une mine de la région de Lusace. Les fantasmes traversaient plus aisément le rideau de fer que les hommes.

L'amitié entre Chen et le peuple des Cottages prit force et vigueur autour d'une passion commune et totalement assumée. Mister Tseu, qui avait grandi à l'ombre des cités, découvrait le Sud pavillonnaire, ses marches et tous ses plaisirs. Il ne faudrait pas que cet amoureux des belles femmes me fasse le coup d'Hannibal qui s'était ramolli, avec son armée, en passant l'hiver à profiter des délices de Capoue au lieu d'achever Rome. J'avais besoin de sa force et aussi de son courage. Chen avait montré une âme de chevalier en prenant parti pour les plus faibles, au lycée.

Je cherchais toujours le moyen de préparer les miens au pire quand Victor m'appela, au début de la deuxième semaine des vacances. Il m'annonça que sa mère était au ski. En bon camarade, il mettait le logement familial à la disposition de tous les copains. Une maison sans parents : le graal des adolescents ! Un fort contingent d'élèves de ma classe, une quinzaine à peu près, passa donc les derniers jours de 1997 au chaud dans un pavillon du quartier du parc de la Mare à la Veuve au lieu de galérer dans les rues de Bondy.

Chen rapporta un film de ses emplettes aux Cottages, *Les Sexes travaux d'Hercule*, qui suscita beaucoup plus de rires qu'autre chose. Il nous fit également profiter de sa dernière folie : l'intégrale de la série *X-OR* en VHS, un des plus grands succès de *Récré A2*. Des avant-gardistes avaient déjà compris que le public était prêt à payer beaucoup plus pour une tranche de douce nostalgie que pour mater des nichons.

Très vite, nous nous lassâmes de la télévision et des parties de *Tekken* et autres jeux de combat, sur PlayStation. Tant mieux. Je n'avais pas abandonné mon idée fixe dans une forêt. J'étais toujours persuadé que la 1re S1 et les loqueteux que notre classe protégeait fêteraient la nouvelle année, au lycée, avec un retour des persécutions. Mes camarades avaient besoin d'une vraie expérience dans le domaine de la castagne. La plupart d'entre eux n'avaient pris dans leur vie que des coups de soleil au ski.

J'initiai donc mes camarades aux joies du chat-chaussettes pour aiguiser leurs réflexes. Le jeu fut inventé à la cité des 3000, à Aulnay-sous-Bois. Enfant, j'y passais mes Jours de l'an chez des cousins. Ils me coursaient dans toute leur chambre et me plaquaient au sol pour me faire respirer des chaussettes de foot. Elles habillaient les mains de mes tortionnaires comme des moufles trouées. Par la grâce du ciel, je faisais équipe avec Kamel, dont les mi-bas me firent comprendre qu'il n'y avait pas que l'odeur des oignons qui faisait pleurer. L'expérience avec les camarades de classe ne fut pas aussi enrichissante qu'elle le fut pour la croissance des boutons sur ma peau. Philippe vomit à la première partie. Trop sensibles, les scientifiques des pavillons.

On passa alors à une formation militaire plus adaptée à la délicatesse de mes semblables. Je pressentais de futurs combats en espace restreint, dans les couloirs du lycée, où s'affronteraient des masses compactes. La Montagne d'hommes me paraissait une activité tout indiquée pour entraîner les miens. Elle commençait par un tirage au sort. La main de Samy prenait un papier dans une casquette contenant tous nos noms, sauf le sien et le mien. Comment un garçon aussi généreux, honnête et droit dans les affaires pouvait-il être un tel fieffé tricheur au jeu ?

La personne qui était choisie par le destin prenait place sur le canapé, protégée par son bouclier, le binôme avec qui elle avait accepté de faire équipe. Tous les autres leur sautaient dessus. Nous finissions par former une énorme pyramide d'humains dont la base, compressée, étouffait sous les grosses fesses de Samy. Les sauts acrobatiques et les belles figures étaient un régal pour les yeux, moins pour les côtes et les dos. Guillaume n'utilisa que rarement son bouclier pour se défendre. Il balança Victor si fort en direction du canapé que ce dernier manqua la cible. Les vertèbres de notre hôte craquèrent un mètre au-dessus, dans un grand boum, contre le mur. Il devait être porteur puisqu'on sentit toute la maison trembler. Un filet de poussière s'échappa d'une fissure au plafond.

Nous allions nous coucher à 10 heures du matin, commotionnés par les coups et les impacts des corps qui nous étaient tombés dessus. J'eus la permission exceptionnelle des parents de découcher. La présence de Samy, considéré par tous les adultes du pays comme un garçon sérieux, les rassurait. La maison de Victor avait beau être grande, elle ne l'était pas assez pour loger correctement toute notre belle assemblée. Nous dormions dans le couloir, la cuisine ou même les escaliers. L'ambiance caserne des rigolades de dortoir me ravit au plus haut point.

La nuit nous allions parfois au Parc jouer au jeu du popo. Sa puissance d'abêtissement dépassait tout ce qu'on avait vu dans les annales des activités extrascolaires. Il y avait un jeu pour enfant, sur les terres de la Mare à la Veuve, qui imitait une toile d'araignée, avec des cordages noués autour d'un trou en son centre. Chacun d'entre nous devait y glisser la tête, puis tout le reste du corps. Une fois tombé par terre il restait là sans bouger, dans le sable. Les autres lui tombaient dessus, dans de grands éclats de rire, telles des chutes de boudin à la sortie du poussoir.

Mes camarades étaient à l'image de leur commandement : complètement immatures. Surtout quand les filles n'étaient pas là pour nous voir faire les débilos. Peut-être qu'inconsciemment nous désirions tous profiter, comme de grands enfants, de notre dernière année d'adolescence. Chen, Amir, Samy, Victor et bien d'autres deviendraient majeurs en 1998, tout comme moi.

À chacun son rite de passage vers l'âge adulte. Le permis de conduire pour les uns, une première nuit d'amour pour les autres ; et pour les élèves de 1re S1, au commencement de l'année nouvelle, le baptême du feu.

28

Le deuil avant la guerre. Charles nous annonça la nouvelle dès la première heure de cours, le lundi. Cyndorel, le prêtre que Louis d'or faisait monter en niveau depuis quatre ans, était mort. Échec critique contre un dragon blanc durant une campagne dans les Royaumes oubliés. Avec la deuxième édition de *Donjons & Dragons*, ça ne pardonnait pas. Une cérémonie était prévue durant l'heure de trou qui suivrait la récré du matin. Elle allait être célébrée dans les cabinets pour personnes en situation de handicap, lieu de tant d'aventures pour le regretté défunt. J'étais triste pour notre ami rôliste et très énervé contre Polo, son maître du jeu.

— Un dragon blanc ?! m'emportai-je à la sortie du cours de Mme Desforges. Contre des personnages qui n'ont pas atteint le niveau 20 ?! Il peut balancer un mur de glace et un brouillard gelant, sans compter son bonus à l'attaque ! Mais qu'est-ce qu'il t'a pris ? Tu sais à quel point Louis était accro à ce perso.

— À vaincre sans péril on triomphe sans gloire, s'excusa mon camarade. Il voulait passer niveau 22 avant la fin des vacances pour débloquer ses nouvelles capacités de classe. Un dragon blanc, c'est beaucoup, beaucoup de points d'expérience.

— Te fous pas de moi, Polo ! C'est toi qui l'as poussé au cul dans une piscine de verre pilé. Qui a reçu le manuel de quêtes de haut niveau à Noël ? Tu étais pressé d'appliquer les nouvelles règles, ouais. Tu fais un sacré MJ, dis donc, à dézinguer tous tes potes ! Et Aéris, la magicienne au joli petit popotin jouée par ta meuf, comme par hasard elle a survécu ! Il y avait personne pour lui lancer un sort de résurrection ?

— Louis d'or jouait le seul prêtre et c'est impossible de ressusciter après un échec critique.

— Je sais bien… Et Sylvanus ne pouvait pas faire une intervention divine ?

— Cyndorel était chaotique neutre. Il n'avait pas le même alignement que son dieu.

— Je lui avais pourtant dit qu'il se privait d'une bonne assurance-vie en cas de coup dur…

— Dis donc, tu t'y connais vachement en *Donjons & Dragons*, finit par dire Polo d'un air suspicieux.

— Faut s'intéresser à tout, dans la vie, conclus-je sans bouger le moindre cil.

C'était le deuxième secret le mieux gardé de Bondy, après le prénom de ma mère. Je jouais aux jeux de rôle clandestinement. David et le Chow aussi, les seuls qui connaissaient mon vice caché. C'était un peu le ciment de notre amitié. On avait chacun la capacité de ruiner les deux autres socialement par une dénonciation. Alors on se ménageait sur les vannes et les coups bas, certains de notre destruction mutuelle en cas de conflit ouvert. Les bouffons les plus mal placés dans la hiérarchie avaient toute mon estime. Ils assumaient des loisirs mal vus, brocardés par les grands médias. Ils affrontaient bravement chaque jour le regard hautain de la société. Je n'avais pas leur courage. Les forts, c'étaient eux.

Noria avait aussi une heure de trou ce matin-là. Elle me proposa de la passer avec elle, pour des emplettes qu'elle devait faire au Monoprix. J'aurais adoré porter ses sacs, comme un gros Donald Duck, mais Louis d'or avait besoin du soutien de tous ses amis.

Il était là, dans les toilettes attenantes au préau du bâtiment D, les yeux rouges, debout mais brisé, le cadavre de Cyndorel dans les mains, une feuille de personnage toute gondolée à force d'avoir reçu tant de ses larmes. Notre ami portait un très beau costume noir.

— Merci d'être venus, les copains, dit-il, la voix tremblante, méconnaissable, quand notre délégation arriva.

— Au nom de toute la 1re S1, nous te présentons nos condoléances, compatit notre délégué. Si nous pouvons faire quoi que ce soit, tu n'hésites pas, surtout.

Samy était un cœur noble. Il méprisait les rôlistes au plus haut point, les considérant comme indignes de respirer le même oxygène que lui. Il mit immédiatement son ressentiment de côté devant la douleur sincère de notre ami. Elle faisait peine à voir. Personne ne pensa à rire de la situation. Le personnage décédé avait été pour Louis d'or aussi réel que le dernier contrôle de maths pour nous.

— Vous êtes là, c'est tout ce qui compte, répondit le garçon en deuil dans un sourire triste. Vous savez, Cyndorel vous connaissait bien. Il vous avait rencontrés lors d'un voyage entre les plans dimensionnels. Polo avait fait un cross-over entre *Donjons & Dragons* et la 1re S1 durant les vacances de la Toussaint. C'était une très belle campagne, avec de grands faits d'armes. Il aurait été heureux de se savoir entouré de si bons compagnons juste avant le grand départ.

Les filles exceptées, les principaux meneurs de ma classe étaient là. Charles et Polo également. Nous fîmes une haie d'honneur vers la cuvette de la cabine où Cyndorel avait vécu ses plus belles aventures.

— Adieu, mon plus grand ami ! pleura une dernière fois Louis.

— Minute, mon gars ! Ce n'est pas ton poisson rouge, il est mort en guerrier. Tiens, dit Chen en lui tendant un briquet.

Louis brûla sa feuille de personnage et la balança au fond de la cuvette avant qu'elle se consume complètement.

— Puisses-tu renaître de tes cendres dans un monde meilleur, lançai-je avec le plus bel effet sur l'assemblée.

Naïm et les potes de sa classe arrivèrent à la fin de la cérémonie.

— Vous faites une partouze ou quoi, bande de pédés ? lança-t-il à la cantonade.

Terrassé par la perte d'un être si cher, Louis d'or fit l'erreur de répondre.

— On se réunit une dernière fois autour de Cyndorel, mort au combat. Tu veux lui dire au revoir ? proposa le pauvre petit père.

Naïm entra dans la cabine, jeta un œil sur le fond de la cuvette et dit :

— Un peu que je vais lui dire adieu.

Il baissa sa braguette et pissa sur les cendres du mort. Le gougnafier et ses copains partirent dans de grands éclats de rire mauvais et méchants. Louis s'effondra en larmes. Chen commença par enlever son sac à dos, puis retira sa veste. Je l'arrêtai.

— Non, pas maintenant. Pas comme ça, dis-je, maîtrisant du mieux que je pus mon ami et ma colère.

— Arrête de faire ton putain de chevalier face de cul. Tu vas faire quoi, avec ta bande de Chinois et tes petits satanistes ? provoqua le chef de la 1re S3.

— Rien. Tu as fini ton affaire. Laisse-nous, maintenant, demandai-je.

Le ton était assez ferme. Je me contenais pour ne pas exploser. Peut-être parce que nous étions en supériorité numérique, Naïm quitta les toilettes avec sa bande, hilare, sans pousser plus loin les provocations.

Nous le retrouvâmes l'après-midi même. Avant la rencontre, j'avais envoyé Guillaume avenue Carnot chercher son baume du tigre. Nos ennemis en auraient besoin.

La 1re S3 et la 1re S2 avaient des TP de sciences expérimentales en commun, au dernier étage du bâtiment B. Les deux classes s'étaient retrouvées dans les mêmes cours, les lundis après-midi, par le hasard des choix d'options. La 1re S1, même si elle n'avait pas école, était aussi en demi-groupe. J'avançais à la tête du premier contingent par un côté du couloir. Nous vîmes Naïm et les siens sortir à l'interclasse, leurs blouses encore sur le dos. Mon bras gauche passa dans les sangles de James Dean transformé en bouclier. Mes compagnons d'armes m'imitèrent avec leur sac à dos. À la vue de notre phalange, qui marchait en rang de cinq, nos ennemis comprirent que nous n'étions pas là pour taper la bise. Ils allèrent immédiatement au contact au pas de course. Nous encaissâmes bravement le choc sans rompre la ligne, malgré l'avantage du nombre, qui était pour l'adversaire. Les coups pleuvaient, mais mes compagnons n'étaient plus si tendres. Ils avaient été bien entraînés durant ces nuits d'hiver au Parc. Soudain, le corps de Victor atterrit dans un grand bruit sur les flancs ennemis. Ce tir d'artillerie humaine, signé Guillaume Chow, annonça l'arrivée du deuxième corps d'armée mené par Chen et Samy. Il déboula de l'autre côté du couloir et encercla l'ennemi, après avoir culbuté sa pitoyable arrière-garde composée de malingres 1re S2. En deux minutes, tout fut terminé. Nous les avions piétinés, balayés, laminés. Naïm et ses sbires coururent si loin et si longtemps après leur déculottée que cette rencontre entre nos trois classes fut rebaptisée la deuxième bataille de Marathon.

Grisé par notre victoire, Chen entra dans une des salles de travaux pratiques, prit Saada sur son épaule, la plus jolie fille des 1re S2, et passa la porte avec sa prise de guerre. Quand Mme Berthier, leur prof de SVT, voulu l'arrêter, elle reçut une gifle, réflexe de conquérant des *Trois Royaumes*. À son arrivée dans les couloirs du premier étage, notre camp de base, j'ordonnai à mon général de libérer immédiatement sa prisonnière. On ne faisait pas butin des femmes dans l'ordre que je venais de mener à la victoire. Animés par une sainte colère, les hommes m'obéissaient désormais à la voix. Ma prophétie s'était révélée un poil autoréalisatrice, mais on me reconnaissait le mérite d'avoir bien préparé les troupes à la guerre. Nous avions, en une bataille, vengé notre défaite de l'automne précédent, la profanation des cendres de Cyndorel – paix à son âme – et établi notre hégémonie en section scientifique.

On pouvait aller encore plus loin. Notre armée fit route vers le stade Léo-Lagrange, où les 2de 13 avaient leur heure et demie d'EPS. Les 1re S3 et les 1re S2 étaient inféodées à Tarik. Je n'allais pas rester sans rien faire et attendre que l'Empire contre-attaque, cela avait trop mal fini pour Han Solo dans le film éponyme. En nous voyant arriver au début de son cours de rugby, M. Berniaux, un enfant de Bondy, comprit tout de suite que la 1re S1 voulait en découdre.

— Pas de ça dans ma classe, dit-il. Décidez qui a la plus grosse sur le terrain.

Il nous lança le ballon ovale et une mémorable partie commença. Les 2de 13 aussi avaient inventé leur propre sport. Foot bras cassé contre javoball. En plus des grandes gifles dans la gueule, ils nous lancèrent des javelots trouvés sur le bord du terrain. L'un des projectiles manqua de peu le prof. Nous nous défoulâmes une bonne demi-heure sans qu'on puisse vraiment désigner un vainqueur. Leurs plaquages et leurs semelles qui enfonçaient nos visages dans la boue valaient bien les nôtres. Même Tarik et Amir n'étaient plus si beaux à regarder, à la fin de cette bagarre générale.

C'était encore une violence limitée, défouloir plus que létale. Personne ne voulait sérieusement blesser l'autre. Mais la 1re S1 avait montré sa détermination à tous. Que nos amis soient vivants, morts, réels ou imaginaires, nous n'allions plus laisser personne leur pisser dessus.

29

Chen passa en cour martiale. Pas pour la resplendissante Saada, elle avait plutôt apprécié le petit tour sur son dos, mais à cause de la gifle infligée à une enseignante. La prof de biologie des 1re S3 débarqua dans la classe de Mme von Schöning dès le lendemain après-midi. Cette dernière fut fort choquée par le récit des événements. Elle nous mit une de ces engueulées. La première fois de l'année que nous l'entendîmes crier.

— Madame Berthier, désignez-moi la petite brute qui va se faire renvoyer définitivement, finit par dire notre prof de SVT.

La plaignante regarda la classe entière et affirma, hésitante :

— C'est un des Asiatiques.

— Levez-vous !! ordonna, impérieuse, la plus implacable de nos profs.

Mes trois camarades obtempérèrent docilement. Toute la classe gardait le silence, la peur au ventre.

— Alors ? C'est lequel ? commença à s'impatienter von Schöning.

— Euhhh…, répondit sa collègue.

Notre terrible professeure ne nous lâcherait pas comme ça, même si l'autre ne savait pas faire la différence entre une Coréenne et un Inuit. J'attendis trente secondes pour lever le doigt. Ma professeure m'accorda la parole d'un geste de la main, comme si elle tenait un bâton de maréchal.

— Madame, commençai-je humblement. Une enseignante a été giflée, l'acte, inqualifiable, demande réparation, évidemment. Avec supplément. Mais Mme Berthier, certainement encore sous le choc, est incapable de désigner un coupable. Je propose, dans le doute, de châtier les trois inculpés : une gifle chacun. Le coupable sera forcément puni, et on évitera à tout le monde la paperasse et les complications inutiles. Les innocents se consoleront avec la pensée qu'ils sauvent un camarade d'un infamant conseil de discipline, suivi d'un renvoi définitif.

Notre prof, qui nous éduquait à la prussienne, ne pouvait que trouver l'idée excellente.

— Madame Berthier, ça vous irait ? demanda von Schöning.

— Oui, fit timidement l'intéressée, qui semblait commencer à comprendre que son incapacité à reconnaître le coupable faisait un peu raciste.

— Et vous trois ?

— Deal, répondit le Chow, qui eut la noblesse de ne pas revendiquer son origine savoyarde pour passer entre les gouttes.

Zhou accepta aussi le sacrifice. Chen opina du chef, évidemment.

— Si tout le monde est d'accord, annonça von Schöning. Venez vous aligner là pour l'exécution. Atika, si tu veux bien te donner la peine…

— Avec plaisir, madame, dit, dans un grand sourire, la plus merveilleuse des casseuses de bouches.

Avant de leur mettre à chacun une grande gifle de cow-boy, Atika annonça :

— De la part de la grosse relou !

30

Chaque coup reçu était rendu. La moindre brimade, la plus petite vanne qui dépassait les bornes faisait l'objet d'une vendetta. Nous étions définitivement entrés en rébellion.

Les manches de la magnifique veste Ralph Lauren de Chen reçurent des taches d'encre, à la sortie des classes, quand il passa à proximité d'un groupe d'élèves de 2de 13. L'après-midi même, nous disposâmes un seau rempli d'un mélange d'eau, de Paic citron et d'encre bleue au-dessus d'une des grandes portes qui donnaient accès aux ateliers de technologie. Tarik avait de bons réflexes, mais beaucoup de ses camarades pouvaient désormais, jusqu'à leur prochaine douche, émigrer et parfaitement s'intégrer au village des Schtroumpfs. En tant que grand chef pour certains : la mousse du produit vaisselle leur faisait une jolie petite barbe.

Ils nous balancèrent des chaises du haut de leur salle, à notre arrivée sous le préau, sans pour autant viser nos têtes. L'heure d'après, des sentinelles postées aux endroits stratégiques du cours de Mizon m'avertirent que les 2de 13 passeraient dans quelques secondes sous nos fenêtres. Chen, Samy et moi glissâmes discrètement dans la salle d'à côté, reliée à la nôtre par une porte déverrouillée. Elle était vide de prof et d'élèves. Après nous être assurés qu'il n'y avait pas de grand danger pour ceux d'en bas, nous fîmes valser le bureau à travers les airs. Nous n'eûmes aucune difficulté à rejoindre nos places, M. Mizon regardait dehors. Le meuble en explosant au sol avait fait un sacré boucan.

L'administration diligenta une enquête, mais elle fut si bien bâclée que personne ne nous demanda des comptes pour le mobilier détruit. Il fallait pourtant absolument poser des limites, une chaise balancée du dernier étage pouvait aisément briser un crâne en deux. Notre scolarité devenait dangereuse. Tarik faillit me casser le nez. De l'extérieur, il mit un énorme chassé dans la porte de la salle D309, celle du cours d'anglais, qui claqua contre ma figure. J'en pissai du sang et de l'acné.

Notre réplique fit trembler leur cours d'histoire, le lendemain. Le mur du fond de la D303 était aussi celui du couloir. Dehors, la construction en placoplatre formait le côté d'un petit vestibule qui donnait sur des latrines. Prétextant s'être trompé de cours, Guillaume avait repéré la place de Tarik, assis, fort heureusement, au fond de la classe. Mon voisin nous rejoignit, à l'extérieur, avec le reste de la bande, de l'autre côté de la salle. Après une intense réflexion, il dessina une croix sur le mur, à hauteur d'homme assis. Je mis alors un énorme coup de pied à cet endroit. La moitié de ma jambe traversa le plâtre, toucha une tête et en ressortit sans chaussure par le trou que je venais de faire. Je dus fuir les lieux avec une moitié de paire d'Adidas aux pieds.

Un élève de la 2de 13 me rapporta ma grole, en secret, dans un coin reculé d'un des nombreux cabinets du lycée. C'était le gentil Ryan, le petit de Tarik, que ce dernier traitait comme un chien. D'autres gros bras de la classe avaient aussi leurs larbins. Ils étaient tous très sensibles à l'idéologie égalitaire que prônait la 1re S1. Leur soutien à notre lutte était essentiel. Ryan nous raconta tout le plaisir qu'il avait ressenti à voir son grand recevoir mon pied en pleine tête.

La Force berbère d'intervention avait noyauté la 2de 13. Mon service de renseignement nous permettait d'équilibrer un peu le rapport de force, ainsi que notre diplomatie. La moitié des classes des 1res techniques se déclarèrent neutres dans le conflit, dont celle de mon cher Hamid. Nous séchions parfois les cours pour plancher sur leurs contrôles de maths.

La présence d'Atika dans la cour de récré proscrivait l'usage d'une violence trop excessive. Sans elle, tous ces fils des cités du Mordor, de Blanqui, du S ou de Delattre nous auraient écrasés sans la moindre pitié.

Les coups tordus succédaient aux coups tordus. Nos ennemis nous bombardèrent en plein cours avec des lâchers de Bison 6 et d'énormes mammouths qui provoquèrent de lancinants acouphènes. Nous pûmes répliquer avec panache grâce à notre déléguée. Les recherches de Samy Curie aboutirent. Un de ses nombreux projets en développement fut enfin opérationnel. En chauffant un concentré de nitrate de cellulose dans de l'aluminium, on obtenait un formidable fumigène. Les balles de ping-pong sont faites de cette matière. Nous en avions récolté dix-sept en cours de sport. Toute la classe fut mise à contribution pour les émietter menu.

Atika et les autres filles mirent leurs très gracieuses mains à la pâte pour cette opération.

Samy fignola le tout. J'allumai le fumigène artisanal devant la salle où la 2de 13 suivait son cours de maths. Dix-sept balles, c'était beaucoup trop. Une énorme fumée se répandit dans tout le bâtiment B. Il fut évacué, du premier au dernier étage. J'eus très peur d'avoir provoqué un vrai incendie.

Comme avec le bureau explosé par terre, l'enquête fut expédiée à la va-comme-je-te-pousse. Simoneau nous en donna la raison en cours de maths. Notre arme secrète avait mis en lumière les défauts du système d'évacuation des fumées, trop vétuste. Il fut vite remplacé dans chacun des bâtiments du lycée. L'administration avait négligé notre sécurité et désirait donc enterrer l'affaire.

— Les petits imbéciles qui ont fait ça, sans le savoir, vont probablement sauver des vies, affirma notre professeur principal.

Les lecteurs qui tenteront d'imiter nos actes risquent d'en payer le prix. Nous avons eu énormément de chance durant cette année de folie. Un ami à moi, un peu tête brûlée, joua aussi avec le feu et la chimie durant son adolescence. Aujourd'hui, il n'a plus de mains.

31

Chacun jouait parfaitement son rôle. Le Chow était notre médecin de campagne et soignait, grâce à la médecine chinoise, nos petits bobos. Chen assumait la charge de général en chef, après qu'on lui eut imposé la lecture, au CDI, de quelques extraits des accords de Genève. Samy, à la tête de notre département recherche et développement, m'assurait qu'il travaillait sur l'équivalent du projet Manhattan, une arme dévastatrice, la bombe atomique en milieu scolaire. Il lui fallait encore un peu de temps et quelques essais pour la mettre au point. Mme Desforges nous mit au coin à cause de sa dernière expérience en pleins travaux pratiques.

— Surtout, surtout, avait insisté notre professeure de chimie, avant d'allumer le bec Bunsen, mettez tous bien vos lunettes de protec…

BOUM !!!

Elle s'était retournée dans la direction de l'explosion. Elle avait vu deux visages noir charbon, nos cheveux en pétard et les chefs de la 1re S1 faire la plus belle tête d'innocent de leur vie.

— C'est pas nous. On n'a rien fait, avait tenté Samy avant d'accepter docilement, tout comme moi, engueulade et punition.

Je m'occupais pour ma part du renseignement et de la diplomatie. Charles, Polo et Louis d'or étaient nos commissaires politiques. Ils propageaient notre idéologie dans la cour et au fond des cabinets, clamant inlassablement la profession de foi de la 1re S1 : tous les Bondynois naissent à l'hôpital Jean-Verdier. Ils naissent ailleurs aussi. Tous frères, tous égaux.

Au Sud, le riche ne devait plus humilier le pauvre. Au Nord, la caillera devait respecter le bouffon. Nous nous battions pour l'abolition de la féodalité – plus de grands, plus de petits –, la séparation du satanisme et du hard rock, la fin des castes : la vie d'un rôliste ou d'un scientifique valait celle des gens dans le vent.

Mamaino, grand-père, votre sang retournait au combat. Après toute une campagne d'hiver, entre succès et revers, le front se stabilisa à l'approche du printemps. Les 1re S2 étaient d'insupportables fayots de l'autorité, néanmoins nous les laissions vivre leur vie d'intellos. Nous étions tout-puissants en section scientifique, mais l'indépendance de toutes les classes était respectée.

Tarik et la 2de 13 dominaient toujours le lycée. Seule la 1re S1 en rébellion, et des terminales qui ne comptaient guère, échappaient à leur pouvoir. Renonçant à l'usage de la violence, la vraie, celle des bastons de cité, ils nous surclassaient tout de même dans ce qui faisait vraiment la différence à Bondy : la vanne et le bon mot. Nous sortions humiliés de chaque duel d'éloquence. Les nôtres prêtaient trop le flanc. Rôlistes, métalleux, bouffons des pavillons, nos compagnons de lutte étaient honnis par la plèbe. Elle accordait son respect et sa déférence aux maîtres de toujours, *optimates* de l'Antiquité devenus, après deux mille ans d'évolution de notre langue latine, les populaires de l'école, ceux qui comptaient. Les femmes les aimaient parce qu'ils savaient leur parler et s'habiller dans l'air du temps. Ils tenaient leur rang face à tous les timorés et les obséquieux qui les brossaient dans le sens de leurs poils de testicules.

Je ne voulais surtout pas que notre action soit vue comme un conflit entre la Comté et le Mordor, entre les pavillons et les cités. La voie ferrée, le canal de l'Ourcq, nos frontières naturelles, avaient trop longtemps séparé le peuple bondynois. Il était temps que tout cela cesse. Notre communication était basée sur la contestation, sans équivoque, d'un pouvoir inique fondé sur l'humiliation des plus humbles. La 1re S1 constituait une société scolaire parfaite où la domination des uns sur les autres était proscrite. Les femmes y étaient tellement respectées qu'elles giflaient les leaders de la classe quand ils avaient chié dans la colle. Si Kévin et Maxime avaient assumé la rumeur infondée sur leur homosexualité, le plus grand tabou en banlieue, on aurait pu demander sans rougir le prix Nobel de la paix. Tous les lycées de la terre avaient leurs dominés à libérer.

Malgré les coups reçus en dehors, nous vivions en classe les moments les plus heureux de notre vie. Il y régnait un climat de perpétuelle euphorie. Sur le chemin de l'école, notre plus gros souci n'était pas le conflit avec les techniques. Nous nous creusions tous les matins la tête pour renouveler nos coups fourrés. Arroser le compteur électrique avec un extincteur : déjà fait. Mettre de l'acide chlorhydrique sur la chaise d'un professeur : idem. Notre contestation du pouvoir en place alimentait celle contre l'autorité des adultes.

Parfois, je faisais part de mes états d'âme à Samy. Nous ne respections plus nos enseignants.

— Oh ça va bien la chevalerie ! On ne fait pas de mal aux vraies gens. Juste aux profs, rassura le fan de Tarantino.

Pauvre M. Mizon, qui nous donnait de grand cœur toute sa confiance.

— Je vais faire des photocopies. Je reviens dans cinq minutes. Je peux compter sur vous ?

Avait-il grandi au pays des nuages roses, des Bisounours et des licornes ? Il était à peine sorti dans le couloir qu'un cartable de 5 kilos vola à travers la classe. James Dean avait la fureur de vivre. Mon compagnon du cours d'anglais atterrit sur le tableau dans un grand bruit de tonnerre. Samy se leva de sa chaise. Il était là, pour une fois. Notre délégué se faisait virer de tous les cours de français. Chen gagnait des fortunes avec les paris qu'il prenait sur son temps de présence en classe. Samy prit une craie et écrivit sur le tableau noir : « Mizon espèce d'enculé ! Pourquoi tu m'aimes pas ? »

Le prof trouva, dès son retour, sa tête de Turc préférée debout au milieu de la classe. Il venait juste de remettre la veste de notre enseignant sur son portemanteau. L'intérieur en était tout souillé de craie. Il n'y avait plus de message au tableau. Sans savoir quel délit son élève avait commis, le prof renvoya Samy dans le couloir, presque par réflexe.

M. Mizon prenait gabelle, avec nous. J'étais en retard à un de ses cours. Au lieu de pointer à la Vie scolaire, je grimpai jusqu'à l'une des fenêtres de sa salle, cagoule sur le visage, façon GIGN, collant ma tête contre la vitre, ainsi qu'une feuille avec écrit dessus : « Libérez les otages. » Il y avait beaucoup d'ironie dans mon intervention. Au cours suivant, c'est nous qui avions séquestré le prof. Ses clefs furent dérobées par mes soins. Elles me servirent à tous nous enfermer en D220. Le trousseau fut ensuite jeté dans la cour. On hurlait, feignant la panique. Samy, Chen et Guillaume prirent Kévin pour s'en servir comme bélier. Sa tête cognait contre la porte dans un boucan d'enfer. Le choc et nos cris alertèrent tout le bâtiment. On passa par la classe d'à côté, où il y avait cours. La prof l'assurait bravement sans bureau. On lui retourna sa classe comme un ouragan de passage dans un village du Kansas, avec les cris en plus. Le zoo de Thoiry. La brousse de *Crocodile Dundee*. Une jungle. La piste Hô Chi Minh avant l'offensive du Têt.

Avec Sklodowska, nous étions devenus la première SHuns. À une contre trente-six, plus James Dean, et malgré la toute-puissance de ses gros mollets, elle n'avait aucune chance. Surtout dans la tranche horaire qui lui était dévolue le mardi. Si j'ai été méchant et cruel avec quelqu'un dans cette vie, ce fut bien avec cette noble personne. Chaque fois qu'il m'arrive une misère dans la vie, je me dis que j'expie mes crimes commis en cours d'anglais. Puisse-t-elle me pardonner un jour.

Je lui rendais les punitions qu'elle me donnait sur du sopalin. Une feuille format A4 me servit de pancarte. Dessus était écrit *Applause*. Dès que je la sortais de l'intérieur de James Dean, toute la classe partait dans un furieux fou rire. Je dansais des chorégraphies endiablées en plein cours, sur les alarmes déclenchées en synchronisation par les camarades qui possédaient une montre électronique. J'ai refait le générique de *Fame* tellement de fois dans la salle D309, mon T-shirt mis en lambeaux pour en faire un bandana et singer les tenues de saltimbanques des héros de la série. Kévin m'imitait. J'entendis en plein contrôle la prof dire :

— Monsieur Pouget, veuillez remettre votre pantalon.

Mon camarade courait en slip, futal sur les pieds, dans toute la classe. Je connaissais cet engin-là. Ce n'était pas seulement le gars qui avait demandé à sa grand-mère d'enregistrer un film de cul bien hard, en 5e. Ni celui qui avait laissé ses bijoux de famille dépasser de chaque côté de son slip de bain, en cours de natation. C'était le kraken. Il était réveillé, nous ne pouvions plus faire marche arrière. Ce garçon n'avait ni filtre, ni limite, ni âme, ni conscience. Au temps du collège, il avait balancé tous les fruits de son cerisier sur la façade arrière de la maison d'un voisin. Elle donnait sur le jardin de mon camarade tout foufou. Le pauvre homme avait passé trois ans sur une échelle à peindre patiemment, d'un blanc éclatant, son pavillon, couche après couche, amoureusement, pour tuer le temps de sa retraite. Au millième jour de la réalisation de son projet, on aurait dit que sa baraque avait la rougeole. « Tu veux une glace ? » avait demandé Kévin à sa petite amie lors de leur premier rendez-vous. Elle eut le malheur de répondre par l'affirmative. Il sortit quelque chose qui n'était ni du chocolat ni de la pistache. Un truc avec deux boules.

Quand l'un de nous se ramenait avec l'idée d'une bêtise à faire, on jouait à haut-bas pour savoir qui irait au front faire le con. On trichait pour que ce soit Kévin qui s'y colle. Il arriva en retard en cours d'anglais momifié au papier toilette. Il démontait les panneaux lumineux *Exit* des couloirs. Il se les mettait sous le pantalon, braguette ouverte, pour faire le phare à bite. J'étais complice : j'éteignais la lumière de la salle pour que sa connerie prenne pleinement forme.

Zhou, quant à lui, faisait rire toute la classe en cours de français quand le prof le priait de lire *Phèdre* ou Rousseau. Il forçait sur son accent de Wenzhou et revisitait ces œuvres en ajoutant des proverbes en chinois. Quand Mme Sklodowska demanda la même chose, avec des textes en anglais, la prof lui mit 20 à l'oral contre la promesse de ne plus jamais ouvrir la bouche dans son cours.

Le mardi, tout était permis. Chen rapporta un soir deux enceintes et les brancha à son walkman. On eut droit pendant deux minutes à la bande-son d'un chef-d'œuvre de sa filmographie. Tong Po eut l'impression de faire cours sur le plateau d'un film de Rocco Siffredi, saint patron des Cottages. Victor ajouta bientôt l'image au son. Il apporta sa télé portative à la longue antenne, et on s'agglutinait en classe, autour de lui, pour revoir en furet les rediffusions des matches des Bleus, au journal de 13 heures. Une équipe qui semblait tellement pâle de jeu qu'il arriva à Samy de pester contre Christophe Dugarry en plein cours :

— Espèce de cul-de-jatte. Tu sais pas faire une passe.

Il ne trouvait rien à redire aux clips de la magnifique Jennifer Lopez, le matin sur M6, chez Mme Desforges. À elle aussi, on fit le coup des vols de copies. Cette fois-ci, toute la classe en profita.

Aux écrits du bac blanc de français, on sortit de la salle d'examens, avec les copains, pour revenir une demi-heure après en léchant des glaces Magnum achetées à Monoprix. Les facéties de Daniel Auteuil nous paraissaient insipides dans *Les sous-doués passent le bac*, pourtant une de nos références. Les 2de 13 jalousaient notre grand savoir-faire. Nous les avions étrillés lors d'une mémorable bataille d'eau dans les couloirs, pour fêter l'arrivée du printemps. L'eau dévalait dans les escaliers comme une cascade de montagne à la fonte des neiges. Nous les arrosions avec des seaux d'eau de cinq litres que nous avions trouvés dans le local des dames de service. J'en avais forcé la serrure. On rentrait en classe trempés jusqu'aux os mais heureux d'avoir eu l'impression de revenir d'Aquaboulevard.

L'Empire technique nous était supérieur sur les vannes et le charisme. Je n'avais pas la faconde de leur chef, encore moins sa prestance et sa cote auprès des femmes. J'aurais préféré que tout le monde sache pour Analander, mon magicien niveau 8, plutôt que pour Noria, un amour secret niveau « l'infini plus un à tout ce que tu dis, touché terre, touché ciel, bouclier magique », comme on disait à Marie-Curie. Créatifs, organisés et soudés, nous surpassions nos ennemis de classe dans le domaine des tours pendables. Ils s'enchaînaient à une cadence industrielle. Les muscles de mes abdominaux me faisaient mal, tous les jours, à force de tant rire. J'aurais aimé qu'Haroun et Kamel puissent voir ça.

Notre diplomatie profita de cette ambiance d'allégresse qui flottait constamment autour de nous. Le cœur de la cour de récré commençait, jour après jour, à battre pour les joyeux loufoques de la 1re S1.

32

On mobilisa toutes les autorités possibles pour tenter de nous arrêter. Simoneau eut enfin le déclic, après deux heures de cours particulièrement éprouvantes pour son ego de gros geek. Il apporta en cours sa calculatrice, l'énorme Ti 92, équipée d'un vrai clavier avec toutes les lettres de l'alphabet. Un bordel qui pouvait gérer le programme spatial d'un pays développé. Notre prof principal la faisait tourner dans la classe, fier comme un bar-tabac, aurait dit Coluche, le soleil des cœurs tristes, le nourrisseur des affamés.

Il rappelait un oligarque russe qui compensait quelque chose avec la taille de son yacht. Je ne me gênai d'ailleurs pas pour lui en toucher un mot :

— Monsieur, vous savez ce qu'on dit des hommes qui ont une grosse calculatrice ? C'est comme avec les voitures…

À ce moment de l'année, nous avions depuis longtemps tué toute forme de respect envers nos éducateurs. Seule restait la peur de l'envahisseur prussien, atavique chez tout bon Français. Nous la ressentions au fond du cœur pendant chaque seconde du cours du Generalfeldmarschall von Schöning.

Le Chow subtilisa le gros engin du prof pour le remplacer par sa petite calculette Metro toute rikiki, plate comme une carte de téléphone. Commencé avec un bijou de technologie, le tour de classe se clôtura sur le bureau du prof avec ce bout de rien, impropre aux études scientifiques. Guillaume avait depuis longtemps abandonné l'idée de réussir ses études dans cette voie. Il lisait des mangas en contrôle de maths, attendant tranquillement de redoubler en section économique et sociale.

La blague ne fit pas rire Simoneau. On lui remit son gros joujou dans les mains, à la fin du cours, avant qu'il nous fasse une syncope.

L'affaire l'avait mis de fort mauvaise humeur peu avant le conseil de classe. Surtout que, ce jour-là, nous étions en grève depuis 8 heures du matin, chez Philippe, pour cause de beau temps. Nous ne séchions les cours que pour retrouver les amis. Le bilan de ce deuxième trimestre fut sans appel : ce n'était pas des profs qu'il nous fallait, mais des missionnaires. Chacun de nos enseignants lâcha sa petite phrase pour nous comparer à des sauvages du Nouveau Monde. Seule l'oberstleutnant von Schöning nous trouvait adorables et réceptifs à la discipline.

Simoneau convoqua les parents de toutes les fortes têtes de la classe. Atika entra, enfin, officiellement à la Table ronde des leaders quand elle fut visée par une lettre destinée à ses parents. Elle parlait trop mal aux profs. Avec une authentique habitante de la cité Blanqui siégeant au conseil de guerre, le gouvernement de la 1re S1 représentait désormais toute la grande nation bondynoise.

J'avais été bâtard au moment de l'annonce de l'envoi des hurlantes.

— Monsieur, Kulan, c'est le daron de Wendy, non ? demandai-je. Donnez-lui la lettre.

L'une semblait avoir douze ans, l'autre quarante-quatre berges, avec sa moustache.

Avec Samy, nous eûmes la même pensée : aller voir René dès le lendemain pour chouiner. Il nous jeta comme du crottin de lapin.

— Si vous me léchez bien les couilles, dit-il, beurré à midi, si je sens que vous en redemandez de ce bon goût de chips vinaigrées, si vous me faites me sentir aussi important qu'un tsar devant sa bouteille de vodka et son kilo de caviar, alors peut-être, seulement peut-être, j'étudierai votre candidature pour la rentrée prochaine. Je ne fais pas du porte-à-porte. Je vends mes services en gros, et uniquement à de l'abonné. Bon courage avec Mme Hocini !

Honneur au délégué, Samy et ses parents essuyèrent, les premiers, le courroux de l'autorité scolaire. Le père Abbas eut cette réaction à l'énoncé des exploits de son rejeton, en salle B113 :

— Je ne comprends pas. Il est très ami avec un gentil garçon, quelqu'un de bonne famille, bien sous tout rapport.

— Et quelle est donc cette perle ? demanda Simoneau, surpris par les bonnes fréquentations de son élève.

— Idir Hocini, répondit Louis XIV.

— Idir ?!! Mais c'est le pilote de l'avion et votre fils son copilote !

Une raclée plus tard, payée sur le cuir de Samy, notre prof principal tint le même discours à mes parents, le jour de notre convocation.

— Ah oui, me dit mon père. Tu jettes des avions en papier en classe !

Simoneau continua, malgré la réponse du daron, à user fort peu habilement de métaphores :

— On n'a aucune preuve. Mais quand il y a des mouvements de révolte, de la casse dans le lycée, votre fils est dans les parages. Il n'y a pas de fumée sans feu.

— Feu ?! Fumée ?! Encore ! T'as recommencé ? s'emporta maman.

Elle faisait référence au pétard artisanal en 3e.

Mon professeur commit une grossière erreur, durant cet entretien. Elle m'évita de prendre des tartes dans la bouche. Il annonça que j'avais tout de même des résultats corrects. Je décrochais la moyenne dans toutes les matières scientifiques. Je défiais mon prof de maths jusque dans la difficulté inouïe de ses contrôles. Pour ma mère, les notes, c'était tout ce qui comptait. De même, il avait fait un parallèle entre Kamel et moi. Selon lui, j'étais le plus dangereux des deux parce que je jouais le collectif. Il affirmait que j'étais le chef d'une communauté de révolutionnaires. Père et mère en étaient presque fiers, eux qui m'avaient toujours considéré comme faible, influençable et benêt. La référence à mon frère était fort peu habile : si je suivais ses pas, tout comme lui, j'aurais un jour mon bac.

Les parents firent un peu de cinéma devant les autorités scolaires, mais je m'en sortis à très bon compte. Même les récapitulatifs d'absence, tellement longs qu'en les dépliant ils touchaient le sol, ne déclenchèrent pas la fureur maternelle. Tant que j'étais dans la course pour devenir médecin, Hassina laissait tout passer. De plus, elle culpabilisait toujours pour mon doigt.

Les autres meneurs n'eurent pas cette chance. Ils réclamèrent vengeance pour les punitions dignes du Moyen Âge qu'ils subirent à la maison. Sklodowska, et c'était normal, fut la plus virulente et la plus sévère en conseil de classe. La plus intéressée, aussi, à voir chacune de nos têtes au bout d'une pique.

— Vendetta ! cria Samy, qui avait pris le plus cher dans la gueule.

Le père Abbas portait bien son surnom. Louis XIV n'avait pas marqué son temps en laissant les jacqueries impunies ou les voisins de la France chier sur ses pompes. Quand il passa de vie à trépas, tous les parlements d'Europe annoncèrent la mort du roi. Nul n'eut besoin de préciser le nom du monarque ni celui de son royaume. Il n'y avait qu'un seul bonhomme qui comptait à l'époque, un coup de soleil universel qui imposa le français comme langue internationale parce que tout le monde nous faisait la guerre. La dernière de sa vie s'était presque achevée à son avantage : le plus grand empire de l'époque revint à son petit-fils. Les Bourbons règnent toujours en Espagne. Mais il n'y avait guère qu'à Versailles qu'on ne mourait pas de faim en 1709. Les protestants français durent, sous son règne, aller faire prospérer les autres nations et, comme Albion avait la bosse du commerce, tout le monde devait désormais prendre des cours d'anglais.

Encore une fois dans l'histoire, la courageuse Pologne allait manger sa part de gâteau de merde. Pardon, maman Curie.

Le mardi soir, au lieu de quitter le cours d'anglais en détruisant tout sur son passage, surtout les tympans, un commando s'infiltra dans les commodités du troisième étage du bâtiment D. Une autre équipe, dehors, surveillait le chemin vers le parking des professeurs. À 19 heures précises, Mme Sklodowska reçut sur le coin de la tronche un énorme seau d'eau. Il n'y avait pas que du monoxyde de dihydrogène dans le récipient, Kévin avait mis un peu de lui dans l'opération. La prof ne l'avait pas laissé aller aux toilettes durant le cours. Si un monde existait après celui-ci, nous aurions tous des comptes à rendre à saint Pierre.

On évacua les lieux avec les surveillants aux trousses. Des agents investis dans leur mission. Je dus escalader les grilles et semer mes poursuivants dans la cité du S où, par tradition, on donnait toujours asile aux sécheurs de cours et aux fugitifs.

Pas vu pas pris, mais, à partir de ce jour, Mme Durand, la principale adjointe du lycée, ne vécut que pour nous prendre en flagrant délit. De temps en temps, elle surgissait de nulle part dans les couloirs ou déboulait en furie dans l'une de nos salles de classe.

— Je vous aurai un jour. Je vous aurai, affirmait-elle.

En 1988, la série *Palace* réussit à marquer son époque avec une seule saison.

Alors que les plus hautes autorités du lycée faisaient de la 1re S1 une affaire personnelle, nous gagnâmes enfin notre première joute oratoire contre les 2de 13. Wahid, un des principaux lieutenants de Tarik, narrait, au milieu de la cour, sa rencontre dans la rue avec la maman du petit Louis d'or, une jolie femme. Samy n'avait pas apprécié les commentaires désobligeants sur ses plantureuses formes, encore moins ceux sur sa tenue. Pour notre ami, toutes les mères du monde étaient sacrées. Le dernier jour de marché, celle de Wahid, qui faisait habituellement ses emplettes à Bondy Nord, descendit au Sud. Sa beauté n'avait rien à envier à celle de la maman de Louis. Samy, habituellement très à cheval sur le secret professionnel, fit une entorse, pour cette fois. Il raconta à tous qu'il vendit à la daronne de Wahid, pour le prix d'un, deux strings de couleur verte.

Je suis sûr que notre délégué ne voyait pas tant de mal que ça à faire cette confidence, ou si peu. Mais le fils de l'acheteuse, sous les rires gras d'une foule qui donna la partie à Samy, le prit comme une telle insulte qu'il en vint aux mains. Trois de ses copains aussi. Je m'étais mangé une patate ou deux durant l'échange de fions avant que Tarik mette fin à ce début de foire d'empoigne. Elle insultait la tradition de ne jamais cogner durant un duel de mots. Le beau parleur trouva l'affaire indigne de son intelligence.

— Espèce de con, dit-il à son homme. Qu'est-ce qu'on s'en bat les couilles de ce que met ta mère pour plaire à ton père ? Et vous ! Arrêtez de prendre la confiance, dit-il à Big Mac, Louis d'or et Grande Frite. Jusqu'à présent on a été gentils avec vous, bons camarades, même. Mais ça ne va certainement pas durer.

Wahid décoléra une après-midi. De retour au Marché, sa cité de Bondy Nord, il fit un foin pas possible. Ses potes et lui fomentèrent une opération de bastonnade en règle. Les grands des Cottages firent passer le mot dans toute la ville : si un seul cheveu du petit Abbas était touché, ça serait ceinture pour tout le monde les premiers samedis du mois. Fini les journées portes ouvertes. La populace se contenterait de *Docteur Quinn, femme médecin* sur M6 ou d'imaginer la mère de Wahid en string pour apporter du piment aux soirées d'été. Tant que la menace d'une descente de cité planerait dans l'air, le rayon moins de dix-huit ans de la boutique serait fermé. Les Cottages lâcheraient l'intégrale des *Cat's Eyes* ou de *Sailor Moon* aux plus motivés.

L'Équipe nationale dut intervenir pour tenter de régler l'histoire. Samy et moi fûmes convoqués aux Délices de Marmara devant notre gouvernement réuni au grand complet, avec quelques-uns de leurs vassaux. Ils nous donnèrent tort, car on ne touchait pas les mères.

— Et celle de Louis d'or, c'est quoi ? Une pute ? contre-attaqua Samy. Ahhh, j'ai compris !! Elle vit seule, elle est fraîche, elle a connu deux ou trois bonshommes dans sa vie, elle n'a pas le droit au respect, c'est ça ?

— Fais pas l'idiot, rétorqua Demba entre deux bouchées de son boulettes kefta, double fromage. Tu connais les Sémites. Vous êtes tous aussi cons les uns que les autres, à croire que votre mère est vierge. L'insulte est plus grave pour ce petit bicot. Alors tu vas voir Wahid demain dans la cour à 10 heures, tu demandes pardon, et ce soir tu dis à Franz de faire tourner son copieur de cassettes à plein régime. J'entends des histoires. Il y a des mecs qui commencent à faire des trucs chelous avec du foie de veau.

— Samy veut bien faire un effort, répondis-je pour mon ami. Mais Tarik et sa bande doivent arrêter de mettre la misère aux petites gens au lycée.

— C'est des vannes, on rigole, se défendit l'intéressé. Je ne suis pas un tortionnaire. Tout le monde me kiffe, au bahut.

Je me lançai alors dans un long discours sur le concept de victimes consentantes, l'oppression et la nécessité de faire de Bondy un monde meilleur pour tous. Il était de la responsabilité de l'Équipe nationale de soutenir la 1re S1 dans son combat pour l'égalité. On me rota copieusement de l'oignon grillé à la gueule.

— Même Kamel, il en a marre de tes conneries, lança Trinita. Il se plaint qu'à la maison tu rechignes à la tâche.

— Et son autre grand il ne peut pas le tenir un peu avant qu'on en vienne à le cogner ? demanda Madjid. C'est un ancien de La Sablière, je crois.

— Il vit sa vie, Haroun, désormais, il bosse, il est casé, informa Hien. Il m'a dit qu'Idir l'avait dépassé en taille depuis bien longtemps. C'est pas son affaire, c'est pas son petit.

Je détestais qu'on parle de moi à la troisième personne comme si je n'étais pas là. Je le fis savoir à nos seigneurs et maîtres.

— Il crache sur le respect dû à ses aînés, attaqua Tarik, mais c'est grâce à Kamel qu'on ne te goume pas la gueule, espèce de serpent à lunettes.

— Montre-toi raisonnable, Idir, dit Trinita. Toi, Samy, les Chinois, vous êtes comme nous. Mais vos potes, c'est pas possible… Laissez-les faire leur vie de satanistes, laissez-les en assumer les conséquences. C'est Tarik, ton frère, pas eux.

— Comment tu peux dire ça ? rétorquai-je. Tu vis dans de la pierre parce que la police vous a jetés comme des malpropres du canal de l'Ourcq ! Ton peuple a subi les pires persécutions. Tu devrais être le premier à comprendre.

— Woullah il m'énerve, cette face de cul ! Tu parles trop mal. Ryan, mets-lui une mandale, ordonna Tarik à son petit.

— Non, répondit ce dernier.

— Pardon ?! s'énerva son grand.

— Gifle-moi, Ryan, ou ils te le feront payer, suppliai-je.

— Je fais ce que je veux, je ne suis pas un iench.

— Vous voyez ?! C'est l'anarchie qu'il prône ! explosa Tarik en se levant de sa chaise.

— Bon, voilà ce que vous allez faire, vous deux, conclut Hien, pendant que le petit Ryan encaissait avec courage une bonne grosse volée. Samy va demander pardon. Les Cottages mettent fin à l'embargo. Et vous allez arrêter de faire vos putains de chevaliers de mes deux au lycée. C'est le premier et le dernier avertissement. On a beaucoup de respect pour Kamel, mais tu vas rentrer dans le rang, mon gars. C'est pas bon pour les affaires, vos conneries de communistes.

Samy paya la tournée de kebabs pour tout le monde, plus par contrition que par générosité. Il s'excusa platement auprès de Wahid, le lendemain dans la cour. Il affirma au plus grand nombre qu'il avait vendu à sa mère non pas des strings, mais de bonnes grosses chaussettes de ski. Des queues dignes de l'ex-Union soviétique se formèrent devant les maisons des Cottages dès la fin de l'embargo.

Pour ma part, je me rappelai que l'Équipe nationale descendait d'ancêtres qui avaient laissé Louis XVI cavaler tranquillement après l'avoir reconnu au relais de Bondy, première étape de sa fuite vers Varenne. Il était temps de réparer l'affront de mon peuple à la Révolution.

33

« La Force Avenue Carnot se déclare État indépendant et souverain devant le concert des nations bondynoises. Elle revendique tous les territoires entre la gare et la mairie. La liberté de culte elfique et du lancer de dés à vingt faces y est totale. Elle ne reconnaît aucune religion ou musique officielle. Elle ne se soumet au pouvoir d'aucune cité. Les privilèges des caciques des cours de récré et des natifs sont abolis. Elle combat toute forme d'oppression scolaire. La féodalité et le système des castes sont bannis pour l'éternité de nos terres, déclarées libres. Tout le monde est un grand Avenue Carnot.

« L'existence de la FAC n'obéit qu'à un seul but sacré : la réunification du peuple d'Al Bundy au sein d'une seule et même nation. Elle cessera son existence dès le jour béni où, enfin, les Bondynois formeront un seul État consacré au bonheur de tous. Les citoyens de l'Avenue reconnaîtront alors la souveraineté d'un gouvernement élu par tous les enfants du Mordor, de la Comté, de Pavillons-sous-Bois et de la Terre du Milieu. Tous frères, tous égaux.

« Les Américains des États-Unis ont permis la diffusion, dans le monde entier, de la bonne parole de notre guide père fondateur. Tout comme eux en leur temps, nous, citoyens libres de l'Avenue Carnot, engageons au soutien de cette déclaration nos vies, nos fortunes et notre bien le plus sacré, l'honneur. »

Désormais, c'étaient les puissances de toute la ville que je défiais, non plus seulement les sections techniques du lycée. L'Équipe nationale soutenait Tarik, un des leurs, dans son entreprise d'oppression. Il avait les plus grosses cités de la ville derrière lui. Soit, j'avais fondé la mienne. Elle porterait le combat de la 1re S1 dans nos rues.

L'indépendance de l'Avenue Carnot fut proclamée le 2 mai, la nuit de mes dix-huit ans, un vendredi. La dernière fois qu'on me souhaita mon anniversaire à cette date. Samy organisa les célébrations de mon entrée dans l'âge adulte. Un grand geste, notre bon ami n'était pas un natif. Il respecta tout de même pour moi chaque étape du cérémonial, comme un maître de la tradition. Nous décollâmes à 21 heures de Bondy en micheline. Arrivés à la gare de l'Est, nous prîmes le métro pour les Champs-Élysées. Mon premier *Paris by night*. J'en fus tout fifou. Après avoir mangé une glace d'un pied de long, Samy, se baladant sur l'avenue, avait envie de dire *Guten Tag* à n'importe qui. Il tapa la causette à deux sublimes touristes allemandes qui avaient le malheur de parler notre langue.

— Ils faisaient quoi, vos grands-pères, pendant la guerre ? demanda-t-il.

— Jardinier et front russe, répondirent-elles avant de nous dire adieu pour toujours.

Nous replongeâmes dans le métropolitain pour en ressortir dans le 3e arrondissement, devant Les Bains Douches, la discothèque la plus sélecte de Paname. Nous poirotâmes un bon moment dans une longue queue. Le physionomiste, entouré de deux énormes videurs, nous toisa avec grand mépris quand ce fut notre tour de passer à l'examen. Après un échange avec Samy, il finit par dire :

— Bon, OK. Vous rentrez parce que ton pote fête ses dix-huit ans et que ta gouaille est pas mal savoureuse. Mais faites un effort sur le style la prochaine fois et ramenez au moins une zouze. Amusez-vous bien, les beaux gosses. Dites à la caisse que le premier verre est pour la maison.

— En fait, dit Samy, tout gêné, justement, mon ami est majeur aujourd'hui et la tradition voudrait…

— Ahhhhhhh ! Je suis teubé ! dit l'adorable physio. Tu as dix-huit ans, vous êtes bondynois ! Évidemment ! Allez, on recommence : non, désolé, vous ne pouvez pas entrer. C'est soirée privée. Allez, bonne marche, les gars, et notre bonjour à ce bon vieux Kamel !

On déboula à gare de l'Est cinq minutes après le dernier train. Je proposai à Samy de prendre un taxi.

— Ils ne ramènent pas les mecs en banlieue, dit Samy, tu devrais savoir ça.

— Je suis le fils du Panzer Berber. Ils feront une exception.

— Non. On rentre à pinces, grosse feignasse.

Ce furent deux heures et demie de marche le long du canal de l'Ourcq, mon premier retour au pays, au départ du canal Saint-Martin. La Villette, Pantin, Noisy-le-Sec. Il faisait bon dans l'air, et la marche était agréable avec l'évocation de toutes les conneries faites en classe. On arriva sur le sol de ma terre natale au milieu de la nuit. Je venais de faire ma communion avec tous les rats de Bondy qui avaient vécu leur premier classico : une soirée galère sur Paname après s'être fait recaler de boîte de nuit. J'étais un homme, désormais.

Samy entra dans une cabine France Telecom. Guillaume fut prévenu de notre arrivée, en même temps que ses parents qui furent réveillés par le téléphone de la maison. Il attendit qu'ils se rendorment et sortit en cachette de sa chambre pour nous rejoindre au Parc. Nous l'attendions sur la toile d'araignée, aussi confortable qu'un hamac. Il avait un sac sur le dos contenant plusieurs exemplaires de notre proclamation d'indépendance et du gros scotch. Après un moment de repos, nos jambes en avaient bien besoin, les casseurs-flotteurs entrèrent en action.

Nous sillonnâmes Bondy de long en large, de la Comté au Mordor. Partout nous laissâmes une affiche collée à un endroit visible par le peuple, sur la devanture d'un kebab ou sur un poteau de signalisation que nous n'avions pas réussi à mettre à bas. Les autres, plantés dans de la terre et coulés dans une dalle de béton, étaient jetés au sol, laissés en travers de la chaussée. J'étais petit-fils de fellagha, « coupeur de route » en arabe, le nom que l'armée française donnait aux combattants d'une autre indépendance. Des feux de signalisation furent renversés, une cabine téléphonique et une section de barrière SNCF également. Le vent de révolte qui nous animait souffla très fort, cette nuit-là. On laissait derrière nous le chaos et la destruction. Au petit matin, tout Bondy saurait que la Force Avenue Carnot existait.

Le final de la soirée eut lieu sur les terres de la cité Blanqui, l'ancienne puissance qui dominait les territoires de la gare et ceux de la mairie, siège du pouvoir officiel. Devant le commissariat, au milieu des tours, je grimpai sur une voiture de police, sautant à pieds joints sur le toit et hurlant à tue-tête le cri de la rébellion des bouffons : liberté, kebabs, égalité.

Je n'avais pourtant bu que du soda. Pour la première fois de ma vie de banlieusard, les flics me donnèrent la chasse. Réfugiés sur les terres du Parc, épuisés par tous ces kilomètres dans les pattes, nous nous endormîmes au fond de la toile d'araignée, celle de nos hilarants jeux d'hiver. Ma première nuit à la belle étoile loin des terres de l'Afrique.

Un beau soleil de petit matin nous réveilla tous les trois. Pressés de rejoindre nos lits, nous titubions sur une herbe grasse de printemps, mouillée de rosée, au milieu des vallons de la Comté. Soudain un énorme molosse, vieux, hirsute et sauvage, surgit de la crête d'une petite colline. Il dévala la pente au pas de course, en faisant de grands cercles autour de nous. Je dis à mes compagnons de ne pas trembler face au gardien protecteur de ces terres. Je reconnaissais mon vieil ami. Il vint me trouver, et nous échangeâmes quelques caresses, enfin réconciliés.

Je n'avais plus peur de lui, même sans Renard et mon arc. J'avais défié la toute-puissance du Mordor. Je n'avais plus peur de rien.

34

Avec la création de Force Avenue Carnot, mon ambition était d'imiter Bismarck. Notre État égalitaire devait être l'équivalent de la Prusse autour de laquelle l'Allemagne tout entière s'était unie pour mettre une pile à Napoléon III, aux alentours de Sedan, en 1870.

Notre nuit de révolte avait fait forte impression mais, les Cottages exceptés, aucune cité ne reconnut notre indépendance. On nous laissa profiter quelques jours de notre joli coup de communication. Bien vite, les grands de toutes les autres cités nous sommèrent de rentrer dans nos rangs d'oignons, au milieu des jardins de nos pavillons.

Mais la FAC vivrait. J'usais du même stratagème de défense qu'au lycée. Personne n'osait nous taper trop fort grâce à la puissance des torgnoles d'Atika. Dans nos rues, je fis alliance avec David, qui proclama aussi l'indépendance d'un État, rue Salengro, où se trouvait son dojo, le Cercle de karaté français. Le CKFeuj était né. Une armée de ceintures noires protégeait désormais les marches de notre territoire. Sans cela, la mobilisation générale de la Force Avenue Carnot, qui ne pouvait réunir que deux citoyens sous les drapeaux, aurait été futile face à la puissance de nos voisins. On nous l'avait assez reproché, alors, dans la foulée, la 1re S1 fut instituée en ordre de chevalerie, protecteur des déshérités et de tous les épris de liberté.

Un véritable printemps des peuples bondynois vit le jour. Partout dans la ville, des quartiers pavillonnaires, dominés de tout temps par les grandes cités, se déclarèrent indépendants. Y compris le plus emblématique d'entre eux : le parc de la Mare à la Veuve. J'apportai mon soutien inconditionnel à Angelo et à sa bande, même s'ils se libéraient de mon ancienne patrie, La Sablière. Certes, ils avaient été l'élite au collège, mais plutôt bienveillants envers les petites gens.

Derrière ces mouvements d'indépendance, il y avait un projet de société nouvelle, plus grand que le droit du peuple des maisons à disposer de lui-même. J'en rédigeai la doctrine. Elle devait réconcilier ancien et nouveau monde. L'Équipe nationale resterait en place, c'était un symbole fort de notre collectivité. Ses membres s'étaient distingués par des faits d'armes exceptionnels. Toutes les autres distinctions et castes seraient abolies et remplacées par des grades, comme à l'armée, accessibles à tous grâce au mérite, sans distinction de naissance ou d'origine territoriale. Seule la valeur compterait.

Ma proposition préservait l'esprit des ancêtres de la forêt et celui de tous nos saints patrons. J'éprouvais un profond respect pour les enseignements qui avaient permis de transformer notre mise au ban de la capitale, et de la société, en une vie consacrée à rire de nos petits malheurs du quotidien. Les Bondynois excellaient dans l'autodérision, forme suprême de l'humour. Il fallait garder cette tradition venue de toutes les campagnes du monde, celles où avaient grandi nos parents. Nous étions les rats de Bondy, taillés dans le béton pour prospérer dans la pauvreté et sous le regard hautain des bien nés. Seul le pouvoir des cités et de la bonne société du Parc, qui continuait à imposer ses codes à Pierre-Curie, devait être abattu.

Avec le nouveau système on montait en grade, comme dans *Donjons & Dragons*, par l'acquisition d'expériences et grâce à nos seules vertus.

Voici l'échelle des rats telle que je l'avais conçue, très imparfaite, à l'époque du lycée :

Petit hamster

Désigne tout habitant de notre ville qui n'y a pas sa place. Un statut synonyme d'humiliations. Il est fréquent de voir les autres Bondynois jeter des marrons aux petits hamsters.

Rat des champs

Mignon, gentil, souvent coincé, il ne fait rire que sa maman si cette dernière est polie. S'il mange un grec avec des Bondynois plus expérimentés, il n'en goûtera que la sauce.

Rat des villes

A déjà meilleure allure. Il entre dans la ratrix, la mécanique complexe qui régit la vie à Bondy. L'humour bondynois cesse de lui être indifférent, et ses repas sont de moins en moins taxés. L'apprentissage du padawan débute enfin.

Rat de la casse

Commence à être fréquentable. On donne ce grade aux nouveaux Bondynois qui présentent de réelles dispositions à la vie dans notre société. Il peut être drôle, il sent quand on essaye de la lui mettre à l'envers et mange ses premiers repas gratuits.

Rat d'égout

S'accommode parfaitement de la vie dans la cité. Il rit de bon cœur quand un de ses amis tombe par terre comme une merde et sait transformer son porte-monnaie en un sanctuaire inviolable. Un rat d'égout peut très bien commencer une déclaration d'amour par cette phrase :

« T'es pas mon genre, mais j'ai un petit creux. »

Rat gitan

Malgré tous les préjugés sur les gens du voyage, la fratrie bondynoise admire l'instinct libertaire de nos derniers nomades. Tous ici gardent en mémoire les rentrées des classes éprouvantes pour les zygomatiques, conséquence directe de la patronymie manouche. C'est en hommage à ces moments d'hilarité collective qu'une caste porte le nom de ce peuple.

Rat zoir

Comme son nom l'indique, ce rat n'a qu'un but dans la vie. Vous raser. C'est un puissant Gillette Mach 3 qui soumet votre épargne à la précision d'une lame affûtée. Un rat zoir ne transige pas quand il s'agit d'un repas gratuit, de squatter une fête ou de taper l'incruste. Pour lui, chez vous, c'est chez lui.

Rat mort

Avec le rat mort, on est en présence d'un spécimen rare qui a fait preuve de la meilleure adaptation à la vie bondynoise. Les rats morts marchent fièrement dans la ville, car ils savent que tout leur est dû. Un seigneur de ce grade est capable de tout, du moment qu'il trouve ça drôle. Faire un croche-patte à sa petite amie, par exemple, faire un croc dans le rôti qui cuit, organiser son mariage dans un grec avec une participation de 22 francs par invité. Tourner le dos à un rat mort quand vous mangez peut être dangereux.

Rat gondin

Fréquenter un rat gondin si l'on n'a pas au moins le grade de rat d'égout est le plus sûr moyen de crever de faim. Tout ce dont il peut profiter est à lui, il n'a aucune gêne, aucune honte et peut renoncer à l'amour de sa vie ou à ses parents pour un ticket-restaurant. Humiliations, vannes et coups tordus sont l'expression de la plus pure amitié chez un rat gondin.

Rat pourri

Être rat pourri, c'est entamer le processus qui vous conduira vers les cimes de la suprématie bondynoise. Un rat pourri a surpassé ses inférieurs dans tous les domaines de la vie locale : squat, pillage de vivres, escroqueries diverses ou relations sentimentales ambiguës.

La FAC, par la voix de son gouvernement de transition, a posé une règle stricte pour valider l'accession à ce grade : pousser aux larmes deux Bondynois ayant atteint le grade de *Rat mort*, sans violences physiques ni verbales, lors d'une joute oratoire. Rusé, malin, le rat pourri est impossible à tromper. Une bête de la nature bondynoise.

Rat du Mordor

Le sommet de la pyramide, synonyme d'excellence, le sacrement de toute une vie de Bondynois. En cas de guerre, suivez de près un rat du Mordor, soyez sûr qu'il en sortira plus gras, mais peut-être à vos dépens. Séduire une femme est facile pour lui. Cela se résume à deux mots : « Viens là ! » Cet être est incapable de respecter les moindres normes sociales. La compassion, le romantisme et le partage sont pour lui de la mythologie.

Le détenteur de ce grade a un niveau de puissance inimaginable : tout buffet, fête ou festin dans un rayon de 20 kilomètres autour de notre cité doit craindre sa visite. Tout ce que peut attendre la compagne d'un rat du Mordor, le soir de la Saint-Valentin, c'est un dîner aux chandelles autour d'un vieux sandwich au fromage rongé. Quand une humiliation vous frappe, il est toujours là. À quelques pas, vous scrutant impitoyablement d'un œil plein de malice, le visage et la langue tirés dans un infâme rictus, expression mêlée d'euphorie et de dédain déformés par le vice. Il s'avance, hilare et méprisant, pointant son index sur votre visage jusqu'à l'enfoncer dans votre joue roussie par la honte. En guise d'estocade, il achève son rire graveleux par un cri puissant : le fauve a trouvé une nouvelle proie, et la plèbe de Bondy doit en être informée. Se joignant à lui dans une ronde autour de votre corps parcouru de spasmes, ses amis entament un véritable lynchage par le verbe. Votre humiliation devient un bien public. Au fil des ans, l'histoire sera remaniée, remixée, épicée à la coriandre et au cumin, à chaque fois plus humiliante pour votre ego. Fort heureusement, il n'y a qu'une place sur le trône de rat du Mordor, le chef de notre communauté, élu par tous ses pairs.

Je n'étais pas meilleur que ceux de 1789. Mon projet ignorait superbement les femmes. Il les méprisait, même. Je comptais sur Atika, Marion et Laura pour faire tous les ajustements possibles après la victoire de notre révolution. Il fallait changer nos rapports avec les filles, mais allez dire ça à des gamins de dix-huit ans qui considéraient que sortir avec la sœur de son pote était le plus grand des péchés, un poil plus grave que les faits de canardisme, une forme de romantisme un peu trop appuyé.

J'avais adjoint à la fonction suprême le nom des quartiers de Bondy Nord pour flatter les puissants. Personne d'autre que Kamel ne pouvait revendiquer le titre. Il avait exporté notre culture sur les bancs de son université, où il pillait les fêtes étudiantes et triomphait à chaque partiel, on ne savait trop comment, puisqu'il mettait une ambiance de foire en amphi.

L'ancien et le nouveau monde étaient inconciliables. On rejeta en bloc toutes mes propositions. Les droits, ça ne se donne pas, ça s'arrache avec les dents. Il n'y avait guère que Louis d'or, le meilleur des commissaires politiques, pour porter le projet à bout de bras dans la cour. Il commençait un peu à abuser, et je dus réfréner le culte de la personnalité qu'il propageait. J'étais l'Élu, l'enfant du Mordor descendu dans le Sud pour se baigner dans les eaux sacrées de la Mare à la Veuve, notre Jourdain. Kamel avait fait de moi le survivant d'une pendaison, comme Tuco Benedicto Pacifico Juan Maria Ramirez, le truand du chef-d'œuvre de Sergio Leone, saint patron de Bondy Nord. Tel Al Bundy, j'avais vendu des chaussures au marché durant quelques samedis, au début de ma 3e retapée. J'étais le Bondynois parfait.

Je me prenais surtout pour Lycurgue, le législateur de Sparte. Il fallait que je redescende un peu sur terre. Les plus terribles enfants de la Seine-Saint-Denis, les invincibles guerriers de Montfermeil, s'en chargèrent.

35

Avant que le conflit éclate entre anciens et nouveaux États, dans les rues de Bondy, Émeric, mon ami d'enfance, fit la connerie de sa vie. Un Bondynois séduit la mauvaise fille, et c'est la guerre de Troie qui recommence. Cet idiot avait soufflé la petite amie d'un Turc aux gros bras. Et pas n'importe lequel : un habitant des Bosquets. La cité la plus dangereuse d'Europe.

En pleine révolte des pavillons, la nouvelle me parvint par mon réseau d'informateurs. Émeric ne m'apprit donc rien quand il vint nous trouver, David et moi. J'eus alors une réaction extrêmement raciste :

— Espèce d'Antillais ! T'as encore réfléchi avec ta nouille ! Tu vas tous nous tuer !

Il était dans la merde jusqu'aux sourcils. Par ricochet, on allait tous profiter du bain de boue. Même unies, les cités de Bondy ne pouvaient rien contre les mecs des Bosquets, innombrables et biberonnés depuis l'enfance au combat de rue, là-bas, sur les hauteurs hostiles de Montfermeil. La patrie où Cosette fut élevée par les Thénardier ! Un monde dur qui transforme les hommes en équivalent local des soldats spartiates. J'appris vite qu'une expédition punitive se préparait contre mon ami. Pas un duel au fleuret, mais un tabassage en règle à vingt contre un.

Les Bosquets et leurs puissants alliés firent passer le mot dans toute la Seine-Saint-Denis : chaque Bondynois était désormais un ennemi jusqu'à ce qu'Émeric leur soit livré pieds et poings liés, avec un tube de harissa tunisienne enfoncé dans le fondement.

Le temps de l'union sacrée était venu. Les États bondynois furent réunis en congrès extraordinaire aux Délices de Marmara. Mes amis et moi implorâmes notre peuple de mettre fin, séance tenante, à tous nos conflits. Il était vital de s'unir contre l'invasion étrangère qui se préparait à nos frontières. La FAC se dit prête à accepter la suzeraineté de Blanqui contre la promesse d'une mobilisation générale. Des rumeurs folles me parvenaient, racontant que les terribles guerriers des Bosquets avaient quitté Montfermeil pour profaner le plus sacré des lieux pour un Bondynois : la forêt de Bondy. Du moins ce qu'il en restait, entre Clichy-sous-Bois et Coubron. Je haranguais la foule de mes semblables :

— C'est le cœur de notre civilisation qu'ils ont souillé, et vous autres, frères de Bondy Nord, de Blanqui et d'ailleurs, les plus fiers combattants de notre mère patrie, vous comptez rester les bras croisés ?!

J'étais rebelle à l'autorité des cités et j'avais amorcé une vague de mouvements indépendantistes. Ma voix ne comptait pas dans le concert des nations bondynoises. Surtout, Émeric avait gravement fauté. Les grands de nos quartiers étaient très à cheval sur les histoires de mœurs. Ils n'avaient aucun respect pour les queutards voleurs de gonzesses. Les puissants de la ville nous conseillèrent donc d'aller nous faire cuire un œuf d'autruche.

— Les bouffons des pavillons ont voulu leur indépendance, qu'ils se débrouillent tout seuls, annonça Tarik, parlant au nom de l'Équipe nationale, sous les hourras des principaux membres du congrès.

Même La Sablière refusa sa protection à Émeric. Il avait déménagé au-delà de ses tours en début d'année. Sans compter que le beau gosse avait toujours préféré la compagnie des belles gens du Parc à celle de ses voisins.

À la clôture du sommet, seules quatre puissances pavillonnaires – dont trois n'avaient pas un mois d'existence – relevèrent le défi impossible imposé à mon peuple. La Force Avenue Carnot, les Cottages, le parc de la Mare à la Veuve et le CKFeuj firent alliance et jurèrent de mettre tous leurs différends de côté pour protéger la mère patrie et Émeric. Il méritait une leçon. Pas la mort.

Nous étions donc cinq pour défendre l'honneur de tous les Bondynois. Chow-san et moi pour la FAC, Samy pour les Cottages, Angelo pour le Parc, et David, notre unique atout, le seul qui savait vraiment se battre. Il commençait déjà à donner des cours de taekwondo au CKF. Samy et moi avions des bases de boxe kabyle parce que nos pères n'avaient jamais pu supporter nos tronches, mais à part ça… Nous formions une belle brochette rouillée. La cohésion de groupe était néanmoins excellente. Samy, Chow-san et moi achevions la meilleure année de notre vie en 1re S1. Angelo, David et Émeric n'étaient rien de moins que des frères pour nous.

Le shidoshi Tanaka du CKFeuj fut nommé l'Espagnol, le général en chef de tous les Bondynois en armes. Dans un combat de David contre Goliath, il était opportun de nommer un Juif à la tête de notre famélique troupe. Sans compter ses compétences en arts martiaux, évidemment.

Tel William Wallace dans *Braveheart*, son discours nous motiva tous :

— Vous ne servez à rien. On va tous crever !

Nous n'avions pas choisi le lieu de la bataille. Émeric le fit pour nous. Le combat se tint au parc de la Mare à la Veuve. La famille de Sébastien Veron était partie en week-end. Ses parents avaient confié les clefs à Angelo qui, tradition locale oblige, nous fit tous squatter.

Pendant qu'à l'étage on commentait chaudement le coffre à jouets des parents de notre hôte absent, nous entendîmes Émeric insulter quelqu'un au rez-de-chaussée. Quelques marches plus bas, nous le vîmes raccrocher le téléphone fixe, tout content d'avoir mis à l'amende le rival qui nous foutait tous dans la mouise. David, l'intelligence du groupe décidément, fut le premier à pointer le danger.

— Tu sais que France Telecom vient de mettre en place l'affichage du numéro ?

Et le Chow de renchérir :

— Ils ont mis en place l'annuaire inversé, également…

— Je veux tellement que tu crèves, Émeric ! osa Samy.

— Oh t'inquiète, on va tous clamser. J'ai toujours su que j'allais mourir puceau de la bouche, lançai-je à la volée.

— Moi, ça va, j'ai fait une bise à ta sœur en maternelle, m'avoua Angelo, qui nia par la suite m'avoir fait la confidence.

— On n'a pas le temps ! trancha David. On parlera de toutes nos sœurs demain. Même des demandes en mariage à leur faire, au besoin. Si on survit.

Et c'était ça qui allait affronter la superpuissance des banlieues du vieux continent…

Il fallait vingt-cinq minutes à un homme fou de rage pour venir des Bosquets à Bondy Sud, sans le GPS, qui n'avait pas encore été inventé. Un Turc fort comme lui-même sonna à la porte de la maison où nous étions retranchés. David, notre chef, se conduisit en parfait Chevalier du Zodiaque :

— Il est tout seul, c'est un duel. L'honneur nous ordonne de ne pas intervenir. Va à la filoche comme un homme, Émeric. C'est la grosse merde que t'as chiée, après tout.

Nous regardions notre ami s'exécuter, agglutinés devant la fenêtre de la cuisine. À peine avait-il franchi le portail qui le séparait de son adversaire que trois camionnettes pénétrèrent à toute berzingue dans la rue pavillonnaire. Une trentaine de cailleras armées jusqu'aux dents en sortirent, déterminées à tuer notre compatriote. Montfermeil s'était vidé de ses fils.

Émeric fut vite mis au sol et roué de coups. C'était la première fois que je voyais un homme se faire scier une jambe. C'était aussi mon premier vrai jour de guerre. Rien à voir avec les petites caresses contre les 2de 13. Terrorisé, je n'aspirais qu'à me cacher sous un lit et à y rester toute ma vie.

David, lui, sortit sans broncher.

— Quand faut y aller…

Poussés par le courage sans faille de notre chef, nous courûmes droit vers nos ennemis armés par Bricorama. Nous n'avions que nos poings et notre acné à leur opposer. Un magnifique crochet du droit venu de je ne sus où me cloua au sol. Je ne servis plus à rien à mes frères d'armes. Je dus mettre un ou deux coups de dent à un des nombreux mollets qui me faisaient face, mais guère plus. Mon sang se répandait sur le bitume. J'allais mourir pour Bondy comme grand-père était mort pour l'Algérie. J'étais soulagé. En son illustre compagnie, je ne lui ferais pas honte.

Les autres furent admirables de courage et de combativité. Chow-san encaissa tout ce qu'on lui envoyait sans jamais faiblir. Malgré son corps de colibri vegan, je le vis désarmer deux adversaires. Angelo, qui ne s'était jamais battu de sa vie, rendit coup pour coup. Samy se plaça si bien dans la mêlée qu'il ne reçut aucune blessure, nos assaillants, trop nombreux, se gênant mutuellement. Ce fut d'ailleurs ce qui sauva Émeric des nombreuses haches qui dansaient au-dessus de sa tête.

David mit quatre ennemis hors d'état de nuire avant de reculer sous le nombre. Il entraîna avec lui le corps qui semblait sans vie d'Émeric, épaulé par les autres venus à sa rescousse.

Chemin des Dames faisant, mes frères me relevèrent et, sous une pluie de coups, nous refluâmes en bon ordre jusqu'à l'entrée de la maison. Samy, ce ninja, sorti d'on ne savait où, ouvrit la porte prestement. On s'enferma tous à l'intérieur. Les Bosquets ne poussèrent pas leur avantage par un siège en règle. Ils quittèrent le pays pour de bon. Émeric était sonné mais sauvé, l'invasion repoussée.

Dans les rues de Bondy, on n'en revint pas d'un tel exploit. D'insignifiants bouffons des pavillons avaient tenu tête à une armée de caïds qui faisaient jeu égal avec le Bronx et Harlem. Léonidas, Oncle Hô, Abd el-Krim du Rif, Joukov, Salah et vous, l'indomptable amiral Yi : merci d'avoir montré la voie à tous les faibles de l'univers.

Un Juif, un Arabe (c'est quand ça m'arrange), un Chinois, un Kabyle et un Portugais qui sautent dans une forêt de couteaux et de haches pour sauver la vie d'un Antillais : c'est aussi ça, la banlieue.

C'est surtout ça.

36

Nous avions marqué l'histoire de la Seine-Saint-Denis et des quartiers populaires. Qui, sur cette terre, pouvait se vanter d'avoir fait obstacle au courroux des Bosquets ? Trois élèves de la 1re S1, classe d'intellos tout maigrelets, avaient conduit de jeunes nations pavillonnaires à peine écloses vers la plus fantastique des victoires. Les cités traditionnelles avaient failli. Notre révolution allait l'emporter. Assurément.

Le dernier trimestre fila comme le vent. Désormais, nous étions une alternative crédible à l'Empire technique. À notre Équipe nationale, même. David avait fait tout le boulot, mais il n'était pas scolarisé au lycée. Mon ordre récolta les fruits de son courage. On rejoua la bataille de la Mare à la Veuve dans les parties de jeux de rôle. Nous en fîmes un film, avec la caméra de Philippe, durant les derniers jours des ponts du mois de mai. La vidéo fut diffusée *via* le réseau de distribution des Cottages dans toute la ville. Nous étions Léonidas et les trois cents aux Thermopyles, sauf que nous avions survécu à la bataille.

À l'école, c'était l'anarchie totale. Nous jouions au foot bras cassé en pleine classe au milieu des rangs. Nous utilisions les pissettes du cours de chimie pour organiser des batailles d'eau, devant une Mme Desforges courroucée mais surtout dépassée. Les becs Bunsen nous servaient de lance-flammes pour sécher nos corps. Comme Chen venait d'avoir son permis, nous allions à l'école en voiture, certains d'entre nous agrippés au toit. Nous étions les tauliers du lycée. Nous propagions le rire et la bonne humeur partout, sans mépriser personne d'autre que les profs.

Sklodowska déserta l'établissement après le conseil de classe du troisième trimestre, à quelques semaines de la fin de l'année. On l'avait mise au parfum. Après la dernière réunion de nos professeurs pour juger nos cas, nous allions lui faire sa fête façon carnaval de Rio à Ibiza. On la regardait en cours en se mordant le poing, l'œil mauvais, entre deux menaces indignes de notre humanité.

— J moins huit, madame, disait l'un.

— Après tu seras à moi, Tong Po, faisait l'autre.

— Je vais me farcir tes gros jambonneaux, lançait Kévin, totalement flippant.

J'espère que, quel que soit l'endroit où elle se trouve aujourd'hui, cette valeureuse Polonaise est heureuse et ne pense plus à nous.

Les bilans furent catastrophiques pour la classe entière. J'avais déjà prouvé que je pouvais avoir la moyenne en maths. Je lâchai donc complètement l'affaire sur la dernière ligne droite. Mon bulletin fut intercepté par la vieille méthode : le vautour reprit son guet devant la boîte aux lettres. Je passai en terminale contre l'avis du conseil en signant pour mes parents.

J'aurais aimé raconter une belle histoire d'amour, mais, la vie, ce n'est pas un conte de fées, dirait Red, l'un des évadés de la prison de Shawshank. Peu avant la grande bataille, je dus me remettre d'une dépression. Le cœur de Noria était pris. J'avais tellement tout bien fait pour me rapprocher d'elle que je devins son confident. Elle était toujours éprise de son premier petit copain, rencontré en 4e. L'élu de son cœur s'était lancé dans le rap et il l'avait oubliée. Son regard triste avait enfin une explication. Si sa passion pour ce type était aussi forte que la mienne pour elle, jamais Noria n'en aimerait un autre. Il fallait que je me fasse une raison.

Je m'en voulais. Je n'eus jamais le courage de lui avouer mes sentiments. Cette perspective m'avait terrorisé tout au long de l'année. J'étais donc couard. Un jour, j'oublierais certainement Noria et la même histoire recommencerait avec une autre. J'enviais Chen qui se mangeait des râteaux à la pelle et continuait sa vie tranquillement, sans s'occuper un instant du regard des autres. Se prendre un stop dans la gueule n'était peut-être pas la honte suprême. Les Chinois avaient autant d'honneur que les Algériens ou les autres. Alors pourquoi ne pas faire preuve de bravoure moi aussi ?

On avait tous un peu mis l'amour de côté durant cette année, Laura et Amir exceptés. Ils vivaient leur idylle dans le secret, du moins le croyaient-ils. On rigolait tellement. Nous étions, disent les Allemands, heureux comme Dieu en France. Qui pouvait l'être plus que nous ? On avait trouvé le bonheur tous ensemble. Pourquoi le chercher ?

Le 6 juin, Sébastien Veron honora les héros de la bataille de la Mare à la Veuve en organisant une splendide fête chez lui, sur les lieux de la victoire. Tout le Parc était là. Les Bioman aussi. L'Équipe nationale n'osa même pas se pointer pour squatter. C'était notre moment à nous, les libérateurs de la verdoyante terre. J'aurais dû me rappeler les triomphes des empereurs romains. *Cave ne cadas*, « Prends garde de ne pas tomber », leur susurrait-on à l'oreille pour les appeler à l'humilité.

La 2de 13 déposerait bientôt les armes de l'oppression. Tous les Bondynois seraient bientôt unis dans une société d'égaux. J'avais fait de grandes choses, cette année. Pourtant, je n'étais pas heureux. Mon cœur avait connu l'amour. Il semblait s'en remettre. Il en redemandait.

Virginie était à la soirée. Il n'y avait qu'elle qui existait avant Noria. Je dansai plusieurs slows avec la belle. Elle était célibataire, mais ses sentiments envers moi n'avaient guère changé. On pouvait me faire confiance pour sentir ces choses-là.

J'eus tout de même envie de lui dire qu'elle avait été la première à compter pour moi. Que sa gentillesse m'avait beaucoup touché. Qu'avant les bouts de route que nous faisions ensemble, je n'avais jamais pu aligner plus de deux phrases dans une conversation avec une fille. Je voulais la remercier pour son très beau rire qui ponctuait toujours mes blagues, même les moins réussies.

Oui. J'eus envie de lui dire tout ça quand je l'entraînai, à l'écart de la fête, vers un gros buisson tout chelou.

Je devais avoir bu trop de Banga, j'avais l'impression étrange que l'arbrisseau me regardait.

Ces feuillages m'avaient sans doute perturbé. Tout ce qui sortit de ma bouche, au lieu du beau discours que je comptais déclamer, ce fut :

— Est-ce que tu veux sortir sur les lèvres avec moi ?

Une enfance devant les dessins animés japonais avait fait de moi un kamikaze à l'âge d'aller au front.

Que pouvait-elle répondre ? Oui d'accord, à demain, la la schtroumpf la la ? Virginie dit non, évidemment. La foudre ne me tomba pas sur la tête pour autant. J'aurais préféré. Tous mes amis avaient assisté à la scène cachés derrière cette fourberie de buisson. Chacun, désormais, pointait son index vers moi, euphorique et moqueur. Dans la panique, je m'enfuis comme un lâche. Inutile : quand le destin décide de te courser, tu es à pied. Lui prend l'avion.

Beaucoup trop ému, terrassé par la honte, je laissai mon corps faire sa vie tout seul. Je me retournai à la volée pour déguerpir dans la rue. Ma tête cogna violemment contre quelque chose et je chus. Sonné, j'entendis des cloches et des fous rires fuser tout autour de moi. Le sang coula sur mon nez et je vis, le regard trouble, des gens tomber par terre, frappés d'hilares convulsions. Ils avaient les mains sur le ventre. Leurs corps, en se roulant au sol, déracinèrent les arbrisseaux qui les cachaient.

Cave ne cadas. Dans ma fuite, j'avais heurté un panneau STOP.

37

Ce fut une nuit sombre comme je n'en avais jamais vécu. J'étais de retour en maternelle. Mon traumatisme d'enfance ressurgit plus fort que jamais. La défense érigée, toutes ses années, pour le refouler au plus profond de mon être avait explosé. On m'avait de nouveau rejeté. La gloire et les batailles, ce n'était pas de la chirurgie esthétique. Je n'aurais jamais dû oublier que j'étais moche.

Si Mamaino avait été là, elle m'aurait dit qu'avouer son transport à une femme n'avait rien d'humiliant. Mais je n'étais plus un enfant qu'à l'intérieur. Personne ne viendrait s'asseoir à côté de mon lit pour ramener la lumière dans mon cœur. J'interprétais ma blessure narcissique comme un déshonneur. Une insulte à tous mes ancêtres. Au lieu de me remplir de fierté, le souvenir de grand-père me faisait mal, désormais. L'héritage pesait bien trop lourd. Une personne m'avait signifié que je n'étais pas assez bien pour elle. Je lui donnais entièrement raison. Un Kabyle sans honneur, c'est un sac sans rien. Il ne peut pas se tenir debout.

Cette énorme bosse sur le front me faisait mal. Mais ce n'était rien à côté de ma souffrance morale. Chacun des rires de mes camarades m'avait piétiné l'âme. N'en doutez jamais : se manger un gros stop dans la gueule, c'est la honte suprême.

Au petit matin, après une nuit blanche interminable, je fis la chose la plus courageuse de ma vie : sortir la tête de sous les couvertures pour affronter mon premier jour d'homme déchu.

38

— Tu déprimeras mardi, l'heure est grave. Mets tes chaussures, cœur tendre.

Samy était venu me chercher à la baraque, le lendemain du D Day. Il avait reçu des informations terribles. Au péril de sa vie, Ryan était venu le trouver aux Cottages. Non pas pour rapporter un film de boule à son grand, mais pour nous mettre au parfum. Tarik et sa bande savaient tout. Atika était partie chez des cousins à Marseille en vue de réviser le bac de français au bord de la mer. Elle ne serait pas là lundi, le dernier jour.

Pour organiser toutes les autres épreuves du grand examen, et celui des BTS, l'administration de Jean-Renoir avait avancé la fin de l'année au 8 juin. Je me demande dans quelle mesure les dégâts et l'épuisement des professeurs, à la suite du conflit entre la 1re S1 et la 2de 13, avaient motivé cette décision.

Sans Atika pour nous protéger, Ryan affirmait que son chef et tous ses vassaux allaient nous racler la gueule à la récré, à la manière bien moyenâgeuse. Ils ne supportaient pas de voir notre peuple glorifier la 1re S1 après la victoire sur les Bosquets. On pourrait toujours leur lancer de fiers sourires quand on n'aurait plus de dents.

Je n'avais plus rien à perdre. J'affirmai à Samy et à tous les autres réunis en conseil de guerre, place de la gare, qu'il n'était pas question de sécher les cours le dernier jour. Si ce n'était pas au lycée, ils nous défonceraient notre mère dans la rue.

Nous avions désormais tous une expérience du combat et un fort soutien populaire. Mais sur le papier, encore une fois, nous étions battus. Tarik pouvait réunir cent cailleras autour de lui. Le Mordor et Blanqui avaient été humiliés par nos succès. David, le lion de Judée, ne viendrait pas à notre rescousse, cette fois-ci.

On fila tous vers les friches industrielles, rue Édouard-Vaillant, et leur énorme terrain vague au bord de la voie ferrée. Toute l'après-midi, Samy fit exploser des trucs. Il mélangea différents produits trouvables dans le commerce, essaya plusieurs contenants, calcula les dosages. En somme, il mettait un coup d'accélérateur à ses dernières recherches. À la fin de la journée, il avait encore, par miracle, tous ses doigts. Et son arme secrète était opérationnelle.

Le lendemain, on sécha le cours de Mme Desforges, le premier du lundi. Par petits groupes, les élèves de la 1re S1 quittèrent la maison de Philippe pour aller escalader les grilles du lycée au lieu de passer par la porte. Nous arrivâmes en retard dans la classe de Mizon, qui avait accepté de décaler son cours à l'heure de trou de la matinée, pour une ultime révision avec ses élèves.

— Ceux qui veulent bosser, ouvrez votre classeur, annonça-t-il. Les autres, faites ce que vous voulez, mais dans le silence.

Nous fûmes de vrais petits ninjas pour notre dernier coup de maître de l'année. Un par un, avec les copains, à pas feutrés, on pénétra dans la salle d'à côté, celle qui n'avait plus de bureau.

Avec tout le mobilier, chaises, tables, armoires, nous construisîmes une énorme pyramide au milieu de la pièce. Le sommet touchait le plafond. De la très belle ouvrage.

Nous reprîmes nos places tranquillement. Mais le mouvement de nos camarades allant admirer notre chef-d'œuvre d'art abstrait alerta le prof. En poussant la porte de la salle voisine, il fit une telle tronche qu'on aurait dit qu'il avait ouvert la bouche des enfers.

— Qui est responsable de ce… cette horreur ? demanda-t-il, effaré par un tel foutoir.

Nous répondîmes en chœur :

— C'est pas nous, on n'a rien fait.

— Allez m'arranger ça !

On fit un tel raffut en « arrangeant » que les autres profs arrivèrent pour voir qui avait trouvé la boîte de *Jumanji* et lâché les animaux de la jungle dans le lycée. Guillaume, au lieu de nous aider, fit un très beau shoryuken digne de *Street Fighter II*. Ce ne fut pas son trou dans le plafond qui énerva le plus Mizon mais Kévin qui, après avoir tracé une grande cible au tableau, jetait des chaises comme s'il s'agissait de fléchettes.

La Terre est ronde, après tout. Les bornes furent tellement dépassées qu'on les revit à l'horizon. M. Mizon, au bout d'une année exténuante, retira sa ceinture pour commencer son élève comme un vrai daron du bled, au milieu de la pièce.

— Ahhhhh je vais le dire à l'inspection ! Vous n'avez pas le droit de me taper, hurlait Kévin entre deux cris de douleur.

— Tu ne vas rien dire du tout ! Prends un peu de notre vie, sale fou, répondit Samy, qui avait pourtant de sérieux griefs contre notre enseignant.

Le prof, une fois calmé, nous conjura de ne pas ébruiter l'affaire.

— Monsieur Mizon, on a l'habitude, le rassurai-je. Vous tracassez pas. Ce qui se passe à Vegas reste à Vegas.

À la fin de l'heure, on rasa les murs vers les toilettes. Guillaume sortit de son sac le nécessaire du parfait Viêt-cong. Samy prépara les explosifs, dont je refuse de donner la composition. On forma des duos qui se dispersèrent dans tout le lycée. À 12 h 30, aux endroits stratégiques où les classes techniques sortaient de cours, des explosions dignes des canons de Navarone se firent entendre dans les salles, les couloirs, partout ! J'avais préparé, en guise de grand finale, deux bombes scotchées ensemble posées dans le trou où reposait ce bon vieux Cyndorel. La cuvette fit une telle caisse de résonance qu'elle explosa sous l'onde de choc. De la fumée s'éleva dans tout le lycée. La sirène d'incendie se déclencha. Jean-Renoir finit l'année en ruine totale.

Tous les commandos de choc reformèrent les rangs devant les tables de ping-pong. Tarik et sa bande s'avancèrent vers des soldats sans armes. Nous avions épuisé nos dernières ressources. Le combat final se ferait avec les ongles et les dents. Me faisant face au milieu de ses troupes, le chef de la 2de 13 arma sa main pour me la tendre.

— Vous nous avez vaincus, reconnut-il en me serrant respectueusement la patoche. D'abord les Bosquets, puis ça. La science au service du mal, nous on ne peut rien faire. Vous, les gars de la 1re S1, vous êtes forts. Vraiment forts.

— Les meilleurs, répondit notre délégué.

Les Warriors. Samy connaissait trop bien ses classiques.

Mes camarades resplendissaient sous les honneurs. Le petit Louis d'or sautait de joie, entouré de tous ses amis. C'était surtout sa victoire. Celle de Benoît et de Nathaniel, aussi. Tarik rendit les armes au nom de l'Équipe nationale, de la 2de 13 et de tout l'Empire technique, au beau milieu de la cour, devant chaque élève qui sortait de sa classe. Tout le monde aime les perdants qui gardent le sourire. Il fut un tel adversaire. Après les explosions, rien n'aurait pu l'empêcher, fort de sa petite armée, de nous refaire le portrait façon Picasso.

Pour citer Ryan, son petit, Tarik n'a jamais été aussi grand que dans la défaite.

39

C'était une nuit de gloire pour tout un peuple. Enfin, la France reprenait sa place dans l'univers, la seule qu'elle mérite, la première. Nous étions champions du monde. Tous les enfants de 1789 étaient sur les Champs-Élysées pour célébrer le sacre de 1998. Même les Bondynois. Enfin unis.

Kamel, Chen et Samy avaient réussi à squatter l'arrière d'une camionnette où des Briardes guillerettes trinquèrent avec eux. La Perceuse avait réussi l'exploit de gratter un billet pour la finale, mais il l'avait cédé à notre père. Mon frère avait déjà gagné sa place à la fenêtre de la 405 et le championnat des enfants avec. Jamais papa ne manqua une Coupe du monde depuis la première de son grand héros, le roi Pelé, dont il avait suivi les exploits à la radio.

Tarik, maillot des Bleus sur le dos, fou de joie, portait un Louis tout heureux sur ses épaules. Demba, en marinière, embrassait une Alsacienne qui n'avait jamais vu un Noir de sa vie. La scène aurait rendu aussi bien en photo que le baiser de la victoire du matelot et de l'infirmière, à Times Square, pour fêter la fin de la Seconde Guerre mondiale.

Une foule immense hurlait son bonheur, chantait ses héros. Le visage de Zinedine Zidane projeté sur l'Arc de Triomphe l'appelait à devenir président. L'énorme foule, compacte, en liesse, réclamait d'exercer son droit de vote sur les Champs. Le virtuose avait marqué deux buts en finale, contre le Brésil, hyperpuissance du football. Lilian Thuram, défenseur, qui n'avait jamais mis le ballon au fond des filets, même à l'entraînement, avait sauvé les Bleus face à la Croatie. La France black-blanc-beur triomphait. Le racisme et le Front national étaient morts. Désormais, à partir de ce jour, il n'y avait plus que des Français. Tous frères et sœurs. Le miracle du football. Les États-Unis à côté, c'était de la roupie de sansonnet. Jamais je n'aurais aimé naître ailleurs.

Même le peuple d'Al Bundy, indécrottable banlieusard, se sentait enfin à la maison, à Paris, en France, au milieu de la plus formidable des euphories collectives. Les embrassades, les accolades, les Parigots rigolos, devenus avenants et souriants, tout montrait que le monde avait changé. L'avenir s'annonçait glorieux.

Durant tous les premiers jours d'un très bel été, l'équipe de France monta en puissance jusqu'au sommet. À Bondy aussi, l'Équipe nationale évolua en bien. Elle accepta de reconnaître l'indépendance des nouveaux États, de faire siens les idéaux portés par notre révolution scolaire et l'autorité suprême d'un rat du Mordor élu par tous, qu'il soit hardos, rôliste ou bouffon des pavillons. La France et Bondy allaient devenir meilleures.

À la fin de cette nuit magique, je me promis que si, par miracle, Dieu m'accordait un fils, un jour, je l'appellerais Zinedine, « la beauté de la religion » en arabe. C'était le nom le plus scandé, le plus adulé par le peuple. Il était kabyle. Mais je m'identifiais à un autre.

Le vrai héros de l'épopée des Bleus, c'était Aimé Jacquet, le sélectionneur. On lui avait craché dessus, partout, dans les médias, la rue, quand il allait chercher sa baguette. Personne ne l'avait cru capable d'emmener ses joueurs vers la victoire. Le journal *L'Équipe* l'avait sommé dans plusieurs éditoriaux de céder son poste. Traîné dans la boue, conspué, il prenait une revanche éclatante. Totale.

12 juillet 1998. Magnifique nuit de communion du peuple français, heureux dans sa diversité. Elle m'avait un peu fait oublier le 6 juin. Quelle victoire, quelle quête devrais-je accomplir pour retrouver mon honneur ? Tous les matins je voyais cette cicatrice sur le front qui me rappelait ma honte. Bondy dans sa quasi-totalité, tout le monde que je m'étais construit avait ri de moi. On oublierait vite qui fut le chef de la 1re S1. Jamais on n'oublierait qui s'était mangé le stop du millénaire.

Ce n'était pas arrivé depuis le bicentenaire de 1989, mais papa avait décalé les vacances au bled au mois d'août, car lui seul, l'encyclopédie du football, avait cru, dans son coin, dans son taxi, à la victoire de Jacquet. Pour la première fois, je ne voulais pas faire ce retour aux sources. L'Algérie était la terre des hommes libres, des Amazighs, paysans-soldats qui avaient toujours combattu l'envahisseur. Montagnes indomptables où l'honneur était bien plus précieux que la vie. Le sang de mes ancêtres coulait désormais en moi comme de la lave. J'avais brisé une lignée millénaire d'hommes qui n'avaient jamais eu à rougir. Indigne d'un tel héritage, je souffrais le martyre. Grand-père avait déjà tout dit :

mieux vaut la mort que cette vie. Cette année, comment pourrais-je me présenter devant un tel libérateur de son peuple ? Aucun homme ne devrait baisser la tête devant un autre, même s'il reposait six pieds sous terre.

Dieu merci, cette flétrissure, ce supplice, n'était pas encore l'enfer. J'avoue avoir eu des idées pas bien jojo. Si ma mère avait su que l'islam me sauverait un jour d'un suicide rituel, elle aurait sacrifié un bœuf de Kóbe sur l'autel de la foi. Pas le bout de mon doigt.

Maman m'avait donné ce prénom comme un présage d'espoir. Alors il vivra.

Remerciements

À Mouloud Achour et Faïza Zerouala, qui ont rendu mon rêve possible.

À Karim Amara, le meilleur des hommes. À Claire Pinlou, la meilleure des femmes.

Un grand merci à Michael Foulon et Redouane, les personnes les plus intègres de la terre, toujours là pour aider l'ami dans le besoin.

Toute ma reconnaissance à Hanane, ma sœur. Que ta droiture continue à éclairer Bondy.

À Ronita, qui a partagé son parapluie avec un inconnu, le départ d'une très grande amitié.

Une grosse pensée pour Juliette, Tessa et Jules, les meilleurs FDO.

À Zhen, mon frère. À Sylvain, Pipo, Gauthier, Yacine, Maxence et Hélène pour leur générosité.

À Marine et son grand cœur dans les moments difficiles.

À Inès et Nathalie pour leur patience et leur indéfectible soutien.

À Mme Jablonski, la plus courageuse des professeurs. D'autres élèves vous ont vengée.

À mon cousin Samir, sa femme et ses beaux-parents, qui ont fait du Québec ma deuxième maison.

À Mamaino, Salah et tous mes parents.

Enfin et pour toujours, à Adam et Zinedine. Vous faites de votre père un homme heureux. Je vous aime, mes fils.